Das Muster der Liebe

Der Preis dieses Bandes versteht sich einschließlich der gesetzlichen Mehrwertsteuer.

Umwelthinweis:
Dieses Buch wurde auf chlor- und säurefreiem Papier gedruckt.

Weltbild

Titel der nordamerikanischen Originalausgabe:
The Shop on Blossom Street

Published by arrangement with
HARLEQUIN ENTERPRISES II B.V./S.àr.l.

Herstellungsleitung: fredebold&partner gmbh, Köln
Umschlaggestaltung: Atelier Seidel, Teising
Titelabbildung: Digital Vision by Getty Images, München
Satz: Buch-Werkstatt GmbH, Bad Aibling
Autorenfoto: © by Harlequin Enterprise S.A., Schweiz
Druck und Bindearbeiten: Ebner & Spiegel, Ulm

ISBN 978-3-89941-387-8

Genehmigte Sonderausgabe für
Verlagsgruppe Weltbild GmbH,
Steinerne Furt, 86167 Augsburg

Deutsche Erstveröffentlichung 2007

Cora Verlag GmbH & Co. KG,
Axel-Springer-Platz 1, 20350 Hamburg

DEBBIE
MACOMBER

Das Muster der Liebe

*Aus dem Amerikanischen
von Christiane Meyer*

Weltbild

Für Linda Johnson,
die mit mir die Liebe zum Stricken teilt.

Für Laura Early,
die mich unter ihre Fittiche genommen hat.

Und für Lisa,
die mit ihrem Wunsch nach einem Kind
mein Herz berührt hat.

1. KAPITEL

„Aus dem Garn werden die Maschen geformt, durch das Stricken Freundschaften geknüpft, und die Kunst verbindet die Generationen."
(Karen Alfke, Unpattern-Designerin und Stricklehrerin)

Lydia Hoffman

Als ich den leer stehenden Laden in der Blossom Street zum ersten Mal sah, musste ich an meinen Vater denken. Das kleine Geschäft erinnerte mich an den Fahrradladen, den er besaß, als ich noch ein Kind war. Sogar die großen Schaufenster, die im Schatten einer bunt gestreiften Markise lagen, waren ähnlich. Im Frühling und Sommer hatte rotes Springkraut in den Blumenkübeln vor den Fenstern geblüht, und im Herbst hatte meine Mutter farbenfrohe Chrysanthemen gepflanzt. Ich wollte vor meinem Laden auf jeden Fall auch Blumen pflanzen.

Dads Geschäft war damals immer weiter gewachsen, und er musste bald größere Räumlichkeiten beziehen. Doch nirgendwo fühlte ich mich so zu Hause wie in seinem ersten Laden, der diesem hier in der Blossom Street so ähnelte.

Die Maklerin war sichtlich überrascht. Sie hatte kaum die Tür aufgeschlossen, als ich bereits erklärte: „Ich nehme ihn."

Mit einem verblüfften Gesichtsausdruck wandte sie sich zu mir um. „Möchten Sie sich nicht erst mal genauer umsehen? Sie wissen, dass ein kleines Apartment über dem Geschäft dazugehört?"

„Ja, das haben Sie bereits erwähnt." Das war der zweite Punkt, der diesen Laden für mich so interessant machte. Denn mein Kater Whiskers und ich suchten dringend eine neue Bleibe.

„Kommen Sie, dann zeige ich Ihnen einmal die Räumlichkeiten, bevor Sie den Vertrag unterschreiben", lud sie mich ein.

Ich lächelte und nickte. Obwohl es eigentlich nicht nötig war. Tief in meinem Inneren *wusste* ich, dass dies der richtige Platz war. Für mein Garngeschäft. Und für mich.

Der einzige Nachteil war, dass diese Gegend Seattles gerade saniert wurde. Der Zugang zur Blossom Street war aufgrund von Bauarbeiten an einer Seite komplett gesperrt. Nur die öffentlichen Verkehrsmittel konnten passieren. Das dreigeschossige Backsteingebäude auf der gegenüberliegenden Straßenseite, ein ehemaliges Bankhaus, sollte in hochwertige Eigentumswohnungen umgewandelt werden. In einigen anderen Gebäuden sollten ebenfalls moderne Wohnungen entstehen. Dem Architekten war es gelungen, trotz aller Modernisierungsmaßnahmen den traditionellen Charme der Häuser zu erhalten. Das gefiel mir. Die Bauarbeiten würden noch Monate andauern. Doch das bedeutete auch, dass meine Miete erschwinglich wäre – im Augenblick zumindest.

Ich wusste, dass die ersten sechs Monate schwierig werden würden. Das erste halbe Jahr ist für jedes kleine Geschäft entscheidend. Die Baustellen machten den Anfang vermutlich noch komplizierter, als er ohnehin sein würde. Doch trotz allem liebte ich die Gegend und den Laden. Es war alles, was ich mir jemals erträumt hatte.

Am frühen Freitagmorgen, eine Woche, nachdem ich das

Geschäft zum ersten Mal gesehen hatte, setzte ich meinen Namen, Lydia Hoffman, unter den Zweijahresvertrag. Ich bekam die Schlüssel und eine Kopie des Mietvertrags ausgehändigt. Noch am selben Tag zog ich – aufgeregt wie noch nie zuvor in meinem Leben – in meine neue Wohnung ein. Ich fühlte mich, als würde ich noch einmal ganz von vorn anfangen. Und tatsächlich tat ich das auch.

Ich eröffnete *A Good Yarn* am letzten Dienstag im April. Ein Gefühl von Stolz und Vorfreude durchflutete mich. Ich stand inmitten meines Ladens und betrachtete die unzähligen Farben, die mich umgaben. Was meine Schwester Margaret dazu sagen würde, konnte ich mir nur zu gut vorstellen. Sie ist – um es einmal milde auszudrücken – nicht gerade ein Mensch, von dem man Ermutigung und Unterstützung erwarten kann.

Ich hatte einen Tischler gefunden, der mir ein Regal mit drei Fächerreihen baute. Es war in einem glänzenden Weiß gestrichen. Der größte Teil der Wolle war am Freitag geliefert worden. Ich brachte das Wochenende damit zu, sie nach Gewicht und Farbe in den Fächern zu verteilen. Eine Registrierkasse hatte ich gebraucht gekauft, den alten Tresen auf Hochglanz poliert und schließlich Ständer mit Strickzubehör aufgestellt. Alles war fertig. Ich war bereit.

Eigentlich hätte dies ein glücklicher Moment sein sollen. Doch stattdessen ertappte ich mich dabei, wie ich mühsam versuchte, die Tränen zurückzuhalten. Dad wäre so stolz auf mich gewesen. Er hatte mich stets unterstützt. Als er starb, fühlte ich mich wie gelähmt.

Ich hatte immer geglaubt, ich würde vor meinem Vater sterben.

Viele Menschen empfinden Unbehagen, wenn über den Tod gesprochen wird. Ich aber, ich habe so lange mit dem Tod im Nacken gelebt, dass das bei mir anders ist. Die Möglichkeit zu sterben war für mich so selbstverständlich, so präsent, dass ich heute darüber sprechen kann wie andere Menschen über das Wetter.

Das erste Mal wurde Krebs bei mir in dem Sommer diagnostiziert, als ich sechzehn wurde. An jenem Tag im August machte ich mich auf den Weg, um meinen Führerschein abzuholen. Ich hatte die theoretische und praktische Prüfung erfolgreich bestanden. Meine Mutter ließ mich den Weg von der Fahrschule zum Augenarzt fahren. Es sollte eine Routineuntersuchung werden, bevor ich zur Highschool ging. Ich hatte große Pläne für den Tag. Sobald ich von der Untersuchung zurück sein würde, wollten Becky und ich zum Strand. Zum ersten Mal würde ich dann ganz allein fahren. Ich freute mich darauf, endlich ohne meine Mutter, meinen Vater oder meine ältere Schwester an meiner Seite am Steuer zu sitzen.

Ich war wütend, weil meine Mutter den Termin beim Arzt direkt im Anschluss an meine Fahrprüfung vereinbart hatte. In der Zeit vor der Prüfung hatte ich einige Probleme gehabt – Kopfschmerzen und Schwächeanfälle. Mein Vater vermutete, ich benötigte vielleicht eine Lesebrille. Die Vorstellung, an der *Lincoln High School* mit einer Brille auf der Nase aufzutauchen, stimmte mich nicht besonders froh. Um ehrlich zu sein, machte mich der Gedanke ziemlich unglücklich. Ich hoffte, meine Eltern würden mir erlauben, Kontaktlinsen zu tragen. Doch wie sich herausstellen sollte, war eine leichte Sehschwäche mein geringstes Problem.

Der Arzt, ein Freund meiner Eltern, schien eine Ewigkeit mit seinem unglaublich hellen Lämpchen in mein Auge zu leuchten. Er stellte mir unzählige Fragen über meine Kopfschmerzen. Das ist mittlerweile fünfzehn Jahre her. Aber ich werde nie seinen Gesichtsausdruck vergessen, als er danach mit meiner Mutter sprach. Er wirkte so ernst, so nüchtern. So besorgt.

„Ich möchte für Lydia einen Untersuchungstermin an der Universitätsklinik von Washington vereinbaren. Und zwar umgehend."

Meine Mutter und ich waren überrascht. „Gut", erwiderte meine Mutter und blickte zwischen Dr. Reid und mir hin und her. „Gibt es ein Problem?"

Er nickte. „Was ich mit meinen Apparaten erkennen kann, gefällt mir überhaupt nicht. Ich möchte, dass Dr. Wilson einen Blick darauf wirft."

Dr. Wilson begnügte sich jedoch nicht damit, nur „einen Blick darauf zu werfen". Während der Operation entfernte er einen Hirntumor, der sich später als bösartig herausstellte. Heute kommen mir diese Worte leicht und locker über die Lippen, aber es war keine schnelle oder einfache Sache. Im Gegenteil. Die Diagnose bedeutete wochenlange Krankenhausaufenthalte und stechende, lähmende Kopfschmerzen. Auf die Operation folgten eine Chemotherapie und eine Strahlenbehandlung. Es gab Tage, an denen selbst das kleinste bisschen Licht mir solch unerträgliche Schmerzen bereitete, dass ich mich dazu zwingen musste, nicht laut zu schreien. Tage, an denen ich jeden Atemzug ganz bewusst machte und um mein Leben kämpfte. Ich spürte, dass es mir zu entgleiten drohte. Trotzdem gab es so manchen Morgen, an dem ich mir wünschte, tot zu sein. Ich glaubte, diese Qualen nicht länger ertragen zu können. Ohne meinen Vater *wäre* ich wahrscheinlich gestorben.

Mein Kopf war für die Operation rasiert worden. Dann, als mein Haar endlich nachzuwachsen begann, fiel es durch die Chemotherapie gleich wieder aus. Ich verpasste das komplette erste Jahr an der Highschool. Und als ich wieder in die Schule zurückkehren konnte, war nichts mehr wie früher. Alle sahen mich plötzlich mit anderen Augen. Ich ging nicht zum Abschlussball der Highschool, weil kein Junge mich bat, mitzukommen. Einige Freundinnen luden mich ein, mit ihnen zu gehen, aber ich lehnte ab – wahrscheinlich aus falschem Stolz. Heute wünschte ich, ich hätte ihre Einladung angenommen.

Der traurigste Teil der Geschichte war, dass der Tumor zurückkehrte. Und das gerade, als ich glaubte, all die Medikamente und Schmerzen hätten sich gelohnt, und ich dachte, ich könnte wieder ein ganz normales Leben führen.

Ich werde den Tag nie vergessen, als Dr. Wilson uns erklärte, der Krebs sei wieder ausgebrochen. Dabei war es nicht sein besorgter Gesichtsausdruck, der sich mir ins Gedächtnis einbrannte. Nein. Es war der Schmerz, den ich in den Augen meines Vaters sah. Er konnte, mehr als jeder andere, nachvollziehen, was ich während der ersten Behandlung durchgemacht hatte.

Meine Mutter war noch nie gut darin gewesen, mit Kranken und Krankheiten umzugehen. Es war mein Vater, der für mich da war. Er wusste, dass er nichts tun konnte, um diesen zweiten Schlag für mich erträglicher zu machen. Ich war vierundzwanzig, steckte mitten im Studium und bereitete mich gerade auf eine wichtige Prüfung vor. Aber es half nichts: Ich musste mein Studium abbrechen.

Ich habe den Krebs zweimal überlebt. Deshalb bin ich gewiss nicht mehr das unbeschwerte Mädchen, das ich früher einmal gewesen war. Ich genieße jeden einzelnen Tag, weil ich genau weiß, wie wertvoll das Leben ist. Die meisten Menschen schätzen mich auf jünger als dreißig. Gleichzeitig halten sie mich aber für sehr viel reifer als andere Frauen meines Alters. Meine Erfahrungen mit dem Krebs lehrten mich, nichts als selbstverständlich hinzunehmen – am wenigsten das Leben selbst. Aber in gewisser Weise wurde ich auch für mein Leiden entschädigt. Mein Dad machte mich darauf aufmerksam, dass ich seitdem weiser als die meisten in meinem Alter war. Vielleicht hatte er sogar recht damit. Und trotzdem bin ich in manchen Lebensbereichen noch immer unglaublich unerfahren – vor allem in Bezug auf Männer und Beziehungen.

Während ich den Krebs zweimal überlebte, schaffte Dad das nicht. Mein zweiter Tumor brachte ihn um. Das jedenfalls glaubte meine Schwester Margaret. Sie hat es nie ausgesprochen, aber ich wusste, dass sie so dachte. In Wahrheit glaubte auch ich, sie hätte möglicherweise recht damit. Es war ein Herzinfarkt, der ihn tötete. Nach meiner zweiten Diagnose war er um Jahre gealtert. Ich weiß, wenn er mit mir hätte tauschen können, hätte er es gern getan.

Sooft es ihm nur möglich war, saß er an meinem Bett. Und genau das war der Punkt, den Margaret nicht vergessen oder vergeben konnte – die Liebe und die Hingabe, die Dad während dieser Zeit für mich aufbrachte. Und Mom, im Rahmen ihrer Möglichkeiten, ebenso.

Margaret war bereits verheiratet und Mutter von zwei Kindern, ehe der zweite Tumor überhaupt entdeckt wurde. Trotzdem fühlte sie sich durch meine Erkrankung in gewisser Weise betrogen. Sie glaubte, dass es *meine* Entscheidung war, krank zu werden und diesen Weg einem normalen Leben vorzuziehen.

Unnötig zu erwähnen, dass unser Verhältnis zueinander angespannt war. Doch meiner Mutter zuliebe versuchte ich mein Möglichstes, mich mit Margaret zu verstehen – besonders seit Dad tot war. Sie machte es mir jedoch nicht leicht. Ihre Verbitterung konnte sie nur schwer verbergen. Dabei war es egal, wie viele Jahre mittlerweile vergangen waren.

Margaret hatte mir von der Eröffnung eines Wollgeschäfts abgeraten. Aber sie hätte wahrscheinlich grundsätzlich versucht, mir alles auszureden, was ich mir vornahm. Ihre Augen begannen bei der Aussicht auf mein Versagen zu leuchten. Laut Statistik gehen die meisten neu eröffneten Läden im ersten Jahr in Konkurs. Und trotzdem hatte ich das Gefühl, meiner Idee eine Chance geben zu müssen.

Die finanziellen Mittel hatte ich. Das Geld stammte aus dem Erbe meiner Großmutter mütterlicherseits. Sie starb, als ich zwölf war. Mein Vater hatte das Geld geschickt angelegt. So konnte ich nun auf einen beachtlichen „Notgroschen" zurückgreifen. Ich hätte es – laut meiner Mutter – für schlechte Zeiten behalten sollen, aber seit meinem sechzehnten Lebensjahr gab es nichts anderes als schlechte Zeiten. Deshalb wollte ich das Geld nicht länger sparen. Tief in meinem Inneren wusste ich, dass Dad meine Entscheidung gutgeheißen hätte.

Das Stricken hatte ich während der Chemotherapie gelernt. Über die Jahre entwickelte ich eine gewisse Fingerfertigkeit darin. Dad scherzte immer, dass ich mit all der Wolle, die ich besäße, einen eigenen Laden aufmachen könne. Und irgendwann vor nicht allzu langer Zeit beschloss ich, seine Worte in die Tat umzusetzen.

Ich liebe es, zu stricken. Es verschafft mir ein gewisses Wohlbehagen, das ich nicht erklären kann. Die Wolle um die Nadel zu legen und eine Masche zu formen – wieder und wieder – erfüllt einen Zweck, spiegelt die eigene Leistung wider und macht den Fortschritt sichtbar. Wenn sich die Welt aufzulösen scheint, versucht man eine Ordnung herzustellen –, und das Stricken erlaubt mir genau das. Ich habe mal irgendwo gelesen, dass man durch Stricken Stress besser abbauen kann als durch Meditation. Und für mich ist die Beschäftigung mit den Nadeln auf jeden Fall interessanter als jede Form sportlicher Betätigung. Ich möchte etwas Greifbares, Handfestes erzeugen. Vielleicht liebe ich es auch deshalb so, weil Stricken mir das Gefühl gibt, etwas zu tun. Obwohl ich oft nicht wusste, was der nächste Tag bringen würde, gaben mir die Nadeln in der Hand und die Wolle in meinem Schoß die Sicherheit, alles, was auf mich zukommen würde, meistern zu können. Jede Masche war ein Erfolg. Es gab Tage, an denen ich nur eine einzige Reihe zustande brachte. Aber auch dieser kleine Erfolg war *mein* Erfolg. Für mich bedeutete das einen Schritt. Einen großen Schritt in die richtige Richtung.

Über die Jahre brachte ich einigen Menschen bei, zu stricken. Meine ersten Schüler waren andere Krebspatienten, die sich einer Chemotherapie unterzogen. Wir trafen uns im Onkologischen Zentrum von Seattle. Schon kurze Zeit später hatte ich allen – sogar den Männern – beigebracht, Waschlappen zu stricken. Jeder Arzt und jede Schwester im Krankenhaus war nun bis an ihr Lebensende mit genügend Waschlappen versorgt. Danach zeigte ich meinen Schülern, wie man kleine Decken herstellt. Sicherlich musste ich einige Rückschläge einstecken, aber der Erfolg überwog bei Weitem. Meine Geduld wurde belohnt, wenn ich merkte, dass die anderen durch das Stricken dieselbe Heiterkeit und Gelassenheit erlangten wie ich.

Und nun besaß ich meinen eigenen kleinen Laden.

Meiner Meinung nach war der einfachste Weg, um Kunden zu werben, Strickkurse anzubieten. Ich würde aber wohl kaum genügend Wolle verkaufen, wenn ich den Schülern nur beibrachte, kleine Waschlappen zu stricken. Deshalb entschloss ich mich, mit einer Babydecke zu beginnen. Das Strickmuster baute auf den Grundlagen auf – rechte und linke Maschen.

Was ich von meinem Projekt erwartete, wusste ich nicht. Aber ich war voller Zuversicht. Hoffnung ist für einen Menschen, der an Krebs erkrankt ist – oder eine Person, die den Krebs überlebt hat –, der stärkste Antrieb. Wir leben *von* der Hoffnung, und wir leben *für* die Hoffnung. Da viele von uns nicht wissen, ob sie den nächsten Tag überstehen werden, brauchen sie die Hoffnung, um weiterzumachen.

Ich war gerade dabei, ein Ankündigungsschild für meine Anfängerkurse zu malen, als das Glöckchen über der Ladentür erklang. Ich ging davon aus, dass mein erster Kunde das Geschäft betreten hatte. Deshalb blickte ich mit einem Lächeln im Gesicht zum Eingang. Die Aufregung, die ich verspürte, erstarb jedoch sofort. Margaret stand vor mir.

„Hi“, sagte ich und bemühte mich, nicht enttäuscht zu klingen. Ich wollte nicht, dass meine Schwester an meinem ersten verkaufsoffenen Morgen in meinen Laden spazierte und mein Selbstbewusstsein attackierte.

„Mom hat mir erzählt, dass du deine Idee tatsächlich verwirklicht hast.“

Ich antwortete nicht.

Stirnrunzelnd fuhr Margaret fort: „Ich war gerade in der Nähe und dachte, ich sehe mir dein Geschäft mal an.“

Ich machte eine ausholende Handbewegung. Zu meinem eigenen Ärger fragte ich: „Und? Was denkst du?“

„Warum hast du es *A Good Yarn* getauft?“

Tatsächlich hatte ich mir Dutzende von Namen für meinen Laden überlegt. Einige waren ganz nett, andere einfach und durchschnittlich gewesen. *A Good Yarn* schien mir ein freundlicher und einladender Name. Aber all das erklärte ich Margaret nicht.

„Ich wollte, dass meine Kunden wissen, dass ich Qualitätswolle verkaufe.“

Margaret zuckte die Schultern. Sie schien zu sagen, dass es unzählige Wollgeschäfte gab, die interessantere Namen hatten.

„Also“, sagte ich wieder, obwohl ich das eigentlich gar nicht wollte, „was denkst du?“

Abermals sah Margaret sich um. „Es ist besser, als ich erwartet habe.“

Das betrachtete ich als ein echtes Lob. „Bisher habe ich noch nicht allzu viel Ware, aber ich plane, den Bestand über das nächste Jahr auszubauen. Außerdem ist noch nicht die gesamte Wolle, die ich bestellt habe, geliefert worden. Es gibt einige wundervolle Importgarne aus Irland und Australien, die ich gern ordern würde. Doch das kostet alles Zeit und Geld." In meinem Überschwang erzählte ich mehr, als ich eigentlich wollte.

„Erwartest du von Mutter, dass sie dir hilft?" Sie stellte die Frage geradeheraus.

Ich schüttelte den Kopf. „Mach dir keine Sorgen. Das hier schaffe ich ganz allein." Das war also der Grund für ihren unangekündigten Besuch. Margaret fürchtete, ich würde Mutters Hilfe ausnutzen. Das hatte ich natürlich nicht vor, und die bloße Frage verletzte mich. Doch ich unterdrückte den Drang, ihr diese Kränkung mit einer passenden Erwiderung heimzuzahlen.

Margaret sah mich derweil an, als würde sie mir nicht glauben.

„Ich habe meine Aktien verkauft", gab ich zu.

Margaret riss ihre dunklen Augen weit auf. Sie waren den meinen so ähnlich. „Das hast du nicht …", stieß sie fassungslos hervor.

Was dachte meine Schwester denn? Dass ich das nötige Kleingeld für einen Laden in einer Zuckerdose herumliegen hatte? „Ich *musste* es tun." Aufgrund meiner Krankheitsgeschichte hätte keine Bank der Welt mir einen Kredit bewilligt. Obwohl ich seit vier Jahren keinen Rückfall hatte, galt ich immer noch als Risikofall.

„Es ist dein Geld", sagte Margaret schließlich und ließ keinen Zweifel daran, dass sie diese Entscheidung für verantwortungslos hielt. „Ich kann mir nicht vorstellen, dass Daddy das gefallen hätte."

„Er wäre der Erste gewesen, der mich unterstützt hätte",

platzte ich heraus. Ich hätte meinen Mund halten sollen, aber ich hatte es einfach nicht geschafft.

„Vielleicht hast du recht", sagte Margaret mit diesem sarkastischen Unterton in ihrer Stimme, der jede unserer Unterhaltungen begleitete. „Dad konnte dir ja nie einen Wunsch abschlagen."

„Das Geld habe ich geerbt. Genauso, wie du welches bekommen hast", erklärte ich. Ihr Erbteil warf wahrscheinlich immer noch satte Gewinne ab.

Meine Schwester schritt durch meinen Laden und ließ ihren Blick schweifen. Wenn ich mir Margarets offensichtliche Abneigung vor Augen führte, wusste ich nicht, warum mir die Beziehung zu ihr immer noch so wichtig war. Doch Tatsache war, dass sie mir wirklich etwas bedeutete. Die Gesundheit unserer Mutter war angeschlagen, und ihr fiel es noch immer schwer, sich an ein Leben ohne ihren Mann zu gewöhnen. Also, fürchtete ich, würden über kurz oder lang nur noch Margaret und ich übrig sein. Und der Gedanke, überhaupt keine Familie mehr zu haben, ängstigte mich.

„Wie sieht dein Geschäftsplan aus?", fragte Margaret.

„Ich … ich fange klein an."

„Und was ist mit Kunden?"

„Ich habe eine Anzeige in den Gelben Seiten geschaltet." Ich erwähnte nicht, dass das neue Telefonbuch erst in zwei Monaten erscheinen würde. Es gab keinen Grund, Margaret das unter die Nase zu reiben. Außerdem hatte ich in der Nachbarschaft Flyer verteilt, konnte aber nicht einschätzen, ob diese Aktion etwas bringen würde. Ich zählte auf Mundpropaganda. Doch auch das behielt ich lieber für mich.

Meine ältere Schwester stieß ein wieherndes Lachen aus –

ich hatte ihr spöttisches Gelächter schon immer gehasst und musste die Zähne zusammenbeißen, um meine Wut zu unterdrücken.

„Ich bin gerade dabei, einen Aushang zu machen, der meinen ersten Strickkurs ankündigen soll.“

„Glaubst du wirklich, ein handgeschriebener Zettel im Schaufenster lockt Kundschaft zu dir in den Laden?“, fragte Margaret. „Hier zu parken ist der reinste Albtraum. Und selbst wenn die Sperrung der Straße wieder aufgehoben wird, kannst du wegen der Baustellen nicht davon ausgehen, dass viel Verkehr herrschen wird.“

„Nein, aber …“

„Ich wünsche dir wirklich alles Gute, bloß …“

„Tust du das wirklich?“, unterbrach ich sie. Meine Hände zitterten, als ich zum Schaufenster ging, um meinen Aushang zu befestigen.

„Was meinst du damit?“

Ich drehte mich um und sah meiner Schwester ins Gesicht. Mit ihren eins siebzig war sie fast acht Zentimeter größer als ich und brachte knapp zwanzig Pfund mehr auf die Waage. Als wir noch Kinder waren, ähnelten wir uns mehr.

„Ich denke, du willst, dass ich auf die Nase falle!“, sagte ich ehrlich.

„Das ist nicht wahr! Ich bin vorbeigekommen, weil … weil ich daran interessiert bin, weil ich wissen will, was du tust.“ Sie reckte ihr Kinn vor, als ob sie mich herausfordern wollte, sie noch einmal zu provozieren. „Wie alt bist du? Neunundzwanzig? Dreißig?“

„Dreißig.“

„Ist es nicht langsam an der Zeit, die Nabelschnur zu

durchtrennen?“

Ihre Worte waren eine himmelschreiende Ungerechtigkeit. „Aber genau das mache ich doch gerade. Ich habe unser Elternhaus verlassen und bin in das Apartment über meinem Laden eingezogen. Ich habe ein eigenes kleines Geschäft eröffnet. Und ich würde mich freuen, wenn ich mit deiner Unterstützung rechnen könnte!“

Sie zuckte die Schultern und blickte mich ratlos an. „Soll ich dir Wolle abkaufen? Ist es das, was du möchtest? Du weißt doch, dass ich nicht stricken kann. Und ich verspüre auch nicht den Wunsch, es zu lernen. Ich häkele viel lieber. Und …“

„Nur dieses eine Mal“, schnitt ich ihr erneut das Wort ab. „Kannst du nicht irgendetwas Nettes sagen?“ Ich blickte sie erwartungsvoll an und betete stumm, sie möge in sich gehen und wenigstens *ein* ermutigendes, anerkennendes Wort für mich finden.

Meine Bitte schien Margaret zu überfordern. Einige Sekunden lang zögerte sie. „Du hast ein Auge für Farben“, sagte sie schließlich. Sie deutete auf eine Auslage von verschiedenen Wollknäueln, die ich auf einem Tisch in der Nähe der Tür arrangiert hatte.

„Danke“, erwiderte ich und hoffte, erfreut zu klingen. Dass ich einen Farbfächer benutzt hatte, um die Knäuel anzuordnen, verschwieg ich. Margaret fiel es so schwer, mich zu loben, dass ich ihr nicht die Gelegenheit geben wollte, diese freundliche Geste im nächsten Atemzug wieder zu zerstören.

Wenn wir einander näher gewesen wären, hätte ich ihr den wahren Grund verraten, weshalb ich den Laden eröffnet hatte. Ich wollte damit ein Zeichen setzen – ein Zeichen, dass ich das Leben bejahte. Ich wollte alles daran setzen, das Geschäft zum Erfolg zu führen. Wie ein Eroberer in Wikingerzeiten, der an Land kam und hinter sich seine Schiffe vernichtete, hatte ich die Weichen gestellt. Es gab nur zwei Möglichkeiten: Entweder ich hatte Erfolg, oder ich würde untergehen.

Das Glöckchen über der Ladentür erklang. Ich hatte einen Kunden! Mein erster *richtiger* Kunde.

2. *KAPITEL*

Jacqueline Donovan

Die Auseinandersetzung mit ihrem verheirateten Sohn hatte Jacqueline Donovan zugesetzt. Sie hatte wirklich versucht, die Abneigung, die sie ihrer Schwiegertochter gegenüber empfand, zu verbergen. Aber als Paul anrief, um zu erzählen, dass Tammie Lee bereits im sechsten Monat schwanger war, hatte Jacqueline die Nerven verloren. Sie hatte einige unschöne Dinge gesagt, die sie besser für sich behalten hätte. Paul hatte mitten im Gespräch einfach aufgelegt.

Und als sei das nicht schon schlimm genug, hatte kurz darauf ihr Mann angerufen, um sie zu bitten, ihm einige Skizzen auf die Baustelle in der Blossom Street zu bringen. Weil der Streit mit Paul sie so belastete, erzählte sie ihrem Mann davon – und nun war Reese ebenfalls wütend auf sie. Aber wenn sie ehrlich sein sollte, war es ihr relativ egal, was er dachte. Doch Paul, ihr *einziges* Kind … das war etwas anderes.

Sie fühlte sich unruhig und deprimiert, als sie zum Arbeitsplatz ihres Mannes fuhr. Es dauerte zwanzig Minuten, einen Parkplatz zu finden. Und natürlich lag der, den sie schließlich ergatterte, ein gutes Stück entfernt, gegenüber einem schäbig aussehenden Videoladen. Die Skizzen fest umklammert, machte sie sich auf den Weg durch das Chaos der Baustelle. Währenddessen schimpfte sie unentwegt vor sich hin. Reese schaffte es doch immer wieder, ihr den Tag zu vermasseln!

„Hast du die Zeichnungen dabei?“ Der Mann, mit dem

sie seit dreiunddreißig Jahren verheiratet war, kletterte aus einem Baucontainer. Sie stieg vorsichtig über Stahlrohre und versuchte, sich nicht schmutzig zu machen oder ihre *Ferragamo*-Pumps zu ruinieren. Das Architekturbüro ihres Mannes, *Donovan & Gray*, war für dieses Sanierungsprojekt verantwortlich. Gekleidet in einen Designeranzug und mit einem Schutzhelm auf dem Kopf, war Reese mit seinen neunundfünfzig Jahren noch immer ein gut aussehender Mann.

Jacqueline übergab ihm die zusammengerollten Papiere. Es war unüblich, dass Reese sie um etwas bat. Das kam ihr entgegen.

„Ich mache mir Sorgen um Paul", begann sie und bemühte sich, die Fassung zu bewahren. Reese zuckte nur müde die Schultern. Er arbeitete wirklich hart und machte viele Überstunden. Jacqueline tat so, als glaubte sie, dass er all die Stunden, die er außer Haus verbrachte, auch tatsächlich im Büro oder auf einer Baustelle beschäftigt war. Und das, obwohl sie es besser wusste. Wenn er müde und erschöpft war, würde sie deshalb ganz sicher kein Mitleid mit ihm haben.

Jacqueline und Reese hatten es geschafft, die Fassade aufrechtzuerhalten. In Wirklichkeit aber war ihre Ehe seit Jahren zerrüttet. Reese lebte sein Leben, und sie lebte ihres. Sie hatten nicht mehr miteinander geschlafen, seit Paul ausgezogen war, um zum College zu gehen – was ungefähr zwölf Jahre her war. Bis auf die Liebe zu ihrem Sohn gab es kaum noch etwas, das die beiden miteinander verband.

„Weil Tammie Lee ein Kind erwartet?", fragte ihr Mann und ignorierte ihre Besorgnis.

Sie nickte. „Offensichtlich ist Tammie Lee ausgesprochen

fruchtbar, genau wie ich es befürchtet hatte – die reinste Gebärmaschine."

Reese runzelte die Stirn. Ihm missfiel die „natürliche Vorsicht", die seine Frau Pauls Ehefrau gegenüber hegte. Allerdings war es richtig, dass sie nichts über die Familie dieser Frau wussten. Das bisschen, das Jacqueline aus Tammie Lees Geschichten von Tanten, Onkeln und Gott weiß wie vielen Cousinen und Cousins herausgehört hatte, war gelinde gesagt entmutigend.

Das Geräusch eines Krans, der über ihre Köpfe hinwegglitt, lenkte Reese einen Moment lang ab. Als er sich wieder seiner Frau zuwandte, runzelte er abermals die Stirn. „Du scheinst dich nicht darüber zu freuen."

„Komm schon, Reese! Wie sollte ich mich denn fühlen?"

„Wie eine Frau, die zum ersten Mal Großmutter wird."

Trotzig verschränkte sie die Arme vor der Brust. „Ich für meinen Teil bin nicht gerade begeistert." Einige ihrer besten und liebsten Freundinnen genossen es, Großmutter zu sein. Aber Jacqueline bezweifelte, dass ihr die Anpassung an die neue Situation ebenso reibungslos gelingen würde.

„Jacquie, es geht um unser Enkelkind."

„Warum überrascht mich deine Reaktion nicht?", stieß Jacqueline wütend hervor. Diese Diskussion führten sie seit Langem. Sie hätte gar nicht von dem Thema angefangen, wenn es nicht diesen Streit mit Paul gegeben hätte. Sie fühlte sich ihrem Sohn auf eine besonders innige Weise verbunden. Er war der Grund, weshalb sie überhaupt an dieser „Gemeinschaft", die sich Ehe nannte, festgehalten hatte. Paul war genau so, wie sie sich ihren Sohn immer gewünscht hatte: Er sah gut aus, war klug, erfolgreich und so vieles mehr. Nach einer Banklehre war er schnell die Karriereleiter hinaufgeklettert. Bis er vor einem Jahr etwas völlig Untypisches getan hatte – er hatte die *falsche* Frau geheiratet.

„Du hast Tammie Lee nie eine Chance gegeben", beharrte Reese.

„Das ist nicht fair", erwiderte Jacqueline und bemerkte zu ihrem Entsetzen, dass ihre Stimme zitterte. Sie bemühte sich wahrlich, die unschöne Verbindung mit Tammie Lee zu akzeptieren. Aber nie im Leben würde sie verstehen, warum ihr sonst so vernünftiger Sohn diese Fremde heiraten musste ... dieses Mädchen vom Lande. Dabei hatten so viele Töchter ihrer Freundinnen Interesse an Paul gezeigt. Er nannte Tammie Lee seine Südstaatenschönheit. Doch alles, was Jacqueline sah, war eine Hinterwäldlerin. „Ich hatte sie zum Mittagessen in den Klub eingeladen. Doch während des Essens habe ich mich so geschämt wie noch nie in meinem ganzen Leben. Ich habe sie Mary James vorgestellt, und das Nächste, an das ich mich erinnere, ist, dass Tammie Lee über eingelegte Schweinefüße redete – mit der Präsidentin der Frauenvereinigung!" Es hatte Wochen gedauert, bis Jacqueline den Mut fand, ihrer Freundin wieder unter die Augen zu treten.

„Betreut Mary nicht die Gestaltung des Kochbuchs?", fragte Reese. „Dann ist es doch absolut sinnvoll, wenn die beiden sich über ..."

„Das Letzte, was ich brauche, ist, dass du mich auch noch kritisierst", unterbrach Jacqueline ihren Mann. Es war absurd, ihm irgendetwas erklären zu wollen. Sie konnten sich nicht einmal mehr normal unterhalten. Außerdem ruinierte der Staub auf der Baustelle ihr Make-up, und der Wind zerstörte ihre mühevoll hochgesteckten Haare. Das war Reese natürlich egal. Er hatte keine Ahnung, was sie alles auf sich nahm, um so auszusehen. Und selbstverständlich konnte er sich nicht vorstellen, wie viel Arbeit in ihrem Haarstyling oder ihrem Make-up steckte. Sie war mittlerweile Mitte fünfzig, und es brauchte geschickte Hände und einige Kunstgriffe, um ihr wahres Alter zu verstecken.

Er erhob seine Stimme: „Was genau hast du denn zu Paul gesagt?"

Jacqueline straffte die Schultern, um Haltung zu bewahren. „Nur dass ich mir gewünscht hätte, dass er noch eine Weile gewartet hätte, bevor er eine Familie gründet."

Ihr Ehemann reichte ihr die Hand, um ihr in den Baucontainer zu helfen. „Komm rein."

Sie ignorierte seine Hand und folgte ihm. Dies war das erste Mal, dass sie einen dieser Baucontainer von innen sah. Sie blickte sich um, entdeckte einen Stapel Baupläne, einige leere Kaffeetassen und eine Menge Unordnung. Der Raum glich einem Schweinestall.

„Du erzählst mir besser alles", sagte Reese, während er Kaffee einschenkte und ihr schweigend eine Tasse reichte. Sie lehnte mit einem Kopfschütteln ab – schließlich wusste sie nicht, wann diese Tasse zum letzten Mal gespült worden war.

„Warum glaubst du, dass ich noch mehr gesagt habe? Reicht nicht die Tatsache, dass ich enttäuscht bin?", fragte sie.

„Ich glaube es, weil ich dich kenne."

„Na, vielen Dank." Sie spürte einen Kloß im Hals, aber sie riss sich zusammen. Er sollte unter keinen Umständen merken, wie sehr seine Worte sie getroffen hatten. „Um die Angelegenheit noch zu verschlimmern: Tammie Lee ist bereits im sechsten Monat. Und natürlich hatte Paul eine passende Erklärung, warum er uns so lange nicht informiert hat. Er hat gesagt, sie wollten warten, bis die Schwangerschaft sicher ist."

„Und du glaubst ihm nicht?" Reese verschränkte die Arme vor der Brust und lehnte sich an den Türrahmen.

„Natürlich nicht. Normalerweise wartet man drei Monate, bis man seinen Lieben die frohe Botschaft mitteilt", sagte sie, und der sarkastische Tonfall in ihrer Stimme war nicht zu überhören. „Aber *sechs*? Wir beide wissen, dass er es auf die lange Bank geschoben hat, weil er genau weiß, wie ich mich dabei fühle. Ich habe es von Anfang an gesagt, und ich sage es wieder: Diese Ehe ist ein großer Fehler."

„Aber Jacquie …"

„Was soll ich denn denken? Paul geht auf Geschäftsreise nach New Orleans und trifft in einer Bar dieses Mädchen."

„Sie waren beide zu Gast bei derselben Tagung und haben sich am Abend noch auf einen Drink getroffen."

Warum ritt ihr Mann auf solch unnützen Details herum? Das war typisch – er war auf Pauls Seite. Ihr blieb die Rolle der bösen Schwiegermutter. Nun gut. „Sie waren ganze *drei* Tage zusammen. Und dann erklärte er uns, dass er ein Mädchen geheiratet hat, das niemand von uns je zu Gesicht bekommen hat", fuhr sie fort.

„In dem Punkt gebe ich dir recht", lenkte er ein. „Ich hätte mir gewünscht, dass Paul uns von der Hochzeit erzählt. Aber das ist doch nun schon über ein Jahr her."

Es schmerzte Jacqueline immer noch, dass ihr Sohn seine

Trauung nicht kirchlich gefeiert hatte. So wie sie es sich immer vorgestellt hatte. Sie glaubte, Paul habe ein Recht darauf gehabt – *sie* habe ein Recht darauf gehabt. Doch sie waren nicht einmal zur Hochzeit eingeladen worden.

Darüber mochte sie eigentlich nicht mehr nachdenken. Die einzige Entschuldigung ihres Sohnes besagte, dass er verliebt war. Dass er mit Tammie Lee den Rest seines Lebens verbringen wollte und dass er es nicht aushalten konnte, länger als unbedingt nötig von ihr getrennt zu sein. Das war der Grund, den Paul seinen Eltern nannte – aber Jacqueline hatte ihre Zweifel. Paul musste gewusst haben, dass sie nicht erfreut gewesen wäre. Und dass seine angeheirateten Verwandten ganz und gar nicht ihrer Vorstellung entsprachen. Sie konnte sich denken, wie die Hochzeit, die Tammie Lees Familie ausrichten würde, aussähe: Auf dem Empfang würden bestimmt Eintopf und Grütze gereicht. Es gäbe sicher frittierte Biskuitküchlein statt einer Hochzeitstorte.

„Tammie Lee ist kein halbes Jahr nach der Hochzeit schwanger geworden.“ Sie machte sich nicht die Mühe, die Verachtung in ihrer Stimme zu verbergen.

„Paul ist über dreißig, Jacqueline“, erwiderte Reese und hatte wieder diesen missbilligenden Ausdruck in den Augen, den sie so sehr hasste.

„Und alt genug, um über Verhütung Bescheid zu wissen“, konterte sie. Ihr Sohn hatte ihr die Nachricht von der Schwangerschaft ebenso mitgeteilt wie damals die Nachricht von der Hochzeit: am Telefon und ohne Vorwarnung.

„Er hat mir erzählt, dass er sich eine Familie wünscht“, murmelte Reese.

„Aber nicht so früh, denke ich“, entgegnete sie. Mit ihrem Mann zu sprechen war einfach unmöglich. Ihm schien es vollkommen egal zu sein, dass Paul ein Mädchen unter seinem Stand geheiratet hatte. Sie versuchte ernsthaft, ihre Schwiegertochter in der Familie willkommen zu heißen. Doch sie konnte es einfach nicht aushalten, mehr als ein paar Minuten in ihrer Nähe zu sein. Tammie Lees oberflächliche Anmut und ihr unaufrichtiger Südstaatencharme waren unerträglich, fand Jacqueline.

„Paul freut sich auf das Baby, stimmt's?"

Jacqueline lehnte sich gegen den Tisch und nickte. „Er ist total begeistert", antwortete sie. „Jedenfalls sagt er das ..."

„Also, wo ist dann das Problem?"

„Er ... er glaubt nicht, dass ich eine besonders gute Großmutter abgeben werde."

Reese kniff die Augen zusammen. „*Was* hast du zu ihm gesagt?"

„Oh Reese", sagte sie und fühlte sich schrecklich. „Ich konnte nichts dagegen tun. Ich habe ihm vorgeworfen, dass diese Ehe ein schrecklicher Fehler ist und dass die Schwangerschaft alles nur noch viel schlimmer macht." Sie hatte angenommen, dass Paul in ein oder zwei Jahren seinen Fehler selbst einsehen und der Ehe ein anständiges Ende bereiten würde. Aber ein Kind veränderte die Situation natürlich grundlegend.

„Das hast du nicht wirklich zu Paul gesagt, oder?" Er klang wütend, und das drängte sie nur noch weiter in die Defensive.

„Ich weiß, dass ich besser den Mund gehalten hätte. Aber kannst du mir einen Vorwurf daraus machen? Ich versuche mich gerade an den Gedanken zu gewöhnen, dass unser einziger Sohn mit einer Fremden auf und davon ist. Und im nächsten Moment überfällt er mich mit der Mitteilung, dass sie schwanger ist."

„Es sollte eine freudige Nachricht sein."

„Ist es aber nicht."

„Für unseren Sohn und Tammie Lee schon."

„Das ist auch so eine Sache", rief sie aufgebracht. „Warum haben alle Mädchen aus dem Süden zwei Namen? Warum können wir sie nicht einfach Tammie nennen, ohne Lee?"

„So ist eben ihr Name."

„Das ist lächerlich."

Er sah sie an, als würde er sie in diesem Augenblick zum ersten Mal richtig wahrnehmen. „Warum bist du überhaupt so wütend?"

„Weil ich Angst habe, meinen Sohn zu verlieren." Paul und ihre enge Beziehung zu ihm waren ihr einziger Trost in einem Leben, das ihr ansonsten wenig Anlass zur Freude bot. Und nun hatte sie etwas Dummes getan und ihren Sohn verletzt.

„Ruf ihn an und entschuldige dich."

„Das will ich ja", sagte sie.

„Du könntest Tammie Lee auch einen Blumenstrauß schicken."

„Werde ich." Trotzdem wäre es eine Geste Paul zuliebe, nicht seiner Frau.

„Warum gehst du nicht in den Blumenladen hier in der Blossom Street?"

Sie nickte. „Ich will aber noch mehr tun." Sie hoffte, mit ihrem Vorhaben ein Zeichen zu setzen. Vielleicht würde ihr Sohn dann erkennen, dass sie sich alle Mühe gab, seine Ehefrau wirklich zu akzeptieren.

„Was?“

„Ich habe im Schaufenster des Wollladens einen Aushang entdeckt. Ich werde mich für einen Strickkurs anmelden. Auf dem Aushang steht, dass das erste Projekt eine Babydecke sein wird.“

Reese zeigte selten, dass er etwas, was sie tat, guthieß. Die Wärme des Lächelns, das in diesem Moment über sein Gesicht huschte, ging ihr durch und durch.

„Ich mag vielleicht Tammie Lee nicht sonderlich. Aber ich werde alles tun, um eine gute Großmutter zu sein.“ Jemand musste schließlich für den richtigen Einfluss auf Pauls Kind sorgen. Sonst würde ihr Enkelkind am Ende mit eingelegten Gurken groß werden ... oder womöglich auch mit diesem komischen Akzent durchs Leben gehen.

3. KAPITEL

Carol Girard

Carol Girard hätte es nie für möglich gehalten, dass schwanger zu werden so schwierig sein könnte. Ihre Mutter hatte diesbezüglich offensichtlich keine Probleme gehabt – Carol und ihr Bruder Rick wurden im Abstand von zwei Jahren geboren.

Vor ihrer Hochzeit hatten Doug und Carol bereits davon gesprochen, eines Tages eine eigene Familie haben zu wollen. Wegen Carols anspruchsvollem und forderndem Job in einer angesehenen Immobilienfirma wollte Doug sichergehen, dass sie sich ebenso sehr nach einer Familie sehnte wie er. Er hatte sie gefragt, ob sie bereit wäre, ihre Karriere für einige Jahre zurückzustellen, um sich um die Kinder zu kümmern. Ihre Antwort war ein uneingeschränktes Ja. Babys hatten für sie immer dazugehört. Sie sah sich in ihren Träumen von der Zukunft stets als Mutter, und sie erachtete Kinder als einen wichtigen Teil ihres Lebens. Doug würde ein toller Vater sein, und sie liebte ihren Mann über alles. Sie *wollte* die Mutter seiner Kinder sein.

Während sie ihr Mittagessen in der Mikrowelle erhitzte, betrachtete sie versonnen die Küche ihrer Eigentumswohnung im sechzehnten Stock eines Hochhauses. Von hier aus hatte man einen einmaligen Blick auf die Bucht.
Carol hatte ihre Stelle vor nunmehr einem Monat gekündigt – und schon jetzt fühlte sie sich rastlos und ungeduldig. Sie hatte die Immobilienfirma verlassen, um ihrem Körper Ruhe zu gönnen. Er sollte sich von der täglichen Routine

und dem Stress erholen. Doug hatte sie davon überzeugt, dass die Anspannung in ihrem Job der Grund war, warum sie bisher noch nicht schwanger geworden war. Ihr Gynäkologe hatte diese Möglichkeit bestätigt. Unzählige erniedrigende Tests, die Doug und sie über sich ergehen lassen mussten, hatten dann aber ergeben, dass neben ihrem fortgeschrittenen Alter von siebenunddreißig Jahren bei ihr eine körperliche Störung vorlag. Sie bildete Antikörper gegen das Sperma ihres Mannes.

Das Telefon klingelte. Bevor es zum zweiten Mal läutete, war sie bereits aufgesprungen und hatte sich schnell den Hörer geschnappt.

„Hallo“, sagte sie fröhlich und freute sich, endlich mit jemandem sprechen zu können – selbst wenn es nur ein Vertreter sein sollte.

„Hallo, Liebling! Ich habe mich gefragt, ob du wohl noch zu Hause bist.“

Sie erstarrte. „Sollte ich irgendwo anders sein?“

Doug lachte leise. „Ich dachte, du wolltest heute Nachmittag einen Spaziergang machen.“

Das war etwas, das von einem der zahllosen Bücher vorgeschlagen wurde, die sie lasen. Carol hatte daraufhin entschieden, dass sie sich körperlich mehr betätigen musste. Und da sie ja nun zu Hause war, hatte sie genügend Zeit, sich draußen an der frischen Luft zu bewegen. Das gehörte alles zu der Abmachung, die sie diskutiert und getroffen hatten, bevor sie ihren Job aufgab.

„Richtig. Ich wollte mich gerade fertig machen und losgehen.“ Sie warf einen Blick auf die Mikrowelle und drehte ihrem wartenden Essen den Rücken zu.

„Carol? Ist alles in Ordnung mit dir?"

Ihr Ehemann bemerkte ihre Stimmung, ihre Niedergeschlagenheit und Sorge. Doug hatte recht, als er ihr vorschlug, die Arbeit zu kündigen. Sie beide hatten Angst, denn es bestand die Möglichkeit, dass Carol niemals eine Schwangerschaft zu Ende bringen würde. Es half auch nicht, dass es noch die Möglichkeit einer künstlichen Befruchtung gab. Die Versicherung zahlte nur für drei Versuche – die ersten zwei waren bereits gescheitert. Künstliche Befruchtung oder IVF, In-vitro-Fertilisation, waren für sie der letzte Ausweg. Die letzte Hoffnung der beiden, doch noch ein leibliches Kind zu bekommen. Im Juli würde ihr letzter Versuch stattfinden. Danach mussten sie für die Kosten selbst aufkommen. Als sie darüber nachdachten, die Chance der künstlichen Befruchtung zu nutzen, hatten sie sich darauf geeinigt, nur diese drei Versuche zu wagen. Falls sie dann noch nicht schwanger wäre, würden sie mit dem Adoptionsverfahren beginnen. Und die emotionale Belastung der ersten fehlgeschlagenen Befruchtungen zeigte deutlich, dass sie beide diesen Druck nicht lange würden aushalten können. Zweimal war eine befruchtete Eizelle eingesetzt worden, und zweimal hatte Carol eine Fehlgeburt erlitten. Kein Paar dieser Welt konnte dieses Leid noch häufiger ertragen.

Carol und Doug redeten nicht darüber, dass diese künstliche Befruchtung ihre letzte Chance war. Aber der Gedanke daran beherrschte beide tief in ihrem Inneren. Es war so wichtig, dass sie schwanger wurde – und schwanger blieb.

Sie war bereit, alles dafür zu tun, was in ihrer Macht stand. Sie war bereit, ihren geliebten Job aufzugeben, bereit, während der unzähligen Tests malträtiert und erniedrigt zu werden. Sie war bereit, ihre Zweifel zu besiegen, alle emotionalen Höhen und Tiefen zu meistern – alles für das Baby. Dougs Baby.

„Ich liebe dich, mein Herz."

„Ich weiß." Obwohl sie es scheinbar gedankenlos dahersagte, wusste sie es. Doug liebte sie. Er stand ihr während der gesamten schmerzhaften und langwierigen Prozedur zur Seite, ging mit ihr zu unterschiedlichen Ärzten, unterzog sich Tests, weinte mit ihr und ertrug gemeinsam mit ihr die Rückschläge, die Wut und die Trauer. „Eines Tages wirst du dein eigenes Kind in den Armen halten, und dann wissen wir beide, dass es all das wert war." Sie hatten sich sogar schon Namen für das Kind überlegt. Wenn es ein Junge wäre, sollte er Cameron heißen, und falls sie ein Mädchen bekämen, würden sie es Colleen nennen. Carol hatte manchmal das Gefühl, ihr Kind schon anschauen und spüren zu können. Sie wusste genau, wie es sich anfühlen würde, die Freude und den Stolz im Blick ihres Mannes zu sehen.

Diese Vorstellung ließ sie die schwierigen, belastenden Phasen der IVF leichter ertragen.

„Wann wirst du zu Hause sein?" Früher hatte sie diese Frage nicht sonderlich interessiert, doch nun bestimmten seine Arbeitszeiten ihren Tagesablauf. Jeden Nachmittag warf sie sehnsüchtige Blicke auf die Uhr. Sie fragte sich, wie viele Stunden, Minuten noch vergehen würden, bis Doug endlich heimkam.

„So wie immer", versprach er.

Ihr Ehemann, mit dem sie seit sieben Jahren verheiratet war, arbeitete als Antragsprüfer für eine Versicherung. Sie hatte in ihrem Job mehr verdient als er. Mit ihrem Gehalt konnten sie eine beträchtliche Anzahlung auf die Eigentumswohnung leisten, in der sie jetzt lebten. Als sie heirateten, hatte ihr kluger und bescheidener Mann darauf bestanden, ihren Lebensstandard so auszurichten, dass sie allein von seinem Gehalt leben konnten. Er befürchtete, dass sie sonst auf Carols Einkommen angewiesen sein würden. Der Plan, eine eigene Familie zu gründen, hätte sonst daran scheitern können. Nach ihrer Hochzeit warteten sie noch drei Jahre, um sich ein finanzielles Polster zu schaffen. Das sollte sich als eine gute Entscheidung entpuppen. Denn selbst mit der Unterstützung durch die Versicherung waren die Kosten für eine künstliche Befruchtung horrend.

„Habe ich schon mal erwähnt, wie furchtbar das Fernsehprogramm tagsüber ist?", fragte sie.

„Dann schalte doch den Apparat aus und mach einen Spaziergang."

„Jawohl, Sir", erwiderte sie in einem gespielt unterwürfigen Ton.

Er lachte. „Bin ich wirklich so schlimm?"

„Nein. Es ist nur – nicht mehr zu arbeiten habe ich mir irgendwie ganz anders vorgestellt." Sie hatte nicht damit gerechnet, dass das Leben zu Hause endlose Stunden Langeweile bedeutete. Oder den verzweifelten Versuch, sich abzulenken, bis ihr Mann endlich wieder da war. Bisher hatte sie ständig an irgendwelchen Meetings teilgenommen oder schwerwiegende Entscheidungen getroffen. Sie war es gewohnt, immer unter Strom zu stehen. Allein zu Hause zu sein war eine völlig neue Erfahrung für sie – und keine, die sie genoss.

„Soll ich vielleicht später mit dir zusammen rausgehen?"

„Nein, alles okay. Du hast recht. Ich sollte kurz an die frische Luft. Es ist so ein wundervoller Nachmittag." Kein Fleckchen auf der Erde war schöner als Seattle, wenn die Sonne schien. Es war ein perfekter Maitag, und sie betrachtete versonnen die schneebedeckten Olympic Mountains in der Ferne und das blaugrüne Wasser der Puget-Sound-Bucht zu ihren Füßen.

„Ich sehe dich dann gegen halb sechs", sagte er.

„Ich werde da sein." Bevor sie die Immobilienfirma verlassen hatte, war Doug immer als Erster zu Hause gewesen. Er hatte das Essen gekocht. Und er hatte den Fernseher angeschaltet, um die Lokalnachrichten zu verfolgen. Carol hatte keine Mühe gehabt, diese Rolle zu übernehmen. Nun war diese tägliche Routine einer der interessanteren Parts in ihrem Leben.

Sie stellte ihr Essen in den Kühlschrank und schnappte sich auf ihrem Weg nach draußen einen Apfel.

Carol nahm den Aufzug und fuhr runter ins Foyer des Gebäudes. Sie ging durch die Glastür und trat nach draußen auf den Bürgersteig. Während sie ihren Apfel aß, lief sie in Richtung Wasser.

Alle Kollegen im Büro hatten Carol gewarnt. Sie erzählten ihr, dass Frauen, die nicht arbeiteten – vor allem Mütter –, ständig mit ihrem Gewicht zu kämpfen hätten.
Viel in der Küche und stets mit Essen konfrontiert zu sein machte es unmöglich, schlank zu bleiben – das sagten jedenfalls ihre ehemaligen Mitarbeiter. Aber das war kein Problem für Carol. Nie zuvor hatte sie gesünder gegessen als im Moment. Die Ernährung war ein wichtiger Teil ihres Lebens, und sie schaffte es mühelos, ihre Kleidergröße zu halten.

Eine kühle Brise wehte vom Wasser herüber, als sie den vertrauten Weg entlangspazierte. Aus einer Laune heraus änderte sie die Richtung und stieg Pill Hill hinauf, wo sich das *Virginia Mason Hospital* und das *Swedish Medical Center* befanden. Sie war völlig außer Atem, als sie den steilen Anstieg hinaufgeklettert war. Langsam ging sie weiter und sah sich in der Gegend um, bis sie irgendwann in die Blossom Street einbog.

Einige der Häuser wurden gerade saniert. Die Straße war abgesperrt, aber den Bürgersteig konnte man benutzen. Auf der einen Seite der Blossom Street schienen die Bauarbeiten abgeschlossen zu sein: Die Fronten der Läden waren frisch gestrichen, und eine grün-weiß gestreifte Markise spendete einem Blumenladen Schatten. Tulpen und Lilien waren in großen Gefäßen vor der Eingangstür des Ladens arrangiert.

Trotz des Baustellenlärms schlenderte Carol die Straße entlang. Ein Videoladen und ein altes Apartmentgebäude bildeten das Ende des Blocks. Gegenüber entdeckte sie ein Bistro, *Annies Café*. Der Unterschied zwischen den bereits modernisierten Abschnitten der Straße und den alten Gebäuden war erstaunlich. Der ursprüngliche Teil erinnerte an eine malerische kleine Stadt mit freundlichen Händlern. So wie man sie aus Fernsehserien der 60er-Jahre kannte. Sicher, einige der Gebäude waren heruntergekommen, doch trotzdem wirkten sie einladend. Es war kaum zu glauben, dass die Blossom Street weniger als eine Meile vom Stadtzentrum Seattles mit seinen Hochhäusern und den überfüllten Straßen entfernt war.

Neben dem Blumenladen entdeckte Carol eine weitere Überraschung: einen Wollladen. Das Geschäft war neu. Ein

Schild kündete von der „großen Eröffnung“. Eine Frau – sie schien in Carols Alter zu sein – saß in einem Schaukelstuhl und strickte. Ein Knäuel limonengrünes Garn lag in ihrem Schoß.

Weil sie nichts Besseres zu tun hatte, stieß Carol die Tür auf und betrat das Geschäft. Ein hübsches Glöckchen ertönte. „Hallo“, sagte sie und bemühte sich, fröhlich und neugierig zu klingen. Sie war sich nicht sicher, was sie dazu bewogen hatte, den Laden überhaupt zu betreten. Zumal sie nicht stricken konnte und an Kunsthandwerk noch nie sonderlich interessiert gewesen war.

Die zierliche Frau begrüßte sie mit einem schüchternen Lächeln. „Hallo und willkommen im *A Good Yarn.*“

„Sie sind neu hier, habe ich recht?“

Die Besitzerin nickte. „Gestern war die Eröffnung, und Sie sind heute Nachmittag meine erste Kundin.“ Sie lachte leise. „Eigentlich überhaupt die erste Kundin heute“, gab sie zu.

„Was stricken Sie da?“, fragte Carol und fühlte sich seltsam beschämt, weil sie im Grunde genommen keine wirkliche Kundin war.

„Einen Pullover für meine Nichte.“ Sie griff nach ihrem Strickzeug und hielt es Carol entgegen.

Die Farben – Limonengrün, Orange und Türkis – zauberten ein Lächeln auf Carols Gesicht. „Das gefällt mir.“

„Stricken Sie?“

Die Frage musste kommen. „Nein, aber ich würde es irgendwann gern einmal lernen.“

„Dann sind Sie bei mir genau richtig. Am nächsten Freitag beginnt ein Anfängerkurs. Wenn Sie sich dafür einschreiben, erhalten Sie einen Nachlass von zwanzig Prozent auf die Wolle."

„Es tut mir leid, aber ich fürchte, ich bin völlig unbegabt fürs Stricken." Carol spürte ehrliches Bedauern. Doch sie war nun einmal nicht der Mensch, der gern etwas mit seinen eigenen Händen herstellte. Zinseszinsen oder Jahreszinsen, Einlagen und Anlagefonds berechnen – dort lagen ihre Fähigkeiten und ihr Talent.

„Sie werden es nie wissen, wenn Sie es nicht ausprobieren. Ich bin übrigens Lydia."

„Carol." Sie reichte ihr die Hand. Lydia legte ihr Strickzeug beiseite, um Carols Händedruck zu erwidern. Die junge Frau war klein und zierlich, ihr dunkles Haar trug sie kurz. Ihre klugen braunen Augen funkelten vergnügt, und Carol mochte sie auf Anhieb.

„Im Anfängerkurs beginne ich mit einem einfachen Projekt", erklärte Lydia.

„Es müsste aber wirklich sehr leicht sein, wenn ich mit dem Stricken anfangen sollte."

„Ich habe mir überlegt, dass jeder der Schüler eine Babydecke stricken sollte."

Carol erstarrte, und Tränen stiegen ihr in die Augen. Sie senkte den Kopf, bevor Lydia es bemerkte. Normalerweise war sie kein Mensch, der besonders empfindlich war. Aber durch den Aufruhr ihrer Hormone schienen ihre Emotionen hin und wieder außer Kontrolle zu geraten. Die ganze Situation war so seltsam, und doch schien es Schicksal zu sein.

„Vielleicht werde ich mich doch für den Kurs anmelden", sagte sie und strich über ein Knäuel hellgelber Wolle.

„Das wäre wundervoll." Lydia ging zum Tresen hinüber

und kehrte mit einem Klemmbrett zurück.

Im Augenblick suchte Carol überall nach Zeichen und Omen. Oft hielt sie Zwiesprache mit Gott. Ohne den geringsten Zweifel glaubte sie, dass sie zu diesem Lädchen geführt worden war. Es war Sein Weg, ihr zu zeigen, dass Er ihre Wünsche und Gebete bald erhören würde. Wenn sie sich diesem dritten und letzten IVF-Zyklus unterzog, würde es klappen. In naher Zukunft würde sie die Babydecke für ihr eigenes Kind benötigen.

4. KAPITEL

Alix Townsend

Mit dem Absatz ihres kniehohen schwarzen Stiefels zertrat Alix Townsend den Zigarettenstummel, den sie soeben auf den rissigen Bürgersteig aus Beton geworfen hatte. Der Manager des Videoladens in der Blossom Street sah es nicht gern, wenn die Mitarbeiter im Pausenraum rauchten. Um sich seine Bemerkungen zu ersparen, zog sie es vor, draußen ihre Zigarettenpause zu machen. Der Kerl war ein Idiot, der andauernd und ununterbrochen über seine Angestellten, die Wirtschaftslage und das Leben im Allgemeinen nörgelte.

Ihr Chef hatte allerdings in einem Punkt recht: Die Bauarbeiten ruinierten langsam, aber sicher sein Geschäft. Alix glaubte, es sei nur noch eine Frage der Zeit, bis sie die Kündigung wegen Personalabbaus erhalten würde. Und gleich anschließend die Benachrichtigung, dass ihr Apartmenthaus verkauft worden sei und dass sie aus ihrer Wohnung ausziehen müsse. Mit all den Sanierungsmaßnahmen, die in der Gegend stattfanden, war das praktisch unumgänglich. Entweder das – oder sie würde eine gewaltige Mieterhöhung erwarten können. Vielen Dank, Herr Bürgermeister.

Sie vergrub die Hände in den Taschen ihres schwarzen Ledermantels und blickte die Straße entlang auf den Staub und den Bauschutt. Sie trug ihren Ledermantel ständig – egal ob es regnete oder die Sonne schien, im Sommer wie im Winter. Dieser Mantel hatte sie eine Menge gekostet, und sie würde ihn ganz sicher nicht ausziehen, damit irgendjemand ihn ihr stehlen und damit abhauen könnte. Jemand wie ihre Mitbewohnerin zum Beispiel, die übergewichtige Laurel – obwohl Alix bezweifelte, dass ihre Klamotten Laurel passten. Lässig an die Mauer gelehnt, ein Knie angezogen und den Fuß gegen die Mauer gestützt, konzentrierte Alix sich auf die andere Straßenseite.

Sämtliche Ladenfronten waren frisch gestrichen. Der neue Blumenladen hatte, genau wie der Kosmetiksalon, bereits eröffnet. Diese Läden waren *echt* ein Segen für die Nachbarschaft – als ob sie jemals etwas in dem einen oder anderen Geschäft kaufen würde. Sie schnaubte verächtlich. Was in dem Laden, der sich zwischen den beiden anderen befand, angeboten wurde, war auf den ersten Blick nicht zu erkennen. *A Good Yarn*. Sie sah sich das Geschäft genauer an und entschied, dass es sich um einen Wollladen handeln musste. Die Menschen hier wirkten nicht so, als würden sie beim Anblick eines Wollknäuels in Begeisterungsstürme ausbrechen.

Ein Strickgeschäft eröffnete jedoch noch eine andere Möglichkeit ... Da sie noch fünf Minuten Pause hatte, überquerte sie die Straße. Sie blinzelte durch das Fenster und entdeckte ein handgeschriebenes Schild, auf dem ein Strickkurs angekündigt wurde. Wenn sie anfinge zu stricken, würden die Behörden und das Gericht sie vielleicht endlich in Ruhe lassen – denn möglicherweise könnte sie auf diese Weise die gemeinnützigen Stunden abarbeiten, die der Richter ihr aufgebrummt hatte.

„Hi", sagte sie laut, als sie durch die Eingangstür trat. Sie liebte große Auftritte.

„Hallo."

Die Besitzerin war eine anmutige, zerbrechlich wirkende Frau mit ausdrucksstarken braunen Augen und einem offenen Lächeln.

„Gehört Ihnen der Laden?“, fragte Alix und musterte die andere Frau abschätzig. Sie konnte nicht viel älter sein als sie selbst.

„Das ist mein Geschäft.“ Sie erhob sich aus ihrem Schaukelstuhl. „Wie kann ich Ihnen helfen?“

„Ich würde gern mehr über den Strickkurs erfahren.“ Ihr Sozialarbeiter hatte irgendwann einmal vorgeschlagen, Aggressionen mit einer Tätigkeit wie Stricken abzubauen. Vielleicht würde das tatsächlich funktionieren. Und wenn sie damit ihre gemeinnützigen Stunden ableisten konnte …

„Was soll ich Ihnen erzählen?“

Langsam schlenderte Alix durch den Laden, die Hände in den Manteltaschen vergraben. Sie sah sich um. Wetten, dass die Stricklady nicht besonders viele Kunden hatte? Vor einiger Zeit hatte ein Aushang im Gericht Alix’ Aufmerksamkeit erregt – in dem Schreiben ging es um handgearbeitete Steppdecken und Wolldecken für Kinder, die zu Hause misshandelt worden waren. „Haben Sie schon einmal vom Linus-Projekt gehört?“, fragte sie, obwohl sie sich beinahe sicher war, dass diese Frau noch nie einen Fuß in ein Gerichtsgebäude gesetzt hatte.

„Natürlich.“ Die Frau faltete die Hände und folgte ihr durch den Laden. Es schien, als habe sie Angst, Alix könne versuchen, das ein oder andere Wollknäuel mitgehen zu lassen. „Das ist ein Projekt, das von der Polizei initiiert wurde. Es hat unter anderem zum Ziel, Decken für Kinder herzustellen, die Opfer häuslicher Gewalt geworden sind.“

„Genau."

„Ich bin übrigens Lydia."

„Alix. A-L-I-X." Sie hatte nicht damit gerechnet, dass die Frau ihren Vornamen nennen würde. Aber gut.

„Hallo, Alix, und willkommen im *A Good Yarn*. Sind Sie daran interessiert, am Linus-Projekt teilzunehmen?"

„Also …" Sie hatte noch nicht ernsthaft darüber nachgedacht. „Könnte ich machen, wenn ich wüsste, wie man strickt", sagte sie schließlich leise.

„Aber dafür gebe ich den Kurs doch."

Alix stieß ein kurzes bitteres Lachen aus. „Ich bin mir sicher, dass ich zum Stricken nicht tauge."

„Würden Sie es denn gern lernen? Es ist wirklich nicht schwierig."

Alix schnaubte verächtlich. Die Wahrheit sah so aus: Sie hatte *keine* Ahnung, warum sie überhaupt hier war. Vielleicht hatte irgendein Erinnerungsfetzen aus ihrer Kindheit – ein Gefühl, ein Moment – sie hier in diesen kleinen Laden geführt. Die frühen Jahre ihres Lebens waren aus ihrem Gedächtnis gestrichen, verbannt, einfach nicht mehr da. Die vom Gericht berufenen Ärzte hatten festgestellt, dass sie an frühkindlicher Amnesie litt. Wie auch immer. Ab und zu stahl sich eine Erinnerung in ihr Gedächtnis. Meist konnte sie jedoch nicht unterscheiden, ob etwas tatsächlich geschehen war oder nicht. Was sie allerdings noch genau wusste, war, dass ihre Eltern sich fast ständig gestritten hatten. Immer wenn es zu Auseinandersetzungen kam, versteckte Alix sich in einem Schlafzimmerschrank. Und wenn sie dann die Tür schloss und die Augen zumachte, war es beinahe so, als gäbe es kein Geschrei und keine Gewalt. In diesem Schrank existierte eine andere Familie. Eine Familie, die sie sich ausgedacht hatte. Die aus einer wunderbaren Welt stammte, in der Mütter und Väter sich liebten, nicht anschrien oder schlugen. In Alix' Welt gab es ein richtiges Zuhause, in dem nicht der halbe Kühlschrank mit Bier gefüllt war. Dort warteten nach der Schule Milch und Kekse auf sie. Sie konnte sich daran erinnern, dass im Laufe der Jahre die Fantasiewelt für sie immer wichtiger geworden war. Ein Detail war, dass diese Fantasiemutter, die sie so liebte, gern strickte.

Alix war als kleines Kind ziemlich oft in den Schrank geflüchtet …

„Nächsten Freitagnachmittag startet ein Anfängerkurs – wenn Sie mögen?"

Die Worte rissen Alix aus ihren Träumereien. Sie grinste. „Und Sie glauben ernsthaft, dass Sie jemandem wie mir das Stricken beibringen können?"

„Aber selbstverständlich kann ich das", erwiderte Lydia, ohne zu zögern. „Ich habe es bereits vielen Menschen gezeigt. Außerdem haben sich bisher erst zwei Frauen für den Kurs angemeldet. Also kann ich Ihnen genügend Aufmerksamkeit schenken."

„Ich bin Linkshänderin."

„Das ist kein Problem."

Die Lady musste wirklich verzweifelt auf der Suche nach Kunden sein. Ausflüchte gab es genügend, und letzten Endes würde Lydia sie nicht zwingen können. Außerdem hatte Alix gar kein Geld für die Wolle, die sie benötigte, um stricken zu lernen.

„Was halten Sie davon, eine Decke für das Linus-Projekt zu stricken?", fragte Lydia plötzlich.

Damit konnte sie sich Alix' Aufmerksamkeit sicher sein.

Und Lydia ließ nicht locker. „Ich habe selbst einige Decken für das Projekt angefertigt", erzählte sie.

„Tatsächlich?" Diese junge Frau schien ein großes Herz zu haben.

Lydia nickte. „Und es gibt so viele Menschen, die es verdient haben, dass man im Zuge dieses Projektes für sie strickt."

Menschen, die es verdient haben, dass man für sie strickt … Die Mutter in ihrer Fantasiewelt hatte gestrickt, ihr Lieder vorgesungen und nach Lavendel und anderen Blumen geduftet. Alix hatte sich immer gewünscht, eines Tages so wie diese Mutter zu werden. Der Weg, den ihr Leben dann aber nahm, hatte sie in eine andere Richtung geführt. Vielleicht war dieser Strickkurs etwas, das sie tun konnte – tun *sollte*.

„Ich denke, ich könnte es versuchen", sagte sie und zuckte die Schultern. Sie würde bestimmt jede Menge Spott über sich ergehen lassen müssen, wenn Laurel, die auch im Videoladen arbeitete, das herausfand. Aber das war ihr egal. Ihr ganzes Leben hindurch war sie Zielscheibe von Spott und Häme gewesen.

Lydia schenkte ihr ein freundliches Lächeln. „Das ist wunderbar."

„Wenn die Decke für das Linus-Projekt nicht so toll wird, macht das auch nichts. Es ist ja nicht so, dass irgendjemand wüsste, dass ich sie gestrickt habe."

Lydias Lächeln erstarb. „*Sie* wissen es, Alix. Und das ist das Wichtigste."

„Ja, aber … also, ich denke, wenn ich den Kurs mache, dann erfüllt das gleich einen doppelten Zweck." Das klingt gut, dachte Alix und war mit sich selbst zufrieden. „Ich könnte lernen, wie man strickt. Und die Zeit, die ich dafür benötige, wird mir auf die Strafe angerechnet, die ich noch ableisten muss."

„Von was für einer Strafe reden Sie?"

„Richter Roper hat mir hundert Stunden gemeinnütziger Arbeit aufgebrummt – wegen einer Drogengeschichte. Ich war es aber nicht! Ich bin nicht blöd, und er weiß das." Ihre Hände verkrampften sich. Sie war immer noch wütend über die Anschuldigungen, denn das Marihuana hatte Laurel gehört. „Drogen nehmen ist dumm." Sie zögerte, dann stieß sie hervor: „Mein Bruder starb an einer Überdosis. Und ich bin nicht bereit, mein Leben jetzt schon wegzuwerfen."

Lydia straffte die Schultern. „Lassen Sie mich das alles mal zusammenfassen, damit ich Sie richtig verstehe. Sie möchten sich für den Strickkurs einschreiben und die Decke dem Linus-Projekt spenden?"

„Richtig."

„Und die Zeit, die Sie für die Fertigstellung brauchen ...", sie zögerte kurz, „... möchten Sie gegen die gemeinnützigen Stunden, die Sie vom Gericht als Strafe erhalten haben, aufrechnen?"

Alix glaubte zu spüren, dass Lydia gewisse Vorbehalte hegte. Sie klang schon deutlich reservierter. Aber diese Art von Reaktion auf ihre Person kannte Alix bereits. „Haben Sie ein Problem damit?", fragte sie kühl.

Wieder zögerte Lydia kurz. „Eigentlich nicht, solange Sie respektvoll mit mir und den anderen Kursteilnehmern umgehen."

„Klar, kein Problem." Alix blickte auf ihre Uhr. „Ich muss

wieder an die Arbeit. Wenn Sie mich brauchen, ich bin fast immer im Videoladen."

„Okay." Plötzlich klang Lydia nicht mehr so selbstsicher, wie sie zu Beginn der Unterhaltung gewirkt hatte.

Der Videoladen war voll, als Alix zurückkehrte. Sie huschte schnell hinter den Tresen.

„Wo hast du so lange gesteckt?", fragte Laurel. „Der Chef hat schon nach dir gefragt, und ich hab erzählt, du wärst auf dem Klo verschwunden."

„Entschuldige. Ich war draußen, um zu rauchen." Laut Arbeitsrecht hatte Alix Anspruch auf eine fünfzehnminütige Pause.

„Hast du einen von den Bauarbeitern getroffen?"

Alix schüttelte den Kopf, während sie zur Kasse ging. „Keinen einzigen. Vier Uhr nachmittags, und die Typen sind schneller weg als 'ne Rakete."

„Wir sollten auch eine Gewerkschaft haben", flüsterte Laurel ihr zu.

„Und anständige Sozialleistungen erhalten", sagte Alix.

Eines Tages würde sie einen Job finden, in dem sie nicht nur den Mindestlohn erhielt. Es wäre schön, wenn sie eine Wohnung für sich allein hätte – eine Wohnung, die sie nicht mit Laurel teilen musste. Ihre Mitbewohnerin lebte am Rande des Abgrunds und war ständig in Gefahr, abzustürzen. Und Alix' größte Angst war es, dass Laurel sie bei diesem Absturz mit sich reißen würde.

5. KAPITEL

„Wenn du linke und rechte Maschen stricken und Anweisungen befolgen kannst, kannst du alles schaffen.“
(Linda Johnson, Lindas Knit 'N' Stitch,
Silverdale, Washington)

Lydia Hoffman

Ich hatte Angst, dass Margaret recht behalten und *A Good Yarn* untergehen könnte. Und das, bevor es überhaupt richtig losgegangen war. Bisher waren erst drei Frauen für den Strickkurs angemeldet. Und Alix, die letzte, die sich eingeschrieben hatte, sah aus wie eine Schwerverbrecherin. Ich konnte und wollte mir nicht vorstellen, was Jacqueline und Carol zu einer Kursteilnehmerin sagen würden, die ein Hundehalsband trug und deren Haare in lila gefärbten Stacheln vom Kopf abstanden. Ich hatte Alix dazu ermutigt, teilzunehmen. Doch schon in dem Moment, als sie den Laden wieder verließ, fragte ich mich, ob ich das Richtige tat. Was hatte ich mir dabei gedacht?

Der Baulärm war mittlerweile nicht mehr ganz so störend, was eine ungemeine Erleichterung war. Trotzdem kamen nicht mehr Kunden in mein Geschäft. Das einzig Gute daran war, dass ich seit Langem einmal wieder Zeit und Ruhe fand, um ungestört zu stricken. Ich hätte dankbar für das sein sollen, was ich bereits erreicht hatte. Doch die fehlende Kundschaft bereitete mir echte Sorgen.

Jeder, mit dem ich mich über die Eröffnung des Ladens

unterhielt, riet mir, genug Geld in der Hinterhand zu haben. Ich sollte für mindestens sechs Monate die Kosten decken können. Das hatte ich auch – trotzdem hoffte und betete ich, dass ich einen Teil meines Erbes unberührt lassen konnte. Und jetzt, da ich den Schritt gewagt hatte, überfielen mich immer häufiger tiefe Zweifel.

Margaret gelang es jedes Mal, mich völlig zu verunsichern. Ich wünschte, ich würde meine Schwester verstehen. Manchmal glaubte ich, sie hasste mich. Und ein Teil von mir erkannte das Problem: Mom und Dad hatten mir ihre gesamte Aufmerksamkeit geschenkt – aber ich hatte sie damals auch gebraucht. Ich weigerte mich zu glauben, dass meine Schwester ernsthaft dachte, ich wäre so hungrig nach Zuwendung gewesen, dass ich den Krebs *heraufbeschworen* hatte.

Ich hatte mich immer danach gesehnt, gesund und normal zu sein. Bis heute erschien mir mein Leben so, als würde ich unter einer Gewitterwolke stehen und ständig mit der Angst leben müssen, dass der Blitz wieder einschlägt. Konnte meine einzige Schwester mich nicht einfach verstehen und unterstützen?

Am Mittwochmorgen saß ich in meinem Schaukelstuhl und strickte ein Paar Socken für meine Auslage, als plötzlich das Glöckchen an der Ladentür bimmelte. Erwartungsvoll lächelnd sprang ich auf. Ich hatte die Hoffnung noch nicht aufgegeben, ein Kunde und möglicher Kursteilnehmer könne den Laden betreten.

„Hallo." Ein UPS-Fahrer mit einem Handwagen, der einen Meter fünfzig hoch mit Kisten beladen war, kam ins Geschäft. „Ich beliefere regelmäßig die Nachbarschaft und dachte, ich stelle mich einmal persönlich vor." Er stellte die Karre ab und streckte mir die Hand entgegen. „Brad Goetz."

„Ich bin Lydia Hoffman." Wir schüttelten uns die Hände.

Er reichte mir ein elektronisches Clipboard, damit ich die Sendung abzeichnen konnte. „Wie läuft es denn so?"

„Es ist erst meine zweite Woche", antwortete ich ausweichend. Ich wollte nicht zugeben, wie schleppend das Geschäft bisher anlief.

„Die Bauarbeiten sind sicherlich bald abgeschlossen. Und dann werden die Kunden in Scharen zu Ihnen kommen." Er lächelte. Ich fühlte mich mit einem Mal getröstet und – so überraschend es war – auch zu ihm hingezogen. Mir fehlten Ermutigung und Anerkennung so sehr, dass das ein wohl nur allzu normales Verhalten war. Dieses besondere Gefühl hatte ich schon lange nicht mehr empfunden. Heimlich warf ich einen Blick auf seinen Ringfinger und konnte zu meiner Erleichterung keinen Ehering entdecken.

Es ist eine Schande, es zuzugeben, aber meine sexuellen Erfahrungen beschränken sich auf einige unbeholfene Versuche auf dem Rücksitz des Wagens meiner Collegeliebe. Roger war während der zweiten Gehirnoperation an meiner Seite. Aber seine Anrufe und Besuche wurden weniger, nachdem ich die Chemotherapie begonnen hatte und mir alle Haare ausgefallen waren. Glatzköpfige Frauen sind nicht besonders attraktiv, auch wenn Roger das Gegenteil behauptete. Ich denke, es hing damit zusammen, dass er die Beziehung mit mir als zum Scheitern verurteilt ansah. Ich war schließlich eine Frau, die jederzeit sterben konnte. Jemand, der seine emotionale Investition möglicherweise niemals zurückzahlen konnte. Roger war eben ein Student der Wirtschaftswissenschaften.

Mein Freund auf der Highschool hieß Brian. Er reagierte damals ganz ähnlich wie Roger. Eine gewisse Zeit hielt er es noch mit mir aus, dann irgendwann verschwand auch er … Ich mache keinem von beiden einen Vorwurf daraus.

Meine Trennung von Brian – und später von Roger – war unumgänglich. Nach Roger gab es noch ein paar kleinere Affären, aber die waren meist nicht der Rede wert.

Diese Erfahrungen hätten mich lehren müssen, dass die meisten Männer keine romantischen Gefühle für eine zweimalige Krebspatientin hegen. Ohne wie eine Märtyrerin klingen zu wollen … ich verstehe, wie sie sich fühlen mussten. Warum sollte man sich emotional an eine Frau binden, die wahrscheinlich sowieso sterben wird? Ich weiß nicht einmal, ob ich Kinder bekommen kann – oder überhaupt sollte. Darüber denke ich nicht gern nach.

„Meine Großmutter hat gestrickt“, sagte Brad. „Ich habe gehört, dass Stricken in den letzten Jahren wieder in Mode gekommen ist.“

Die Entwicklung hält schon länger an, dachte ich, korrigierte ihn aber nicht. Verdammt, er sah wirklich gut aus, besonders wenn er lächelte – und das schien er oft zu tun. Seine Augen waren dunkelblau. In ihnen lag ein intensiver Ausdruck. Er war nicht übermäßig groß, was mir ebenfalls gut gefiel. Ich bin gerade einmal eins dreiundsechzig. Und wenn ich neben jemandem stehe, der mich um einiges überragt, ist das schon ziemlich beängstigend. Brad war genau richtig – und genau *das* war das Problem. Ich wollte nicht sehen, wie jungenhaft zerzaust sein dunkles Haar über seine Stirn fiel oder wie die dunkelbraune Uniform seine breiten Schultern noch mehr zur Geltung brachte. Aber ich sah all diese Dinge … und noch mehr.

„Was stricken Sie?“, fragte er und deutete auf mein Strickzeug. Er wartete meine Antwort nicht ab. „Socken?“

„Das stimmt.“

„Aber Sie benutzen nur zwei Nadeln. Als Großmutter Socken strickte, hatte sie ungefähr ein halbes Dutzend davon in Gebrauch.“

„Dies sind Rundstricknadeln. Das ist eine etwas modernere Art zu stricken“, erklärte ich und hielt ihm meine halb fertige Arbeit entgegen.

Er berührte den Wollfaden und wirkte beeindruckt. „Stricken Sie schon lange?“

„Seit fast zehn Jahren.“

„Sie sehen so jung aus, als hätten Sie noch nicht einmal die Highschool abgeschlossen. Geschweige denn, als hätten Sie ein eigenes Geschäft.“

Das höre ich häufiger. Ich lächelte freundlich. Aber im Grunde ist das für mich kein Kompliment.

„Ich denke, ich mache mich mal wieder an die Arbeit“, sagte Brad, als er merkte, dass die Unterhaltung stockte. Ich hätte nichts dagegen gehabt, noch ein paar Minuten lang mit ihm zu plaudern. Doch er musste sicher einen Zeitplan einhalten. Ich ja gewissermaßen auch. Außerdem war ich noch nie gut im Flirten.

„Bevor ich gehe … kann ich Ihnen die Kisten noch irgendwo hinräumen? Sie sind schwerer, als sie aussehen.“

„Das schaffe ich schon allein. Aber danke.“ Ich war von Brads freundlichem Auftreten so verwirrt, dass ich erst jetzt wahrnahm, dass er mir neue Wolle geliefert hatte. Ein Vorteil meines eigenen Ladens lag darin, dass ich die Garne zum

Einkaufspreis bekam. Da ich nicht sicher war, was meine Kundschaft bevorzugen würde, hatte ich einfach ganz unterschiedliche Garne bestellt. Meine erste Bestellung hatte aus hochwertiger Wolle in zwei Dutzend verschiedenen Farben bestanden. Wolle war ein Muss, besonders, weil das Filzen sich großer Beliebtheit erfreute. Beim Filzen strickt man ein überformatiges Muster. Das fertige Projekt wird anschließend in heißes Wasser gelegt, wobei es einläuft und am Ende die Konsistenz von Filz bekommt. Als Nächstes wollte ich die Baumwollgarne bestellen. Diese Garne gehörten zu meinen Lieblingsmaterialien. Der größte Teil meiner Lieferung war bereits vor der Eröffnung des Ladens gekommen, der Rest wurde nach und nach gebracht.

„Wohnen Sie auch hier in der Gegend?“, fragte Brad, schob das Clipboard unter seinen Arm und streckte die Hände nach der leeren Karre aus.

„Ich habe ein Apartment über dem Geschäft.“

„Das ist praktisch. Hier einen Parkplatz zu finden grenzt nämlich fast an ein Wunder.“

Als ob ich das nicht wüsste. Ich fragte mich, wo er seinen Lieferwagen abgestellt hatte – wahrscheinlich ein ganz schönes Stück von meinem Laden entfernt. Meine Kundschaft musste ebenfalls mit der Parksituation kämpfen. Viele Kunden würden gezwungen sein, ein bis zwei Blocks entfernt zu parken. Ich hatte Bedenken, ob sie bereit wären, diese Unannehmlichkeit auf sich zu nehmen. Zwar gab es hinter dem Laden eine kleine Seitenstraße, doch dort würde ich mich nicht allein aufhalten wollen – egal ob bei Tag oder bei Nacht.

„Danke, Brad“, sagte ich und hielt ihm die Tür auf.

Er winkte mir noch einmal zu, bevor er verschwand. Für

einen Moment schien es, als habe sich eine Wolke vor die Sonne geschoben. Ich kannte das Gefühl: Es war Bedauern, das in Selbstmitleid umzuschlagen drohte. Aber das hier war weder die richtige Zeit noch der richtige Ort, schalt ich mich. Wenn ich mich selbst bemitleidete, musste ich eine Eric-Clapton-CD hören und ein oder zwei traurige Filme anschauen. Eiscreme konnte auch helfen – aber das nur in besonders schlimmen Fällen.

Es gab im Grunde nichts, das mich davon abhielt, eine neue Beziehung einzugehen. Nichts als meine eigenen Ängste. Du meine Güte, ich war dreißig! Okay, wenn ich ehrlich war, hatte ich Angst davor, mich zu verlieben. Ich wusste, dass die Beziehung scheitern würde. Ich habe es ja wirklich versucht, aber immer, wenn ich zugab, nicht nur ein-, sondern zweimal an Krebs erkrankt gewesen zu sein, konnte ich es in den Augen der Männer lesen.

Diesen Blick hasse ich am allermeisten – es ist eine Mischung aus Mitleid und Bedauern, aus Enttäuschung und Sympathie.

Oft kam die Veränderung schlagartig. Ich wusste dann, dass es nicht mehr lange dauern würde, bis die Beziehung zerbrechen würde. Und mit ihr meine Hoffnungen auf das, wonach sich wohl jede Frau sehnt – Mann und Kinder. Eine eigene Familie.

Zugegeben, es hörte sich an, als würde ich in Selbstmitleid versinken. Und in der Tat, das Thema Männer oder Beziehungen war mein wunder Punkt. Ich tat mein Bestes, um nicht zu viel darüber nachzudenken. Schließlich gab es so vieles, für das ich dankbar war. Und um nicht vollends verrückt zu werden, konzentrierte ich mich eher darauf und vermied es, über mein Liebesleben nachzudenken.

Um es ganz einfach zu formulieren: Ich pflegte meine Freundschaften oder Beziehungen nicht besonders gut.

Bevor ich erkrankte, war das anders. Damals war ich beliebt und offen, hatte jede Menge Freunde. Mit der Krankheit verschwanden alle Jungs irgendwann aus meinem Leben. Und ich selbst stieß meine Freundinnen von mir weg, vertrieb sie. Das war dumm, das wusste ich. Doch ich konnte es nicht länger ertragen, zu hören, wie viel Spaß sie hatten. Zurückblickend weiß ich, dass ich neidisch war. Ich wollte so gern so sein wie sie, wollte lachen, die Nacht durchquatschen, jemandem meine Geheimnisse anvertrauen. Dates haben und das Leben entdecken. Aber stattdessen war mein Alltag bestimmt von Ärzten, Krankenhäusern und neuen Therapien.

Ich hatte nie darüber nachgedacht, wie viel mir der Krebs genommen hatte. Fakt war, dass ich keine guten Freunde hatte. Ich befürchtete, die Gabe, Freunde zu gewinnen, möglicherweise verloren zu haben.

Die Gedanken an Brad Goetz vertrieb ich also aus meinem Kopf.

Gerade hatte ich damit begonnen, die Kisten auszuräumen und meine Wolle zu begutachten; da sah ich aus dem Augenwinkel einen Schatten an meinem Schaufenster vorbeihuschen. Brad. Und trotz meiner Entscheidung, mich nicht noch einmal auf eine Beziehung einzulassen, reckte ich den Hals, um einen Blick auf ihn zu erhaschen. Ein Lächeln überflog mein Gesicht, als er die Tür zu meinem Laden aufstieß.

„Lydia, haben Sie nach der Arbeit schon etwas vor?“

Zu meiner Überraschung fühlte sich mein Mund mit einem Mal ganz trocken an. „Etwas vor?“, wiederholte ich lahm.

„Ich weiß, es kommt etwas kurzfristig. Aber kann ich Sie vielleicht zum Essen einladen?“

Wieder zögerte ich, hin- und hergerissen zwischen dem Wunsch, sofort Ja zu rufen und dem Wissen, dass ich früher oder später mit nichts als Trauer und Reue zurückbleiben würde.

„Tut mir leid“, sagte ich und hoffte, den richtigen Tonfall getroffen zu haben. „Aber für heute Abend habe ich schon Pläne.“ Dass ich vorhatte, die Ferse der Socke zu Ende zu stricken, verschwieg ich tunlichst. Das musste er nicht unbedingt wissen.

„Und was ist mit morgen? Mein Sohn ist die nächsten beiden Nächte bei meiner Exfrau, und ich dachte, wir könnten vielleicht zusammen ...“

Bevor ich der Versuchung nachgab, schüttelte ich den Kopf. „Tut mir leid, ich kann nicht.“

Brads Lächeln erstarb. Wahrscheinlich kam es nicht so oft vor, dass eine Frau ihm einen Korb gab. „Bis bald.“

„Ja“, erwiderte ich leise und umklammerte ein Knäuel hellgelber Wolle. „Bis bald.“

6. KAPITEL

Jacqueline Donovan

Jacqueline hatte sich ein Schaumbad eingelassen. Sie lag entspannt in der Badewanne und wollte sich gerade ihrem neuesten Krimi widmen, als ein Geräusch an der Haustür sie aufhorchen ließ. Normalerweise kam Reese dienstags erst spätabends nach Hause, wenn sie längst im Bett lag. Eine Zeit lang hatten seine Abwesenheit und die nicht enden wollenden Vermutungen, wo er sein könnte, sie unglücklich gemacht. Eine Ehefrau redete mit ihrem Ehemann nun einmal nicht über die Geliebte. So hatte Jacquelines Vorstellungskraft genügend Raum gehabt, die seltsamsten Blüten zu treiben. Schon vor Jahren hatte sie dann schließlich akzeptiert, dass ihr Mann eine andere Frau traf. Einige sogenannte Freunde hatten sie mit Vergnügen wissen lassen, dass Reese mit einer unbekannten Blonden gesehen wurde. Ein Blick auf seine Schecks und die Belege der Kreditkarte hatten den Verdacht bestätigt.

Eine Blondine. Männer waren so berechenbar.

Sie hatte sich entschlossen, wegzuschauen, und tat so, als sei in ihrer Ehe und ihrem Leben alles in Ordnung. Das hieß allerdings nicht, dass deshalb das Wissen um die Existenz dieser blonden Frau weniger wehtat. Reeses Betrug traf sie tief. Aber Jacqueline war reif genug, um diesem unerfreulichen Umstand nicht zu viel Bedeutung beizumessen. Zu ihr war ihr Mann schon seit Jahren nicht mehr ins Bett gekommen. Was sie betraf, sollte er seine Geliebte haben.

Die getrennten Schlafzimmer waren allerdings eine beiderseitige Entscheidung gewesen. Schon früh in ihrer Ehe hatte sie den Stammhalter zur Welt gebracht, und nach einer angemessenen Wartezeit von zwei Jahren hatten die beiden noch einmal einen Versuch gestartet, ein Kind zu bekommen. Aber nach zwei späten Fehlgeburten und den damit einhergehenden Depressionen hatte Jacqueline die Hoffnung auf ein weiteres Kind aufgegeben.

Viel zu schnell war Paul erwachsen geworden. Beinahe über Nacht – so fühlte es sich jedenfalls an – war er alt genug, das Elternhaus zu verlassen und zum College zu gehen. Als ihr Sohn in ein Wohnheim zog, hatte Jacqueline vorgeschlagen, Reese könne das leer stehende Zimmer zu seinem machen. Und schon am nächsten Tag siedelte er mit all seinen Sachen in das Zimmer um. Sie war ein bisschen traurig, weil er so prompt reagiert hatte. Aber andererseits war sie auch erleichtert.

Wenn sie ehrlich sein sollte, war Sex für sie mittlerweile ein Akt des Eindringens, des Einbruchs in ihren persönlichen Bereich. Das Liebemachen war früher etwas anderes gewesen, vor allem am Anfang ihrer Beziehung. Und auch nach Pauls Geburt noch für eine Weile. Sie war sich sicher, dass alles ganz anders gekommen wäre, wenn sie ein zweites Kind bekommen hätten. Sie hatte sich immer eine Tochter gewünscht, aber das hatte eben nicht geklappt. Wenn sie über die letzten zwanzig Jahre nachdachte, war ihr klar, dass ihr dürftiges Liebesleben damit zusammenhing, dass sie Angst hatte und auch Schuld empfand. Doch das war nun egal, es machte keinen Unterschied mehr. Und sie hatte keine Lust, sich in psychologische Behandlung zu begeben, um herauszufinden, woran das genau lag.

Keine Tochter zu haben, bedauerte Jacqueline bis zum heutigen Tag. Reese hatte ihr immer gesagt, dass sie eine Tochter bekommen würde, wenn Paul heiratete.

Und das sollte ein Trost sein!

Unwillkürlich zuckte Jacqueline zusammen. Tammie Lee war so weit von ihrem Idealbild einer Tochter entfernt, dass es sich nicht einmal lohnte, näher über eine solche Möglichkeit nachzudenken.

„Jacquie, bist du zu Hause?“, ertönte Reeses Stimme aus dem Flur, der zu ihren Schlafzimmern führte.

„Ich nehme ein Bad“, rief sie zurück und legte ihr Buch beiseite. Es war gerade kurz nach sieben Uhr, und ihr Mann war ungewöhnlich früh zu Hause. Möglicherweise war sein Interesse an der anderen Frau abgeflaut. Das duftende Wasser und der Badeschaum spritzten, als sie aufstand. Sie fragte sich, ob vielleicht etwas nicht stimmte, weil ihr Mann schon zu Hause war. Nur was? Sie zog ein flauschiges Badetuch von der Heizung. „Ist alles in Ordnung?“

Reese klopfte an die Badezimmertür und kam, ohne eine Antwort abzuwarten, hinein. Er riss die Augen auf, als er sie, atemlos und rosig und mit nichts als einem Badetuch bedeckt, in der Wanne vor sich stehen sah.

„Was machst du hier?“, stieß sie hervor, verwirrt, weil er plötzlich vor ihr stand und sie fast nackt war. Früher war ihr Körper schlank und reizend gewesen, aber auch an Jacqueline war die Zeit nicht spurlos vorübergegangen. Ihre Bauchmuskeln waren nicht mehr so straff, und ihre Brüste waren die einer Fünfzigjährigen. Sie zog das Badetuch fester um ihren Körper.

„Willst du etwa mich auch noch aus dem Badezimmer vertreiben?"

„Ich wäre nur beim Baden gern allein."

Für einen Moment wirkte sein Blick kalt, bevor er ganz ruhig sagte: „Ich möchte bitte ein paar Minuten mit dir sprechen, wenn du Zeit hast."

„Natürlich", murmelte sie.

Er verließ das Bad und schloss die Tür hinter sich.

Als Jacqueline aus der Wanne stieg, merkte sie, dass sie zitterte. Sie stützte sich mit einer Hand auf dem Waschbecken ab. Dann atmete sie tief durch, um sich zu sammeln. Langsam trocknete sie sich ab und schlüpfte in ihr Satinnachthemd und den dazu passenden Morgenmantel. Sie blickte in den größtenteils beschlagenen Spiegel, wartete einen Augenblick, um ihr pochendes Herz zu beruhigen, und ging dann hinaus, um ihren Mann zu suchen.

Sie fand ihn in der Küche. Er stand vor dem geöffneten Kühlschrank und hielt eine Box mit Essen in der Hand, das sie vor zwei Tagen mitgebracht hatte. Sie kochte nicht mehr selbst, zumal Martha, die Haushälterin, diese Aufgabe gern übernahm. Jacqueline war froh, dass sie sich nicht länger mit den Vorbereitungen für die Mahlzeiten herumschlagen musste. So konnte sie sich besser ihren Verpflichtungen widmen. Reese aß meistens allein, weil er oft bis spätabends im Büro saß. Das behauptete er jedenfalls.

„Was ist los?"

Er antwortete nicht. Stattdessen öffnete er die Schachtel und untersuchte, was von dem Caesar-Salat mit Shrimps noch übrig war. Offenbar sagte ihm nicht zu, was er sah. Denn er verschloss den Karton wieder und stellte ihn zurück in den

Kühlschrank. „Haben wir Eier?“

„Ich denke schon“, erwiderte sie und trat zwischen ihn und die Kühlschranktür. „Soll ich dir vielleicht ein Omelett machen?“

„Würdest du das tun?“ Ihr Angebot überraschte ihn.

Ein bisschen verärgert nahm Jacqueline den Eierkarton aus dem Kühlschrank und griff nach einem Stück Käse.

„Was machst du schon zu Hause?“, fragte sie. Wenn sie schon für ihn kochte, konnte er wenigstens ihre Fragen beantworten.

Er setzte sich auf einen Barhocker und beobachtete Jacqueline, die gerade eine kleine Bratpfanne hervorholte und sie auf den Herd stellte. „Haben wir Pilze?“

„Nein. Und jetzt beantworte meine Frage.“

Er seufzte tief.

„Gut. Dann erzähl’s mir eben nicht“, murmelte sie und wandte sich ab. Sie durchsuchte den Gemüsebehälter, fand eine grüne Paprika, eine halbe Zwiebel und eine Zucchini, die allerdings schon ein bisschen fragwürdig aussah und deshalb umgehend in den Mülleimer wanderte.

„Du hast Paul und Tammie Lee einen Blumenstrauß geschickt, stimmt’s?“

„Ich habe dir doch gesagt, dass ich das tun würde“, entgegnete sie ärgerlich. Sie war es nicht gewohnt, ihrem Mann zu erklären, was sie tat. Seit wann musste sie ihm Rechenschaft ablegen? Außerdem hasste sie es, wie er wegen ihrer Schwiegertochter an ihr herumnörgelte.

„Hast du etwas von Paul gehört?“

Sie kniff die Lippen zusammen und versuchte sich ihren Missmut nicht anmerken zu lassen. „Nein, aber Tammie Lee hat angerufen, um sich für die Rosen zu bedanken“, erwiderte sie bitter. Ihre Schwiegertochter war vor Freude fast übergeschäumt und hatte wild drauflos geplappert, als hätte sie noch nie zuvor in ihrem Leben ein Dutzend rote Rosen gesehen.

„Ist das alles, was sie gesagt hat?“

„Hätte sie mehr sagen sollen?“, erwiderte sie. Jacqueline mochte diese Art Befragung nicht, und sie wollte ihn das spüren lassen.

Reese blickte zur Seite. „Ich habe keine Ahnung. Du bist doch diejenige, die mit ihr gesprochen hat.“

„Sie hat mir erzählt, wie sehr sie sich freut, schwanger zu sein. Und sie sagt, für sie kam die Schwangerschaft völlig überraschend.“ Sie konnte es kaum erwarten, zu hören, was ihre Countryclub-Freunde dazu sagen würden, dass Tammie Lee ein Kind erwartete. Jeder kannte Jaquelines Gefühle für ihre Schwiegertochter und ihre Hoffnung, dass Paul eines Tages seinen Fehler einsehen würde.

„Ich glaube, sie hat es darauf angelegt“, stieß sie wutschnaubend hervor. Tammie Lee wusste genau, was sie tat. Dieses Baby war kein Unfall.

„Es ist Pauls Leben.“

„Müssen wir dieselbe ermüdende Diskussion immer und immer wieder führen?“ Die Pfanne war mittlerweile heiß genug, sodass sie ein Stück Butter zergehen lassen und das Gemüse darin anschmoren konnte. Als würde sie ihren ganzen Zorn an den wehrlosen Eiern auslassen, schlug sie drei Stück auf und verrührte sie anschließend zu einer schaumigen Masse.

„Hast du dich für den Strickkurs eingeschrieben?“

Ihr Mann hatte offenbar jede Menge Fragen. Doch sie konzentrierte sich lieber aufs Kochen, statt zu antworten. Ihr entging nicht, wie verschlossen er war, wenn die Sprache auf ihn kam. Und sie fragte sich, wie er reagieren würde, wenn sie *ihn* plötzlich so löchern würde. Zum Beispiel, warum er um diese Uhrzeit zu Hause war, obwohl er doch eigentlich bei seiner Geliebten sein sollte. Oder warum es ihn mit einem Mal so interessierte, was Jacqueline tat. Aber sie entschied sich, ihn nicht zu fragen.

Sie rechnete damit, dass er sauer sein würde, weil sie nicht antwortete. Doch stattdessen lachte er.

„Was ist so lustig?"

„Du. Ich kann mir dich einfach nicht mit einem Paar Stricknadeln in der Hand vorstellen."

Sie entschloss sich, auch diese Bemerkung zu ignorieren. Sie würde ihm auf keinen Fall den Gefallen tun, ihm zu zeigen, wie sehr er sie ärgerte.

„Du siehst nicht im Entferntesten wie eine typische Großmutter aus – vor allem nicht vorhin, als du aus der Badewanne kamst. Du sahst so hübsch aus."

Auch diese Worte kommentierte sie nicht. Sie gab die geschlagenen Eier in die Pfanne mit dem angebratenen Gemüse und fügte etwas geriebenen Käse hinzu. Geschickt löste sie die Ecken des Omelettes und wendete es. Als die Eier so waren, wie er sie am liebsten mochte, ließ sie das Omelett aus der Pfanne auf einen Teller gleiten und reichte diesen ihrem Mann.

Seine Augen begannen zu leuchten.

„Du hast mir noch immer nicht verraten, warum du jetzt schon zu Hause bist." Er hatte sich bereits einmal geweigert, ihr zu antworten. Sie fragte sich, ob er es wieder tun würde.

„Ich hatte Hunger“, sagte er nur und widmete sich dem Omelett.

Was auch immer in Wirklichkeit geschehen war – Reese hatte offensichtlich keine Lust, mit ihr darüber zu reden. Sie beobachtete ihn einen Moment lang und sagte dann: „Ich gehe ins Bett und lese noch etwas.“

Sie stellte die benutzte Pfanne in die Spüle, damit Martha sie am nächsten Morgen abwaschen konnte. Dann machte sie sich auf den Weg in ihr Schlafzimmer.

Reese sagte nichts mehr, bis sie schon fast an der Tür war. „Jacquie?“

„Was ist?“, fragte sie und seufzte leise.

„Danke, dass du mir etwas zu essen gemacht hast.“

Abermals seufzte sie und schüttelte langsam den Kopf. „Gern geschehen.“

Im Schlafzimmer angekommen, zog sie ihren Morgenmantel aus und setzte sich auf die Kante ihres großen Bettes, das mit unzähligen Kissen dekoriert war. Versonnen strich sie mit der Hand über die mit Spitzen verzierte Tagesdecke. Sie schlug die Bettdecke zurück, schlüpfte zwischen die kühlen Laken und ordnete die Kissen in ihrem Rücken so, dass sie aufrecht sitzen und lesen konnte.

Weit entfernt hörte sie, wie Reese seinen Teller in die Spülmaschine räumte. Danach stellte er den Fernseher im Wohnzimmer an. Gerade als sie sich über die Lautstärke beschweren wollte, drehte er den Ton leiser.

Jacqueline las noch ungefähr zehn Minuten, bis ihr plötzlich Tränen den Blick verschleierten. Sie verstand nicht, warum sie weinte. Langsam beugte sie sich zum Nachttisch und zog ein Taschentuch hervor.

Sie weinte, weil alles auf einmal geschah. So jedenfalls erklärte sie es sich. Diese Schwangerschaft zur falschen Zeit, der schlimme Streit mit Paul und Reese, der an diesem Abend so unerwartet zu Hause war. Ihr Leben war das reinste Durcheinander. Sie war die Witzfigur in ihrem Freundeskreis, schoss es ihr durch den Kopf. Mrs. Donovan und ihre Schwiegertochter aus den Südstaaten. Ihre *schwangere* Schwiegertochter, ihr vor Liebe erblindeter Sohn und ihr Ehemann, der in fremden Betten herumstreunte.

Trotzdem würde sie Reese und Paul beweisen, dass sie eine gute Großmutter sein würde – und wenn es das Letzte war, was sie tat.

7. KAPITEL

Carol Girard

Carol war gut gelaunt, als sie am Donnerstagabend das Essen vorbereitete. Doug würde jeden Moment nach Hause kommen, und sie hatte einige gute Neuigkeiten zu berichten. Nachdem sie das Hühnerbrustfilet in kleine Stücke geschnitten hatte, träufelte sie Sojasoße über das rohe Fleisch, um es zu marinieren. Sie hatte vor, es später in der Pfanne scharf anzubraten – so wie Doug es gern mochte.

Sie lächelte, als die Tür geöffnet wurde und ihr Ehemann die gemeinsame Wohnung betrat. „Hallo, Liebling", rief er und hängte sein Jackett an den Haken. Beschwingt kam er zu ihr in die Küche. Sie umarmte ihn liebevoll und küsste ihn zärtlich. Der Kuss war lang und sehnsüchtig. Er ließ keinen Zweifel daran, dass sie mehr wollte.

„Womit habe ich diese Begrüßung verdient?", fragte Doug und lehnte sich etwas zurück, damit er sie ansehen konnte.

„Ich hatte einen fantastischen Tag."

„Erzähl mir, was du gemacht hast", bat er. Behutsam löste er sich aus ihrer Umarmung und sah die Post durch, die auf dem Küchentisch lag.

„Nachdem du zur Arbeit gegangen bist, bin ich noch einmal zu dem Wollladen spaziert, den ich Dienstag entdeckt habe. Lydia sagte, es wäre nicht nötig gewesen, weil der Kurs doch erst morgen beginnt. Aber ich habe mir schon einmal die Nadeln und das Garn für die Babydecke ausgesucht.

Warte, bis ich dir die Abbildung gezeigt habe. Sie ist so süß!" Carol rannte ins Nebenzimmer und kehrte mit einer Strickanleitung und einem Knäuel cremefarbener Wolle zurück. „Das ist perfekt, findest du nicht?"

Er starrte auf die Wolle, als ob er sich fragte, wie sie beim Anblick eines einfachen Knäuels Garn so außer sich geraten konnte.

„Verstehst du nicht?", rief sie. „Doug, wir werden ein eigenes Kind haben! Ich bin so sicher. Dieses Mal wird alles anders. Am Anfang der Woche habe ich noch geglaubt, ich könnte diesen Schmerz nicht noch einmal ertragen. Alles war so schwierig. Aber plötzlich habe ich Hoffnung, echte Hoffnung. Oh Doug, wir werden ein Baby haben!"

Sie sah, dass etwas von ihrem Enthusiasmus auch ihn berührt hatte. „Ein Baby", wiederholte sie, und ihre Stimme zitterte ein bisschen. Sie ergriff seine Hand und legte sie auf ihren flachen Bauch.

Er sah sie an, und Verlangen flackerte in seinem Blick auf. Er ließ die Post auf den Boden fallen und zog sie in seine Arme. Ihre Küsse waren leidenschaftlich und hungrig. Irgendwann lehnte er sich leicht zurück und biss ihr sanft in die Unterlippe. Carol, die die Wünsche und Bedürfnisse ihres Mannes genau kannte, schmiegte sich an ihn, spürte seine Erregung und begann sich langsam zu bewegen. Sie flüsterte ihm anregende Worte ins Ohr.

Doug stöhnte leise auf und küsste sie wieder. „Du weißt, was passiert, wenn du so mit mir sprichst?"

„Ja, ich bin mir dessen bewusst", flüsterte sie.

Er knöpfte ihre Bluse auf und schob sie über ihre Schulter, während sie hinüber ins Wohnzimmer taumelten. Eng umschlungen fielen sie aufs Sofa.

„Wir sind schon zu lange verheiratet für diese Art von verrücktem, spontanem Sex“, sagte er, während er sich die Krawatte vom Hals zerrte und sein Hemd aufmachte.

„Möchtest du lieber warten, bis es dunkel ist?“

„Nein“, brummte er heiser.

Auch sie wollte nicht länger warten. Diese Spontaneität war das komplette Gegenteil zu dem durchgeplanten Sex, den sie in letzter Zeit gehabt hatten. Was einmal impulsiv und natürlich gewesen war, entsprach mittlerweile einer langweiligen Routine. Es war ungefähr so romantisch wie ein Arzttermin. Sie war auf den richtigen Zeitpunkt fixiert, darauf, ihren Eisprung abzupassen, um endlich schwanger zu werden. Jetzt, zum ersten Mal seit Jahren, fand ihr Liebesspiel ohne Ziel statt. Es war völlig zwanglos – und daher umso befreiender. Sobald sie aus ihren Kleidern geschlüpft waren, legte sich Carol auf das Sofa und streckte die Arme aus, um ihren Mann willkommen zu heißen.

Doug ließ sich auf sie sinken. Sie schloss die Augen und genoss das Gefühl, als sein Körper sich mit ihrem vereinte. So sollte die Liebe immer sein. Sie hatte schon beinahe vergessen, wie es sich anfühlte, echte Leidenschaft zu spüren. Ihr Ziel war es, ihm Liebe und Hoffnung zu schenken. Und sie war trunken von der Intensität seiner Nähe.

Sie hatte ihre Arme um seinen Nacken geschlungen und vergrub ihre Finger in seinem dunklen Haar. Ihr Körper bog sich ihm entgegen. Carol genoss die Wärme und die Unbekümmertheit ihres Liebesspiels.

Danach hielten sie sich lange umschlungen, kosteten jeden Moment aus. Keiner von beiden sagte ein Wort – sie wollten den Frieden und die Harmonie nicht stören. Diese Vereinigung war eine Bestätigung ihrer tief empfundenen Liebe, ihrer Verpflichtung und ihres unumstößlichen Glaubens, dass sie eines Tages Eltern sein würden. Carol war sich sicher. Sie war fest davon überzeugt seit dem Tag, an dem sie den Wollladen betreten und erfahren hatte, dass der Anfängerkurs eine Babydecke stricken würde. Sie hatte ein Zeichen erhalten.

Nach einer Weile hob Doug den Kopf und küsste sie sanft auf die Stirn. „Ich liebe dich."

Glücklich und zufrieden lächelte Carol ihren Ehemann an. „Ich liebe dich auch. Und ich glaube, der kleine Cameron wird viel Spaß mit seinem Vater haben."

„Die kleine Colleen, meinst du."

„Wir könnten auch Zwillinge bekommen."

„Gut – je mehr, desto besser."

Lange sahen sie einander an. Irgendwann wurde es einfach zu unbequem, in derselben Position auf der Couch zu liegen. Nachdem sie sich angezogen hatten, nahm Carol das Garn in die Hände. Es nur zu halten verschaffte ihr bereits ein Wohlgefühl. Sie würde diese Babydecke stricken, und mit jeder Masche, mit jeder Reihe würde ihr ungeborenes Kind ihre Liebe spüren.

Nach dem Abendessen klingelte das Telefon. Carol war gerade dabei, die Teller und das Besteck in den Geschirrspüler zu räumen. Doug saß vor dem Fernseher, sah die Nachrichten und las nebenbei die Zeitung. Er ließ den Sportteil sinken und sah, dass sie in der Küche an den Apparat ging.

Die Anruferkennung zeigte Carol, dass ihr Bruder Rick von seinem Handy aus anrief. Rick war Pilot für die *Alaska Airlines*. Er arbeitete in Alaska, wo auch seine Exfrau Ellie lebte. Zwar führte sein Dienstplan ihn oft nach Seattle, aber er hatte nur selten Zeit, seine Schwester zu besuchen.

„Hallo, großer Bruder“, begrüßte Carol ihn. Sie freute sich, endlich wieder von ihm zu hören.

„Carol, du hörst dich gut an. Bist du …?“ Er zögerte. Doch Carol wusste genau, was er fragen wollte.

„Noch nicht. Doug und ich arbeiten aber dran – Tag und Nacht.“ Sie warf ihrem Mann einen frechen Blick zu. Doch der hatte sich bereits wieder in seine Zeitung vertieft und gar nicht mitbekommen, was sie gesagt hatte. „Wie lange bist du in der Stadt?“

„Heute Abend und morgen. Am späten Nachmittag fliege ich weiter. Gibt es eine Möglichkeit, dass wir uns sehen können? Nicht unbedingt dieses Mal, wenn du keine Zeit hast, aber bald?“

Sie betrachtete ihren Kalender. „Herzlich gern.“ Seine Einladungen waren selten, und sie tat alles, um ihrem Bruder entgegenzukommen. „Wollen wir vielleicht zusammen frühstücken?“

„Du weißt doch, dass ich morgens nicht besonders unterhaltsam bin.“

Carol erinnerte sich daran, wie viele Schwierigkeiten ihr Bruder immer gehabt hatte, rechtzeitig zur Schule zu kommen. „Das stimmt allerdings“, sagte sie.

„Was treibst du denn so?“, fragte er.

„Nicht viel. Doug und ich gehen dreimal die Woche ins Fitnessstudio, und morgen Nachmittag beginnt mein neuer Strickkurs.“

„Stricken? Du?“

„Ja. Und wenn du artig bist, werde ich dir eines Tages mal

einen Pullover stricken."

„So einen irischen, mit den komplizierten Mustern?"

„Äh … ich dachte eher an ein einfacheres Modell."

Ihr Bruder lachte. „Ich kann mir meine Schwester, die in ihrem Job Millionenbeträge verwalten musste, nicht mit einem Paar Stricknadeln vorstellen."

„Versuch es ruhig – denn es wird so sein." Sie fragte sich, ob er sie aus einem bestimmten Anlass sehen wollte. „Gibt es einen Grund für unser Treffen?"

Rick zögerte. „Es ist schon so lange her, dass wir uns mal in Ruhe unterhalten haben", sagte er. „Ich dachte nur, wir könnten uns gegenseitig mal wieder auf den neuesten Stand bringen. Das ist alles."

„Das wäre schön. Morgen scheint es ja leider nicht zu klappen. Wann kommst du das nächste Mal in die Stadt?" Sie hörte das Rascheln seines Terminkalenders, als er seinen Dienstplan betrachtete. „Warum kommst du dann nicht zum Abendessen vorbei?", schlug sie vor.

„Ich werde nächste Woche wieder hier sein. Passt es euch?" Er nannte ihr das Datum, und Carol notierte es auf dem Wandkalender. Den Bleistift noch in der Hand zögerte sie einen Moment lang. Es war schon ungewöhnlich, dass ihr Bruder von sich aus anrief. Aber dass er ein Treffen vorschlug, hatte Seltenheitswert.

„Ist alles in Ordnung, Rick?" Er war seit mehr als einem Jahr geschieden. Und obwohl er ohne Trauer, ja sogar sachlich darüber sprach, wurde sie das Gefühl nicht los, dass ihm die Trennung mehr zusetzte, als er zugab. Sie kannte die genauen Hintergründe nicht, die Ellie dazu bewogen hatten, die Scheidung einzureichen. Carol glaubte, es lag an Ricks

Karriere. Es war mit Sicherheit nicht leicht, eine Beziehung mit einem Mann zu führen, der so oft von zu Hause weg war. Ellie behauptete sogar, Rick sei untreu gewesen. Doch Carol konnte das nicht glauben. Ihr Bruder würde seine Frau nicht betrügen. Das passte einfach nicht zu ihm.

„Also ... es ist beinahe alles in Ordnung. Aber ich möchte im Augenblick nicht darüber sprechen. Mach dir keine Sorgen“, fügte er hinzu und räusperte sich. „Wir sehen uns nächste Woche und reden dann.“

„Ich freu mich“, sagte Carol. „Hast du Mom und Dad in letzter Zeit gesehen?“

„Ich war erst kürzlich in Portland. Sie sind munter wie immer.“

„Schön.“

Die beiden unterhielten sich noch ein paar Minuten lang. Doch als Carol schließlich auflegte, runzelte sie die Stirn. Sie machte sich Sorgen um ihren Bruder und fragte sich, was ihn wohl belastete.

„War das Rick?“, fragte Doug aus dem Wohnzimmer.

„Er kommt nächste Woche zum Abendessen vorbei.“

„Es ist lange her, dass wir ihn gesehen haben.“

Sie ging ins Wohnzimmer und setzte sich auf die Armlehne von Dougs Sessel.

Er musterte sie. „Was ist los?“

Sie schüttelte den Kopf. „Ich wünschte, ich wüsste es. Irgendwas stimmt mit meinem Bruder nicht.“ Sie beugte sich vor und hauchte Doug einen Kuss auf die Stirn. „Versprich mir, mich immer zu lieben“, flüsterte sie.

„Das habe ich schon“, erwiderte er und hob die rechte Hand, um ihr den Ehering zu zeigen. „Ich gehöre für immer dir, ob du willst oder nicht.“

Sie schmiegte sich an seine Schulter. „Ich glaube nicht, dass ich dich je mehr geliebt habe.“

„Das ist es, was ein Ehemann gern hört“, sagte er, legte seinen Arm um ihre Taille und zog sie auf seinen Schoß. Sie kuschelte sich an ihn. Wieder einmal spürte sie eine tiefe Dankbarkeit – sie war Rick dankbar, dass er sie Doug vorgestellt hatte, und sie war ihrem Ehemann dankbar für seine Liebe. Trotzdem beunruhigte sie der Anruf ihres Bruders. Sie glaubte zu wissen, dass etwas Ernstes geschehen war. Zwar hatte er ihr gesagt, dass sie sich keine Sorgen zu machen brauchte. Doch das war einfacher gesagt als getan.

8. KAPITEL

Alix Townsend

Alix bereute mittlerweile, sich für den Strickkurs angemeldet zu haben. Doch es war zu spät. Als sie ihren wöchentlichen Gehaltsscheck in den Händen gehalten hatte, war sie zu *A Good Yarn* gegangen, um für den Kurs zu bezahlen. Wieder einmal hatte sie gehandelt, ohne vorher zu überlegen. Eigentlich war es einfach töricht, so viel Geld für einen Strickkurs zu verschleudern. Je länger sie darüber nachdachte, desto wütender wurde sie. Auf sich selbst. Sie war auf ihren Kindheitstraum von einer perfekten Mutter hereingefallen. Dabei hatte sie eine Mutter – die war allerdings alles andere als perfekt.

„John ist da", flüsterte Laurel, die zu Alix hinter den Tresen gekommen war. Seit sechs Monaten traf sich Alix' Mitbewohnerin mit einem Stammkunden aus dem Videoladen. Alix hielt den Typen allerdings für Abschaum. Er sah vielleicht gut aus und trug stets einen Anzug, aber sie wusste, was für Filme er auslieh. Sie waren alles andere als jugendfrei. Zu seinen Lieblingsfilmen gehörten einige der perversesten Streifen, die die Videothek im Angebot hatte.

Bevor John mit Laurel zusammenkam, hatte er Alix angemacht. Doch sie hatte ihn abblitzen lassen. Laurel hingegen fand ihn von Anfang an toll und glaubte, die ganze Welt drehe sich ab jetzt nur noch um den Gebrauchtwagenhändler John Murray. Alix jedoch hatte ihn durchschaut und wollte ihre Mitbewohnerin davon überzeugen, dass sie etwas Besseres verdiente. Das Problem, glaubte sie, war Laurels Gewicht.

Weil sie mehr als zweihundert Pfund wog, schien Laurel zu denken, kein normaler Mann würde mit ihr ausgehen wollen. Dass sie ihr dünnes und strähniges blondes Haar lang trug und selten wusch, machte die Sache nicht gerade besser. Ihre gesamte Garderobe bestand aus Jeans und T-Shirts, wobei die meisten von den Shirts auch noch mit wenig geistreichen Sprüchen bedruckt waren. Alix' Bemühungen, sie auch mal in Leder und schwarze Hosen zu stecken, waren kläglich gescheitert. Trotzdem, egal wie viel Laurel wog oder wie geschmacklos sie sich kleidete – sie verdiente es, respektvoller behandelt zu werden, als John es tat.

Selbst wenn John anders gewesen wäre, hätte Alix kein Interesse an ihm gehabt. Sie hatte ein Auge auf einen anderen geworfen. Als er vor einiger Zeit hereingekommen war, stand sie gerade an der Kasse. Sein Name war Jordan Turner. Rein äußerlich gesehen war er nichts Besonderes. Nur ein ganz normaler junger Mann, anständig und freundlich, aber mit einem netten Lächeln und warmherzigen braunen Augen. Die Liste seiner ausgeliehenen Videos verriet ihr, dass ihn der perverse Kram nicht interessierte. Außerdem sah er sich keine gewaltverherrlichenden Filme an. Bei seinem letzten Besuch hatte er sich *True Lies* und *Dumm und dümmer* ausgeliehen – ziemlich harmlos im Vergleich zu den Filmen, die sich Mister Lover Boy ansah. Alix hatte in der vierten Klasse mal einen Jungen gekannt, der auch Jordan Turner hieß. Und sie hatte ihn wirklich gemocht. Sein Vater war Pastor. Sie ging damals sogar ein paarmal in die Kirche, weil Jordan sie darum bat. Also hatte ihr erstes Date, wenn man so wollte, in einer Kirche stattgefunden. Wirklich komisch, wie sie fand.

„Vertritt mich bitte kurz", wisperte Laurel, die hinter ihr stand.

„Laurel", protestierte Alix, verkniff sich jedoch eine Warnung. Sie hasste diese Situationen. Wusste sie doch genau, was geschah, wenn Laurel und John im Hinterzimmer verschwanden und die Tür hinter sich abschlossen.

John sah sich seine perversen Sexfilme an, kam dann auf der Suche nach Erleichterung in den Videoladen und widmete Laurel zehn Minuten seiner Zeit. Danach haute er ab, nicht ohne ihr zu versprechen, sie mal auszuführen. Das hatte er tatsächlich ab und an getan, wobei er ihr damit allerdings gerade genug Aufmerksamkeit schenkte, um sie bei der Stange zu halten. Der Typ war ein Verlierer. Aber solange Laurel das nicht selbst einsah, würde Alix nichts tun können, um sie von ihm abzubringen.

„Dauert nicht lange", versprach ihre Freundin und kicherte, als sie mit John an der Hand in den hinteren Teil der Videothek huschte.

Wenigstens war der Laden nicht voll. Um neun Uhr abends hatten die Leute, die einen Film ausleihen wollten, das schon erledigt. Es waren nur noch vier oder fünf Kunden da, die sich umsahen.

Völlig in Gedanken versunken, war Alix überrascht, als sie aufblickte und genau den Typ vor sich sah, um den ihre Gedanken gekreist waren. Jordan Turner stand am Tresen.

„Entschuldige bitte", sagte er. „Ich wollte dich nicht erschrecken."

Verdutzt blickte sie Jordan an und brauchte einen Moment, um sich wieder zu sammeln. Sie zuckte die Achseln und fragte in einem betont beiläufigen Ton: „Kann ich dir helfen?"

„Würdest du bitte nachsehen, ob *The Matrix* ausgeliehen werden kann?“

„Ja, sicher.“ Sie wandte sich dem Computermonitor zu und tippte den Titel des Films ein. Obwohl niemand, der sie sah, es geglaubt hätte – so hoffte sie –, pochte ihr Herz wie wild. Sie hatte nicht mit Jordan gerechnet, nicht an einem Donnerstagabend. Er kam fast immer am Dienstag.

„Ich habe im Regal nachgeschaut, aber alle Kopien scheinen verliehen zu sein.“

„Sie sind tatsächlich alle unterwegs“, bestätigte Alix und starrte auf den Monitor. „Soll ich dir einen ähnlichen Film empfehlen?“

Er dachte einen Augenblick lang nach, schüttelte dann jedoch den Kopf. „Nein danke.“ Er legte *Catch me if you can* auf den Tresen und bezahlte die Leihgebühr. Bevor ihr irgendetwas einfiel, um ihn aufzuhalten, war er bereits wieder gegangen.

Kurz darauf erschien Laurel hinter dem Tresen, John im Schlepptau. Sie hatte einen Knutschfleck im Nacken, und ihre Bluse war falsch zugeknöpft. Alix blickte John an, der zurückstarrte und Laurel etwas ins Ohr flüsterte. Zwar konnte Alix nicht hören, was er sagte, aber sie konnte es sich denken. Laurel schüttelte vehement den Kopf.

John verließ den Laden keine Minute später – für Alix’ Geschmack immer noch nicht schnell genug.

„Ich treffe mich nach der Arbeit mit ihm“, erzählte Laurel ihr aufgeregt. „Er führt mich zum Essen aus.“ Sie blickte Alix herausfordernd an. Doch die ging nicht darauf ein und verkniff sich einen Kommentar.

„Er scheint besonders guter Laune zu sein“, murmelte sie spöttisch.

„Das stimmt“, erwiderte Laurel. „Er hat heute ein Auto verkauft, und wir werden das nachher feiern.“

„Du solltest vielleicht deine Bluse richten, bevor du den Laden verlässt.“

„Oh“, stieß Laurel hervor und sah an sich herunter. Sofort begann sie, sich den Knöpfen zu widmen. „Danke.“

Alix schüttelte nur stumm den Kopf und ergriff einen Korb mit Videos, die zurücksortiert werden mussten.

„Vielleicht komme ich heute Nacht nicht nach Hause“, sagte Laurel, „also warte nicht auf mich.“

Als ob Alix das jemals getan hätte. „Ich bin nicht deine Mutter. Mach dir keine Sorgen.“

„Meiner Mutter wäre es egal. Sie hat mich wegen meines Onkels im Stich gelassen, als ich zehn war. Wegen meines *bösen* Onkels, wenn du verstehst, was ich meine.“

Laurels Leben im Heim war nicht besser gewesen als das von Alix. Vor etwa einem Jahr hatten sie sich kennengelernt. Damals lebten sie beide in den Tag hinein und übernachteten meist in billigen Hotels. Wenn man nur das Mindestgehalt verdiente, konnte man sich keine regelmäßige Miete leisten. Es dauerte sechs Monate, bis Laurel und Alix die Wohnung gefunden hatten, in der sie nun lebten. Sie waren damals so außer sich vor Freude; man hätte glauben können, sie bezögen ein Schloss und nicht ein einfaches Apartment. Gemeinsam konnten sie die Miete aufbringen, aber die Sanierungsarbeiten bereiteten Alix Sorgen. Sie befürchtete, die Miete könne sich erhöhen. Laurel und sie würden dann über kurz oder lang wieder auf der Straße sitzen. Gerüchte machten die Runde; dieselbe Firma, die auch schon die alte Bank gekauft hatte, sei auch an dem Apartmentkomplex interessiert, in dem Laurel und Alix wohnten.

Die Wohnung war eine Bruchbude mit krummen, abgesackten Fußböden, einer völlig verdreckten Badewanne und Rissen in der Decke. Aber es waren Alix' erste eigene vier Wände. Die Möbel befanden sich in einem so schlechten Zustand, dass selbst die Wohlfahrt dankend ablehnen würde, wenn man sie ihr angeboten hätte. Dennoch, es war *ihr* Eigentum. Alix und Laurel hatten jedes einzelne Stück über die Monate gesammelt – mal waren es Geschenke, mal hatten sie die Möbel direkt von der Straße mitgenommen.

Keines der Mädchen stand noch in Kontakt zu seinen Eltern. Das Letzte, was Alix gehört hatte, war, dass ihr Vater mittlerweile irgendwo in Kalifornien lebte. Zehn Jahre hatte sie ihn nicht gesehen und auch nicht vermisst. Er hatte keine Anstalten gemacht, sie zu finden. Und umgekehrt hatte sie ebenso wenig das Bedürfnis, ihn zu suchen. Ihre Mutter saß im Gefängnis. Niemand wusste davon – bis auf Laurel, der sie es in einem schwachen Moment erzählt hatte. Alix schrieb ihrer Mutter im Laufe der Zeit einige Briefe, doch ihre Mutter antwortete immer nur dann, wenn sie Geld brauchte – oder andere Dinge, um die eine Mutter ihre Tochter besser nicht bat.

Alix' einzige Familie war ihr großer Bruder gewesen. Doch Tom geriet in die falschen Kreise und starb vor fünf Jahren an einer Überdosis. Sein Tod hatte sie schwer getroffen. Und er tat es immer noch. Tom bedeutete ihr alles. Er war einfach gegangen und hatte … aufgegeben. Als sie es erfuhr, war sie wütend. So wütend, dass sie ihn umbringen wollte, weil er ihr das antat. Und das Nächste, an das sie sich erinnerte, war, dass sie sich auf dem Fußboden zusammengekauert und sich gewünscht hatte, wieder acht Jahre alt zu sein. Sie wollte sich in ihrem Schrank verkriechen und so tun, als sei ihre kleine Welt sicher.

Ohne Tom geriet sie ins Wanken, wurde unbesonnen und brachte sich in Schwierigkeiten. Sie hatte einige Zeit gebraucht, bis sie ihren Weg gefunden hatte. Aber es war ihr gelungen. Heute war Alix entschlossen, nicht dieselben Fehler wie ihr Bruder zu machen. Seit ihrem sechzehnten Lebensjahr war sie auf sich allein gestellt. Nach ihrer Einschätzung hatte sie es wirklich gut hinbekommen, drogenfrei und ehrlich zu bleiben. Sicher, sie war ein paarmal mit den Bullen aneinandergeraten und anschließend einem Sozialarbeiter unterstellt worden. Doch trotzdem war sie stolz, nicht in ernste Schwierigkeiten geraten zu sein – und sie war stolz, nicht von der Wohlfahrt leben zu müssen.

„Heute Nachmittag hat jemand für dich angerufen“, sagte Laurel, kurz bevor der Laden schloss. „Ich wollte es dir erzählen, aber ich hab’s vergessen.“

Sie konnten sich die Wohnung leisten, jedoch kein eigenes Telefon. Und so wurden alle Gespräche im Videoladen geführt – was dem Geschäftsführer natürlich nicht sonderlich gefiel. „Wer hat angerufen?“

„Eine Frau namens O’Dell.“

Die Sozialarbeiterin kam nach der Drogengeschichte ab und zu vorbei. Alix war mit Laurels Vorrat an Marihuana erwischt worden. Sie konnte Laurel noch immer nicht verzeihen, dass sie das Geld für so etwas vergeudet und die Drogen – was noch schlimmer war – in Alix’ Tasche versteckt hatte. Alix nahm keine Drogen, aber niemand wollte ihren Unschuldsbeteuerungen glauben. Also hielt sie den Mund

und nahm den Vermerk in ihrer Akte hin.

„Was wollte sie?“, fragte Alix, obwohl sie es genau wusste. Denn bevor Alix all die Zeit, Kraft und das Geld in die Babydecke investierte, wollte sie sichergehen, dass der Aufwand auch tatsächlich auf ihre Stunden gemeinnütziger Arbeit angerechnet würde.

„Sie sagte, es sei in Ordnung und würde dir sicher helfen, deine Aggressionen zu bewältigen – was immer das heißen soll“, erwiderte Laurel.

„Oh.“ Wenigstens hatte die Dame nicht den Strickkurs erwähnt. Das bewahrte Alix davor, Laurel zu verraten, was sie plante.

„Willst du mir erzählen, worum es geht?“

Alix presste die Lippen aufeinander. „Nein.“

„Wir wohnen zusammen, Alix. Du kannst mir vertrauen.“

„Sicher kann ich das“, entgegnete Alix trocken. „Genauso wie ich dir vertrauen kann, dass du der Polizei die Wahrheit sagst.“ Sie würde Laurel nicht so schnell vergessen lassen, was sie ihretwegen in Kauf nehmen musste.

„Okay“, erwiderte Laurel und hob beschwichtigend die Hände. „Mach, was du willst.“

Das war genau das, was Alix vorhatte.

9. KAPITEL

„Wir sind alle miteinander verstrickt. Das Stricken verbindet mich mit all den Frauen, die mein Leben so sehr bereichert haben."

(Ann Norling, Designerin)

Lydia Hoffman

Obwohl ich schon seit Jahren Strickkurse gebe, habe ich nie zuvor mit einer derart bunten Gruppe gearbeitet wie in meinem kleinen Anfängerkurs. Diese Frauen hatten nichts gemeinsam. Alle drei saßen steif und verkrampft an ihren Tischen im hinteren Teil des Ladens und sagten kein Wort.

„Vielleicht sollten wir damit beginnen, uns einander vorzustellen. Erklärt doch bitte, warum ihr diesen Kurs machen wollt", schlug ich vor und gab Jacqueline ein Zeichen, anzufangen. Sie war diejenige, um die ich mir am meisten Sorgen machte. Jacqueline gehörte offensichtlich zur gehobenen Schicht. Und ihre erste Reaktion auf Alix war ein schlecht versteckter Schock gewesen. Als ich ihren Blick auffing, fürchtete ich, sie würde sich entschuldigen und aus dem Laden stürzen. Ich weiß nicht genau, was sie bewog, zu bleiben. Aber ich war dankbar, dass sie es tat.

„Hallo", begann Jacqueline mit ruhiger Stimme und nickte den anderen beiden Frauen, die ihr gegenübersaßen, zu. „Mein Name ist Jacqueline Donovan. Das Architekturbüro meines Mannes ist verantwortlich für die Umgestaltung und Sanierung der Blossom Street. Ich würde gern stricken lernen, weil ich bald zum ersten Mal Großmutter werde."

Sofort hob Alix den Kopf und sah die Frau an. „*Ihr* Mann steckt hinter dem ganzen Chaos? Sagen Sie ihm, er soll die Finger von meinem Apartment lassen, hören Sie?"

„Wie können Sie es wagen, in einem derartigen Ton mit mir zu sprechen!"

Die beiden Frauen starrten sich an. Alix war aufgesprungen. Ich bewunderte Jacqueline, die nicht einmal zusammenzuckte. Schnell wandte ich mich an Carol. „Mögen Sie vielleicht fortfahren?", fragte ich und war selbst überrascht, wie ruhig meine Stimme klang.

Ich hatte Carol schon ein bisschen kennengelernt. Sie war bereits zweimal im Laden gewesen, um Wolle zu kaufen. Ich wusste, warum sie den Kurs belegte, und hoffte, wir könnten vielleicht Freundinnen werden.

„Ja, hallo", sagte sie und klang so verunsichert, wie ich mich fühlte.

Alix hörte nicht auf, Jacqueline anzustarren, aber die schaffte es, sie in bemerkenswerter Art und Weise zu ignorieren. Ich hätte wissen müssen, dass so etwas passieren würde. Aber ich hatte keine Ahnung, wie ich reagieren oder diese Auseinandersetzungen verhindern sollte. Alix und Jacqueline waren so unterschiedlich, wie zwei Menschen nur sein können.

„Mein Name ist Carol Girard, und mein Mann und ich hoffen, bald ein Kind zu bekommen. Im Augenblick unterziehe ich mich einer Hormonbehandlung. Im Juli wird eine künstliche Befruchtung, also eine IVF oder auch In-vitro-Fertilisation, vorgenommen. Der Grund, warum ich diesen

Kurs belege, ist, dass ich eine Decke für mein noch ungeborenes Kind stricken möchte."

Ich konnte an Alix' Miene ablesen, dass sie nicht genau wusste, worum es ging.

„Künstliche Befruchtung oder IVF bedeutet, dass die Befruchtung der Eizelle in einem Reagenzglas stattfindet und die Eizelle dann später eingepflanzt wird."

„Ich habe kürzlich in *Newsweek* einen wundervollen Artikel zu dem Thema gelesen", erzählte Jacqueline. „Es ist wirklich faszinierend, was die Medizin heutzutage leisten kann."

„Ja, es sind einige spannende Dinge auf dem Markt, aber bisher haben Doug und ich unser persönliches Wunder noch nicht erleben dürfen."

Der sehnsüchtige Ausdruck in Carols Augen war so intensiv, dass ich das Bedürfnis verspürte, meine Hand auf ihre Schulter zu legen.

„Der Versuch im Juli ist unsere letzte Chance", fügte sie leise hinzu. Carol biss sich auf die Unterlippe. Ich fragte mich, ob ihr bewusst war, wie viel von ihrer Angst sie im Augenblick preisgab.

„Was genau machen sie mit Ihnen bei dieser künstlichen Befruchtung?", fragte Alix und lehnte sich leicht nach vorn. Sie schien ehrlich interessiert zu sein.

„Es ist ein langer, schwieriger und kraftraubender Prozess", antwortete Carol. „Ich bin nicht sicher, ob ich davon erzählen sollte – schließlich wollen wir stricken lernen."

„Wäre es Ihnen recht?", fragte Alix in die Runde und überraschte mich mit ihrer Neugierde.

„Auf jeden Fall", ergriff Jacqueline das Wort. Ich bezweifelte, dass ihr Interesse so ernst gemeint war wie das von Alix.

„Also“, begann Carol und faltete die Hände, „alles begann mit Medikamenten. Ich musste ein Mittel nehmen, das meine Eierstöcke anregen sollte, Eizellen zu produzieren. Sobald sich Eizellen gebildet hatten, wurden sie entnommen.“

„Hat das wehgetan?“, fragte Jacqueline.

„Nur ein bisschen. Aber ich musste nur an das Baby denken, und jeder Schmerz wurde erträglich. Wir beide wären so gern Eltern.“

Das war deutlich zu spüren. Und soweit ich Carol bisher kennengelernt hatte, würde sie sicher eine wundervolle Mutter werden.

„Nachdem Doug eine Samenprobe abgegeben hatte, wurden die Eizellen befruchtet. Daraus entstanden Embryos, und diese wurden mir eingesetzt. Wir haben es bereits zweimal versucht, und bis jetzt hat es nicht geklappt. Die Versicherung bezahlt nur drei Versuche … Deshalb ist es so wichtig, dass ich diesmal schwanger werde.“

„Mir scheint es, als würden Sie sich sehr unter Druck setzen“, bemerkte Alix, und ich bewunderte sie für diese sensible Einschätzung.

„Wie nervenaufreibend für Sie beide“, murmelte Jacqueline teilnahmsvoll.

„Trotzdem bin ich im Moment davon überzeugt, dass es klappt“, sagte Carol und schien von innen heraus zu strahlen. „Ich weiß nicht, warum, aber zum ersten Mal seit Monaten fühlt sich alles richtig an. Wir hatten uns nach dem letzten Fehlversuch entschieden, eine Zeit lang zu warten. Vor allem, weil Doug und ich Abstand brauchten, um den zweiten Fehlschlag zu verkraften. Und ich habe geglaubt, die Zeit zu benötigen, um mich psychisch und körperlich auf den letzten Versuch vorzubereiten. Doch diesmal wird es funktionieren. Ich *weiß* einfach, dass wir diesmal ein Baby bekommen werden."

„Ich hoffe es für Sie", erklärte Alix. „Menschen, die sich so sehr Kinder wünschen, sollten auch welche bekommen."

„Es gibt doch noch die Möglichkeit einer Adoption", sagte Jacqueline. „Haben Sie darüber schon nachgedacht?"

„Das haben wir", erwiderte Carol. „Das ist in der Tat eine Option. Aber wir wollen uns erst darum kümmern, wenn wir wirklich alles versucht haben, um ein eigenes Kind zu bekommen."

„Soweit ich weiß, gibt es lange Wartezeiten bei Adoptionen", warf Jacqueline ein. Sie schien im selben Moment zu bereuen, die Worte ausgesprochen zu haben.

„Ja, ich weiß ... Doug und ich haben auch darüber geredet. Unter Umständen müssten wir ein Kind aus dem Ausland adoptieren, was allerdings nicht ganz einfach sein soll. Aber wie gesagt, darüber denken wir erst nach, wenn wir all unsere Hoffnungen auf ein eigenes Kind aufgeben müssen. Wenn die Zeit gekommen ist, werden wir eine Entscheidung treffen."

Ich wartete einen Augenblick und gab dann Alix ein Zeichen. „Erzählen Sie uns ein wenig über sich."

Alix zuckte die Achseln. „Mein Name ist Alix Townsend, und ich arbeite im Videoladen gegenüber."

Ich hoffte, sie würde nicht erwähnen, dass sie nur an der Babydecke arbeitete, um ihre gemeinnützigen Stunden abzuleisten –, obwohl ich sie natürlich nicht davon abhalten konnte. Doch wenn Jacqueline das hörte, würde sie mit Sicherheit sofort aufstehen und den Laden verlassen. Es ging hier sicher nicht nur ums Geld, aber Jacqueline würde bestimmt mehr Wolle kaufen als Alix.

„Bisher habe ich immer gern in dieser Gegend gewohnt", erklärte Alix, „und ich hoffe, ich kann hier auch weiterhin leben, wenn die Bauarbeiten endlich beendet sind." Ihre Augen verengten sich, als sie einen Blick quer über den Tisch warf.

„Sehen Sie mich nicht so an", sagte Jacqueline mit kühler Stimme. „Ich habe mit der ganzen Sache überhaupt nichts zu tun."

„Ich habe mir überlegt", begann ich, „dass wir in der ersten Stunde über die unterschiedlichen Garnstärken und -typen sprechen könnten." Vielleicht würde das Alix abschrecken – was ich insgeheim irgendwie hoffte, obwohl ich das Linus-Projekt unterstützte. „Das Muster, das ich gewählt habe, gehört zu meinen Lieblingsmustern. Was ich daran so sehr mag, ist, dass es Herausforderung genug ist, um Ihren Ehrgeiz zu wecken, aber nicht zu schwierig, um Sie zu entmutigen. Man benötigt vierlagiges Kammgarn, und man kommt recht schnell voran."

Vor mir stand ein Weidenkorb mit Beispielen von Kammgarnen, die sich in ihrem Gewicht und in ihrer Farbe unterschieden. „Ich weiß, dass es vielleicht eigennützig klingt, aber ich möchte an dieser Stelle eines betonen: Kaufen Sie immer hochwertige Wolle. Wenn Sie schon Ihre Zeit und Kraft in ein Projekt stecken, stellen Sie sich nicht selbst ein Bein, indem Sie die billige Wolle aus der Schnäppchenabteilung kaufen."

„Das sehe ich ganz genauso!“, bekräftigte Jacqueline. Ich wusste, dass sie kein Problem damit haben würde.

„Und was ist, wenn sich einige Leute dieses teure Material nicht leisten können?“, fragte Alix.

„Tja, das könnte die Sache natürlich verkomplizieren.“

„Sie haben gesagt, jeder, der den Kurs besucht, bekommt zwanzig Prozent Rabatt beim Garnkauf – gilt das immer noch, oder haben Sie mittlerweile Ihre Meinung geändert?“

„Dazu stehe ich“, versicherte ich ihr.

„Gut, weil ich nämlich nicht das nötige Kleingeld für Luxuswolle zu Hause rumliegen habe.“ Sie griff nach einem hübschen pink und weiß melierten Knäuel Mischwolle. „Wie teuer ist das?“

„Fünf Dollar der Strang.“

„*Jeder* Strang?“ Entsetzt riss sie die Augen auf.

Ich nickte.

„Wie viele würde ich davon benötigen, wenn ich die Babydecke damit stricken wollte?“

Ich blickte auf die Strickanleitung und rechnete. Mit dem Taschenrechner in der Hand sagte ich: „Sieht aus, als ob fünf Knäuel reichen würden. Wenn Sie nur vier benötigen, können Sie mir das fünfte zurückgeben und erhalten selbstverständlich den vollen Kaufpreis zurück.“

Alix erhob sich, schob die Hand in die Hosentasche und fischte einen zerknüllten Fünfdollarschein hervor. „Ich kann diese Woche nur einen Strang kaufen. Aber ich denke, nächste Woche habe ich das Geld, um einen weiteren zu nehmen. Ist das für Sie in Ordnung?“

„Es ist wichtig, dass Sie exakt dieselbe Farbe für Ihr Projekt bekommen. Und da sich die Wolle von Charge zu

Charge farblich ein wenig unterscheiden kann, werde ich Ihnen die Knäuel aus dieser Lieferung zurücklegen. Sie können mir das Geld nach und nach geben."

Alix sah mich zufrieden an. „Das ist okay für mich. Ich glaube, die Dame, die mit diesem einfallsreichen Architekten verheiratet ist, könnte sämtliche Wolle in diesem Laden sofort kaufen."

„Mein Name ist Jacqueline. Und ich würde mir wünschen, dass Sie mich auch so nennen."

„Ich würde vorschlagen, Sie alle suchen sich nun Ihre Wolle aus", sagte ich schnell, um die beiden zu trennen. Und zwar, bevor Alix über den Tisch springen konnte, um Jacqueline an die Gurgel zu gehen. Ich gab es nicht gern zu, aber diese Frau zählte wirklich nicht zu den angenehmsten Menschen, die ich kennengelernt hatte. Ihre Einstellung war nicht besser als die von Alix.

Jacqueline saß allein an einem Tisch, den sie zur Hälfte in Beschlag genommen hatte. Als Carol ankam, war ihr nichts anderes übrig geblieben, als sich neben Alix zu setzen. Jacquelines Verhalten machte deutlich, dass sie es gewohnt war, dass sich alles um sie drehte – nicht nur in diesem Kurs, sondern in ihrem ganzen Leben.

Tief in meinem Inneren fragte ich mich, was ich mir mit diesem Kurs antat. Offen gesagt spürte ich ein wenig Angst. Ich hatte gehofft, mit meinen Schülerinnen Freundschaften aufbauen zu können. Doch hier lief eindeutig etwas total schief.

Der Unterricht dauerte zwei Stunden, und wir schafften es kaum, das Aufnehmen der Maschen zu lernen. Dabei hatte ich mich extra für eine besonders einfache Methode entschieden, weil ich sie in der ersten Stunde auf keinen Fall überfordern wollte.

Am Ende des Unterrichts überfielen mich echte Zweifel, ob ich überhaupt fähig war, Menschen das Stricken beizubringen. Carol hatte die Technik sofort begriffen, doch Alix besaß offenbar zwei linke Hände. Jacqueline hatte ebenfalls Probleme. Als die erste Stunde sich dem Ende näherte, pochte es in meinem Kopf. Ich spürte Kopfschmerzen aufziehen, und ich fühlte mich, als läge ein Marathon hinter mir.

Und dass Margaret anrief, gerade als ich dabei war, den Laden zu schließen, machte die ganze Situation nicht eben schöner.

„*A Good Yarn*", rief ich in den Hörer und bemühte mich, eifrig und betriebsam zu klingen.

„Ich bin's", erwiderte meine Schwester in knappem, geschäftsmäßigem Ton. Mit diesem Tonfall sollte sie beim Finanzamt arbeiten. „Ich dachte, wir sollten uns über den Muttertag unterhalten."

Sie hatte recht. Das Geschäft beschäftigte mich so sehr, dass ich den Muttertag ganz vergessen hatte. „Sicher. Wir müssen etwas ganz Besonderes für Mom machen." Es würde der erste Muttertag ohne Dad sein, und ich ahnte, wie schwierig es für uns alle werden würde. Trotz all unserer Unterschiede rauften Margaret und ich uns doch einmal im Jahr zusammen, um etwas Schönes für unsere Mutter auf die Beine zu stellen.

„Die Mädchen haben vorgeschlagen, wir könnten sie am Samstag zum Essen ausführen. Wir verbringen den Sonntag bei Matts Mutter."

„Tolle Idee, aber ich muss am Samstag arbeiten." Ich

wusste, dass gerade der Samstag ein erstklassiger Verkaufstag war, und ich konnte es mir schlicht nicht leisten, den Laden *nicht* zu öffnen. Mein Ruhetag war stattdessen montags.

Meine Schwester zögerte einen Moment lang. Als sie schließlich weiterredete, klang sie beinahe schadenfroh. Und es dauerte nicht lange, bis ich herausfand, wieso.

„Wenn du arbeiten musst, treffen die Mädchen und ich uns am Samstag mit Mom, und du kannst sie dann am Sonntag besuchen." Das bedeutete, dass Margaret Mom nicht mit mir teilen musste. Moms gesamte Aufmerksamkeit wäre auf Margaret gerichtet – und genau das war der Grund, warum sie alles so arrangiert hatte. Bis heute konnte ich nicht verstehen, warum sie in allem einen Wettkampf sah.

„Oh. Ich hatte gehofft, wir würden uns alle gemeinsam treffen."

„Am Sonntag arbeitest du doch nicht, oder?"

Ich ließ meine Schultern sinken. „Nein, aber … also, wenn du es so möchtest."

„Es geht nicht anders." Margaret sprach in diesem bestimmenden harschen Ton, den ich so verabscheute. „Du bist doch diejenige, die Samstag nicht mitkommen kann. Ich glaube beinahe, du möchtest, dass ich meine Pläne an deinen Zeitplan anpasse. Doch das werde ich ganz bestimmt nicht tun."

„Ich habe nicht gesagt, dass ich das möchte."

„Nicht wörtlich, aber ich kann zwischen den Zeilen lesen. Ich bin verheiratet, weißt du, und er hat auch eine Mutter. Dieses eine Mal möchten wir den Muttertag mit ihr verbringen."

Um keinen Streit zu provozieren, schlug ich mit möglichst ruhiger Stimme vor: „Wir könnten ja vielleicht einen Kompromiss finden."

„Was meinst du?"

„Ich weiß, dass Mom gern auf der Strandpromenade essen gehen würde. Ich könnte den Laden für einige Stunden schließen und euch dort treffen. Dann wären wir alle zusammen, und ich kann sie am Sonntag trotzdem noch einmal besuchen."

Schon an der langen Pause, die nun entstand, konnte ich erkennen, dass Margaret dieser Vorschlag überhaupt nicht gefiel. „Du schlägst ernsthaft vor, dass ich Mom abhole und mit ihr an einem Samstagnachmittag nach Seattle fahre – weil es für *dich* angenehmer ist? Wir beide wissen doch, wie furchtbar der Verkehr ist."

„Es war nur eine Idee."

„Ich möchte lieber, dass wir den Muttertag dieses Jahr getrennt feiern."

„Gut. Vielleicht ist das auch besser." Dabei beließ ich es und nahm mir vor, es Mom später zu erläutern.

„Gut. Dann haben wir das geklärt." Mir fiel auf, dass Margaret nicht danach fragte, wie die ersten beiden Geschäftswochen gelaufen waren. Sie fragte aber auch sonst nichts oder gab mir irgendeine Möglichkeit zu erfahren, was in ihrem Leben so vor sich ging.

„Ich muss los", sagte Margaret. „Julias Tanzunterricht beginnt in fünfzehn Minuten."

„Drück sie von mir", entgegnete ich.

Meine zwei Nichten sind meine ganze Freude. Ich liebe sie abgöttisch und fühle mich beiden, Julia und Hailey, sehr verbunden. Weil sie offenbar meine Empfindungen für die

Mädchen kannte und nicht guthieß, tat Margaret alles, um die beiden von mir fernzuhalten. Aber mittlerweile waren sie alt genug, um ihre eigenen Entscheidungen zu treffen. Wir unterhielten uns oft, und ich ahnte, dass sie ihrer Mutter davon nichts erzählten.

Meine Schwester verabschiedete sich hastig und hängte ein. Das war typisch für Margaret.

Ich ging zur Ladentür und drehte das Schild auf „Geschlossen". Gerade als ich das tat, sah ich Brad Goetz aus dem Apartmenthaus kommen, in dem Alix wohnte. Offenbar war er in Eile, denn er rannte beinahe zu seinem Wagen. Ich konnte nicht sehen, wo sein Auto stand, aber ich ahnte, warum er es so eilig hatte. Er war gut aussehend und im besten Alter. Und ohne Zweifel war er auf dem Weg zu einer Verabredung am Freitagabend.

Ich hätte diejenige sein können, mit der er sich zum Dinner traf. Doch ich war es nicht. Es war meine Entscheidung – eine Entscheidung, die ich zu bereuen begann …

10. KAPITEL

Jacqueline Donovan

In der Hoffnung, ihre Nervosität in den Griff zu bekommen, schenkte Jacqueline sich ein zweites Glas Chardonnay ein. Sie nahm einen Schluck, ging in die Küche und holte die Platte mit den Horsd'œuvres für die Gäste. Martha hatte Cracker mit Kräuterfrischkäse und kleinen Shrimps garniert. Paul und Tammie Lee wollten heute Abend vorbeikommen.

Sie hatten den Muttertag in Louisiana verbracht, wo sie Tammie Lees Mutter besuchten. Ihr ging es offenbar gesundheitlich nicht gut. Jacqueline war jedoch fest entschlossen, das Fernbleiben ihres Sohnes nicht als Affront gegen sich zu empfinden.

Es war das erste Mal, dass Paul einen Besuch bei seinen Eltern so offiziell angekündigt hatte, und Jacquelines Nerven waren seit seinem Anruf zum Zerreißen gespannt.

„Beruhige dich", sagte Reese und folgte ihr in die Küche.

„Ich habe kein gutes Gefühl, wenn ich an heute Abend denke", murmelte sie. Sie warf einen Blick auf die Uhr an der Mikrowelle und sah, dass es nur noch zehn Minuten bis zum Eintreffen der beiden waren. Unwillkürlich erschauderte sie, als sie daran dachte, mit Tammie Lee Small Talk machen zu müssen. Und sie fürchtete, Paul würde ihnen heute verkünden, dass er in die Nähe von New Orleans ziehen würde, damit Tammie Lee bei ihrer Familie sein konnte.

„Einen Termin zu vereinbaren, wann er herkommen darf … Das sieht Paul so gar nicht ähnlich."

„Er wollte nur höflich sein und hat sich Gedanken gemacht." Reese ging um den Tresen herum und setzte sich auf einen Barhocker. „Sollte das Stricken nicht deine Nerven beruhigen?"

„Das ist auch so eine Sache", erwiderte Jacqueline. „Ich werde diesen lächerlichen Kurs nicht länger besuchen."

Überrascht von ihren deutlichen Worten blickte er seine Frau an. „Was ist passiert?"

„Ich habe meine Gründe." Ihr missfiel der Ausdruck in seinen Augen – es schien, als sei er enttäuscht von ihr. Aber er musste sich ja auch nicht mit dieser ungezogenen Punkrockerin auseinandersetzen, oder wie auch immer sich diese Leute heutzutage nannten. Alix glich dem Mitglied einer Straßengang. Das Mädchen machte ihr Angst. „Warum interessiert dich überhaupt, was ich tue?", fragte sie und lehnte sich an den Küchentresen.

„Letzte Woche hast du noch den Eindruck gemacht, aufgeregt und neugierig zu sein", sagte er beiläufig und zuckte die Schultern. „Ich dachte, es sollte eine versöhnliche Geste deinerseits sein. Du wolltest den Strickkurs doch belegen, um Paul etwas zu zeigen. Nämlich dass du dir ehrlich Mühe gibst, eine gute Großmutter zu werden."

„Ich werde eine *wunderbare* Großmutter sein. Was für Möglichkeiten hat Tammie Lees Kind denn sonst schon? Wahrscheinlich ist das Wertvollste, das ihre Mutter es lehren kann, wie man Schweinefüße einlegt." Der bloße Gedanke daran ließ sie erschaudern.

„Jacqueline …"

„Eigentlich ist es deine Schuld."

„Meine Schuld?" Reese straffte die Schultern, blickte seine

Frau an und schien einen Moment lang gegen einen Heiterkeitsausbruch kämpfen zu müssen. „Für *was* trage ich die Schuld?"

„Dafür, dass ich diesen Strickkurs so unmöglich finde."

Er runzelte die Stirn. „Erzählst du mir bitte, was eigentlich los ist?"

„In dem Kurs ist eine junge Frau. Ich kann mir beim besten Willen nicht vorstellen, warum sie überhaupt stricken lernen will, aber das tut im Augenblick nichts zur Sache. Sie ist abscheulich, Reese. Das ist das einzige Wort, was mir zu ihr einfällt. Ihr Haar ist in einem lächerlichen Lila gefärbt. Und sie scheint mich zu hassen, seit sie erfahren hat, dass du für die Sanierungs- und Umbauarbeiten in der Gegend der Blossom Street verantwortlich bist."

Er nahm sein Weinglas. „Die meisten Leute begrüßen die Umbauarbeiten."

„Alix lebt in dem Wohnhaus am Ende der Straße." In Jacquelines Augen war das Haus ein rattenverseuchtes Loch. Wenn es abgerissen werden sollte, umso besser. Alix und ihresgleichen würden sich eben woanders günstige Wohnungen suchen müssen. Sie würden ohnehin nicht mehr in die vornehme Gegend passen, die die Blossom Street bald sein würde.

„Ah", murmelte er und nahm einen Schluck von seinem Wein. „Ich verstehe."

„Was soll mit dem Haus passieren?", fragte sie.

„Das ist noch nicht entschieden worden." Er ließ behutsam den Wein im Glas kreisen. „Die Stadt verhandelt gerade mit dem Besitzer. Mein Vorschlag war es, das gesamte Haus umzubauen und Eigentumswohnungen daraus zu machen.

Aber es scheint, als seien einige Vertreter einkommensschwächerer Mieter an den Bürgermeister herangetreten."

„Das ist bedauerlich. Diese Leute werden die Nachbarschaft negativ beeinflussen – und deine ganze Arbeit wäre dann für die Katz!" Eigentlich wollte sie nicht so pessimistisch klingen. Doch wenn alle Bewohner des heruntergekommenen Apartmenthauses so waren wie Alix, war der Ruf der gesamten Gegend in Gefahr.

„Vielleicht solltest du es doch noch einmal probieren und dem Kurs eine Chance geben", schlug er vor, ohne auf ihren Ausbruch einzugehen.

Die Wahrheit war, dass sie weitermachen *wollte*. Sie empfand den Kurs nicht als „unmöglich" oder furchtbar. Das war übertrieben. Mit Ausnahme der Auseinandersetzung mit Alix hatte sie den Unterricht durchaus genossen. Irgendwann hatte Lydia ihre Schülerinnen gebeten, durch den Laden zu gehen und sich drei Knäuel Wolle in ihren Lieblingsfarben auszusuchen. Im ersten Moment erschien dies Jacqueline unnötig, geradezu sinnlos. Dennoch entschied sie sich für ein silbern schimmerndes Garn, ein Knäuel Wolle in tiefem Violett und eines in lebhaftem Rot. Als Nächstes forderte Lydia sie auf, sich drei Knäuel in den Farben zu nehmen, die sie am wenigsten mochten. Jacqueline war geradewegs auf einen Strang hellgelber Wolle zugegangen. Anschließend erklärte Lydia ihnen, wie die Farben sich kontrastierten und was es mit Komplementärfarben auf sich hatte. Gegen das tiefe Violett gehalten, wirkte das Gelb mit einem Mal völlig anders. Und wie Lydia gesagt hatte, war dieser Kontrast besonders reizvoll.

Jacqueline entdeckte, dass zum Stricken vor allem gehörte, Strukturen und Farben zu wählen. Das hatte sie zuvor überhaupt nicht bedacht. Nach dem Ende der Stunde ging sie in dem Bewusstsein aus dem Wollladen, viel mehr als nur die grundlegenden Stricktechniken erlernt zu haben. Doch auch das konnte ihr Unbehagen gegenüber Alix nicht gänzlich ausräumen.

„Ich könnte einen anderen Anfängerkurs besuchen, der später im Sommer beginnt", sagte Jacqueline, die sich immer noch nicht sicher war, was sie tun sollte. Schließlich hatte sie für den gesamten sechswöchigen Kurs bezahlt ... und sie hasste den Gedanken, dass irgendeine dahergelaufene Göre sie mit ihrem unmöglichen Benehmen einschüchterte und vertrieb.

Die Türklingel schrillte. Jacqueline merkte, wie sich eine unangenehme Anspannung in ihr breitmachte. Während Reese ging, um die Tür zu öffnen, zauberte sie ein Lächeln auf ihre Lippen, faltete die Hände und ging ins Wohnzimmer. Sie wartete, bis ihr Mann Paul und Tammie Lee im Flur begrüßt hatte.

„Wie wundervoll, euch beide zu sehen", flötete Jacqueline und breitete die Arme aus, als Tammie Lee und ihr Sohn das Zimmer betraten. Sie umarmte ihre Schwiegertochter kurz und hauchte Paul einen Kuss auf die Wange. Jetzt, da sie wusste, dass Tammie Lee schwanger war, fragte sie sich, warum ihr die Veränderung nicht schon viel früher aufgefallen war. Ihre Schwiegertochter zeigte ihre Schwangerschaft deutlich – sie trug sogar ein Umstandstop.

Paul und Tammie Lee nahmen auf dem Sofa Platz. Sie saßen so nah beieinander, dass sich ihre Schultern berührten, und hielten Händchen. Es schien, als ob sie zeigen wollten, dass nichts und niemand sie auseinanderbringen konnte.

Während Reese seinem Sohn ein Glas Wein einschenkte, brachte Jacqueline die Platte mit den Horsd'œuvres herein. Tammie Lee lächelte ihre Schwiegermutter an.

„Ich liebe Shrimps! Und seit ich schwanger bin, verspüre ich ein ständiges Verlangen danach", sagte sie mit ihrer leicht nasalen Stimme. „Frag ruhig Paul. Ich glaube, er hat Shrimps schon total satt, doch trotzdem beklagt er sich nie." Sie warf ihrem Mann einen verliebten Blick zu, als sie nach einer kleinen Serviette und zwei Crackern griff.

Paul schenkte seiner Frau einen Blick, der voller Liebe und Stolz war. Und Jacqueline musste sich zusammenreißen, um Haltung zu bewahren. Sie würde niemals verstehen, was ihr Sohn in diesem Mädchen sah.

„Was kann ich dir zu trinken bringen?", fragte Reese Tammie Lee, als er Paul das Weinglas reichte.

„Wie lieb, dass du fragst. Aber im Moment habe ich alles, was ich brauche. Danke."

Wenn es irgendetwas Positives an der ganzen Sache gab, war es, dass Tammie Lee in der Schwangerschaft offenbar auf sich achtgab. Wenigstens schien sie ein Fünkchen gesunden Menschenverstand zu besitzen.

Reese und Jacqueline setzten sich den beiden gegenüber. Ein polierter Mahagonitisch stand zwischen ihnen. Sie nutzten das Wohnzimmer nur selten. Selbst jetzt, fünf Jahre nachdem sie die Sitzgarnitur gekauft hatten, rochen die Sessel immer noch nach neuem Leder.

„Ich denke, wir sollten es ihnen sagen", flüsterte Tammie Lee Paul ins Ohr.

Paul nickte und drückte ihre Hand. „Tammie Lee hatte

heute Nachmittag einen Ultraschalltermin. Es sieht so aus, als würden wir ein Mädchen bekommen." Er lächelte. „Manchmal sind sie sich nicht sicher, aber der Arzt hat uns bestätigt, dass es mit allergrößter Wahrscheinlichkeit ein Mädchen wird."

„Ein Mädchen", wiederholte Reese, und die Freude, die in seiner Stimme mitschwang, war nicht zu überhören. Er stand auf und klopfte Paul anerkennend auf die Schultern. „Hast du das gehört, Jacquie? Nun bekommen wir doch noch ein Mädchen!"

Jacqueline hatte das Gefühl, ihre Hände nicht mehr spüren zu können. „Eine Enkeltochter", murmelte sie und fühlte, wie ihr eine Gänsehaut über die Arme lief. Oh, wie sie sich nach einer Tochter gesehnt hatte!

„Wir haben bisher noch nicht über Namen nachgedacht", fügte Tammie Lee hinzu. „Erst heute Nachmittag haben wir uns überhaupt dazu entschieden, dass wir das Geschlecht des Babys wissen wollen. Ihr seid die Ersten, denen wir davon erzählen."

„Wir haben uns immer eine Tochter gewünscht", erzählte Reese und sprach Jacqueline damit aus dem Herzen.

„Das ist doch einfach … wundervoll", brachte Jacqueline schließlich hervor.

„Wir wollten es dir sagen, Mom", sagte Paul und wandte sich zum ersten Mal seit ihrer Ankunft seiner Mutter zu, „damit du die Wolle für die Babydecke auswählen kannst."

„Mrs. Donovan, als Paul mir erzählte, dass Sie eine Decke für das Baby stricken, ist mir ganz warm ums Herz geworden. Sie alle sind so nett zu mir." Sie legte ihre Hände auf ihren Bauch und seufzte.

Tammie Lees Akzent, ihre ganze Art zu sprechen gingen Jacqueline durch Mark und Bein. Einige Menschen mochten diesen Singsang vielleicht, aber in ihren Ohren klang er einfach nur ungebildet. Unkultiviert.

„Es gibt noch mehr Neuigkeiten", sagte Paul und rückte auf dem Sofa nach vorn.

„Noch mehr?", erwiderte Reese. „Erzähl mir nicht, dass ihr Zwillinge bekommt."

„Nein, das nicht", entgegnete Paul und lachte.

Tammie Lee lächelte ihrem Ehemann zu. „Zwillinge. Mich macht schon der Gedanke an *ein* Kind nervös – was wäre dann erst los, wenn wir zwei Babys erwarten würden?"

Paul wandte sich seiner Frau zu und schenkte ihr einen so liebevollen Blick, dass Jacqueline nicht länger hinsehen konnte. Sie senkte den Kopf. Ihre Hoffnung, dass ihr Sohn seine Hochzeit mit diesem Mädchen eines Tages bereuen würde, erstarb augenblicklich.

„Was sind das also für Neuigkeiten, die ihr habt?", fragte Reese.

Pauls Miene hellte sich auf. „Letzte Woche habe ich erfahren, dass Tammie Lee und ich in den *Seattle Country Club* aufgenommen werden." Der Club, in dem auch Jacqueline und Reese Mitglieder waren, war der einflussreichste in der Gegend. Neuaufnahmen waren begrenzt, und nur wenige Menschen hatten jedes Jahr das Glück, zugelassen zu werden. Jaqueline hatte angenommen, dass Paul durch Tammie Lee keine Chance hätte, *jemals* in seinem Leben Clubmitglied zu werden.

„Das freut mich", erklärte Jacqueline säuerlich und tat ihr Bestes, um zu lächeln. Offensichtlich hatten die langatmigen und unpassenden Ausführungen Tammie Lees über die Südstaatenküche nicht so viel Schaden angerichtet, wie Jacqueline befürchtet hatte.

„Man hat mich gefragt, ob ich im Kochbuch-Komitee mitarbeiten möchte", erzählte Tammie Lee und wirkte so aufgeregt, als sei ihr nie etwas Schöneres widerfahren. „Ich kann gar nicht mehr sagen, wie oft ich gebeten wurde, Mamas, Tante Thelmas oder Tante Friedas Rezepte zu verraten."

„Rezepte für was?", platzte Jacqueline heraus.

„Meistens wollen die Leute das Rezept für *Hush Puppies*, also Maisklößchen. Vier oder fünf Damen haben sich bereits danach erkundigt."

„*Hush Puppies*?"

„Das ist so etwas wie Maisbrot, Mutter", erklärte Paul.

„Ich weiß, was das ist", presste Jacqueline zwischen zusammengebissenen Zähnen hervor.

„Paul liebt meine *Hush Puppies*", fuhr Tammie Lee eifrig fort. „Meine Mama hat mir erzählt, der Name würde daher stammen, dass Jäger früher die Reste ihres Maisbrotes an ihre Hunde verfüttert haben. So blieben sie in der Nacht ruhig."

„*Das* ist das Rezept, das du für das *Seattle-Country-Club*-Kochbuch einreichen willst?", fragte Jacqueline und war sich sicher, dass sie sich vor lauter Scham nie wieder in der Öffentlichkeit würde blicken lassen können.

„Oh, außerdem habe ich meine Mama noch um Großmutters Rezept für *Braunschweiger Eintopf* gebeten – das ist übrigens das Lieblingsgericht meines Vaters. Meine Großmutter ist in Georgia aufgewachsen, bevor sie meinen Großvater kennengelernt hat und nach Tennessee gezogen ist. Ich war fast achtzehn, als wir nach Louisiana gezogen sind. Ich bin also ein echtes Südstaatenmädchen."

„*Braunschweiger Eintopf*", sagte Jacqueline. Das klang doch wenigstens ein wenig vorzeigbar.

„Das ist die Südstaatenvariante des Chilis. Mama hat es immer gemacht, wenn wir gegrillt haben. Sie hat noch das Originalrezept meiner Großmutter. Das muss ich natürlich ein bisschen abwandeln, denn heutzutage nimmt man Schweinefleisch oder Hühnchen statt Beutelratte oder Eichhörnchen."

Noch ein Wort von dieser Frau und Jacqueline war sich sicher, in eine tiefe Ohnmacht zu fallen.

„Ich hoffe, du hast ihnen dein Rezept für frittierte Okraschoten gegeben", sagte Paul und klang, als hätte er nie zuvor in seinem Leben etwas derart Köstliches gegessen. „Du wirst nicht glauben, was Tammie Lee alles aus Okra zaubern kann. Ich schwöre dir, es schmeckt himmlisch."

Nur ein einziges Mal hatte Jacqueline das schleimige grüne Gemüse gekostet. Die Okraschoten waren in einer Suppe verwendet worden. Jacqueline hatte sie noch nie vorher gesehen oder gegessen und war im ersten Moment von der dickflüssigen Konsistenz der Suppe abgeschreckt. Sie hätte schon beim Anblick beinahe angefangen zu würgen. Und jetzt erzählte ihr Sohn, dass er dieses furchtbare Gemüse liebte.

„Ich habe ein Rezept für Kuchen mit Pekannüssen. Der Kuchen ist in unserer Familie sehr beliebt, und ich werde das Rezept wohl auch vorschlagen."

„Ich glaube, wir haben es Tammie Lees Kochkünsten zu verdanken, dass wir in den Countryclub aufgenommen worden sind."

Jacqueline biss sich auf die Unterlippe. Sie wollte nicht damit herausplatzen, dass sie seit Jahren ehrenamtlich für den Club tätig war. Ihre Wohltätigkeitsprojekte waren die einträglichsten Spendenaktionen des Clubs. Reeses Name zählte natürlich auch eine ganze Menge – aber offensichtlich hatte ihr Sohn vergessen, die langjährige Mitwirkung seiner Eltern als Grund für seine Mitgliedschaft in Betracht zu ziehen. Stattdessen nahm er an, Tammie Lees Angewohnheit, von Autos überfahrene Tiere zu kochen – *Eichhörnchen*, um Himmels willen! –, hätte ihnen die Türen geöffnet.

„Ihr scheint jede Menge gute Neuigkeiten zu haben", sagte Reese und lächelte zufrieden.

„Ja", stimmte Jacqueline zu und strengte sich an, glücklich auszusehen. Sie gab sich wirklich Mühe, doch es fiel ihr nicht leicht.

„Ich denke, es gibt kein Paar, das glücklicher sein könnte", flötete Tammie Lee. „Ich kann nicht glauben, dass irgendein anderer Mann so viel Liebe für eine Frau empfindet wie Paul für mich – besonders, seit wir wissen, dass wir ein Kind erwarten."

„Wir sind froh, dass du nun zu unserer Familie gehörst", entgegnete Reese.

„Ich kann eure Freude und eure Liebe spüren", erwiderte Tammie Lee und sah Reese an. „Und ich kann euch nicht genug danken, dass ihr mich so freundlich aufgenommen habt."

Paul sah seine Mutter an. Er kannte ihre wahren Gefühle. Sie konnte vielleicht Tammie Lee hinters Licht führen, aber ihr Sohn kannte sie einfach zu gut. Er tat alles, um seine junge Frau vor Jacquelines Unmut zu bewahren. Früher hatten Mutter und Sohn sich sehr nahegestanden, doch seit Tammie Lee in sein Leben getreten war, war diese Nähe verschwunden.

In diesem Moment konnte Jacqueline die leidenschaftliche Kampfbereitschaft in den Augen ihres Sohnes lesen. Sie wusste: Wenn sie auch nur ein Wort sagte, das Tammie Lee verletzte, würde ihr Sohn ihr das nie verzeihen.

11. KAPITEL

Carol Girard

Carol stellte einen frischen Strauß Blumen in die Mitte des gedeckten Abendbrottisches. Sie machte einen Schritt zurück, um ihr Werk zu betrachten. Am frühen Nachmittag hatte sie auf dem Markt weiße Lilien und rote Tulpen sowie frischen Lachs und Spargelspitzen für das Essen besorgt. Die Blumen standen jetzt von ihr selbst arrangiert in einer Porzellanvase, die ein Geschenk von Doug zum letzten Hochzeitstag war.

So viele Jahre lang hatte sie all ihre Energie in ihre Karriere gesteckt. Als sie ihren Job dann kündigte, geriet sie ins Wanken und wusste nicht, wie sie ihre Zeit sinnvoll nutzen konnte. Möglicherweise wäre sie aufgeschmissen gewesen, hätte sie nicht ihre Online-Selbsthilfegruppe gehabt. Diese Frauen waren für sie so wichtig geworden wie Schwestern. Sie alle kämpften mit ihrer Unfruchtbarkeit und unterstützten sich gegenseitig mit Rat und Trost. Es ermutigte Carol, dass einige der Frauen ebenfalls zu stricken begonnen hatten, um zu entspannen. Und auch, um ein Erfolgserlebnis zu haben – das Gefühl, etwas erreichen zu können. Auch sie verfolgte diese Ziele. Aber für sie war das Stricken darüber hinaus ein Zeichen dafür, dass sie ein Leben als Mutter führen wollte und vor allem auch *würde*.

Seit dem Tag, an dem sie den Wollladen in der Blossom Street entdeckt hatte, schien sich alles zum Guten zu wenden.

Seit sie Lydia und die anderen Frauen kannte, war ihr, als wäre die Tür zu einer ganz neuen Welt aufgestoßen worden.

Zum ersten Mal sah sie in ihrer Wohnung nicht nur einen Schlafplatz oder einen Ort, an dem man sich ab und zu mit Freunden traf; es waren ihre vier Wände. Und sie entschloss sich, ein richtiges Heim daraus zu machen. Sie wollte kleine Veränderungen vornehmen, die ihre Liebe zu ihrem Mann und zu ihrem ungeborenen Kind ausdrücken sollten.

Normalerweise gingen sie in ein Restaurant, wenn ihr Bruder sie besuchte. Aber an diesem Abend plante Carol, zu Hause zu kochen. Rick hatte am Telefon geklungen, als sei er in Schwierigkeiten. Deshalb wollte sie für eine wohltuende, intime Atmosphäre sorgen, damit sie frei und ungezwungen über alles sprechen konnten.

Das Einkaufen und Dekorieren hatte einen Großteil ihres Nachmittags in Anspruch genommen. Doch sie genoss jede Sekunde. Noch vor sechs Monaten hätte sie nicht geglaubt, dass Blumen zu arrangieren oder einen ganzen Vormittag zwischen den Regalen eines Bauernmarktes herumzulaufen ihr Spaß machen würde. Doch mittlerweile verschafften ihr diese kleinen häuslichen Tätigkeiten Freude und ein Gefühl der Befriedigung. Sie tat es für ihre Familie.

Rick hatte aus der Lobby angerufen, und sie stand an der Tür, um ihn in Empfang zu nehmen. Als ihr Bruder hereinkam, umarmte sie ihn liebevoll.

„Also“, begann er und machte einen kleinen Schritt zurück, um seine Schwester besser ansehen zu können, „ich hätte nicht mit so einem stürmischen Empfang gerechnet.“ Es überraschte ihn sichtlich, dass sie ihn so innig begrüßte.

„Tut mir leid. Es ist einfach so schön, dich zu sehen.“

Er lachte und sah sich in der Wohnung um. „Wo ist denn Doug?“

„Er hat angerufen – bei ihm wird es später. Aber ich bin mir sicher, dass er bald kommt."

Sie warf einen Blick auf die Uhr, als sie ihren Bruder ins Wohnzimmer führte. Doug hatte sich nicht so begeistert über Ricks Besuch gezeigt wie Carol. „Möchtest du ein Bier?" Ihr Bruder trank selten. Und nur wenn er in den nächsten vierundzwanzig Stunden keinen Flug absolvieren musste.

„Ja, gern." Er ließ sich auf einen Sessel sinken, von dem aus er einen freien Blick aufs Wasser hatte. Eine Weile sagte er kein Wort. Als Carol ihm sein Bier brachte, lächelte er sie an und fragte: „Kann ich dir bei den Vorbereitungen für das Abendessen helfen?"

„Nein, es ist beinahe alles fertig." Sie ging in die Küche, um den Salat zu holen.

Er nickte und schwieg. Als sie wieder zurückgekehrt war, sah er sie plötzlich an. „Du hast alles richtig gemacht, kleine Schwester", sagte er und klang beinahe traurig. Er nahm einen Schluck von seinem Bier.

„Du doch auch", erwiderte sie.

Er lachte leise. „Habe ich das wirklich?"

„Meine Güte, Rick", begann sie und versuchte, seine düstere Stimmung ein wenig aufzuhellen. „Du bist Pilot einer namhaften Fluggesellschaft. Dein Traum ist wahr geworden." Ihr Bruder hatte sich Stück für Stück hochgearbeitet. Seit sie denken konnte, hatte er von nichts anderem geredet, als eines Tages Pilot zu sein. Und seit er alt genug war, hatte er Flughäfen besucht, mit Piloten gesprochen und alles an Informationen in sich aufgesogen, was er bekommen konnte.

Er lächelte und nickte zustimmend. „Ich sollte wohl glücklich sein, hab ich recht?"

„Bist du es denn nicht?“ Sie ging zu ihm und ließ den Salat auf der Anrichte stehen. Die letzten Handgriffe konnten noch warten. „Was ist los?“

„Entschuldige bitte. Entschuldige.“ Er machte eine wegwerfende Handbewegung und lachte. „Ich weiß nicht, was da gerade über mich gekommen ist. Mir geht’s gut. Vergiss einfach, was ich gesagt habe.“

„Nein, das werde ich nicht. Jetzt erzähl mir schon, was dich bedrückt. Du bist doch nicht hierhergekommen, um zum x-ten Mal den Ausblick aus unserer Wohnung zu genießen, stimmt’s?“

Er zuckte die Schultern und ging nicht auf ihre Frage ein. „Eigentlich war ich ganz guter Laune, bis ich gesehen habe, was du mit der Wohnung angestellt hast.“

„Was habe ich denn gemacht?“, fragte sie lächelnd. „Und warum hat das deine Laune ruiniert?“

Ihr Bruder sah sich um und runzelte die Stirn. „Ich weiß nicht genau, was es ist, aber *irgendwas* ist anders.“

Er bemerkte es also. Im Grunde genommen stand alles am selben Platz wie bei seinem letzten Besuch. Die Möbel waren auch noch dieselben. Äußerlich hatte sich also wenig verändert. Und trotzdem wirkte die Wohnung anders. Die Blumen, das polierte Holz, die glänzenden Gläser – all das waren kleine Dinge, aber sie drückten Carols veränderte Einstellung zum Thema „Zuhause“ aus. Diese Wohnung war nun ein heimeliger, liebevoller Ort, der wie geschaffen war für ein Kind.

„Es gibt tatsächlich etwas, das sich geändert hat“, erklärte sie, „aber das bin ich selbst. Ich bin glücklich, Rick, einfach richtig glücklich.“

Der leere Ausdruck in seinem Gesicht trieb ihr Tränen in die Augen. „Und du bist nicht glücklich", sagte sie leise.

„Nein", erwiderte er, lehnte sich vor und stützte die Arme auf seine Schenkel. „Nichts scheint mehr richtig und gut zu sein, seit Ellie nicht mehr bei mir ist."

Vor einem Jahr waren Ellie und Rick geschieden worden. Noch nie hatte er über die Trennung gesprochen. Seine Entschlossenheit, das Thema nun zur Sprache zu bringen, zeigte, wie schlecht es ihm gehen musste.

„Ich liebe sie noch immer", gab er zu. „Aber ich habe alles kaputt gemacht."

Carol hielt unwillkürlich den Atem an. Weil sie beide liebte – ihren Bruder und Ellie – hatte sie ihr Bestes getan, um sich aus der Angelegenheit rauszuhalten. Das einzige Gespräch mit Ellie war unangenehm und verstörend gewesen. Carol hatte sie seitdem nicht mehr angerufen.

Carol war nicht die Einzige, die die Hintergründe der Scheidung nicht kannte. Auch ihre Eltern wussten nicht genau, was das Scheitern von Ricks Ehe verursacht hatte. Was immer es auch gewesen sein mochte, er schien es zu bereuen und seine Exfrau zurückhaben zu wollen. „Hast du noch Kontakt zu Ellie?", fragte sie.

Er nickte. „Sie sagt, es sei besser, wenn wir getrennte Wege gehen würden. Ich habe es versucht, Carol, ich habe es wirklich versucht. Aber mein Leben ist alles andere als gut ohne Ellie. Ich hatte keine Ahnung, dass es so werden würde." Er blickte kurz zur Decke und atmete tief durch. „Ich habe gehört, dass sie sich mit einem anderen trifft."

„Das tut sicher weh." Die beiden waren auf dem College zusammengekommen. Carol konnte sich noch an den Tag erinnern, als sie die offene, fröhliche Blondine zum ersten Mal sah. Sie mochte Ricks Freundin auf Anhieb und hoffte damals sofort, sie eines Tages in ihrer Familie begrüßen zu können.

„Der Gedanke, dass Ellie jetzt mit einem anderen Mann zusammen ist, macht mich wahnsinnig. Ich kann immer nur daran denken, wie dumm ich gewesen bin. Ich würde alles tun, um wieder mit ihr ins Reine zu kommen. Wenn das bedeuten sollte, dass ich meinen Job an den Nagel hängen muss, würde ich das tun – ohne mit der Wimper zu zucken."

„Das tut mir alles so leid." Carol wusste nicht, wie sie ihm helfen konnte. Zumal sie doch gar nicht wusste, was tatsächlich geschehen war.

„Ja, mir auch."

„Willst du erzählen, was passiert ist?"

„Hat Ellie dir das nicht gesagt?", fragte er und blickte sie überrascht an.

Carol schüttelte den Kopf. „Ich habe sie zwar angerufen, nachdem du mir erzählt hast, dass sie die Scheidung eingereicht hat, aber sie wollte nicht darüber sprechen." Sie erwähnte nicht, dass Ellie am Telefon in Tränen ausgebrochen war. Bis zum Schluss hatte Carol gehofft, die beiden würden ihre Schwierigkeiten in den Griff bekommen und sich zusammenraufen. Nach der Scheidung schien es jetzt so, als wolle Ellie ihr Leben selbst in die Hand nehmen.

„Ich bin so oft fort von zu Hause", sagte ihr Bruder. „Da ist man einsam, weißt du?"

Das hatte auch Ellie angedeutet. Doch Carol wollte es nicht glauben. Rick hätte seiner Frau niemals so etwas angetan, versuchte sie sich einzureden. Er war ihr großer Bruder, ihr Held. Trotzdem musste sie es jetzt wissen. „Du … hattest doch keine Affäre, oder?“

„Nein“, antwortete er. „Das war es nicht … aber Ellie – sie konnte nicht damit umgehen, dass ich in meinem Job ständig von hübschen Frauen umgeben und selten zu Hause war. Das war eine Sache des Vertrauens.“

Für Carol machte die Tatsache, dass er ständig mit Frauen zu tun hatte, es auch nicht leichter, ihm zu vertrauen. Aber das würde sie nur ungern zugeben. Ihr Bruder musste nichts von ihren Unsicherheiten und Zweifeln wissen.

„Ich weiß nicht, warum sie so gedacht hat“, fuhr Rick fort. „Ich liebe Ellie.“ Er strich sich über die Stirn. „Ich habe versucht ihr klarzumachen, dass sie die einzige Frau in meinem Leben ist. Doch sie hat mir nicht einmal zugehört. Bis heute kann ich nicht glauben, dass sie unsere Ehe einfach so weggeschmissen hat – nur weil sie mir nicht vertrauen konnte.“

Carol konnte das auch nicht glauben, aber sie behielt ihre Gedanken für sich. Es gab zwei Möglichkeiten: Entweder war Ellie eifersüchtig und irrational, oder es steckte mehr hinter ihren Vermutungen – mehr, als Rick zugab.

„Ich habe alles getan, um Ellie die Scheidung auszureden“, sagte er. „Okay, ich gebe zu, dass ich manchmal in Versuchung geraten bin. Aber was zur Hölle soll ich auch jeden Abend allein im Hotel machen? Fernsehen? Ab und zu bin ich auch ausgegangen. Kann man mir das zum Vorwurf machen?“

Vielleicht gab es doch einen handfesten Grund für Ellies Misstrauen. Trotzdem fand Carol es noch immer unglaublich, dass er seiner Frau so etwas angetan haben sollte. Er war ein ehrbarer Mann – aber eben ein Mann. Und wenn er ab und zu mit einer Stewardess ein Gläschen getrunken hatte, was war daran so schlimm? Möglicherweise war Ellies Reaktion übertrieben.

„Ich denke, ich sollte dankbar sein, dass wir noch keine Familie gegründet hatten", murmelte er.

Da gab sie ihm recht. Wenn es etwas Gutes an der ganzen Sache gab, dann das. Sie konnte den Gedanken, dass Kinder unter einer Scheidung und einem zerrütteten Familienleben leiden mussten, kaum ertragen.

„Ellie wollte immer Kinder. Aber ich war noch nicht so weit."

Sie nickte.

„Hast du eine Ahnung, was ich jetzt tun soll?", fragte er und blickte sie erwartungsvoll an.

Sie legte ihm die Hand auf den Arm. Was sie ihm sagen sollte, wusste sie jedoch nicht. Wahrscheinlich war Rick selbst sein schlimmster Feind. Er war schon immer ein geselliger Mensch gewesen, ein Partylöwe, ein Draufgänger. Carol hatte ihn dafür bewundert. Er war ihr charmanter großer Bruder. Und nun machte es sie traurig, dass er so unglücklich war.

„Du musst Ellie beweisen, dass du der Richtige für sie bist."

„Aber wie?", fragte er verzweifelt. „Ich weiß einfach nicht mehr weiter, Carol. Ellie hat gesagt, sie will mich nie wieder sehen."

„Du könntest ihr schreiben."

„Was schreiben?"

„Einen Brief", erklärte Carol. „Oder besser eine E-Mail.

Schreib ihr, dass du ein Idiot warst."

„Ich denke, das weiß sie schon." Zum ersten Mal seit Beginn ihrer Unterhaltung sah sie, wie ein Lächeln über sein Gesicht huschte. „Was, wenn sie mir nicht antwortet?"

„Nimm ein Nein nicht hin. Lass sie wissen, dass du nicht so schnell aufgeben wirst."

„Soll ich ihr Blumen schicken? Oder etwas anderes in der Richtung?"

„Bring ihr Erdbeeren und andere Früchte mit." Frisches Obst war in Alaska zwar erhältlich, kostete jedoch ein Vermögen. „Einen ganzen Korb voll", schlug Carol vor. „Wenn ich mich recht erinnere, liebt Ellie Blaubeeren."

„Tatsächlich?"

„Rick! Das solltest du wissen. Schließlich warst du mit ihr verheiratet."

„Das ist das Problem", stöhnte ihr Bruder. „Ich habe ihr viel zu wenig Aufmerksamkeit geschenkt. Und ich habe nicht geahnt, wie sehr ich sie liebe, bis es irgendwann zu spät war."

„Dann musst du all das nachholen."

Er grinste. Es war dasselbe jungenhafte Lächeln, das sie seit Kindertagen kannte. „Deine Begeisterung ist ansteckend. Glaubst du wirklich, dass ich sie zurückgewinnen kann?"

„Ja", erwiderte sie voller Überzeugung. Es tat gut, dass ihr Bruder sich an sie wandte und ihre Hilfe erbat. Rick hatte einen Fehler begangen und nicht um seine Ehe gekämpft. Aber sie würde alles tun, um ihn nun darin zu unterstützen, das wiedergutzumachen.

12. KAPITEL

Alix Townsend

Am Dienstagabend kam Jordan Turner in die Videothek. Als Alix sah, dass er den Laden jedoch jeden Moment wieder verlassen würde, ging sie nach draußen und gab vor, eine Pause zu machen. Ihre Hand zitterte, als sie sich eine Zigarette anzündete. Lässig lehnte sie sich an die Hauswand und nahm einen tiefen Zug in der Hoffnung, das Nikotin würde sie beruhigen.

Als die Tür aufging und Jordan herauskam, rief sie: „Hi!"

Er blickte über seine Schulter. „Wie geht's?", fragte er.

„Ganz gut. Hab dich gar nicht kommen sehen", log sie. „Ich habe dir eine Kopie von *The Matrix* zurückgelegt, wenn du immer noch interessiert bist."

„Ja, klar. Danke."

„Gern geschehen." Sie zog ihre Zigaretten aus der Tasche und bot ihm eine an.

„Nein, danke."

Sie hätte sich denken können, dass er Nichtraucher war. Versonnen starrte sie auf ihren Glimmstängel und sagte: „Ich versuche gerade, es mir abzugewöhnen. Das sind schon Light-Zigaretten, aber ich schwöre, ich werde mir noch eine Zerrung holen bei dem Versuch, aus diesen Dingern Geschmack zu saugen."

Er lachte, obwohl ihr Witz nicht besonders gut war. Ein warmes, glückliches Gefühl breitete sich in ihr aus.

„Ich habe dich schon öfter in der Gegend gesehen", sagte Jordan.

„Alix Townsend. A-L-I-X geschrieben.“ Sie streckte ihre Hand aus, und er schüttelte sie. „Du bist Jordan Turner“, fuhr sie fort, bevor er die Chance hatte, sich vorzustellen. „Eine Kopie deines Führerscheins ist in unseren Akten. Du wohnst in der Nähe der Fifth Avenue, stimmt's?“ Sie ließ keinen Zweifel daran, dass sie an ihm interessiert war. Sie musste wieder an den Jungen aus der Grundschule denken, der genauso hieß wie der junge Mann. Damals hatte sie sich in den netten Jungen verknallt. Doch all das war schon so lange her, dass es beinahe nicht mehr wahr schien.

„Ja, das stimmt.“

Konnte es sein, dass er *der* Jordan Turner war? Sie betrachtete ihn und fragte sich, wie wahrscheinlich ein solcher Zufall wäre. Dann nahm sie noch einen tiefen Zug von ihrer Zigarette, um ihre Nerven zu beruhigen.

Nein, dies konnte nicht derselbe Jordan Turner sein. Allerdings konnte sie sich nicht ganz genau erinnern ... Gerade hatte sie genug Mut gefasst, um ihn einfach zu fragen, als er die Unterhaltung fortsetzte.

„Ich arbeite nicht weit von hier.“

Also kam er auf seinem Weg von der Arbeit nach Hause im Videoladen vorbei. Viele Leute machten das so.

„Man kann viel über einen Menschen sagen, wenn man weiß, was für Filme er ausleiht“, behauptete sie. Sie warf die Zigarette auf den Gehsteig und trat sie mit dem Absatz ihres Stiefels aus.

„Das will ich gern glauben.“

„Möchtest du wissen, was ich über dich erfahren habe?“ Das war in Unterhaltungen einer ihrer Lieblingstricks – Charakteranalysen anhand der Filmauswahl. Jedoch hatte sie nicht oft die Gelegenheit, ihn anzuwenden.

Er schmunzelte. Ihr fiel mit einem Mal auf, wie süß er aussah, wenn er lächelte. Laurel konnte nicht nachvollziehen, was sie an einem Typen fand, der so durchschnittlich und normal war wie Jordan. Und Alix konnte es ihr nicht erklären. Jemand, der in einen Mann verknallt war, der perverse Sexfilme auslieh, würde das sowieso nicht verstehen.

Jordan lehnte sich neben sie an die Wand. „Fang an und erzähl mir, was du rausgefunden hast."

Aufgeregt und verwirrt, wie sie im Moment war, wusste sie nicht, wie sie sich ausdrücken sollte. Sie geriet ins Schleudern und rang nach Worten – und zu ihrer grenzenlosen Enttäuschung fiel ihr einfach nichts Sinnvolles ein. In einem letzten Versuch machte sie eine undefinierbare Handbewegung und sagte: „Sie sind cool."

„Cool?", wiederholte er. „Du meinst, die Filme, die ich ausleihe, sind cool?"

„Ja." Sie wollte im Boden versinken.

„Danke."

Sie spürte, dass sie rot wurde. „Ich muss wieder an die Arbeit", murmelte sie, und ohne ein weiteres Wort lief sie zurück in den Laden.

Und um alles noch schlimmer zu machen, wartete Laurel schon neugierig auf sie. „Wie ist es gelaufen?", fragte sie ihre Mitbewohnerin.

Stumm starrte Alix sie an.

Laurel rang die Hände. „Doch so schlimm?"

Plötzlich merkte Alix, wie sich Übelkeit in ihr ausbreitete. Es war die gleiche Übelkeit, die sie von früher kannte, wenn ihre Eltern wieder einmal miteinander stritten. Der Schmerz darüber hatte ihren Magen angegriffen – als ob sie schuld an allem Übel sei. Jordan war möglicherweise derselbe Jordan Turner, mit dem sie zusammen in der Grundschule gewesen war. Doch sie hatte keine Zeit gehabt, ihn zu fragen. Und nun, da sie einfach weggerannt war, würde sie bestimmt keine Chance mehr dazu bekommen.

„Alles in Ordnung?", fragte Laurel und musterte sie.

Alix machte eine wegwerfende Handbewegung und ging zum Badezimmer im hinteren Teil des Ladens. Die Toilette war widerlich. Sie wollte lieber nicht darüber nachdenken, wann sie zum letzten Mal gereinigt worden war. Der blaue Zusatz zum Spülwasser konnte nicht mehr verdecken, dass sich in der Schüssel langsam Verfärbungen zeigten. Seltsam, dass ihr das in diesem Moment auffiel.

Sie stand am Waschbecken und starrte in den Spiegel. Die Stimmen in ihrem Kopf kannte sie nur zu gut. Es waren hässliche, negative Stimmen, die ihr Worte entgegenschrien, die sie nicht hören wollte. Sie lachten sie aus und riefen, sie sei eine Versagerin. Egal, was sie anfasste oder wie sehr sie sich bemühte, sie würde niemals etwas erreichen. Ihr Leben war verdammt. Dies war ihr Schicksal. Niemals würde sie mehr verdienen als das Minimalgehalt, niemals würde sie geliebt werden, niemals würde sie ein eigenes Heim besitzen. All die Sachen, die für normale Menschen so selbstverständlich waren wie ein Telefon oder eine Spülmaschine.

Sie schlug die Hände vors Gesicht, schloss die Augen und fühlte, wie sich tiefe Trauer in ihr ausbreitete. Sie konnte spüren, wie sich ein Gewicht auf ihre Schultern senkte, wie es sie niederdrückte. Vergeblich versuchte sie, die Depression zu vertreiben.

Sie hörte die widerwärtigen Namen, die ihre Mutter ihr gegeben hatte. Sie nahm die Schelte der Lehrer und die schmerzlichen, herablassenden Kommentare ihrer Mitschüler wahr. Die Demütigung war genauso deutlich zu spüren wie vor zwölf Jahren. Alix wollte die verletzenden Worte begraben, loswerden, nie wieder hören. Doch stattdessen hallten sie mit solcher Macht in ihrem Kopf, dass sie das Gefühl hatte, ihre Knie würden unter ihrem Gewicht nachgeben.

Es klopfte an der Tür. Überrascht wandte sie den Kopf.

„Alix, bist du da drin?"

Laurel. Verdammt. „Was ist?", stieß sie missmutig hervor.

„Er ist wieder da."

„Wer?"

„Der Typ, mit dem du dich vorhin unterhalten hast. Ich weiß nicht, wie er heißt."

Alix biss sich auf die Unterlippe. „*Du* kannst ihm doch weiterhelfen."

„Er hat aber nach dir gefragt."

„Warum?", fragte sie und runzelte die Stirn.

„Keine Ahnung", entgegnete Laurel genervt. „Soll ich auch noch Gedanken lesen können?"

„Ich komme in einer Minute, okay?" Alix straffte die Schultern, fuhr sich mit den Händen durchs Haar und versuchte, mit dieser Situation zurechtzukommen. Sie fragte sich, warum Jordan sie sehen wollte.

Weil ihr Gesicht ganz rot war, ließ sie kaltes Wasser über ihre Hände laufen und presste sie gegen ihre Wangen.

Sie wusste nicht, wie viel Zeit vergangen war, bis sie endlich den Mut gefasst hatte, rauszugehen und Jordan gegenüberzutreten.

Er stand am Tresen und wartete. Als sie näher kam, lächelte er.

„Du hast nach mit gefragt?", begrüßte sie ihn, als hätte er sie bei irgendetwas gestört. Sie wollte nicht den Eindruck erwecken, als freue sie sich darüber, ihn zu sehen – und in Wahrheit tat sie das auch nicht. Nachdem sie sich einmal vor ihm blamiert hatte, verspürte sie nicht das Bedürfnis, diese Erfahrung zu wiederholen. Nicht jetzt zumindest.

„Du hast gesagt, du hast mir *The Matrix* zurückgelegt?"

Ihre Erleichterung kannte keine Grenzen. „Ja, das hätte ich beinahe vergessen. Er ist da vorne", sagte sie und ging an ihm vorbei zu dem Regal, in das sie den Film gelegt hatte.

„Danke, dass du das für mich getan hast."

„Kein Problem", erwiderte sie und starrte angestrengt auf den Computermonitor hinter dem Tresen. Nachdem er die Leihgebühr bezahlt hatte, legte Alix das Video in die Hülle, verstaute alles in einer Tüte und reichte sie ihm über den Tresen. „Wir haben diese Woche Mikrowellen-Popcorn im Angebot, falls du Lust hast."

„Nein, danke. Ich habe gerade einen Rieseneimer davon gekauft. Ich denke, ich habe für die nächsten zehn Jahre genügend Popcorn."

Sie stützte die Ellbogen auf den Tresen. Die Situation war ihr peinlich. Sie hatte keine Ahnung, was sie sagen, was sie fragen sollte. Wenn sie jetzt den Jordan Turner aus der vierten Klasse erwähnen würde, musste sich das wie eine lahme Anmache anhören. „Äh, gibt es denn noch andere Filme, die ich für dich beiseitelegen soll?" Das war nicht gerade eine brillante Frage, aber wenigstens ergab sie einen Sinn.

Er zuckte die Schultern. „Ich wüsste im Augenblick nicht,

welchen. Aber wenn mir etwas einfällt, sage ich es dir."

„Okay."

Mit einem Kopfnicken ging er. Die Glastür schloss sich hinter ihm, und wie durch ein Wunder erschien just in diesem Moment Laurel. „Was wollte er?"

„Einen Film, was sonst?"

„Und wieso hat er nach dir gefragt?"

Alix verspürte nicht das geringste Bedürfnis, Laurel alle Details zu erzählen. „Woher soll ich das wissen?"

„Es gibt keinen Grund, so zickig zu werden."

Die Tür ging auf. Zu Alix' grenzenloser Überraschung schob Jordan seinen Kopf durch den Spalt. „Alix, um wie viel Uhr hast du Feierabend?"

Sie war zu geschockt, um direkt zu antworten. „Um elf. Drei Nächte die Woche schließe ich den Laden ab."

„Und wie sieht es morgen aus? Schließt du da ab?"

„Nein. Mittwochs arbeite ich bis um neun."

„Möchtest du dann mit mir einen Kaffee trinken gehen? Nach der Arbeit?"

„Äh …" Sie fand es beinahe unglaublich, dass er sie bat, mit ihm auszugehen. Oder jedenfalls fast. „Ja, warum nicht", sagte sie, als wäre es etwas ganz Normales.

„Gut, dann sehen wir uns morgen." Er winkte ihr zu und verschwand.

Ein Glücksgefühl stieg langsam in ihr auf. Sie musste sich sehr zusammenreißen, um nicht vor Freude in die Luft zu springen.

13. KAPITEL

„Stricken – meine fantastische Gnade."
(Nancie M. Wiseman, Redakteurin beim Cast On Magazin, Autorin von Classic Knitted Vests und The Knitter's Book of Finishing Techniques)

Lydia Hoffman

Am Anfang der Woche rief meine Mutter mich an. Sie fragte, ob sie, Margaret und ich am Volkstrauertag zusammen zum Friedhof gehen könnten, um Daddys Grab zu besuchen. Es war erst ein paar Monate her, dass wir Vater beerdigt hatten. Für meine Mutter war es nach wie vor eine schwierige Phase. Sie musste sich erst damit abfinden, dass sie nun Witwe war.

Ich sagte sofort zu. Aber ich fragte mich gleichzeitig, wie Margaret reagieren würde. Sie hatte es am Muttertag erfolgreich geschafft, die Situation so zu drehen, dass wir uns nicht getroffen hatten. Bei allem, was die Familie betraf, reagierte Margaret gereizt und reserviert. Es schien, als wollte sie vergessen oder verdrängen, dass wir dieselben Eltern hatten. Mehr als einmal schoss mir durch den Kopf, dass Margaret vielleicht besser damit klargekommen wäre, wenn *ich* und nicht unser Vater gestorben wäre. Das war kein schöner Gedanke. Aber wenn ich ihre Einstellung betrachtete, glaubte ich, dass es stimmte. Trotzdem wollte ich nicht aufgeben. Irgendein verquerer Teil von mir weigerte sich, sie loszulassen.

Sie ist schließlich meine Schwester. Nach all dem, was ich

erlebt habe, glaube ich, dass wir – auch wenn wir uns nicht mögen – einander doch brauchen.

Am frühen Montagnachmittag kam ich am Haus meiner Mutter an und fand sie auf der hinteren Veranda im Garten, wo sie Tee trank. Sie trug einen langen schwarzen Rock und eine schwarze Bluse, saß in ihrem Weidensessel und genoss den Sonnenschein.

Die Rosen waren beschnitten und trieben Knospen, und der süßliche Duft des Fliederbusches erfüllte die Luft. Mutter hielt ein Taschentuch in der Hand. Sie hatte offensichtlich geweint.

Ich ging zu ihr und legte ihr wortlos meine Hand auf die Schulter. Sie blickte auf und schenkte mir ein schwaches Lächeln. Dann legte sie ihre Hand auf meine und drückte sie sanft. „Ich vermisse ihn noch immer."

„Ich auch", flüsterte ich und merkte, dass meine Stimme zitterte.

„Dad hätte es bestimmt nicht gutgeheißen, dass wir so rührselig sind. Es ist ein so schöner Tag, und gleich werde ich mit meinen beiden Töchtern zusammen einen schönen Nachmittag haben. Wieso also sollte ich traurig sein?" Sie ergriff die Teekanne. Ich sah, dass sie auch für mich eine Tasse gedeckt hatte. Ohne mich groß zu fragen, schenkte sie mir Tee ein. Ich ließ mich dankbar in den Sessel neben ihr sinken.

Wir unterhielten uns ein bisschen. Meine Mutter stellte eine Menge Fragen über das *A Good Yarn*, über meinen Anfängerkurs und die drei Frauen, die daran teilnahmen. Ich hatte Jacqueline, Carol und Alix schon öfter erwähnt und erzählte ihr auch von meinen anderen Kunden. Langsam, aber stetig baute ich meinen Kundenstamm aus. Und ich schloss, was ebenso wichtig war, neue Freundschaften. Meine Welt wurde jeden Tag ein bisschen größer, und das machte mich glücklich. Whiskers war ebenfalls zufrieden. Er hatte sich angewöhnt, seine Zeit im Laden zu verbringen, wo er sich meistens im Schaufenster sonnte. Mein Kater war ein willkommener Gesprächseinstieg, und meine Kunden mochten ihn. Und er genoss die Aufmerksamkeit.

Ich freute mich über den Fortschritt, den jede einzelne meiner Schülerinnen gemacht hatte. Es war nur ein bisschen schwierig, Jacqueline beinahe jede Woche davon zu überzeugen, den Kurs nicht hinzuschmeißen. Eigentlich wollte sie bereits nach der zweiten Stunde den Unterricht aufgeben. Aber ich konnte sie überreden, weiterzumachen. Ich wurde das Gefühl nicht los, dass sie *wollte*, dass ich sie bat zu bleiben. Im Endeffekt war ich glücklich, dass ich es getan hatte. In der dritten Stunde hatte es noch einige riskante Momente gegeben; immer wenn Alix eine Masche verlor, fing sie an, so unflätig zu schimpfen, dass ich fürchtete, Jacqueline würde jeden Augenblick ins Koma fallen. Ich schlug Alix vor, einen anderen Weg zu finden, um ihren Frust auszudrücken. Zu meiner Überraschung entschuldigte sie sich – es war nicht das erste Mal, dass sie mich beeindruckte. Sie war gar nicht so schlimm, man musste sie nur erst mal etwas näher kennenlernen.

Carol war meine begabteste Schülerin. Sie hatte die Babydecke fast fertig und sah sich bereits nach neuen Projekten um. Sie kam mindestens zweimal die Woche in meinen Laden und unterhielt sich mit mir. Whiskers saß ein paarmal auf ihrem Schoß und zeigte mir damit, dass er meine neue Freundin durchaus guthieß.

Mom liebt es, Geschichten aus meinem Laden zu hören. Wir reden fast jeden Tag miteinander. Sie braucht es. Und um ehrlich zu sein, genieße ich es genauso. Ich mag vielleicht dreißig Jahre alt sein, aber eine Tochter legt ihr Gefühl der Verbundenheit und das Bedürfnis nach der Mutter wohl nie ganz ab.

„Margaret und die Kinder kommen gleich", sagte Mom beiläufig, doch damit führte sie mich nicht hinters Licht. Mit ihren Worten warnte sie mich. Sie stellte ihre Porzellantasse ab und legte die Hände in den Schoß. Meine Mutter besitzt eine natürliche Grazie, um die ich sie beneide. Margaret kommt in der Hinsicht ganz nach ihr.

Mir ist es schon immer schwergefallen, meine Mutter treffend zu beschreiben. Man könnte meinen, sie sei so zerbrechlich, wie sie aussieht, aber das stimmt nicht. Sie besitzt eine Stärke, für die ich sie bewundere. Während meiner Krebserkrankung hat sie meine Interessen gegenüber den Ärzten und der Versicherung vertreten. Sie ist liebevoll und großzügig und versucht immer, ihren Lieben alles recht zu machen. Ihre einzige Schwäche ist ihre Unfähigkeit, mit Krankheit umzugehen. Sie kann es nicht ertragen, mich – oder irgendjemanden – leiden zu sehen, und zieht sich daher in solchen Fällen zurück. Zum Glück ist Dad immer für mich da gewesen.

„Bringt Margaret Julia und Hailey mit?", fragte ich.

Meine beiden Nichten sind wie ein Wunder für mich. Die Wahrscheinlichkeit, dass ich eigene Kinder haben werde, geht gegen null, und so nehmen die Töchter meiner Schwester einen besonderen Platz in meinem Herzen ein. Es war sehr schade, dass Margaret Schwierigkeiten mit meinem guten Verhältnis zu den beiden zu haben schien. Sie behütete ihre Töchter voller Eifersucht.

Julia und Hailey jedoch erkennen meine Zuneigung und lieben mich – zu Margarets Überraschung – von ganzem Herzen. Die pure Freude der zwei bei jedem zufälligen Treffen schmerzte Margaret so sehr, dass sie alles tat, um mich von meinen Nichten fernzuhalten.

„Großmutter!“ Die neunjährige Hailey rannte mit ausgebreiteten Armen in den Garten. Als sie mich erblickte, juchzte sie vor Freude auf. Sie sprang, nachdem sie meine Mutter begrüßt hatte, in meine Arme, wobei sie mich fast erwürgte.

Die vierzehnjährige Julia war etwas zurückhaltender. Doch auch in ihren Augen konnte ich ablesen, wie sehr es sie freute, mich zu sehen. Ich streckte meinen freien Arm nach ihr aus, und als sie zu mir kam, schüttelten wir uns die Hände. Ich drückte sanft ihre Finger. Wie groß Julia geworden war: beinahe schon eine Frau – und eine Schönheit. Mein Herz wollte bei ihrem Anblick vor Stolz beinahe zerbersten.

„Tante Lydia, bringst du mir das Stricken bei?“, fragte Hailey, ohne mich loszulassen.

Ich warf einen Blick über meine Schulter, gerade als Margaret und ihr Ehemann durch die Hintertür in den Garten traten. Am missbilligenden Stirnrunzeln meiner Schwester konnte ich erkennen, dass sie die Frage gehört hatte. „Ich würde es dir sehr gern beibringen. Aber die Entscheidung liegt bei deiner Mutter.“

„Wir werden später darüber reden“, sagte Margaret äußerst knapp. Hailey legte den Arm fest um meine Schultern. Offenbar war sie nicht bereit, mich in nächster Zeit noch mal loszulassen.

„Hallo, Matt", sagte ich.

Mein Schwager grinste und winkte mir zu. Ich erinnerte mich daran, wie Matt und Margaret begannen, miteinander auszugehen. Da sie fünf Jahre älter war als ich, erschien mir der damals siebzehnjährige Matt sehr reif und erwachsen, ein Mann von Welt. Sie heirateten jung, was meinem Vater nicht unbedingt gefiel. Er war der Meinung, meine Schwester solle zuerst ihr Studium abschließen. Das tat sie auch, nutzte ihre Ausbildung jedoch nie. Dabei hatte Vater es sich so gewünscht. Margaret war in den letzten Jahren in einigen Jobs tätig, aber keiner hatte sie wirklich ausgefüllt. Im Augenblick arbeitete sie halbtags für eine Reiseagentur. Mit mir sprach sie jedoch nie über ihre Arbeit. Dass sie so oft wie möglich zu Hause sein wollte, um sich um die Kinder zu kümmern, fand ich gut. Das hatte ich ihr jedoch noch nie gesagt, weil ich nicht sicher war, wie sie es aufnehmen würde.

Nachdem wir uns begrüßt und anschließend ein bisschen geredet hatten, fuhren wir zum Friedhof. Meine Mutter hatte einen üppigen Strauß Flieder aus dem Garten mitgebracht, und Julia und Hailey stellten ihn in die Vase auf dem Grab meines Vaters.

Schon immer fand ich Friedhöfe interessant. Als Kind hegte ich eine fast schon makabre Leidenschaft für Grabsteine. Ich liebte es, die Inschriften auf den alten Steinen aus dem 19. und frühen 20. Jahrhundert zu lesen. Während Margaret und meine Eltern am Grab meiner Großeltern beteten, wanderte ich immer umher. Einmal brach ich mir sogar das Bein, als eine Muttergottesstatue auf mich fiel. Ich habe Mom und Dad nie erzählt, dass ich auf die Statue geklettert war, um einen Blick auf ihr Gesicht zu erhaschen.

Als ich nun auf den neuen Grabstein meines Vaters blickte, drohte mich eine Welle der Trauer zu überrollen. Die marmorne Tafel erzählte nicht viel. Sein Name stand dort, James Howard Hoffman, und die Geburts- und Todesdaten: 20. Mai 1940 – 29. Dezember 2003.

Geburt und Tod – alles, was dazwischen passierte, war ein Gedankenstrich. Der stumme Strich sagte nichts aus über seinen Dienst in Vietnam oder seine immerwährende Liebe für seine Frau und seine Töchter. Dieser Gedankenstrich zeigte nicht, wie viele zahllose Stunden er an meinem Krankenbett verbracht, mich getröstet, mir etwas vorgelesen und sich bemüht hatte, mir zu helfen. Es gab keine Worte, die die tiefe Liebe meines Vaters beschreiben konnten.

Plötzlich überfiel mich wieder der bekannte Schmerz. Eine Folge des Tumors, mit der ich bis heute zu kämpfen habe, ist die Migräne. Mit den neu entwickelten Medikamenten bekomme ich die anfallartigen Kopfschmerzen zum Glück meist schnell in den Griff. Die Symptome waren eindeutig.

Doch dieser Schmerz kam völlig überraschend.

Ich griff in meine Tasche, um die Pillen herauszuholen, die ich ständig bei mir trug. Meine Mutter, die mitbekommen hatte, dass etwas nicht stimmte, kam zu mir und sah, dass ich schwankte. „Lydia, was ist los?“

Ich atmete langsam und tief. „Ich muss nach Hause“, flüsterte ich matt und schloss die Augen vor dem grellen Sonnenschein.

„Margaret, Matt“, rief Mom. Sie schlang den Arm um meine Taille. Wenige Minuten später saß ich im Wagen. Doch statt Matt zu bitten, mich in meine eigene Wohnung zu bringen, bestand Mutter darauf, dass ich zu ihr nach Hause gebracht wurde.

Kurz darauf lag ich in dem Zimmer, in dem ich den Großteil meiner Kindheit verbracht hatte, auf dem Bett. Die Vorhänge waren zugezogen. Mom legte einen kühlen Waschlappen auf meine Stirn und ging auf Zehenspitzen hinaus.

Ich wusste, dass ich für ein paar Stunden schlafen würde, wenn die Medikamente erst wirkten. Danach würde es mir besser gehen. Aber den Punkt zu erreichen – den Punkt, an dem die Schmerzen nachließen – war schwierig.

Bald nachdem meine Mutter das Zimmer verlassen und der pochende Schmerz seinen Höhepunkt erreicht hatte, wurde die Schlafzimmertür abermals geöffnet. Und obwohl ich die Augen geschlossen hielt, wusste ich, dass meine Schwester in das Zimmer getreten war.

„Du kannst es nicht lassen, stimmt's?" In ihren Worten schwang Bitterkeit mit. „Du kannst nicht einen Tag verstreichen lassen, ohne dass sich alles um dich dreht, oder?"

Ich konnte nicht glauben, dass meine Schwester tatsächlich annahm, ich hätte die Migräne heraufbeschworen, nur um einige Minuten Aufmerksamkeit zu haben. Würde Margaret wissen, wie sehr man bei Migräne litt, hätte sie mir niemals so etwas unterstellt. Aber ich sah mich nicht in der Lage, mit ihr zu streiten. Also hielt ich den Mund.

„Eines Tages wird es nur noch dich und mich geben."

Das war mir klar. Und ich wünschte mir nichts sehnlicher, als ein gutes, normales Verhältnis zu meiner Schwester zu haben. Wenn die Schmerzen nicht so stark gewesen wären, hätte ich ihr einiges erklären können. Zum Beispiel, dass ich mir wünschte, die Dinge zwischen uns lägen anders.

„Wenn du glaubst, dass ich den Part von Mom und Dad übernehme, hast du dich getäuscht."

Beinahe hätte ich angefangen zu lächeln. Ich konnte mir beim besten Willen nicht vorstellen, dass Margaret etwas in der Richtung tat.

„Ich weigere mich, dich zu verhätscheln und zu verwöhnen. Es ist an der Zeit, dass du erwachsen wirst, Lydia. Du musst Verantwortung für dein Leben übernehmen. Was mich angeht, kannst du woanders nach Zuneigung und Verständnis suchen." Nachdem sie diese Worte gesagt hatte, verließ sie das Zimmer wieder.

Das Geräusch der zuschlagenden Tür hallte in meinem Kopf wider. Da der nasse Waschlappen auf meinem Gesicht lag, dauerte es einen Moment, dann merkte ich, dass Tränen über meine Wangen liefen.

Mehr als je zuvor war ich in diesem Augenblick davon überzeugt, dass eine gute Beziehung zu Margaret nicht möglich war.

14. KAPITEL

Jacqueline Donovan

Jacqueline betrachtete sich im Spiegel. Sie seufzte und betete für ein wenig Geduld. Paul und Tammie Lee hatten sie und Reese zu sich nach Hause eingeladen, um zu grillen. Sie konnte nicht ablehnen – Paul hätte jede Ausrede durchschaut. Und so blieb ihr nichts anderes übrig, als die Zähne zusammenzubeißen und das Beste draus zu machen.

„Bist du fertig?", fragte Reese zum dritten Mal.

Leise murrend ging sie zu ihm. Er klimperte mit den Autoschlüsseln und schritt ungeduldig vor der Tür auf und ab.

„Müssen wir wirklich?", fragte sie, obwohl sie wusste, dass es zwecklos war.

Ihr Ehemann sah sie wortlos an. Manchmal brauchte es keine Worte, um auszudrücken, was er empfand. Über die Jahre hatte sie gelernt, sein Mienenspiel zu deuten. Jetzt gerade war auf seinem Gesicht ein humorloses Lächeln zu sehen, das seinen Missmut über etwas, das sie gesagt oder getan hatte, widerspiegelte.

„Was habe ich denn nun schon wieder falsch gemacht?", fragte sie wütend. „Du kannst mir nicht erzählen, dass du dich auf dieses Grillen freust." Der Himmel wusste, was ihre Schwiegertochter für das Essen vorbereitet hatte. Gegrillte Beutelratte? Oder Eichhörnchen?

„Merkst du es denn nicht?", erwiderte er. „Paul wünscht sich, dass wir Tammie Lee kennen- und lieben lernen, so wie er es tut."

Sie schüttelte ablehnend und frustriert den Kopf. „Das wird nicht passieren, egal wie oft wir gemeinsam grillen."

„Du könntest ihr wenigstens eine Chance geben."

Jacqueline missfiel seine Einstellung immer mehr. Ihr Ehemann wusste, wie wichtig es war, die richtige Person zu heiraten. Er selbst hatte sie schließlich nicht nur erwählt, weil sie so süß lächelte. Ihre Eltern waren gut befreundet. Und Jacquie hatte, genau wie Reese, eine fundierte Ausbildung genossen. Ja, sie war damals in ihn verliebt gewesen. Aber es gab so viel mehr, das einen Partner perfekt machte – nicht nur die Liebe. Außerdem wurden Gefühle in Jacquelines Augen sowieso vollkommen überschätzt.

Sie fürchtete, dass Paul so werden könnte wie sein Vater. Besonders, dass er sich von seinen Trieben leiten lassen könnte, nicht mehr von seinem Kopf. Doch ihr Sohn hatte Tammie Lee geheiratet. Wenn er etwas für dieses Mädchen empfand, hätte er sie ebenso gut – so wie sein Vater es mit dieser Blondine zu tun pflegte – irgendwo unterbringen und einmal die Woche besuchen können. Jacqueline wusste nicht genau, wie viel ihren Mann diese Dienstagnacht-Geliebte kostete, aber sie konnte sich denken, dass es eine Menge Geld war. Vielleicht *wollte* sie die Wahrheit auch gar nicht genau kennen.

Schweigend fuhren sie zu Pauls und Tammie Lees Haus, einem zweistöckigen Gebäude in der Nähe von Kirkland mit einer hübschen Aussicht auf den Lake Washington. Rauch stieg aus dem Garten auf, und Jacqueline überlegte, dass sie wahrscheinlich das Fleisch schon auf den Grill gelegt hatten. Gut. Je früher dieses Familientreffen vorüber war, desto besser.

Reese klingelte an der Tür. Tammie Lee öffnete ihnen

barfuß, in ausgefransten Jeans und einem Umstandstop. Sie wirkte, als sei sie soeben den 60er-Jahren entsprungen.

„Ich bin so froh, dass ihr kommen konntet", sagte sie mit ihrem breiten Südstaatenakzent, ergriff Jacquelines Hände und zog ihre Schwiegermutter ins Haus.

„Mom, Dad." Paul stand direkt hinter seiner Frau. Er schüttelte die Hand seines Vaters und umarmte seine Mutter kurz.

Jacqueline wollte den Nachmittag nicht mit einer negativen Bemerkung beginnen. Doch sie war der Überzeugung, dass es für Tammie Lee nicht gut war, barfuß im Haus herumzulaufen. Der Himmel wusste, auf was sie treten oder worauf sie ausrutschen konnte.

„Ich sage es nicht gern, aber solltest du nicht Schuhe anziehen?" Sie stellte die Frage aus aufrichtig gemeinter Besorgnis um das Mädchen. Sie konnte jedoch an der Art, wie Paul die Lippen aufeinanderpresste, erkennen, dass er ihr diese Bemerkung übel nahm.

„Ich weiß, dass du recht hast", erwiderte ihre Schwiegertochter und führte sie durch das Haus in den frisch gemähten Garten. „Paul sagt mir das auch immer, aber ich kann drinnen keine Schuhe tragen. Wenn ich das Haus betrete, schleudere ich die Schuhe in die Ecke. Letzte Woche bin ich barfuß durch den Garten gelaufen und prompt auf eine Nacktschnecke getreten."

Jacqueline zuckte zusammen.

„Ich habe geschrien, als sei mir der Leibhaftige persönlich erschienen."

Paul lachte. „Ich bin noch nie in meinem ganzen Leben so schnell gerannt. Ich dachte, sie sei von einem Schwarm Bienen angegriffen worden oder so etwas."

Der Tisch im Garten war bereits gedeckt, und Tammie Lee hielt zwei Krüge mit Eistee hoch. „Gesüßt oder ungesüßt?", fragte sie.

Jacquelines Meinung nach gab es nur eine Art, Eistee zu servieren – ungesüßt. Jeder, der Zucker hinzufügen wollte, konnte das dann später tun.

„Ungesüßt", sagte sie und setzte sich an den Tisch.

„Für mich bitte auch", sagte Reese.

Tammie Lee schenkte den Tee ein und reichte Jaqueline ein Glas. Diese runzelte beim Anblick eines grünen Blattes, das auf ihrem Getränk schwamm, die Stirn. „Da ist irgendwas in meinem Tee", sagte sie und nahm ihren Löffel, um das Blatt zu entfernen.

„Das ist ein Minzblatt", erklärte ihre Schwiegertochter. „Meine Mama lässt mich Eistee nur mit einem frischen Minzblatt und einer Zitronenscheibe servieren."

Jacqueline lehnte sich in ihrem Stuhl zurück. Sie fühlte sich wie eine Idiotin. *Natürlich* war das Minze – sie hätte das erkennen müssen. Doch bei dem Mädchen wusste man ja nie, was man erwarten konnte.

„Das war eine gute Idee. Vielen Dank, dass ihr uns eingeladen habt", sagte Reese.

Jacqueline warf ihm einen verärgerten Blick zu. *Nichts* an diesem Tag war gut, und er wusste das genau.

„Eigentlich war es Tammie Lees Idee", erzählte Paul, der am Grill stand. Zu Jacquelines grenzenloser Erleichterung duftete das, was er grillte, einfach köstlich. Das Fleisch brutzelte, und ihr Sohn bestrich es großzügig mit einer Knoblauchsoße.

„Ja", bestätigte Tammie Lee, die mit einem Notizblock

und einem Stift in den Garten zurückgekehrt war. Sie zog einen Stuhl vor und setzte sich zu ihren Schwiegereltern an den Tisch. Dann schlug sie den Block auf und strich die Seite glatt. „Ich wollte euch nach euren Familientraditionen fragen", sagte sie eifrig. „Es ist wichtig für Paul und mich, mit Familienbräuchen zu beginnen. Ich möchte eure Traditionen gern dabei aufgreifen."

„Familienbräuche?", wiederholte Jacqueline, als würde sie dieses Wort zum ersten Mal in ihrem Leben hören.

„Ja. So etwas wie der Derby-Tag."

Jacqueline tauschte einen fragenden Blick mit ihrem Mann.

„Das Kentucky-Derby", erklärte Tammie Lee und blickte in die Runde, als erwartete sie, dass nun alle nickten und sagten: „Ach so, *das* Derby."

„Mein Vater und all meine Onkel trugen weiße Anzüge und Panamahüte, und Mama und meine Tanten kochten vorher tagelang."

„Hier in Seattle ist das Kentucky-Derby nicht so ein wichtiges Datum wie bei euch, mein Liebling", sagte Paul und setzte sich zu ihnen an den Tisch. Er lächelte seine Eltern an. „Erzähl ihr von Weihnachten, Mom."

„Weihnachten", wiederholte Jacqueline. „Was ist mit Weihnachten?"

„Na ja, du kannst ihr erzählen, wie du früher am Weihnachtsabend meinen Strumpf an den Kamin gehängt hast."

„Ja, aber das mache ich seit Jahren nicht mehr."

„Was ist denn mit Football?", fragte Tammie Lee aufgeregt. „In dieser Gegend ist man doch ansolut verrückt danach, oder?" Je begeisterter sie wurde, desto breiter wurde ihr Südstaatenakzent.

„Oh ja." Paul antwortete diesmal. „Dad und ich sind Husky-Fans."

„Das ist doch wundervoll! Wir könnten ein Parkplatzpicknick veranstalten. Mama sagt, ein Parkplatzpicknick ist wie Kirche – alle Frauen werfen sich in Schale und bereiten Unmengen zu essen vor. Anschließend verbringen wir Stunden damit, um für ein Wunder zu beten."

Paul und Reese lachten, aber Jacqueline wusste nicht, was daran lustig sein sollte. „Warum betet ihr?"

Ihre Schwiegertochter grinste. „Na, damit unser Team auch mal gewinnt."

Jacqueline zwang sich zu einem kleinen Lächeln.

Schließlich war das Grillen doch nicht so schlimm, wie Jacqueline befürchtet hatte. Sie hatte Albträume gehabt, in denen der Tisch wie von einem Tierpräparator dekoriert war. Doch tatsächlich hatte Tammie Lee ein hübsches Blumenbouquet aufgestellt.

Alles in allem war es trotz Jacquelines düsterer Vorhersagen ein angenehmer Nachmittag. Das Essen bestand aus einer leckeren Guacamole, blauen Maischips, gegrilltem Rindfleisch und einem Kartoffelsalat, der ausgesprochen gut schmeckte. Das Jalapeño-Maisbrot war ein bisschen zu scharf, aber Jacqueline hatte sich sowieso nur ein kleines Stück genommen. Reese konnte nicht aufhören, das Essen zu loben, und Tammie Lee errötete angesichts seiner endlosen Komplimente. Da sie nicht mehr so viel arbeitete, hatte ihre Schwiegertochter nun genügend Zeit. Sie widmete sich ausgiebig dem Kochen und dem Versuch, ihren Mann damit glücklich zu machen. Als Jacqueline jung verheiratet war, hatte sie es genauso gemacht. Heutzutage ging ihr Interesse am Kochen jedoch gegen null.

Auf ihrem Weg nach Hause schwiegen Reese und Jacqueline. Ein Großteil des Tischgesprächs hatte sich um Familienbräuche gedreht. Offensichtlich pflegte Tammie Lees Familie jede Menge Traditionen. Sie hatte sämtliche Sitten in epischer Breite erklärt, wobei sie immer wieder Tante Thelma und Tante Frieda sowie Mama und Daddy erwähnte. Jacqueline fragte sich langsam, ob das Mädchen vielleicht Heimweh hatte.

Wenn es so war, konnte sie doch einfach ihre Sachen packen und ihre Mama besuchen. Vielleicht würde Paul, wenn seine Frau erst mal außer Haus war, endlich wieder zur Vernunft kommen.

„Wir hatten nicht viele Bräuche, die wir an Paul weitergegeben haben, oder?“, sagte Reese, als sie auf den Freeway fuhren.

„Natürlich hatten wir das“, erwiderte sie, obwohl es ihr beim Essen schwergefallen war, sich an ihre Rituale zu erinnern. „An Weihnachten haben wir Lebkuchenhäuser mit ihm gebastelt, erinnerst du dich?“

„Ja, aber das ist Jahre her. Damals war er noch ein Kind.“

„Und im Countryclub fand jedes Jahr zu Ostern eine Eiersuche statt.“

„Ja, und Paul und ich haben dir am Muttertag immer das Frühstück ans Bett gebracht.“

„Das stimmt“, sagte sie und fühlte sich mit einem Mal seltsam erleichtert. Sie hatte als Mutter also nicht total versagt. „Nur weil wir nicht weiße Anzüge tragen und Panamahüte aufsetzen, um uns das Kentucky-Derby anzuschauen, heißt das nicht, dass wir mit unserem Sohn keine gemeinsamen Rituale gepflegt haben.“

Er warf ihr einen Blick zu. „Kannst du dich daran erinnern, dass Paul dir einmal Eier im Glas machen wollte?“

„Ach, du meine Güte. Martha hat Monate gebraucht, um das Schlachtfeld in der Küche wieder sauber zu bekommen.“

„Aber du hast alles aufgegessen. Du hast perfekt mitgespielt“, sagte er. „Ich weiß nicht, ob ich dich je mehr geliebt habe als an jenem Tag.“

Jacquelines Lächeln erstarb, als sie aus dem Fenster starrte. Sie hatten einander geliebt, und irgendwie taten sie es noch immer. Dieses ganze Gerede über Traditionen und Familie wirbelte den Staub längst vergangener Jahre auf und wehte eine Menge glücklicher Erinnerungen in ihre Richtung. Das alles war ein bisschen verunsichernd.

„Ich bin glücklich, dass Tammie Lee und Paul ihrer Tochter Traditionen vermitteln wollen“, sagte Reese, als sie schon fast bei ihrem Haus angekommen waren. „Und du?“

„Ja, ich finde es auch gut“, antwortete sie leise. Sie wünschte sich das für ihr Enkelkind. Vor ihrem geistigen Auge sah sie das kleine Mädchen, dunkelhaarig wie Paul. Es streckte seine kurzen Ärmchen nach ihr aus. Tammie Lee war bestimmt nicht die erste Wahl einer Ehefrau für ihren Sohn, aber Paul wirkte glücklich. Und schon bald machte er sie zum ersten Mal zur Großmutter. Ja, es gab auch schöne Seiten an dieser Ehe.

Sie wusste nicht, warum, aber sie fühlte sich an diesem Abend so gut wie seit Monaten nicht mehr. Vielleicht hatte Reese recht, und sie war einfach zu hart zu dem Mädchen.

15. KAPITEL

Carol Girard

Die ganze Woche über war Carol guter Laune. Sie und Doug hatten am Abend zuvor ein köstliches Thai-Dinner genossen. Danach hatte sie einige ermutigende Gespräche mit ihrer Online-Gruppe geführt. Und ihre Strickkünste verbesserten sich auch immer mehr! Sie freute sich auf die Unterrichtsstunde am folgenden Tag – die vierte Lektion. In den vergangenen drei Wochen hatte sie angefangen, das Stricken zu genießen. Sie nahm es mit derselben Begeisterung und Energie in Angriff wie auf einmal alles andere in ihrem Leben. Ihre erste Babydecke hatte leider einige kleine Fehler. Deshalb schenkte sie die Decke dem Linus-Projekt, kaufte sich neues Garn und begann eine zweite. Mittlerweile hatte sie das Stricken besser unter Kontrolle und war zufrieden, dass diese Babydecke so gut und regelmäßig aussah.

Carol holte die Post und legte sie auf den Tisch. Oben auf dem Stapel lag ein Umschlag, der an sie adressiert war. Sie erkannte den Namen einer Schulfreundin, die inzwischen geheiratet hatte und nach Kalifornien gezogen war. Sie riss den Umschlag auf und war gespannt, von Christine zu hören. Es dauerte nicht lang, bis sie feststellte, dass es kein einfacher Brief war. Der Briefumschlag enthielt eine Karte zur Geburt von Christines Baby.

Carols Laune sank augenblicklich. Sie holte Luft und setzte sich an den Küchentisch, als sie die Einzelheiten über Christines Kind las. Es hatte vor zwei Wochen, am 27. Mai, das Licht der Welt erblickt. Ein kleiner Junge.

Christine war jemand, der alles nach einem vorher festgelegten Plan machte. Das bedeutete, den richtigen Mann zu heiraten, dann schwanger zu werden und ein gesundes Kind zur Welt zu bringen.

Sie schluckte. Nur wenige Leute konnten verstehen, wie niedergeschlagen sie sich im Moment fühlte. Ihre Online-Gruppe wusste, was in ihr vorging.

Sie saß am Tisch und starrte an die Wand, während sie versuchte, das Gefühl von Unzulänglichkeit und Frustration zu überwinden. Sie freute sich für Christine und deren Mann Bill. Doch zugleich wollte sie sich die Haare raufen und schreien – und endlich wissen, warum *sie* es nicht war, die endlich schwanger wurde. Warum ihr Körper nicht so funktionierte, wie der aller anderen Frauen. Diese Fragen hatte sie sich und jedem Experten, den sie traf, schon unzählige Male gestellt. Doch trotzdem wusste sie keine Antwort darauf.

Irgendwann würde sie ihr Baby haben. Sie musste daran glauben. Aber es dauerte so viel länger, als sie gedacht hatte. Das Warten machte sie wahnsinnig. Sie musste warten, bis sie Termine bei den Spezialisten bekam. Dann musste sie warten, bis sie die Tests machen durfte, warten, bis die Therapie begann und schließlich warten auf weitere Behandlungsmöglichkeiten. Und es waren keine schönen Erfahrungen, die sie in dieser Zeit machte. Auf ihre Privatsphäre musste sie gänzlich verzichten.

Carols Periode war für sie mehr geworden als nur eine allmonatliche Belastung; es schien, als kreiste ihre ganze Welt nur noch um ihren Zyklus. Jedes Mal wenn sie ihre Regel bekam, brach ihr das Herz, und sie kämpfte wieder gegen die Enttäuschung an.

Sie wusste, dass viele ihrer Freunde sie für verrückt hielten. Sie war es. Aber sie hatte auch furchtbare Angst.

Das Liebesspiel mit Doug war zur Routine geworden. Sex nach einem festgelegten Plan. Und dann das quälende Warten, die häufigen Besuche im Bad, nur um nachzuschauen. Hatte ihre Periode eingesetzt? Und wenn es dann so weit war ...

Dieser dritte Versuch der künstlichen Befruchtung musste klappen, er *musste* einfach funktionieren.

Wenn ihr doch nur jemand eine eindeutige Antwort geben könnte. Wenn Dr. Ford ihr und Doug doch nur sagen könnte, ob sie jemals die Chance auf ein eigenes Kind hätten. Auch mit einer negativen Antwort würden sie lernen, umzugehen. Sie würden sich arrangieren und andere Pläne machen.

Stattdessen schürte er ihre Hoffnung. Zweimal waren diese Hoffnungen enttäuscht worden. Doch sie und Doug hatten sich von dem Schlag erholt und wollten es noch einmal versuchen. Sie wollten alles tun, alles geben, alles opfern, um ein Baby zu bekommen.

Carol fuhr sich über die Augen und stand auf, um Teewasser aufzusetzen – natürlich für einen milden Tee ohne Tein. Sie hatte damit begonnen, viele Lebensmittel nicht mehr zu sich zu nehmen – aus der Angst heraus, sie könnten sich negativ auf die Empfängnisbereitschaft ihres Körpers auswirken. Ihre Einkaufsliste las sich mittlerweile wie das Angebot eines Naturkostladens. Einige Experten glaubten, die Ernährung sei wichtig. Andere dachten dagegen, sie habe keinen entscheidenden Einfluss auf die Fruchtbarkeit. Carol wollte überhaupt keine Risiken eingehen. Sie würde *alles* ausprobieren, um endlich schwanger zu werden – und zu bleiben.

Es fühlte sich an, als bewege sich ihr gesamtes Leben in einer Art Warteschleife. Sie hatte eine vielversprechende Karriere an den Nagel gehängt und war zu den besten Ärzten gegangen. Sie aß nur noch die „richtigen" Lebensmittel, hörte sich Kassetten an, die sie aufbauen und motivieren sollten, und wiederholte brav die Mantras, die sie gelernt hatte. Carol wollte daran glauben, dass ihr Geist ihren Körper kontrollieren konnte und dass die bloße Kraft ihrer Entschlossenheit ihr am Ende das bringen würde, was sie sich so sehr wünschte.

Sie setzte sich wieder hin und wartete darauf, dass das Wasser kochte. Eine kurze handgeschriebene Notiz von Christine weckte ihre Aufmerksamkeit. Carol hatte sie bisher auf der Geburtsanzeige übersehen. In Christines hübscher Handschrift stand dort: *Ich habe so lange nichts mehr von dir gehört!*

Es gab einen guten Grund dafür. Ihre Freundschaft zu Christine war nicht die einzige, die langsam aber sicher eingeschlafen war. Sie hatte viele ihrer guten Freunde vernachlässigt. Das lag vor allem daran, dass der Kampf, endlich schwanger zu werden, so viel Kraft forderte. Und die Freunde, die schon Kinder hatten, taten sich eher mit Pärchen zusammen, die ebenfalls Eltern waren.

Carol und Doug hatten immer weniger gemeinsam mit diesen Freunden, deren Leben sich nur noch um Kinder, Spielplätze und Geburtstagsfeiern zu drehen schien. Und als wäre das nicht schon schlimm genug, wurden oft langatmige Diskussionen geführt, die die beiden ausschlossen. In diesen Gesprächen ging es um Schulen oder Tagesmütter, um Wutanfälle der Kinder oder die Probleme, die auftraten, wenn die lieben Kleinen zahnten.

Und dann gab es noch Leute, die ihre Probleme, ihre Sehnsucht nach einem Kind nicht ernst nahmen. Eine Frau aus dem Büro hatte lachend vorgeschlagen, Carol könne gern eines von ihren vier Kindern großziehen. Andere wiederum wollten sie aufmuntern und erzählten, es würde nicht mehr lange dauern. Die moderne Medizin sei so fortgeschritten, dass Carol bestimmt schon im nächsten Jahr schwanger wäre. Doch sie war es nicht – und eine Angst, die lange in ihrem Innersten geschwelt hatte, wurde immer größer. Es war möglich, dass sie und Doug niemals ein Kind bekommen würden. Zwar konnte sie es kaum ertragen, aber sie musste der Wahrheit ins Gesicht sehen. Ewig konnte sie so nicht weitermachen.

Der Wasserkessel begann zu pfeifen. Sie erhob sich langsam und goss das kochende Wasser in ihre Teetasse. Man durfte diese negativen Gedanken einfach nicht zulassen. Das machte alles nur noch schlimmer. Sie musste weiter an ihren Traum glauben! Eine Geburtsanzeige durfte sie nicht so aus der Bahn werfen. Gott hatte ihr ein Zeichen gegeben. Sie musste glauben, musste alle düsteren Gedanken beiseiteschieben. Sie hatte Hoffnung …

Die Tür wurde geöffnet, und Carol fuhr herum. So spät war es schon? „Doug! Hast du schon Feierabend?“ Sie bemühte sich um einen lockeren Tonfall, spürte jedoch, dass ihr das gründlich misslungen war.

„Alles in Ordnung bei dir?", fragte er und musterte sie.

„Natürlich."

Er sah nicht eben überzeugt aus.

„Hattest du einen schönen Tag?", fragte sie und widmete sich wieder dem Tee.

„Sicher."

Doug entdeckte die Post. Er ging zum Tisch und sah Christines und Bills Karte. Carol beobachtete ihn, als er die Zeilen las. Sie wollte vor Schmerz schreien, als sie die Sehnsucht in seinem Blick bemerkte. Nach einer Weile legte er die Karte zur Seite, als wäre sie nicht so wichtig. Sie wusste, dass es nicht so war.

„Es ist ein kleiner Junge", sagte sie und bemühte sich, möglichst beiläufig zu klingen.

„Ja, das habe ich gesehen."

Das hätte ich sein müssen, wollte sie schreien. *Sie* hätten diejenigen sein sollen, die Karten zur Geburt verschickten. Sie waren gute Menschen. Sie führten eine vorbildliche Ehe. Und sie wären sicher wundervolle Eltern …

Die Unfruchtbarkeit bedeutete eine stetige Belastung für ihre Beziehung. Doug hatte in der ganzen Zeit ebenso viele Demütigungen hinnehmen müssen wie sie selbst. Die Samenspende im Badezimmer neben dem Wartezimmer in Dr. Fords Praxis, die postkoitalen Untersuchungen – all das war furchtbar für ihn.

Viele Leute versicherten ihr, dass sie eines Tages über all das lachen würden. Carol glaubte nicht, dass das möglich sein würde.

„Ich bin mit der zweiten Babydecke fast fertig. Morgen ist die nächste Unterrichtsstunde."

Ihr Ehemann nickte, griff sich die Zeitung und ging zu seinem Lieblingssessel im Wohnzimmer.

Sie wollte ihn anschreien. Er solle endlich etwas sagen! Doch stattdessen verkniff sie sich die Worte und begann, das Abendessen vorzubereiten – obwohl sie überhaupt keinen Appetit verspürte.

16. KAPITEL

Alix Townsend

Während sie an einem Fensterplatz bei *Starbucks* saß, versuchte Alix vorsichtig, die Maschen von einer Stricknadel auf die andere zu befördern und die Reihe zu Ende zu stricken. Niemand sonst in dem Kurs schien ein Problem mit diesem Projekt zu haben. Carol arbeitete bereits an ihrer zweiten Babydecke. Jacqueline hatte zu Beginn ein paar Schwierigkeiten gehabt, aber nicht annähernd so viele wie Alix. Egal wie sehr sie sich auch konzentrierte, sie begann mit einhunderteinundsiebzig Maschen und am Ende der Reihe zählte sie einhundertachtzig oder mehr. Beziehungsweise weniger, je nachdem, was sie falsch gemacht hatte.

Lydia versicherte ihr ein ums andere Mal, dass das ein durchaus gängiges Problem war. Sie erklärte mit einer Engelsgeduld, dass Alix die Maschen nicht richtig zu Ende strickte. Dann zeigte sie ihr noch einmal, wie es ging. Und Alix machte dieselben dummen Fehler wieder. Es war ihr egal, denn sie würde nicht eher ruhen, bis sie richtig stricken konnte. Dreißig Dollar hatte sie bereits in dieses Projekt investiert.

Als sie mit der Reihe fertig war, machte Alix eine kleine Pause. Sie nippte an ihrem Cappuccino und zählte die Maschen. Verdammt! Einhundertdreiundachtzig! Es war schon wieder passiert – sie hatte Maschen eingebaut, die da nicht hingehörten. „Verdammt, verdammt, verdammt“, fluchte sie unterdrückt. Offenbar färbte es ab, mit Jacqueline zusammen zu sein. Sie benutzte kaum noch wirklich *schlimme* Schimpfwörter.

Alix schob ihr Strickzeug auf den Schoß und schloss die Augen. Sie versuchte, den Frust und die Wut zu ignorieren. Dieser Strickkurs sollte ihr dabei helfen, ihre Aggressionen besser in den Griff zu bekommen. Das war der beste Witz aller Zeiten!

Was ihren Ärger noch mehr schürte, war, dass sich Laurel mit John in ihrem Apartment rumtrieb. Sie hatte Alix gebeten, für ein paar Stunden zu verschwinden. Die Sache zwischen den beiden war in der letzten Zeit fester geworden. John war regelmäßig in den Videoladen gekommen, und Alix hasste es, wie ihre Mitbewohnerin ständig von diesem Widerling schwärmte. Was sie betraf, so brachte John nichts als Ärger.

Als sie sich ein bisschen beruhigt hatte, fing sie an, die Reihe vorsichtig wieder aufzulösen, Masche für Masche. Das dauerte länger, als die ganze Reihe zu stricken. Zwei Maschen vor dem Ende der Reihe rutschte ihr die Nadel aus der Hand, und sie verlor eine. Ein unterdrückter Fluch entfuhr ihr, bevor sie ihn sich verkneifen konnte.

Zum Glück war Jacqueline nicht in der Nähe. Jedes Mal, wenn Alix die Kontrolle über ihr Strickzeug verlor – was relativ oft der Fall war – und deswegen fluchte, fühlte Jacqueline sich persönlich angegriffen. Dabei riss Alix sich schon sehr zusammen.

Bisher war sie einer Auseinandersetzung mit der älteren Frau aus dem Weg gegangen. Doch sie spürte, dass es unter der Oberfläche brodelte. Jacqueline duldete Alix, und umgekehrt ging es Alix mit ihr genauso.

Sie fand, dass Jacquelines Weltanschauung mehr als verdreht war. Das Einzige, was sie zu interessieren schien, waren

Anspruch und Ansehen. In jeder Unterrichtsstunde saß sie an ihrem Platz und erzählte und erzählte – als ob es wirklich jemanden interessieren würde, wen sie bei welchem Event oder Clubmeeting getroffen hatte. Blabla ... die meiste Zeit hatte Alix keine Ahnung, über wen Jacqueline überhaupt sprach.

Sie biss sich auf die Unterlippe und versuchte, die verloren gegangene Masche wieder auf die Stricknadel zu befördern. Doch als sie sie beinahe eingefangen hatte, glitt ihr das Strickzeug erneut aus der Hand, und weitere zwei Reihen ribbelten auf.

Sie murmelte einen noch schlimmeren Fluch und war drauf und dran, das gesamte Projekt einfach hinzuwerfen. Hätte sie nur ein Fünkchen Verstand, würde sie ihr Strickzeug in den Müll befördern.

Mit einem Mal spürte Alix, dass sie nicht allein war. Sie blickte auf. Jordan Turner stand an ihrem Tisch. Ihr Mund fühlte sich plötzlich trocken an, und sie hatte das Gefühl, keinen klaren Gedanken mehr fassen zu können. Er war der Letzte, den sie hier erwartet hätte.

„Sieht aus, als hättest du eine kleine Krise!" Er zog den Stuhl neben ihr zu sich, drehte ihn um und setzte sich.

Alles, was Alix im Augenblick tun konnte, war, ihn mit offenem Mund anzustarren. Sie hatte ihn seit einiger Zeit nicht mehr gesehen. Nach seinem Vorschlag, sie könnten mal einen Kaffee zusammen trinken gehen, war er verschwunden. Sie fühlte sich frustriert und enttäuscht. Es schien ihr Schicksal zu sein: Sobald sie Interesse an einem Jungen zeigte, wanderte er entweder in den Knast oder er verschwand aus der Stadt.

„Was machst du denn hier?", fragte sie und gab sich dabei

die allergrößte Mühe, ihre Freude über seinen Anblick zu verbergen.

„Eigentlich bin ich hier, weil ich dich treffen wollte", erwiderte er und verschränkte die Arme auf der Rückenlehne des umgedrehten Stuhls.

„Klar." Genau diese Worte hätte auch John zu Laurel sagen können. Aber sie fiel auf Süßholzraspeln nicht herein.

„Das ist wahr. Du kannst Danny fragen. Ich war im Laden und habe gefragt, wo ich dich finden kann." Danny arbeitete stundenweise in der Tagschicht und war absolut zuverlässig. Wenn sie ihn nach Jordan fragte, würde er ihr die Wahrheit sagen.

Sie ignorierte Jordan, nahm die Masche wieder auf und strickte die Reihe zu Ende, bevor sie den Blick wieder hob. „Warum suchst du mich?"

„Ich dachte, ich spendiere dir einen Becher Kaffee. Bist du immer so kompliziert?"

Sie sah ihn an und versuchte, nicht zu blinzeln. „Nein, nicht wirklich."

„Also stellst du diese Mir-ist-alles-egal-Haltung nur für mich zur Schau?"

Obwohl sie das eigentlich nicht vorhatte, lächelte sie. „Könnte man so sagen."

Ihre abweisende Art schien ihn nicht zu stören. „Gibt es einen besonderen Grund dafür?"

Alix nahm ihr Strickzeug wieder in die Hand. Es würde sicher kindisch und albern klingen, wenn sie zugeben würde, wie sehr sie sich auf das Kaffeetrinken mit ihm gefreut hatte. Und er hatte sich einfach nicht mehr gemeldet. Aber statt ihm das zu gestehen, widmete sie sich wieder ihrem Strickprojekt. „Ich habe dich lange nicht gesehen“, sagte sie betont beiläufig.

„Soll das heißen, dass du mich vermisst hast? – Ich habe oft an dich gedacht, als ich weg war.“

Sie zuckte die Achseln. Dann sah sie auf, und ein kleines Lächeln umspielte ihre Mundwinkel. „Kann schon sein, dass ich dich vermisst habe.“

Er hörte das offensichtlich gern – jedenfalls schloss Alix das aus der Art, wie er den Stuhl heranrückte und sich zu ihr lehnte. Er beobachtete sie eine Weile und fragte: „Was strickst du?“

„Eine Babydecke für das Linus-Projekt.“

Jordan nickte. „Ich habe davon gehört. In den Pfarrnachrichten stand vor einigen Monaten eine Mitteilung.“

Verdammt, zur Kirche ging er auch. Sie hatte es wirklich drauf, sich immer die Richtigen auszusuchen. „Glaub bloß nicht, dass ich das aus reinster Nächstenliebe tue“, sagte sie schroff. „Ich stecke mit Sicherheit nicht so viel Mühe in eine Babydecke, weil es meine Bürgerpflicht ist.“

„Warum strickst du denn dann für das Projekt?“

Sie konnte ebenso gut die Wahrheit sagen. Alix blickte auf und musterte ihn, um zu sehen, wie er reagierte. „Damit leiste ich die gemeinnützigen Stunden ab, die das Gericht mir aufgebrummt hat.“ Wenn ihn das nicht abschreckte, dann wusste sie auch nicht weiter. Sie schätzte Ehrlichkeit – und wenn dieser nette Junge jetzt immer noch an ihr interessiert sein sollte, umso besser. Wenn nicht, wusste sie wenigstens, woran sie war.

„Gemeinnützige Stunden vom Gericht? Warum?“

„Ich habe das Gesetz übertreten, und das Gesetz hat gewonnen", sagte sie, beendete die Reihe und schenkte den Maschen bei Weitem zu wenig Aufmerksamkeit. „Aber ich wurde reingelegt. Ich hatte mit der Sache nichts zu tun, und der Richter wusste es. Also bekam ich gemeinnützige Stunden statt Knast. Schockiert das einen netten Jungen wie dich?"

„Nein."

Sie war sich nicht sicher, ob sie ihm glaubte. Doch sie nahm seine Antwort mal so hin.

„Meine Mutter strickt auch."

Alix konnte sich gerade noch verkneifen zu sagen, dass ihre Mutter im Gefängnis saß. Genug Ehrlichkeit für heute, sagte sie sich. Es gab keinen Grund, ihn mit der Wahrheit zu überfordern. Sein Interesse schmeichelte ihr, und der Gedanke, dass er sie gesucht hatte, gefiel ihr. Als sie aufblickte, war sie versucht zu fragen, auf welche Grundschule er gegangen war. Sie überlegte noch immer, ob er nicht der Jordan Turner sein könnte, den sie einst gekannt hatte. Alix konnte sich nicht mehr genau daran erinnern, wie der Junge von früher aussah. Sie wusste nur noch, dass er eine Brille getragen hatte. Dieser Jordan trug keine Brille.

„Hast du Hunger?", fragte er plötzlich. Er spähte über seine Schulter in Richtung Tresen. „Die haben hier erstklassige Muffins. Magst du?"

„Ich könnte etwas essen", erwiderte sie – was nicht eben die freundlichste Bemerkung war, die sie je gemacht hatte.

Er stand auf und ging zum Tresen. Alix beobachtete ihn einen Moment lang und versuchte ihr pochendes Herz zu beruhigen. Sie widmete sich wieder ihrem Projekt und vollendete die Reihe. Als sie die Maschen zählte, waren es zu ihrer Überraschung exakt einhunderteinundsiebzig Stück. Stolz lächelte sie. Jordan kehrte an den Tisch zurück. Er balancierte in der einen Hand einen Becher Kaffee, auf dem ein Teller mit einem Muffin thronte. In der anderen Hand hielt er einen zweiten Teller, auf dem sich ebenfalls ein Muffin befand.

„Wir haben Glück", sagte er, als er alles auf den kleinen runden Tisch gestellt hatte. „Es waren nur noch zwei übrig."

Sie nickte und griff nach dem Küchlein. „Danke."

Jordan nippte an seinem Kaffee. „Danny wusste nicht genau, wo du steckst. Ich habe dich eher per Zufall hier sitzen sehen, als ich vorbeikam."

Sie brach den Kuchen in der Mitte durch und war froh, dass dies der einzige freie Tisch gewesen war. Normalerweise setzte sie sich nicht auf einen Platz, an dem sie von der gesamten Straße aus gesehen werden konnte. Es gefiel ihr nicht, was im Zuge der Sanierungsmaßnahmen mit der Gegend passierte. Besonders weil sie immer mehr fürchtete, dass es nur noch eine Frage der Zeit war, bis sie und Laurel das Apartment verlieren würden. Und wenn das geschah, würde es nicht mehr lange dauern, bis sie wieder in billigen, rattenverseuchten Hotelzimmern schlafen musste. Um wieder ein Apartment zu bekommen, würde sie gezwungen sein, einen zweiten Job anzunehmen. Wahrscheinlich musste sie dann in Kneipen arbeiten, wo nette Jungs wie Jordan niemals hinkamen.

„Wo bist du gewesen?", fragte Alix, da er offenbar von sich aus nicht davon erzählen wollte. Er hatte nur gesagt, dass er weg war.

Er nahm einen Schluck Kaffee und stellte den Becher dann beiseite. „Ich habe eine Jugendfreizeit geleitet."

Sie wusste nicht genau, was sie darunter verstehen sollte.

„Die ganze Zeit über?"

„Nicht die ganze Zeit. Die Kirche brauchte Hilfe bei der Organisation, also habe ich einige Wochen im Büro in Stanwood gearbeitet."

„Oh." Dies war schon das zweite Mal, dass er die Kirche erwähnte. Langsam machte sich in ihr eine böse Vorahnung breit.

„Es ist schön zu wissen, dass du mich vermisst hast", murmelte er.

„Das habe ich so nicht gesagt", erwiderte sie ein bisschen schroffer, als sie eigentlich wollte.

Er grinste.

Sie war erleichtert zu sehen, dass sie ihn nicht gekränkt hatte. „Also … vielleicht habe ich dich doch ein bisschen vermisst."

„Freut mich, das zu hören."

„Gibt es noch mehr Jugendfreizeiten, die du organisieren musst?"

Er seufzte. „Ich weiß nicht. Aber offen gesagt hoffe ich, dass es nicht so ist. Als ich den Job als Jugendseelsorger angenommen habe, glaubte ich, dass ich meine Zeit mit den Jugendlichen hier in der Gegend um die Blossom Street verbringen würde."

Alix fühlte sich, als sei ihre Welt zusammengestürzt. „Du bist … ein Pfarrer?"

„Jugendseelsorger", korrigierte Jordan sie. „Im Augenblick arbeite ich für die Freie Methodistische Gemeinde in der Gegend." Seine Mundwinkel zuckten, und er sah aus, als müsste er ein Lachen unterdrücken.

„Was ist denn so lustig?", fragte sie ärgerlich.

„Nichts. Aber aus deinem Mund klingt das Wort ‚Pfarrer' wie ‚Drogendealer' oder schlimmer."

„Es ist nur …" Sie war bestürzt, und ihr fehlten die Worte – wie immer, wenn sie verwirrt war.

„Ich bin Jugendseelsorger, Alix", sagte er. Jordan griff nach ihrer Hand und lächelte. „Du erinnerst dich nicht an mich?"

„Du bist es also doch!" Verdammt, sie hatte es geahnt und wünschte sich, sie hätte zuerst etwas gesagt.

„Erinnerst du dich an die vierte Klasse der Grundschule? Es hat ein bisschen gedauert, bis ich darauf kam."

„Ich habe mir gedacht, dass du es sein könntest … ich kann es kaum glauben!" Sie rief sich die Schulzeit wieder in Erinnerung und betrachtete ihn eingehend. „Wir waren in derselben Klasse, weißt du noch?"

„Was ich noch weiß", entgegnete er und grinste, „ist, dass du neben Jimmy Burkhart gesessen hast."

Sie erinnerte sich an Jimmy, als wäre es erst gestern gewesen. Sie hatte ihm eine blutige Nase verpasst und war zum Rektor bestellt worden – und all das nur, weil Jimmy einen Scherz darüber gemacht hatte, dass sie Jordan Turner heiraten wollte. Sie und die Hälfte aller Mädchen aus der vierten Klasse fanden den Sohn des Pfarrers süß und interessierten sich für ihn. Und nun war Jordan offensichtlich in die Fußstapfen seines Vaters getreten. Er war Jugendseelsorger und würde Pfarrer werden. Verdammt, dass hätte man sich denken können.

„Ich hatte eine Valentinsüberraschung für dich."

Sie starrte ihn an, überwältigt von der Erinnerung an das schicksalhafte Jahr – das Jahr, in dem ihre Mutter versucht hatte, ihren Vater zu töten.

„Ich wollte es dir in der Pause geben, aber du warst nicht da. Und du bist nie wiedergekommen."

Alix antwortete nicht. In der Nacht vor dem Valentinstag, als sie in der vierten Klasse war, hatte ihre Mutter ihren Vater angeschossen. Beide waren sehr betrunken. Schließlich brach der unvermeidliche Streit aus. Schnell waren die Polizei und Sanitäter vor Ort. Ihre Mutter wurde in Handschellen abgeführt. Weil es keine Verwandten gab, die sich um Alix und ihren Bruder hätten kümmern können, kamen die beiden zu Pflegefamilien. Die Nacht bedeutete den Anfang vom Ende eines Familienlebens für Alix – so traurig das auch klingen mochte. Ihre Mutter kam ins Gefängnis, und ihr Vater verschwand, als er aus dem Krankenhaus entlassen wurde. Den Kontakt zu seinen Kindern versuchte er erst gar nicht wieder aufzunehmen.

Der Staat übernahm damals die Vormundschaft für die Geschwister. Wegen all des Durcheinanders war Alix nie an die Jackson-Schule zurückgekehrt … und hatte nie die Valentinsüberraschung bekommen, die Jordan ihr schenken wollte.

„Also", begann Jordan und beugte sich ein wenig vor, „ich habe mich gefragt, wie du auf meine Bitte reagiert hättest, mit mir den Valentinstag zu verbringen …"

Sie konnte sich kaum ein Lachen verkneifen. Ja, sicher. Die Tochter von Alkoholikern und der Sohn eines Pfarrers. Irgendwie, fürchtete sie, würde das nicht lange gut gehen.

17. KAPITEL

„Mit ein bisschen Übung und Geduld lernen wir die notwendigen Handgriffe, und dann ist unser Geist frei, um den Akt des Strickens zu genießen.“
(Bev Galeskas, Fiber Trends)

Lydia Hoffman

Das Geschäft begann langsam zu laufen, und ich war sehr zufrieden. Den Großteil meines Bestands an Wolle hatte ich schon verkauft und musste nun bereits nachbestellen. Mein erster Anfängerkurs näherte sich dem Ende. Ich konnte kaum glauben, dass sechs Wochen so schnell vorübergegangen waren. Dass meine Kursteilnehmer nach fünf Wochen darauf drängten, weiterzumachen, war eine besondere Freude für mich. Also willigte ich ein und verlängerte den Kurs.

Erstaunlicherweise wurden diese drei völlig verschiedenen Frauen langsam vertraut miteinander. Ich konnte spüren, dass es so war. Sie freundeten sich untereinander und mit mir an.

Wenn es um ihre Fähigkeiten beim Stricken ging, so war Carol die Geschickteste von allen. Sie hatte inzwischen mit einer neuen Arbeit begonnen – einem Hut aus Filz.

Alix und Jacqueline kämpften derweil immer noch mit einigen grundlegenden Techniken. Aber Alix hatte wohl einfach nicht genug Zeit zum Üben. Und bei Jacqueline bereitete mir ihre gesamte Einstellung Sorgen. Sie mochte ihre Schwiegertochter anscheinend nicht, obwohl sie nie offen darüber sprach. Sie begann langsam, sich nach neuen Herausforderungen umzuschauen, und bevorzugte die hochpreisigen Garne. Alix zahlte für ihre Wolle weiterhin wöchentlich, was in ihrem Falle deutlich machte, dass es sich für sie um ein besonders kostspieliges Hobby handelte. Trotzdem blieb sie dabei. Und ich war froh darüber, denn ohne sie hätte die Gruppe einen ganz anderen Charakter gehabt.

Als ich am Dienstagabend gerade das Geschäft schließen wollte, sah ich, wie meine Schwester die Straße entlang auf den Laden zukam. Sie war erst ein einziges Mal hier gewesen – am Eröffnungstag. Und sie schien es damals genossen zu haben, mir meinen finanziellen Untergang vorherzusagen. Doch ich würde es nicht zulassen, dass sie mich runterzog. Innerlich bereitete ich mich auf eine Auseinandersetzung vor.

Als Margaret den Laden betrat, spürte ich, dass etwas nicht stimmte. Offensichtlich war sie *nicht* gekommen, um Unheil zu verkünden oder mir Vorwürfe zu machen. Ihr Gesicht war seltsam blass. Sie sah aus, als stünde sie kurz davor, in Tränen auszubrechen.

„Margaret, was ist los?", fragte ich und eilte zu ihr.

„Ich … ich …", sie rang nach Worten, ergriff meine Hand und drückte sie so fest, dass ich beinahe aufgeschrien hätte.

„Komm", sagte ich behutsam und führte sie in den hinteren Teil des Geschäfts. Dort standen die Tische und Stühle für meinen Kurs. „Setz dich hin. Soll ich dir ein Glas Wasser bringen?"

Sie schüttelte den Kopf. Nie zuvor hatte ich meine Schwester so aufgelöst erlebt. Ich konnte mir nicht vorstellen, was sie so aus der Fassung brachte oder warum sie ausgerechnet zu mir kam.

„Dr. Abrams Praxis rief an“, begann sie und sah mich an, als ob mir diese Worte die ganze Tragweite des Problems offenbaren müssten. Ich wusste nicht, wer Dr. Abram sein sollte. Ich fragte mich, ob Matt krank war oder einen Unfall gehabt hatte. Mit einem Mal schoss mir eine andere Möglichkeit durch den Kopf.

„Ist etwas mit Mutter?“, fragte ich atemlos. Die Vorstellung, dass Mom, so schnell nach Dads Tod, etwas zugestoßen sein könnte, erfüllte mich mit Angst.

„Nein“, erwiderte sie. „Diesmal bin ich es. Dr. Abram sagte mir, dass meine Mammografie wiederholt werden muss.“ Sie nahm abermals meine Hand. „Es sieht so aus, als hätte ich einen Knoten in der Brust.“ Mit weit aufgerissenen, ängstlichen Augen starrte meine Schwester mich an.

Ich war erschüttert, das zu hören, und ließ mich neben sie auf einen Stuhl sinken. Der Druck auf meine Hand erhöhte sich, als sie merkte, dass ich ihre Gefühle verstand.

„Ich habe solche Angst“, flüsterte sie.

„Aber das heißt doch nicht, dass du Krebs hast.“ Ich bemühte mich, ermutigend zu klingen, doch das war nicht einfach. Margaret dachte dasselbe wie ich. Ich kannte den Krebs nur zu gut. Mom und Dad hatten immer die Befürchtung, sie hätten uns vielleicht einen genetischen Defekt vererbt, der uns anfällig für diese furchtbare Krankheit machte. Zwei unserer Großeltern waren daran gestorben. Als der Krebs zum ersten Mal bei mir festgestellt wurde, bestand meine Mutter darauf, auch Margaret komplett durchchecken zu lassen. Damals schien alles in Ordnung zu sein, aber jetzt …

„Für wann ist die zweite Mammografie angesetzt?“

„Ich war gerade da … die Ärztin, die die Untersuchung geleitet hat, wollte mir nichts sagen. Sie sagte, Dr. Abram würde die Ergebnisse mit mir besprechen. Er wird es mir persönlich mitteilen.“

„Oh Margaret, es tut mir so leid. Wie kann ich dir nur helfen?“

„Ich weiß nicht. Ich habe es noch niemandem erzählt.“

„Matt?“

Sie seufzte. „Ich wollte ihm keinen Schrecken einjagen.“

„Aber er ist doch dein Ehemann. Er hat das Recht, es zu erfahren.“

„Ich sage ihm Bescheid, wenn ich etwas zu berichten habe.“

Ihre Stimme hatte einen kühlen Klang angenommen. Ich wusste, dass es besser war, nicht mit ihr zu streiten.

Meine Schwester packt die Dinge auf ihre ganz eigene Art an, und zwar dann, wenn *sie* es für richtig hält. Sie unter Druck zu setzen führt zu nichts.

„Wie hast *du* dich damals gefühlt? Als du wusstest, dass du Krebs hast?“, fragte sie.

Es fiel mir nicht leicht, die passenden Worte zu finden. Während der ersten Erkrankung war ich gerade mal sechzehn. Damals wusste ich nicht, was ich heute weiß. Der Tag, an dem man mir sagte, dass der Tumor wieder zurückgekommen sei, war jedoch der schlimmste Tag in meinem Leben. Ich wusste ja schon, was auf mich zukam – und ein Teil von mir wünschte, ich wäre tot. Einfach, um mir diese Tortur zu ersparen.

Ich ahnte, was diese Wahrheit für meine Schwester bedeuten würde, und es fiel mir schwer, meine Fassung zu bewahren. „Ich hatte auch Angst“, sagte ich nur.

Margaret verstärkte den Druck auf meine Hand.

„Wie lange trägst du das schon mit dir rum?“, fragte ich und strich ihr behutsam eine Haarsträhne aus dem Gesicht.

„Fünf Tage“, flüsterte sie. Plötzlich sah sie mich eindringlich an und fügte hinzu: „Ich möchte, dass du mir jetzt etwas versprichst.“

„Natürlich“, versicherte ich. Sie hatte mich nie zuvor um irgendetwas gebeten, und ich wollte ihren Wunsch auf jeden Fall erfüllen.

„Sag Mom nichts.“

Ich hasste es, Geheimnisse vor unserer Mutter zu haben. Doch in diesem Fall stimmte ich meiner Schwester zu. Es war sinnlos, Mom in Panik zu versetzen, wenn wir noch keine Ergebnisse hatten.

„Danke“, flüsterte sie und wirkte erleichtert.

„Gern, Margaret.“

Sie sah mich an. „Würdest du …“ Sie zögerte. „Ich weiß, ich sollte nicht fragen. Aber würdest du mit mir zum Arzt gehen?“

„Ja, sicher.“ Ich hatte es selbst schon anbieten wollen.

Sie wirkte überrascht. „Das würdest du tun?“

Ich nickte.

„Du müsstest dein Geschäft schließen.“

„Ich lasse dich nicht allein.“

Tränen schimmerten in ihren Augen, und ich griff nach einem Taschentuch. Immer schon hatte ich bedauert, dass wir uns nicht nahestanden, und jetzt endlich schloss ich sie fest in die Arme.

„Ich bin bei dir, Margaret."

„Danke." Sie legte ihren Kopf an meine Schulter und weinte. Eine Weile später hatte sie ihre Fassung zurückerlangt, schnäuzte sich und atmete tief durch. „Ich werde versuchen, den Termin auf einen Montag zu legen – aber wenn es nicht klappt …"

„Es spielt keine Rolle, an welchem Tag oder zu welcher Zeit der Termin ist", erklärte ich. Ich würde meiner Schwester auf jeden Fall durch diese schwere Zeit helfen.

Margaret wollte etwas erwidern, als das Glöckchen über der Tür ertönte. Diese Störung kam mir gar nicht recht. Doch ich war schließlich im Dienst, und mein Job war es, meine Kunden zu bedienen. Auch wenn es bereits Viertel nach fünf war.

An dem fröhlichen Pfeifen erkannte ich, dass Brad Goetz, mein UPS-Bote, den Laden betreten hatte. Auf einer Karre brachte er drei große Kartons, die er neben der Kasse abstellte. „Wie geht's?", fragte er, als er mir das Clipboard zum Unterschreiben reichte, und lehnte sich lässig an den Tresen.

„Wirklich gut", erwiderte ich und beeilte mich zu unterzeichnen, damit ich ihn schnell wieder loswurde.

„Jedes Mal, wenn ich an Ihrem Geschäft vorbeikomme, sehe ich Frauen. Vor allem freitagnachmittags."

„Ich gebe freitags Kurse."

„Das erklärt einiges." Er schien meine Versuche, ihn zur Tür zu bugsieren, gar nicht wahrzunehmen. „Sie sind bestimmt kaputt am Ende eines solchen Tages."

„Ja, manchmal."

Er grinste, denn offenbar lief die Unterhaltung nach seinem Plan. „Warum entspannen Sie sich dann nicht ein wenig und gehen mit mir etwas trinken?"

Das war seine zweite Einladung. Und zu allem Überfluss musste er mich in Gegenwart meiner Schwester fragen.

„Du solltest gehen", ertönte ihre Stimme aus dem hinteren Teil des Ladens.

„Ja", bestätigte Brad, der offenbar dankbar für die Unterstützung war. „Wir können ja hier in der Nähe bleiben. Es gibt nur zwei Blocks von hier entfernt eine nette Bar. Keine Verpflichtungen, nur ein paar Minuten Entspannung."

„Ich danke Ihnen für das Angebot, aber ich denke, ich sollte nicht gehen." Ich trat zur Tür und öffnete sie. Er schien es immer noch nicht zu begreifen.

Brad hob frustriert die Arme und blickte in Margarets Richtung. „Habe ich vielleicht was Falsches gesagt?"

„Nein … nein", warf ich ein. Ich wollte nicht, dass er das glaubte.

„Was ist es dann?"

„Es liegt nicht an Ihnen", antwortete Margaret. „Es liegt an meiner Schwester. Sie hat Angst."

Ich wollte ihr zurufen, doch bitte den Mund zu halten, aber ich konnte es nicht. Gern hätte ich ihm die Wahrheit von mir aus und zu einem anderen Zeitpunkt gesagt, doch diese Möglichkeit war mir dank Margaret nun genommen. Ihn wieder und wieder abzuweisen, war grausam. Ich schuldete ihm die Wahrheit.

„Ich hatte Krebs", sagte ich ganz offen. „Nicht nur einmal, sondern zweimal. Und für die Zukunft habe ich keine Garantie, dass der Tumor nicht wieder zurückkehrt – und beim nächsten Mal habe ich wahrscheinlich nicht mehr so viel Glück."

„Krebs?“, wiederholte er, und an seiner ungläubigen, ja geschockten Miene konnte ich erkennen, dass dies das Letzte war, das er von mir zu hören erwartet hatte.

„Die große, hässliche, böse Variante“, sagte ich und konnte meinen Sarkasmus nicht unterdrücken. „Sie sollten nicht zu viel Gefühl in mich investieren, denn es könnte sich nicht auszahlen. Das ist das Problem bei Krebs.“

„Ich ... ich hatte keine Ahnung.“

„Natürlich nicht. Wie denn auch? Aber vielen Dank für das Angebot“, sagte ich und meinte es auch so. „Tatsache ist, dass ich wirklich geschmeichelt bin. Doch ich erspare uns beiden so eine Menge Kummer, also akzeptieren Sie meine Antwort und finden Sie sich damit ab.“ Ich drehte mich um und ging in den hinteren Teil des Ladens, wo ich neben meiner Schwester auf einen Stuhl sank.

Margaret sah mich an.

Ich hörte, wie die Tür hinter Brad ins Schloss fiel, als er den Laden verlassen hatte. „Warum hast du das getan?“, fragte meine Schwester.

„Was getan?“

„Na, ihn abgewiesen! Wäre es so furchtbar gewesen, mit dem Kerl ein Bier trinken zu gehen?“

Ich schlug die Hände vors Gesicht. Die Wahrheit war, dass ich schon so lange keine Verabredung mit einem Mann mehr gehabt hatte, dass ich nicht wusste, wie ich mich verhalten sollte.

„Er ist süß. Und er interessiert sich für dich.“

„Ich weiß“, flüsterte ich.

„Ich dachte, dass du dein Leben jetzt endlich selbst in die Hand nehmen wolltest – mit einer eigenen Wohnung und einem eigenen Geschäft."

Ich nickte. „Das will ich ..." Sie ließ mich nicht zu Ende reden.

„Dann lebe. Stürze dich ins Leben, Lydia. Du solltest deinen Glückssternen danken, dass ein so toller Mann dich bittet, mit ihm auszugehen. Meine Güte, was ist nur mit dir los?"

„Ich ... ich ..." Ich war so verdutzt, dass ich keinen vernünftigen Satz rausbringen konnte.

„Lebe, Lydia", wiederholte sie. „Geh da raus, und sieh dir an, was das Leben so lebenswert macht. Und tu es, bevor du verschrumpelst – oder stirbst."

18. KAPITEL

Jacqueline Donovan

Jacqueline war Mitglied des Geburtstagsclubs, seit sie vor Jahren dem *Seattle Country Club* beigetreten war. Einmal im Monat kam eine Gruppe von neun Freundinnen zusammen, um Geburtstag zu feiern. Wenn in dem Monat gerade keine von ihnen wirklich Geburtstag hatte, feierten sie trotzdem.

Für den Juni entschieden sie sich, in ein mexikanisches Restaurant zu gehen. Während das Ambiente nicht gerade ihren gehobenen Ansprüchen genügte, war die Küche exzellent. Nachdem die Frauen ihr Essen in vollen Zügen genossen und schon einige Margaritas getrunken hatten, kamen vier Kellner mit riesigen Sombreros an ihren Tisch. Einer von ihnen hatte eine Gitarre umgehängt. Ein anderer schwang ein paar Rumbakugeln.

„*Señoritas*, Sie feiern heute Geburtstag, *sí*?"

„*Sí*", antwortete Bev Johnson, Präsidentin des Frauenclubs. „Ginny hat Geburtstag." Sie wies quer über den Tisch auf eine Frau. Diese wurde rot und kicherte wie ein Schulmädchen.

Der Mann mit der Gitarre schlug ein paar Akkorde an und ging langsam rüber zu Ginny. „Möchten Sie die lange oder die kurze Version?", fragte er.

Jacqueline sah, wie die ungewohnte Aufmerksamkeit ihre Freundin verwirrte. „Um Himmels willen, auf jeden Fall die kurze Version!"

Alle vier Kellner sanken sofort auf die Knie und begannen mit Hingabe ein mexikanisches Geburtstagslied zu singen. Die neun Frauen am Tisch lachten und applaudierten, und sogar Jacqueline stimmte mit ein.

Sie brauchte diese Ausflüge, um die Schwangerschaft von Tammie Lee aus ihren Gedanken zu verbannen. Paul schien immer noch verliebt in seine Frau zu sein, und auch Reese mochte sie. Jacqueline fühlte sich wie der Bösewicht in einem Theaterstück. Denn selbst wenn Tammie Lee nicht ganz so manipulativ und geschmacklos war, wie Jacqueline angenommen hatte, war sie doch immer noch nicht die Richtige für Paul.

Nachdem Ginny die Kerze auf ihrem kleinen Geburtstagskuchen ausgepustet und jede ein Stück davon probiert hatte, löste sich die Party auf. Jacqueline wartete gerade darauf, ihre Rechnung zu bezahlen, als Bev sich neben sie setzte.

„Ich habe letzte Woche Tammie Lee getroffen", begann die Präsidentin des Frauenclubs.

Jacqueline erstarrte. Bev war das einflussreichste Mitglied der Vereinigung, und sie konnte nur erahnen, was ihre Freundin von Pauls Ehefrau hielt. Peinlich! Jacqueline konnte förmlich spüren, wie eine Hitzewelle ihr den Nacken hinaufkroch. Ihr fiel einfach keine passende Erklärung für Pauls Missgriff ein.

„Haywood sagte, er habe ihre Bewerbung für den Club befürwortet." Haywood war Bevs Ehemann und im Club für die Aufnahmen neuer Mitglieder zuständig.

„Natürlich waren Reese und ich sehr froh, dass sie aufgenommen wurden." Es war für Jacqueline einfach befriedigend zu wissen, dass die ganzen Jahre freiwilliger Tätigkeiten sich auszahlten.

„Wir haben Paul immer gemocht."

Jacqueline lächelte. Jeder war begeistert von ihrem Sohn. Er war charmant, intelligent und wollte im Leben etwas erreichen. Sie musste sich zusammenreißen, um nicht mit ihm und all seinen Leistungen anzugeben.

„Ich kann verstehen, dass Tammie Lee im Kochbuch-Komitee mitarbeiten wird."

Jacqueline wurde nervös. Sie hatte gehofft, unter vier Augen mit der Leiterin des Komitees sprechen zu können. Sie wollte ihr vorschlagen, Tammie Lee vielleicht besser woanders einzusetzen. Der Gedanke an die Rezepte ihrer Schwiegertochter im Kochbuch des Countryclubs ließ Jacqueline erschaudern. Wie unangenehm! Sie konnte, sie *durfte* nicht zulassen, dass das passierte.

„Ja, ich wollte sowieso noch mit Louise darüber reden ...", begann Jacqueline.

„Das ist ein Geniestreich!", unterbrach Bev sie und lächelte.

In diesem Moment war Jacqueline an der Reihe zu bezahlen. Wie in Trance legte sie das Geld auf den Tresen und atmete heftig ein. Sicherlich hatte sie Bev einfach nur missverstanden. Nachdem sie ihr Wechselgeld eingesteckt hatte, stand sie auf und trat zur Seite.

„Ein ... Geniestreich?", wiederholte Jacqueline, während die Frauen zum Ausgang strebten.

„Ja, wieso? Ich habe Tammie Lee vor ein paar Monaten zum ersten Mal getroffen. Haywood und ich haben uns sofort in sie verliebt. Sie ist wie eine frische Brise – und genau das braucht unsere Frauengruppe dringend. Sie ist so voller Leben. Findest du ihren Südstaatenakzent nicht auch so entzückend? Ich schwöre, ich könnte ihr den ganzen Tag zuhören."

Jacqueline musste sich auf die Zunge beißen, um nicht herauszuplatzen, wie sehr Tammie Lees leierige Art zu sprechen sie ärgerte.

„Es ist kein Wunder, dass Paul sich Hals über Kopf in sie verliebt hat. Ich glaube beinahe, sie hat Haywood auch schon ein bisschen den Kopf verdreht."

„Oh." Jacqueline wusste nicht recht, wie sie darauf reagieren sollte.

„Das Komitee bringt alle zwei Jahre ein Kochbuch heraus – und immer sind es dieselbe Leute und dieselben Rezepte. Wie viele Rezepte für Preiselbeergötterspeise brauchen wir noch?"

Jacqueline verkniff sich die Bemerkung, dass *sie* diejenige war, die dieses Rezept beigesteuert hatte. Und noch heute schwärmten alle im Club davon.

„Tammie Lee hat einige wundervolle Ideen! Und offen gesagt denke ich darüber nach, sie zu fragen, ob sie nicht den Vorsitz des Komitees übernehmen möchte. Louise hat es einige Jahre lang gemacht und möchte sich mal an etwas Neuem ausprobieren.

„Ich weiß nicht, ob das so eine gute Idee ist." Jacqueline konnte sich nicht länger zurückhalten. Sie respektierte Bevs Ansichten, aber in diesem Fall lag ihre Freundin falsch. Tammie Lee würde sie alle blamieren.

„Ich weiß, dass ich sie eigentlich nicht bitten sollte, noch mehr Verantwortung zu übernehmen. Wo doch das Baby bald kommt …", fuhr Bev fort, während sie sich dem Parkplatz näherten. Ihr BMW-Cabriolet stand direkt neben Jacquelines Mercedes. „Ich möchte sie nicht überfordern. Paul würde mir das nie verzeihen. Obwohl ich glaube, dass sie ein absolutes Naturtalent ist."

„Jaja, sie wird alle Hände voll zu tun haben", bestätigte Jacqueline. Sie stand wie angewurzelt neben Bevs Auto, zu überrascht, um sich überhaupt noch bewegen zu können. Bev nickte ihr zu, stieg ins Auto und fuhr ab.

War die ganze Welt verrückt geworden?, fragte sich Jacqueline. War sie die Einzige, die Tammie Lee als die unehrliche kleine Manipulatorin erkannte, die sie war?

Gedankenverloren stieg sie in ihren Wagen und fuhr nach Hause. Als sie in der Garage neben ihrem Haus ankam, war sie überrascht. Sie konnte sich rückblickend gar nicht an die Fahrt erinnern. Eben noch war sie auf dem Parkplatz des Restaurants, und nun stand sie auf einmal hier.

Eine weitere Überraschung erwartete sie in der Küche – Reese war zu Hause. Er trug einen seiner besten Anzüge. Also war er entweder früh heimgekommen oder wollte gleich wieder aufbrechen, um seine kleine Blondine auszuführen. Jacqueline fragte nicht. Sie wusste es lieber gar nicht, anstatt sich sicher zu sein, dass er sie belog.

Sie legte ihre Handtasche beiseite und warf einen Blick auf die Post. Als sie fertig war, ging sie zur Hausbar und griff nach einer Flasche Gin. „Möchtest du auch einen?"

„Ich muss noch fahren."

Sie zuckte die Schultern. „Ich nicht." Die Margaritas vom Mittagessen hatten bereits ihre Wirkung verloren.

„Was ist los?", fragte er.

„Warum glaubst du, dass etwas nicht stimmt?"

Er runzelte die Stirn. „Ich habe dich noch nie so früh am Nachmittag Alkohol trinken sehen."

„Manchmal muss das einfach sein." Sie drehte sich um

und betrachtete den Mann, mit dem sie einen Großteil ihres Lebens verbracht hatte. Sie kannte ihn so gut – und auch wieder überhaupt nicht.

„Wo bist du gewesen?" Er schaute sie an.

Sie konnte nicht genau sagen, ob es ihn wirklich interessierte. Vielleicht wollte er auch nur höflich sein. Jacqueline fand es nur seltsam, dass er sie überhaupt danach fragte. Das hatte er in letzter Zeit einige Male getan, aber sie konnte sich nicht erklären, warum.

„Ich war mit meinen Freundinnen unterwegs. Du weißt doch, unser monatliches Geburtstagsessen."

„Du könntest Tammie Lee mal zu einer deiner Verabredungen mitnehmen."

Das konnte nur ein Witz sein. „Warum sollte ich das tun?"

„Weil sie deine Schwiegertochter ist. Und weil es eine nette Art wäre, sie in der Familie willkommen zu heißen."

„Ich bin keine Heuchlerin. Sie ist *nicht* willkommen. Ich dulde sie lediglich, und selbst das fällt mir zunehmend schwer." Wenn nur noch ein Mensch in ihrer Umgebung anfing, Loblieder auf Tammie Lee anzustimmen, würde Jacqueline – und das schwor sie – einen Schreikrampf bekommen. „Warum glaubt eigentlich jeder, dass dieses Mädchen so wunderbar ist? Ich verstehe das nicht!"

Einen Moment lang blickte Reese sie an. „Hast du dich jemals gefragt, warum Paul sich in sie verliebt hat?" Seine Stimme klang kühl und kontrolliert. Das war normalerweise ein sicheres Zeichen dafür, dass er wütend wurde.

„Natürlich verstehe ich, warum Paul sie geheiratet hat. Seine Hormone haben ihn geleitet – nicht sein gesunder Menschenverstand."

„Nein, so war es nicht“, rief er und schlug mit der flachen Hand auf die Anrichte.

Sie zuckte bei diesem untypischen Gefühlsausbruch unwillkürlich zusammen.

„Tammie Lee ist liebevoll, fürsorglich und großzügig. Der einzige Mensch, der das nicht sehen will, bist *du*. Und das alles nur, weil du für unseren Sohn einen anderen Plan hattest. Mach doch endlich die Augen auf!“

Sie starrte ihn an. „Willst du damit sagen, dass ich gefühlskalt und selbstsüchtig bin?“ Wie konnte er es wagen, so mit ihr zu reden!

Im ersten Moment sah es so aus, als würde er ohne ein weiteres Wort das Zimmer verlassen. Aber offensichtlich entschied er sich dagegen und hielt noch einmal inne. „Vielleicht solltest du dir diese Frage selbst beantworten“, erwiderte er.

Dann ging er hinaus und schlug die Tür hinter sich zu.

19. KAPITEL

„Stricken ist ein beruhigender und wohltuender Weg, seine Kreativität auszudrücken. Und wenn dabei ein warmes, nützliches und mit Liebe gestricktes Kleidungsstück herauskommt – was für ein Geschenk."
(Meg Swansen, Schoolhouse Press)

Lydia Hoffman

Die drei Frauen meines Strickkurses saßen um den Tisch herum, begierig, die letzte Stunde unseres Unterrichts zu beginnen. Bevor ich jedoch anfangen konnte, ergriff Jacqueline das Wort.

„Ich möchte bekannt geben, dass ich mich dazu entschlossen habe, nicht an dem neuen Kurs teilzunehmen." Damit meinte sie unsere Strickgruppe, für die ich pro Teilnehmerin fünf Dollar pro Woche veranschlagt hatte.

Niemand erhob Protest, also sah ich mich genötigt, etwas zu sagen. „Es tut mir leid, das zu hören, Jacqueline." Und diese Worte meinte ich auch so. Es war nicht nur die Kauffrau, die aus mir sprach – wenn Jacqueline blieb, würde sie mit Sicherheit die hochwertigeren Garne kaufen. Nein, ich spürte echtes Bedauern.

„Mir nicht", sagte Alix, ohne mit der Wimper zu zucken.

„Das habe ich auch nicht von dir erwartet", erwiderte Jacqueline und gab sich gar nicht erst die Mühe, ihre Wut zu verbergen.

Ehrlich gesagt fühlte ich mich auch ein bisschen erleichtert, nicht mehr länger den Schiedsrichter zwischen den beiden spielen zu müssen. Obwohl es zugegebenermaßen auch den einen oder anderen amüsanten Moment gegeben hatte. Ich kann mich nicht erinnern, je zwei Frauen gekannt zu haben, die sich mit solcher Hingabe anfeindeten. Ich war eigentlich der Meinung gewesen, dass die Animositäten zwischen den beiden abgenommen hätten. Aber damit lag ich offenbar komplett falsch.

Jacqueline war undurchschaubar – und es war nicht leicht, sie zu mögen. Trotzdem versuchte ich es. Sie hatte sich wirklich bemüht, stricken zu lernen. Die Babydecke, die sie für ihr erstes Enkelkind anfertigte, war beinahe vollendet.

„Ich dachte, ich komme ein letztes Mal hierher und erzähle allen von meinem Entschluss."

„Als ob uns das interessieren würde", murmelte Alix.

Da ich hinter Alix stand, legte ich ihr meine Hand auf die Schulter – eine stumme Bitte, ihre Kommentare für sich zu behalten. Während der letzten sechs Wochen hatte ich gelernt, dass das Mädchen trotz seiner mürrischen Art eigentlich sehr sensibel war. Die leichteste Kritik reichte aus, um sie an allem zweifeln zu lassen.

„Ich glaube, ich könnte gar nicht mehr mit dem Stricken aufhören", sagte Carol. Sie arbeitete momentan an einem Pullover für ihren Bruder. Das Kaschmirgarn, das sie dafür benutzte, war das teuerste in meinem Geschäft. Sie hatte sich für ein sanftes Grau entschieden.

„Ich werde auch weitermachen", erklärte Alix und warf Jacqueline quer über den Tisch einen Blick zu, der ganz deutlich machte, dass sie der älteren Frau mangelnde Willenskraft unterstellte. „Und ich werde diese Decke fertig stricken – koste es, was es wolle."

Ich bewunderte Alix' Entschlossenheit. Sie wirkte im Umgang mit Stricknadeln und Wolle noch immer ein bisschen ungeschickt, aber sie gab nicht auf. In den ersten Wochen hatte sie mit Sicherheit genauso viele Reihen aufgeribbelt wie gestrickt. Dem Himmel sei Dank verstand sie endlich, was sie falsch machte, und zeigte erste Fortschritte. Neben der Arbeit im Videoladen blieb ihr jedoch einfach zu wenig Zeit zum Üben.

„Willst du mir unterstellen, ich sei ein Drückeberger?", fragte Jacqueline und sah Alix herausfordernd an.

„Wenn du dich angesprochen fühlst ... Aber keine Sorge. Ich werde dich bestimmt nicht vermissen."

Die ständigen Zankereien zwischen den beiden zerrten an meinen Nerven. Doch bevor ich etwas sagen konnte, ergriff Carol das Wort.

„Ich habe Neuigkeiten", sagte sie, um das Thema zu wechseln. Ich war ihr dankbar dafür.

„Oh, gut." Ich gab mir gar keine Mühe, die Erleichterung in meiner Stimme zu verbergen.

„Montagmorgen bringt Doug mich in die Klinik. Dann findet der letzte Versuch der IVF statt."

Obwohl sie bei diesen Worten lächelte, spürte ich – und ich war mir sicher, dass es den anderen genauso ging –, dass sie Angst hatte. Ich hoffte, dass dieses Mal alles gut gehen und Carol das Kind austragen würde. Während der letzten Wochen war sie immer wieder beim Arzt, aber sie berichtete im Kurs nur wenig von diesen Terminen. Ab und zu sprach sie mit mir über dieses Thema, wenn wir allein waren. Doch ich wusste längst nicht alles. Ich hoffte einfach nur für sie, dass alles gut ging.

Zu meiner Überraschung war es Jacqueline, die als Erste sprach. „Oh, meine Liebe, ich wünsche dir wirklich alles Gute. Reese und ich haben nur ein Kind, dabei hätten wir so gern ein zweites gehabt."

„Im Augenblick würden Doug und ich schon mehr als dankbar sein, wenn wir eines bekämen!" Ihr Lächeln wirkte unsicher.

„Ich habe mir so sehr eine Tochter gewünscht."

„Hast du nicht erzählt, dass dein Sohn und seine Frau ein kleines Mädchen erwarten?" Ich glaubte mich erinnern zu können, dass Jacqueline einmal so etwas erwähnt hatte.

„Ja."

In letzter Zeit sprach Jacqueline nicht mehr viel über ihren Sohn und ihre Schwiegertochter. Vielleicht war etwas vorgefallen, was sie lieber nicht erzählen wollte. Bei Jacqueline konnte man das nie wissen. Während Carol und Alix sich aneinander gewöhnt hatten und einen lockeren Umgang pflegten, blieb Jacqueline auf Distanz. Langsam drängte sich mir der Verdacht auf, dass die einzigen Menschen, die Zugang zu ihr fanden, ihre Freundinnen aus dem Countryclub waren.

Alix hielt den Kopf gesenkt und konzentrierte sich auf ihre Strickarbeit. „Ich denke, nur Menschen, die wirklich Kinder haben wollen, sollten auch welche bekommen." Schon früher hatte sie etwas Ähnliches geäußert – es schien ihr sehr wichtig zu sein. Ich konnte nur vermuten, dass es mit ihren eigenen Erfahrungen zusammenhing.

„Das glaube ich auch", erwiderte Carol. „Was ich nicht

verstehe, ist, warum so viele Paare, die Kinder lieben, solche Schwierigkeiten haben, eines zu bekommen. Wenn ich daran denke, wie lange ich den Wunsch nach einer eigenen Familie vor mir hergeschoben und wie viele Jahre ich vergeudet habe, könnte ich weinen. Ich habe geglaubt, ich hätte alle Zeit der Welt – ich konnte doch nicht ahnen, wie es wirklich werden würde.“ Sie wirkte mit einem Mal verzweifelt.

„Was ist mit dir?“, fragte Alix und sah mich erwartungsvoll an.

Ich spürte, dass ich rot wurde. Eigentlich wusste ich nicht, warum das Thema Kinderkriegen mir überhaupt etwas ausmachte. Statt einer Antwort schüttelte ich nur den Kopf.

„Was?“, beharrte Alix. „Willst du keine Kinder?“

„Ich bin nicht verheiratet.“

„Das hat meine Mutter auch nicht davon abgehalten, Kinder in die Welt zu setzen. Sie war im sechsten Monat schwanger, bevor sie meinen Vater heiratete. Es war der schlimmste Fehler ihres Lebens, sagt sie. Aber das hat sie nicht daran hindern können, mich trotzdem zu bekommen.“

„Man kann ein Kind nicht für die Verhältnisse verantwortlich machen, in die es hineingeboren wurde“, sagte Carol.

„Tja, das habe ich anders in Erinnerung“, murmelte Alix und ordnete ihre Wolle. „Egal, ich habe es überlebt.“

„Du bist so eine hübsche junge Frau, du wirst bestimmt eines Tages heiraten“, sagte Jacqueline und sah mich an.

Sie überraschte mich immer wieder. Kurz zuvor hatte sie Mitgefühl und Verständnis für Carol gezeigt, und ihr Kommentar zu meiner Person war ein echtes Kompliment.

„Danke, aber …“ Ich verschluckte den Rest des Satzes. Wenn es nicht unbedingt nötig war, verschwieg ich lieber die furchtbaren Details meines Lebens.

„Aber was?“, hakte Carol nach.

„Aber – also, ich denke, ich würde keine gute Ehefrau abgeben.“

„Warum nicht?“, wollte Alix wissen. „Du wärst bestimmt eine bessere Ehefrau, als meine Mutter es jemals war.“

Diese Unterhaltung ging in eine Richtung, die mir unangenehm war. „Ehemänner haben … Erwartungen.“

Stirnrunzelnd sah Alix mich an. „Was soll das heißen?“

Ich konnte sehen, dass die anderen beiden genauso neugierig waren. „Ich bin bereits zweimal an Krebs erkrankt. Es scheint in unserer Familie leider eine Veranlagung dafür zu geben.“

„Bist du im Moment auch krank?“

„Gott sei Dank nicht. Doch bei meiner älteren Schwester sind vor Kurzem bei einer Routineuntersuchung Unregelmäßigkeiten aufgetaucht.“ Margarets zweite Mammografie hatte glücklicherweise ergeben, dass kein Knoten in ihrer Brust vorhanden war. Ich hatte sie zum Arzt begleitet und versucht, ihr die Unterstützung zu geben, die sie brauchte. Danach lud sie mich zum Essen ein, um das gute Ergebnis zu feiern.

Seit wir Teenager waren, hatte ich mich meiner Schwester nicht so nahe gefühlt. So unglaublich es klingen mochte, ich war dankbar für den Fehlalarm. Zum ersten Mal seit Jahren hatten meine Schwester und ich etwas gemeinsam – Angst. Und zum ersten Mal überhaupt war ich es, die durch ihre persönlichen Erfahrungen über größere Kenntnis verfügte.

„Warum kannst du nicht heiraten?“, fragte Alix.

Ich seufzte. Eigentlich verspürte ich keine Lust, dieses

Thema zu vertiefen. „Es gibt keine Garantie dafür, dass der Krebs nicht zurückkommt“, erklärte ich.

Die drei Frauen starrten mich verständnislos an.

„Nur für den Fall, dass du es noch nicht mitbekommen hast: Im Leben gibt es so gut wie nie irgendwelche Garantien“, erwiderte Alix. „Das solltest du eigentlich wissen.“

„Wenn es eine Garantie gäbe, wäre ich längst Mutter“, fügte Carol hinzu.

„Sie hat vollkommen recht“, pflichtete Jacqueline ihr bei.

Meine Schwester hatte etwas Ähnliches gesagt. Unser gemeinsames Essen verlief gut, bis sie Brad erwähnte. Der UPS-Fahrer war mir schon seit einigen Tagen nicht mehr über den Weg gelaufen. Der Gedanke an ein mögliches Treffen mit ihm verunsicherte mich nach wie vor. Nachdem ich ihn zweimal zurückgewiesen hatte, bezweifelte ich ohnehin, dass er mich überhaupt noch einmal fragen würde. Warum sollte er? Deutlicher hätte ich nicht sagen können, dass ich nicht interessiert war.

„Ich hatte so lange keine Verabredung mehr … ich weiß gar nicht, wie ich mich verhalten sollte“, sagte ich meinen neuen Freundinnen. Das entsprach der Wahrheit.

„Wieso? Du verhältst dich ganz normal“, erwiderte Carol, als wäre es die selbstverständlichste Sache der Welt.

„Sei einfach du selbst“, fügte Jacqueline hinzu. Zu meinem Erstaunen holte sie ihr Strickzeug hervor. Ich hatte den Eindruck gehabt, sie würde ihren Entschluss verkünden und dann gehen wollen. Es freute mich, dass sie sich den anderen nun wieder anschloss.

„Hey, bist du vielleicht sogar scharf auf einen ganz bestimmten Typen?“

Natürlich konnte eine solche Frage nur von Alix kommen. „Ganz sicher nicht." Mein Dementi kam schnell und bestimmt. Wieder einmal spiegelte die Röte in meinem Gesicht meine Verlegenheit wider.

„Du bist es doch!", stellte Carol fest, die mich beobachtete. Sie lachte leise. „Also gut. Raus mit der Sprache. Wer ist es denn?"

Ich schüttelte den Kopf. „Es ist zu spät."

„Es ist niemals zu spät", erwiderte Jacqueline.

„Sag uns den Namen", beharrte Alix.

Sie würden sicher keine Ruhe geben. Und mir fiel kein Weg ein, das Thema zu wechseln.

„Komm schon, Lydia", wiederholte Alix. „Sag es uns."

Ich zögerte kurz, doch mit einem tiefen Seufzer gab ich schließlich nach und erzählte ihnen von Brad. „Er wird mich nicht noch einmal um eine Verabredung bitten", schloss ich.

„Wahrscheinlich nicht", stimmte Alix mir zu. „Jetzt musst du ihn eben fragen, ob er mit dir ausgeht."

Jacqueline und Carol nickten. Es schien, als hätte Brad nicht nur meine Schwester, sondern den gesamten Strickkurs auf seiner Seite.

20. KAPITEL

Carol Girard

Sonntagabend, die Nacht vor dem Eingriff. Carol wartete, bis sie sicher war, dass Doug schlief. Als sie das gleichmäßige Atmen ihres Mannes hörte, schlüpfte sie aus dem Bett und schlich leise ins Wohnzimmer.

Sie liebte den Blick über Puget Sound bei Nacht. Von ihrem Wohnzimmerfenster aus konnte sie das dunkel schimmernde Wasser sehen. Im Westen von Seattle lag Vashon Island, und sie konnte die Lichter der Kitsap Halbinsel erkennen.

Sie ließ sich in ihren Lieblingssessel sinken, legte den Kopf zurück und befahl ihrem Geist und ihrem Körper, zu entspannen. Diese Prozedur konnte sie nicht derart angespannt über sich ergehen lassen. Sie musste ihren Körper dazu bringen, die befruchteten Eizellen in sich aufzunehmen, das Baby anzunehmen, nach dem sie sich so sehr sehnte.

Carol verstand nicht, was mit ihr geschah. Wenn sie sich so sehr ein Kind wünschte, warum versagte ihr eigener Körper ihr die Schwangerschaft? Sie konnte es nicht verstehen. Es ergab einfach keinen Sinn, egal wie oft sie versuchte, die Situation zu analysieren.

Ihr Körper war ihr schlimmster Feind geworden – so schien es jedenfalls. Er hatte sie betrogen, indem er ihr die Möglichkeit verweigerte, Mutter zu werden. Langsam wurde die Zeit knapp. Sie hatte mittlerweile ein Alter erreicht, in dem es von Natur aus nicht mehr so einfach war, schwanger zu werden. Die Produktivität ihrer Eierstöcke ließ bereits nach.

Während sich nach außen hin alle mitfühlend gaben, ahnte Carol, dass ihre Freunde allmählich genug von dem Thema hatten. Auch wusste sie, dass ihre Mutter sich sehnlichst Enkelkinder wünschte. Die Freunde ihrer Mutter trugen tonnenweise Babyfotos mit sich herum und zeigten sie bei jeder Gelegenheit, während ihre Mutter nur stumm und traurig danebensaß. Weder Carol noch Rick hatten ihr bisher die Möglichkeit gegeben, genauso stolz zu sein wie die anderen Großeltern. Zwar behielt ihre Mutter trotzdem ihren Humor, aber Carol konnte ihre Enttäuschung genauso stark spüren.

Bisher hatten ihre Schwiegereltern Carols und Dougs Bemühungen unterstützt. Doch auch sie waren des Wartens müde. Zum Glück hatte seine jüngere Schwester Dougs Eltern bereits zweimal zu Großeltern gemacht. Doch sein Vater wartete noch immer auf einen Enkel, der den Familiennamen weitertragen würde. Zwar wurden sie nicht *offen* unter Druck gesetzt, aber der Druck existierte – und Carol hatte das Gefühl, unter der Last zu ersticken.

Tränen schimmerten in ihren Augen. Nie zuvor in ihrem Leben hatte sie so viel geweint wie in den letzten Jahren. Es dauerte nicht lange, und sie hielt einige zerknüllte Taschentücher in ihrer Hand.

Es war ja nicht so, dass sie bislang nicht schon alles Mögliche versucht hatte. Sie unterzog sich jeder denkbaren Methode und nahm alle notwendigen Medikamente. Der Himmel wusste, was sie ihrem Körper damit zumutete oder welche Risiken sie auf sich nahm – aber das war ihr egal. Alles erschien ihr nebensächlich, außer ihrem Wunsch nach einem Kind. Sie hätte alles geschluckt, sich jede Arznei spritzen lassen, freiwillig an jedem Experiment teilgenommen, wenn es auch nur die kleinste Hoffnung geben würde, schwanger zu werden – und zu bleiben.

„Was machst du hier?“, fragte Doug. Er war, nur mit einer Pyjamahose bekleidet, ins Wohnzimmer gekommen und setzte sich Carol gegenüber. „Was ist los? Kannst du nicht schlafen?“

Aus Angst, dass er die unterdrückten Tränen in ihrer Stimme hören konnte, schüttelte sie lediglich stumm den Kopf.

Auch er schwieg, und so saßen sie eine Weile beieinander. Nach ein paar Minuten stand er auf, streckte die Hand nach ihr aus und zog sie in seine Arme.

„Du solltest versuchen zu schlafen“, sagte er.

„Ich weiß.“

Er drängte sie jedoch nicht, zurück ins Bett zu gehen. Dafür war sie dankbar.

„Was ist mit dir?“

„Ich glaube, ich kann nicht ohne dich schlafen.“

Sie lächelte.

Die furchtbare Anspannung kehrte zurück. Sie musste die Frage stellen, die sie seit Monaten quälte. „Was machen wir, wenn ich dieses Mal nicht schwanger werde?“ Ihre Stimme klang wie ein Flüstern. „Adoption?“

„Wir werden darüber sprechen, wenn es so weit ist.“

„Ich kann nicht länger warten. Ich muss es jetzt wissen.“

„Warum?“

„Was ist, wenn die Adoptionsbehörde entscheidet, wir würden als Eltern nicht infrage kommen? Was, wenn die künstliche Befruchtung wieder versagt? Was, wenn wir kein Kind bekommen können? Oh Doug, ich sollte diese Gedanken nicht zulassen, aber ich kann es nicht verhindern.“

Er seufzte tief. „Versuche, an etwas anderes zu denken. Wenn die künstliche Befruchtung fehlschlägt, kümmern wir uns um eine Adoption. Und wenn die Behörden uns ablehnen, werden wir eben keine Kinder haben. Andere Paare haben das schon durchgemacht und überlebt – und wir werden es auch schaffen.“

„Nein … das werden wir nicht.“

„Carol.“

„Vielleicht funktioniert es eine Weile, aber eines Tages wirst du einen kleinen Jungen oder ein kleines Mädchen ansehen und …“ Der Kloß in ihrem Hals hinderte sie daran, weiterzusprechen.

Er versuchte nicht, ihr zu widersprechen. „Sag so etwas nicht.“

Hilflos zuckte sie mit den Schultern.

„Warum glaubst du, dass wir kein Kind adoptieren können? Andere Paare unseres Alters adoptieren auch Kinder. Was sollte bei uns dagegen sprechen?“

„Wir sind zu spät dran.“

„Zu spät? Warum sollte es zu spät sein?“

„Weil die Wartelisten voll sind. Bis wir an der Reihe sind, sind wir Mitte vierzig.“

„Du zerbrichst dir den Kopf über ungelegte Eier.“

Carol konnte nicht antworten. Ihre Verzweiflung war schier übermächtig. Für ihn war es ganz leicht zu sagen, sie würde über Probleme grübeln, die es noch nicht gab. Es war schließlich nicht sein Körper, der sie Monat für Monat im Stich ließ.

„Wir werden ein Kind bekommen“, erklärte er.

„Woher willst du das wissen!“, rief sie aus.

„Carol, hör auf. Du wirst hysterisch.“

„Na und? Ich bin eben hysterisch und ängstlich und deprimiert und …“

„Besiegt? Resigniert? Warum setzt du dich den Strapazen dieser Prozedur aus, wenn du sowieso sicher bist, dass es nicht funktionieren wird?“

„Weil ich es wissen muss.“

„Du willst sichergehen, dass du nicht schwanger werden kannst?“, fragte er so behutsam wie möglich.

Er glaubte, er würde ihr helfen, aber er konnte es nicht. Tatsächlich machte er alles nur noch schlimmer. „Lass mich allein.“

„Carol, bitte …“

„Ich möchte allein sein. Ich brauche Zeit für mich.“ Diese Launen wurden durch die Medikamente verursacht. Sie waren gewarnt worden, doch trotzdem hatten die Stimmungsschwankungen sie unvorbereitet getroffen.

Doug erhob sich und ging zum Fenster. Während er in die mondhelle Nacht hinausstarrte, fuhr er sich mit dem Hand übers Gesicht. „Ich denke, ich sollte dich im Moment nicht allein lassen.“ Er sah sie nicht an, während er sprach.

„Bitte, geh einfach.“

„Du brauchst mich.“

„Nicht jetzt … ich muss allein sein.“

„Carol …“ Er drehte sich zu ihr um.

„Bitte, Doug.“

Er zögerte. Doch schließlich ging er langsam zurück ins Schlafzimmer.

Und in dem Moment, als er den Raum verlassen hatte,

wünschte sie sich, dass er wieder bei ihr wäre. Sie wollte, dass er zu ihr kam, sie in seine Arme schloss und ihr sagte, wie sehr er sie liebte. Sie wollte, dass er versprach, sie für alle Zeit zu lieben – ob sie nun ein Kind bekamen oder nicht.

Carol schloss die Augen und versuchte, die hässlichen negativen Stimmen zu verjagen, die sie von allen Seiten bedrängten. Sie versuchte, positiv zu denken. Diese Technik hatte sie von ihrer Online-Gruppe gelernt – man sollte sich so realistisch wie nur möglich vorstellen, was man sich wünschte. Das würde dann früher oder später auch eintreten.

Carol stellte sich vor, schwanger zu sein. Einen kugelrunden Babybauch, über dem sie ein fröhliches Umstandstop trug. Dougs Hände lagen auf ihrem Bauch, und er beugte sich vor und küsste ihren Nabel. Als er sie ansah, war sein Blick voller Liebe und Stolz. Dies war das Bild, an das sie sich klammerte, das Bild, das sie in ihrem Herzen bewahrte. Und sie wollte sich nicht durch ihr Zweifeln davon abbringen lassen.

Irgendwann in dieser Nacht musste sie auf dem Sofa eingeschlafen sein. Vor Sonnenaufgang schreckte sie hoch und schlüpfte zurück ins Bett. Sie schmiegte sich, so nah es ging, an Doug und legte ihren Arm um seine Taille.

Als sie wieder aufwachte, hielt er sie im Arm. „Bist du wach?“, flüsterte er.

„Jetzt ja“, brummelte sie verschlafen und drehte sich auf den Rücken.

„Wann bist du ins Bett gekommen?“

„Weiß ich nicht, ich habe nicht auf die Uhr gesehen.“

Zärtlich knabberte er an ihrem Ohrläppchen. „Fühlst du dich besser?“

Sie lächelte leicht. „Ja.“

„Gut.“

Sie konnte hören, wie in der Küche der Kaffee durch die Maschine lief. „Ist es schon Zeit, aufzustehen?“

„Ich fürchte, ja.“

Mühsam setzte sie sich auf und lächelte ihm zu.

„Habe ich dir in letzter Zeit eigentlich gesagt, wie sehr ich dich liebe?“, fragte er.

Er hatte es ihr auf unzählige Arten gezeigt und bewiesen. „Ja“, brachte sie hervor und gähnte herzhaft.

„Dies ist ein sehr wichtiger Tag“, sagte er und ließ sich auf der Bettkante nieder.

„Ich weiß“, flüsterte sie. Dies war der Tag, an dem sie Dougs Kind in ihrem Körper willkommen heißen würde.

21. KAPITEL

Alix Townsend

Alix trat aus dem Videoladen und zündete sich eine Zigarette an. Sie rauchte schon viel weniger als früher. Aber ganz aufzuhören war schwieriger, als sie gedacht hatte. Genießerisch nahm sie einen tiefen Zug und spürte sofort, wie sie ruhiger wurde. Langsam atmete sie aus und legte dabei ihren Kopf in den Nacken. Gerade als sie ein zweites Mal an der Zigarette ziehen wollte, sah sie, dass Jordan Turner auf der gegenüberliegenden Straßenseite entlangschlenderte. Unwillkürlich zuckte sie zusammen – sie verspürte keine Lust, mit ihm zu reden.

Warum auch? Ganz bestimmt war er nicht ernsthaft an ihr interessiert. Ja, sicher, er fand sie bestimmt recht unterhaltsam, aber ihrer Meinung nach sah er in ihr nur die Herausforderung, die ihm in der vierten Klasse durch die Lappen gegangen war – das Mädchen, das er retten wollte. Pfarrer und Seelsorger konnten nicht akzeptieren, dass sie nicht gerettet werden wollte. Sicher, sie war mit dem Bus zur Sonntagsschule gefahren. Ihre Eltern hätten ihr erlaubt, *überallhin* zu fahren, nur um sie mal für ein oder zwei Stunden vom Hals zu haben. Als sie zehn oder elf war, hatte sie diese Jesussache durchgezogen. Sie ging zur Sonntagsschule und gewann eine Bibel, weil sie sich Bibelstellen so gut merken konnte. Aber das Ganze konnte ihr damals auch nicht weiterhelfen.

Seit sie sechzehn war, lebte sie allein und ohne die Unterstützung ihrer Eltern oder der Familie. Und eine der härtesten Lektionen, die sie lernen musste, war, dass sie sich auf niemanden verlassen konnte, außer auf sich selbst. Auf diese Lektion hätte sie auch gut verzichten können.

Nachdem sie die halb aufgerauchte Zigarette auf dem Gehweg ausgetreten hatte, ging sie zurück in den Videoladen. Sie hoffte, dass Jordan dieses Zeichen richtig deuten und sie in Ruhe lassen würde.

„Das ging ja schnell", bemerkte Laurel, als Alix zu ihr hinter den Tresen trat.

„Ich gehe mal kurz ins Hinterzimmer."

Laurel runzelte die Stirn. „Warum?"

„Wenn Du-weißt-schon-wer reinkommt, sag ihm, dass ich heute Abend nicht arbeite."

„Gehst du Jordan immer noch aus dem Weg?"

„Tu es einfach", fuhr Alix sie an und verschwand schnell im hinteren Teil des Ladens. Es war zwei Wochen her, dass sie sich bei *Starbucks* getroffen hatten und er die Bombe platzen ließ. Die Explosion hallte immer noch in ihren Ohren wider. Jordan war angehender Pfarrer – und sie wollte nichts mit ihm oder seinem Gott zu tun haben.

Keine Minute später tauchte Laurel auf und sah nicht besonders froh aus. „Er hat dich gesehen."

Alix wirbelte herum. „Dann sag ihm, dass ich zu tun habe."

„Das habe ich schon gemacht."

Langsam ging ihr die ganze Sache ziemlich auf die Nerven. „Sag ihm eben irgendwas anderes. Ich *will* nicht mit ihm sprechen."

„Du kannst dich nicht ewig vor ihm verstecken."

„Ich verstecke mich nicht!", erklärte sie. Das entsprach allerdings nicht ganz der Wahrheit.

„Mach, was du willst“, sagte Laurel. „Aber er hat zu mir gesagt, dass er so lange wartet, bis du rauskommst.“ Damit ging ihre Mitbewohnerin und sogenannte Freundin zurück in den vorderen Teil des Ladens.

Alix wartete zehn quälende Minuten lang, bis sie glaubte, Jordan habe bestimmt aufgegeben. Weit gefehlt. Die Arme vor der Brust verschränkt, lehnte er am Regal mit dem Mikrowellen-Popcorn gleich neben der Kasse. Seine Augen verengten sich, als er sie sah.

Statt ihm noch länger aus dem Weg zu gehen, lief sie direkt auf ihn zu. „Du verstehst es nicht, oder?“, fragte sie ungeduldig.

„Nicht wirklich“, gab er zu. „Lass uns reden.“

„Keine Zeit.“ Sie hatte bereits ihre fünfzehnminütige Pause verplempert, und das war die letzte dieses Abends gewesen.

„Triff dich nach der Arbeit mit mir.“

Gleichgültig zuckte Alix die Schultern. Warum nicht – vielleicht würde es dann endlich aufhören. „Okay.“

„Kann ich dir auch vertrauen?“

Diese Frage verletzte sie. „Ja, verdammt noch mal. Ich werde zehn Minuten nach Ladenschluss bei *Starbucks* sein.“

„Lieber in *Annies Café*.“

„Na gut, dann bei Annie.“

„Ich werde auf dich warten.“

Möglicherweise hatte Alix sich das nur eingebildet, aber sie glaubte, gesehen zu haben, wie Jordan auf seinem Weg nach draußen Laurel zuwinkte. Sie fragte sich, was das zu bedeuten hatte, schob den Gedanken jedoch schließlich beiseite. Egal. Wenn er an ihrer Freundin interessiert war – bitte schön. Sie hoffte, dass die beiden glücklich miteinander wurden. Jordan war immerhin besser als der schleimige Gebrauchtwagenhändler.

In Wahrheit war es Alix aber ganz und gar nicht egal. Für den Rest ihrer Schicht hatte sie ausgesprochen schlechte Laune. Gegen elf Uhr war es ihr gelungen, dass Laurel nicht mehr mit ihr sprach und beleidigt abzog. Alix war nur froh, sie endlich los zu sein.

Genau zehn Minuten, nachdem sie die Kasse gemacht, den Laden abgeschlossen und die Einnahmen hinterlegt hatte, betrat sie *Annies Café*. Es lag ungefähr einen halben Block vom Videoladen entfernt. An jedem Zahltag kam Alix hierher und belohnte sich mit einer warmen Mahlzeit. Hier war das Essen gut und die Portionen üppig und preiswert.

Jordan saß an einem Tisch in einer Nische und las die Speisekarte, als Alix zu ihm kam. Sie starrte ihn finster an und sagte: „Ich schulde dir nichts."

„Ja. Und warum sagst du mir das?"

„Ich müsste nicht hier sein."

Er hob die Augenbrauen. „Das ist wahr, aber ich denke, du schuldest mir doch eine Kleinigkeit. Eine Erklärung, warum du mich in der vierten Klasse einfach so hast stehen lassen."

„Ich habe dich nicht einfach so stehen lassen. Ich … es waren Umstände, die ich nicht beeinflussen konnte."

„Okay, aber sieh es als einen Akt der Höflichkeit, zu erzählen, was damals passiert ist."

„Hör zu", erwiderte sie. „Wir können jetzt den ganzen Abend darüber streiten, was vor langer Zeit in der Grundschule passiert ist, oder wir können reden. Die Entscheidung liegt allein bei dir."

Es lag auf der Hand, dass Jordan sie so lange bedrängen würde, bis er die Antworten bekam, die er suchte. Sie hatte sich bereits entschieden, sich nicht näher mit einem zukünftigen Pfarrer einzulassen. Doch er machte es ihr nicht leicht. Schließlich ließ sie sich stirnrunzelnd am Tisch nieder.

„Was ist los, Alix?", fragte er.

Bevor sie etwas sagen konnte, kam die Bedienung an ihren Tisch. Alix kannte Jenny, die in wechselnden Schichten im Café arbeitete. Sie betrachtete die ältere Frau, die zwischen ihnen hin und her sah und gar nicht versuchte, ihre Überraschung zu verbergen.

Sie schlug die oberste Seite ihres kleinen Blocks um und fragte: „Was kann ich euch beiden bringen?"

Jordan klappte die Speisekarte zu. „Ich denke, ich nehme einen Bacon-Cheeseburger mit allem Drum und Dran." Er sah zu Alix. „Und was ist mit dir?"

Ihr lief das Wasser im Mund zusammen, wenn sie nur an Annies riesige Cheeseburger dachte. Aber zuerst musste sie mal herausfinden, wer für das Essen bezahlte. „Bezahlst du? Oder getrennte Rechnungen?"

„Ich würde dich nicht fragen, wenn ich dich nicht einladen würde."

Sie steckte die Speisekarte zurück hinter den Zuckerstreuer. „Ich nehme dasselbe."

Jenny notierte die Bestellung und ging.

Sobald sie verschwunden war, legte Jordan die Hände auf den Tisch. „Also", begann er.

Alix sah ihm in die Augen und seufzte. „Ganz einfach, ich habe kein Interesse an der Kirche", sagte sie.

„Warum nicht?"

„Falls du es noch nicht bemerkt haben solltest, ich bin nicht gerade der typische Kirchgänger."

„Und wer ist der typische Kirchgänger?"

Sie verdrehte die Augen. „Damen, die Hüte und Handschuhe tragen. Die gepflegte Konversation betreiben, in die sie ab und zu ein ‚Segnet den Herrn!' einwerfen."

Lachend warf er den Kopf in den Nacken. „Du beschreibst eine Gartenparty, aber nicht die Kirche. Du bist wohl schon lange nicht mehr dort gewesen."

„Ich war in der Sonntagsschule, als ich noch die Grundschule besuchte – aber den Kirchenteil habe ich ausgelassen", erzählte sie. In Wahrheit hatte sie damals hin und wieder den Gottesdienst besucht, es dort aber vor Langeweile kein einziges Mal bis zum Ende der Messe ausgehalten. „Wie gesagt, ich bin nicht interessiert."

Jenny brachte ihre Getränke. Jordan wartete ungeduldig, bis sie wieder gegangen war, bevor er antwortete: „Woher willst du wissen, dass du nicht interessiert bist?"

„Jordan, ich glaube, du bist ein toller Junge", erwiderte sie und nahm einen Schluck von ihrer Cola. „Ich erinnere mich auch an deinen Vater, und er war ebenfalls sehr nett." Sein Vater war einmal zu ihnen nach Hause gekommen, nachdem Alix die Bibel gewonnen hatte. Es war das erste und letzte Mal, dass er sie besucht hatte – doch das warf sie ihm nicht vor.

„Wie willst du wissen, dass die Kirche dir egal ist, wenn du es nicht probiert hast? Warum kommst du am Sonntag nicht vorbei und siehst dir die Sache mal an?"

„Hör zu", entgegnete sie und versuchte, so ehrlich wie möglich zu sein. „Ich brauche niemanden, der mich rettet."

Er runzelte die Stirn. „Ist es das, was du denkst?"

„Genau das."

„Dann hast du mich ja tatsächlich durchschaut", antwortete er trocken, und der Sarkasmus in seiner Stimme war nicht zu überhören.

Sein Ton ärgerte sie. Aber sie versuchte, den Frieden bis nach dem Essen zu wahren. Schließlich bezahlte *er* dafür. Und sie hatte Hunger.

„Warum ist es so wichtig für dich, mich in die Kirche zu bekommen?", fragte sie und nahm die Antwort gleich vorweg. „Weil du mich ändern willst, stimmt's?"

„Nein", erwiderte er. „Ich möchte dich sehen."

Ja, sicher!

„Ich mochte dich schon in der vierten Klasse, und jetzt mag ich dich immer noch. Muss ich mich dafür entschuldigen?" Er beugte sich vor, um ihr in die Augen zu blicken.

„Ich bin nicht dein Typ."

„Hast du das allein entschieden, oder hat dir das jemand weisgemacht?"

Seine Frage machte sie wütend. „Ich entscheide immer alles allein."

Sie konnte sehen, wie auch er allmählich ungehalten wurde. Er griff nach dem Besteck, das in eine Papierserviette eingewickelt war. „Mal sehen, ob ich dich richtig verstehe. Es war okay für dich, mit mir rumzuhängen, bis du herausgefunden hast, dass du mich eigentlich schon seit zwölf Jahren kennst – und dass ich irgendwann Pfarrer werde?"

Alix senkte den Blick und antwortete nicht.

„Du mochtest mich in der Grundschule und jetzt magst du mich nicht mehr?"

Alix wünschte sich, der Bacon-Cheeseburger würde bald gebracht werden. Die ganze Zeit zu schweigen war nicht so einfach. Sie biss sich auf die Unterlippe.

„Das Mindeste, was du tun könntest, ist, auf meine Frage zu antworten."

„Was soll ich sagen?", stieß sie hervor. „Dass es mir nichts ausmacht? Aber es macht mir etwas aus."

„Was hat sich denn verändert?"

Sie öffnete den Mund, um etwas zu erwidern. Doch dann zögerte sie. „Du bist ..." Sie machte eine unsichere Geste. „Du bist so ... *gut.*"

„Gut?", wiederholte er. „Was meinst du damit?"

Sie verschränkte die Arme und wartete mit wachsender Ungeduld auf Jenny. Normalerweise dauerte es nicht so lange, bis die Bestellung gebracht wurde. Ihr Magen knurrte und erinnerte sie daran, dass sie zuletzt am Nachmittag einen Milchkaffee getrunken hatte und nun ziemlich hungrig war. Wenn das Essen endlich kam, konnte sie sagen, was ihr auf den Nägeln brannte, und den Cheeseburger mit nach Hause nehmen. Jordan verwirrte sie. Das Einzige, woran sie im Augenblick denken konnte, war, wie sehr sie sich damals gewünscht hatte, an der Valentinsparty in der Schule teilzunehmen. Was sie ihm nicht verraten würde, war, dass auch sie damals ein Valentinsgeschenk für ihn hatte.

„Du weißt, was ich damit meine", entgegnete sie.

„Nein, das weiß ich nicht", sagte er. „Also, erkläre es mir bitte. Warum zur Hölle bin ich gut?"

„Du bist dieser nette, gute Junge, der in einer perfekten Familie aufgewachsen ist. Ich nicht. Du hast Eltern, die dich lieben. Ich nicht. Du ..."

„Das ist doch alles nicht wichtig", unterbrach er sie.

„Meine Mutter kam ins Gefängnis, weil sie auf meinen Vater geschossen hat. Hast du das gewusst?"

Er nickte langsam. „Ja, es gab eine Menge Gerede damals. Aber ich wollte immer nur wissen, was aus dir geworden ist."

„Oh." Für einen Moment war sie sprachlos.

Beinahe hätte sie erleichtert aufgeseufzt, als Jenny endlich mit zwei Tellern an ihren Tisch kam. Die Cheeseburger waren nicht zugeklappt, und der Käse war perfekt zerlaufen. Die Pommes frites glänzten und brutzelten noch, weil sie kurz zuvor erst aus der Fritteuse gekommen waren. Alix lief beim bloßen Anblick des Essens das Wasser im Munde zusammen.

„Ich habe meinen Vater gebeten, herauszufinden, wo du warst. Er hat es versucht, aber er ist nicht vorangekommen. Offenbar waren du und dein Bruder bereits in Pflegefamilien gesteckt worden, irgendwo am anderen Ende der Stadt", erzählte Jordan.

Alix griff nach dem Salzstreuer. Während sie ihre Pommes frites würzte, sah sie ihn unentwegt an. „Das hast du getan?"

Er nickte und biss in eine Fritte.

Obwohl sie so hungrig war, hatte Alix ihr Essen noch nicht angerührt. „Warum hast du dich entschieden, irgendwann Pfarrer zu werden? Wie der Vater, so der Sohn?"

„Das ist eine ziemlich lange Geschichte", erwiderte er. Er legte Salat und eine Tomatenscheibe auf seinen Burger, bevor er die Oberhälfte des Brötchens darauflegte und herzhaft hineinbiss.

Sie biss ebenfalls in ihren Burger. „Denk daran, ich brauche dich nicht, um mich zu retten", murmelte sie kauend.

„Ich könnte es nicht, selbst wenn ich es wollte."

Sie schluckte und nippte an ihrer Cola. „Warum nicht?"

„Das ist nicht meine Aufgabe. Nur Gott kann retten – ich weise lediglich den Weg." Er steckte sich noch eine Fritte mit Ketchup in den Mund.

Sie vertraute ihm noch immer nicht. „Das verstehe ich nicht."

„Was verstehst du nicht?"

„Dich", erwiderte sie. „Warum du mich sehen wolltest."

Er warf ihr einen unbestimmten Blick zu. „Gibt es irgendein Gesetz, das verbietet, dass ich mich zu dir hingezogen fühlen darf? Ich mochte dich in der vierten Klasse, und ich finde dich noch immer süß."

Er mochte sie? Er fand sie *süß*? „Das denkst du?", fragte sie und schämte sich ein bisschen für das leichte Zittern in ihrer Stimme.

„Ich würde es nicht sagen, wenn es nicht wirklich so wäre." Er streckte seine Hand aus und nahm eine Fritte von ihrem Teller.

„Hey!" Sie schlug ihm leicht auf die Hand.

Er lachte nur und gab ihr ein paar von seinen Gurkenscheiben.

Sie aßen zu Ende, unterhielten sich über Filme, die sie beide gesehen hatten, und verließen eine Stunde später das Café. „Und? Wirst du mir weiterhin aus dem Weg gehen?", fragte Jordan.

Alix gab sich cool. „Weiß ich noch nicht."

„Entscheide dich bald, okay?"

„Warum?“

„Weil ich nicht weiß, wie lange ich es mir noch leisten kann, Videos auszuleihen.“

Sie lachte.

„Kommst du am Sonntag zur Kirche?“, fragte er.

„Wahrscheinlich nicht“, erwiderte sie. Sie konnte sich einfach nicht vorstellen, neben einer Dame mit schlecht sitzender Strumpfhose und einer riesigen Handtasche in der Bank zu knien. Er wünschte sich sehr, dass sie kam. Doch sie glaubte nicht, dass die überaus artigen Kirchgänger mit ihren lila gefärbten Haaren klarkämen.

Die Kirche war etwas für Menschen, die ein normales Leben führten, Ziele und Träume verfolgten. Okay, Alix hatte auch Träume, aber verdammt wenig Chancen darauf, dass diese jemals Realität werden würden. Sie wollte Köchin werden. Nicht einfach nur eine Köchin, sondern Maître in einem coolen Restaurant. Einige Jahre lang hatte sie in Cafés wie *Annies Café* gejobbt, und die Küchenjobs waren ihr immer am liebsten gewesen. Das letzte Restaurant, in dem sie – vor ihrer Zeit im Videoladen – beschäftigt war, ging pleite. Doch dort hatte ihr Traum endgültig Gestalt angenommen.

Sie vermutete, dass er sie auslachen würde. Bevor sie wusste, wie ihr geschah, zog er sie jedoch in den Schatten einer Seitenstraße und drückte sie gegen eine Häuserwand.

Für einen Moment blickten sie einander stumm an. Keiner von ihnen wagte es, zu atmen oder etwas zu sagen.

Und plötzlich berührten seine Lippen die ihren, und ihre Knie wurden weich. Ihr wurde schwindlig. Sie schloss ihn in die Arme, hielt sich an ihm fest, war ihm nah. Ihr schien es, als würde sie eine Runde in der aufregendsten Achterbahn der Welt drehen.

„Wofür war das?“, fragte sie, und ihre Stimme zitterte.

Als Jordan seinen Kopf hob, flüsterte er: „Ich denke, das warst du mir schuldig. Deinetwegen ist mein Herz in der vierten Klasse gebrochen.“

Alix fuhr sich mit der Zungenspitze über die Lippen. „Ja … ich weiß genau, was du meinst. Denn mir ging es nicht anders.“

22. KAPITEL

„In den Händen eines Menschen, der stricken kann, wird die Wolle zu einem Band, das Herz und Seele zu verknüpfen vermag."
(Robin Villiers-Furze, The Needleworks Company, Port Orchard, Washington)

Lydia Hoffman

Ein weiterer Freitag ging zu Ende. Die Strickstunde war eine der entspanntesten, die ich bisher erlebt hatte – Alix lachte eine Menge, und Jacqueline war so entspannt und tolerant, wie ich es ihr gar nicht zugetraut hätte. Trotz all ihrer Androhungen, den Kurs nie wieder zu besuchen, kam sie jeden Freitag wieder. Carol war zu Hause geblieben – der Arzt hatte ihr jegliche Anstrengung verboten. Nachdem ich das „Geschlossen"-Schild aufgehängt hatte, erklomm ich die Treppen zu meinem Apartment. Erst jetzt bemerkte ich, wie erschöpft ich war. Aber es war keine unangenehme Müdigkeit. Als ich das *A Good Yarn* eröffnete, hatte ich viel Zeit gehabt, um an meinen privaten Projekten zu stricken. Doch jetzt sah das anders aus. Der Kundenstrom schien nicht abzureißen, und ich war den Großteil des Tages beschäftigt. Ich musste Jacqueline unbedingt danken, wenn ich sie das nächste Mal sah. Sie machte in ihrem Freundes- und Bekanntenkreis Werbung für meinen Laden, und schon zwei ihrer wohlhabenden Freundinnen hatten in der letzten Zeit in meinem Geschäft vorbeigeschaut. Die beiden hatten Wolle für vierhundert Dollar erstanden. Bei solchen Verkäufen musste ich mir keine Sorgen mehr um die Miete machen.

Zwar verdiente ich nicht genug, um mir ein regelmäßiges Gehalt zu bezahlen, aber ich konnte die laufenden Kosten des Ladens decken. Und das nur drei Monate nach der Eröffnung! Meine Strategie hieß: einfach leben und an mich selbst glauben.

Als ich in meinem Apartment ankam, öffnete ich die Fenster meines Wohnzimmers. Eine sanfte Brise wehte durch den Raum. Whiskers wuselte zwischen meinen Beinen herum und versuchte meine Aufmerksamkeit zu erregen.

Ich öffnete eine Dose von seinem Lieblingsfutter und stellte sie auf den Boden.

Er ist ein unglaublich verwöhnter Kater, aber ich finde das nicht schlimm.

Während Whiskers sein Futter genoss, sah ich die tägliche Post durch. Ich entdeckte einen Briefumschlag mit einer mir wohlbekannten Handschrift darauf. Margaret.

Einen Moment lang zögerte ich, doch schließlich öffnete ich das Kuvert. Darin befanden sich zwei Briefchen von meinen beiden Nichten. Sie bedankten sich für die Pullover, die ich ihnen vor einiger Zeit gestrickt hatte. Es war das erste Mal, dass sie sich so offiziell bei mir für ein Geschenk bedankten. Früher konnte ich mich manchmal des Verdachts nicht erwehren, dass Margaret die Geschenke für die beiden zurückhielt.

Allein dieser Gedanke hätte mich davon abhalten sollen, meine Schwester direkt anzurufen. Aber unser Verhältnis hatte sich in der letzten Zeit wirklich ein wenig verbessert, und so fühlte ich mich ermutigt, den Schritt zu wagen. Bevor ich es mir anders überlegen konnte, wählte ich bereits die Nummer.

Nach dem ersten Klingeln wollte ich schon wieder auflegen. Doch ich wusste, dass meine Nummer auf ihrem Telefondisplay erschien und Margaret mich sofort zurückrufen würde. Also blieb ich dran.

Nach dem zweiten Klingeln ging Hailey an den Apparat.

„Ich habe eure Karten bekommen“, begann ich.

„Mom hat gesagt, wir sollten dir schreiben. Aber ich hätte es auch so getan. Der Pullover ist echt cool, Tante Lydia. Ich liebe die Farben.“

„Das freut mich.“ Ich hatte ein Limonengrün gewählt und mit Orange akzentuiert. Das Ergebnis sah wirklich süß aus und war mir richtig gut gelungen.

„Mom ist auch da“, sagte Hailey. Bevor ich ihr erklären konnte, dass es nicht nötig war, Margaret zu stören, hatte sie den Hörer bereits an meine Schwester weitergereicht.

„Ist alles in Ordnung?“, fragte sie mit diesem besonders mürrischen Unterton in der Stimme, den sie extra für mich reserviert zu haben schien.

„Natürlich“, versicherte ich ihr. „Ich habe heute die Karten von den Mädchen bekommen und da …“

„Du meldest dich eigentlich immer nur dann, wenn irgendetwas nicht stimmt.“

Das entsprach nicht der Wahrheit, doch ich wollte nicht mit ihr streiten. Normalerweise vermied ich es gänzlich, sie anzurufen. Die Gespräche nahmen immer einen unerfreulichen Verlauf.

„Es geht mir wirklich gut.“ Ich versuchte zu lachen, doch

es klang leider ziemlich unecht.

„Hast du diesen gut aussehenden UPS-Fahrer in der letzten Zeit gesehen?“

Ich spürte, wie mir bei seiner bloßen Erwähnung die Hitze ins Gesicht stieg. Und ich hatte nicht angerufen, um dieses Thema mit ihr zu diskutieren. Trotzdem murmelte ich: „Er war neulich da.“ Fieberhaft dachte ich über ein unverfängliches Thema nach, um meine Schwester von Brad Goetz abzulenken. Doch mir wollte partout nichts einfallen.

Brad war freundlich wie immer gewesen, aber er hatte nicht wieder versucht, mich einzuladen. Ich vermutete, dass der Grund für seine Zurückhaltung meine früheren Krebserkrankungen waren. Ich war ihm dankbar, dass er mich nicht mehr bedrängte. Doch als er das letzte Mal den Laden verließ, spürte ich einen Stich – Bedauern. Dieses kleine, feine Gefühl des Verlusts war ich den ganzen Tag über nicht mehr losgeworden.

„Hast du ihn gefragt, ob er mit dir ausgehen möchte?“, fragte Margaret.

„Nein. Ich …“ Mehr konnte ich nicht sagen, denn meine Schwester schnitt mir das Wort ab.

„Warum nicht?“

„Ich …“

„Du hast mir doch gesagt, dass du leben möchtest – richtig leben, mit allem Drum und Dran.“

„Ich weiß, aber …“

„Also, warum lässt du dann nicht Taten sprechen?“

Es machte mich unglücklich, dass meine Schwester es zu genießen schien, mir auf die Nerven zu gehen. „Es ist mein Leben, Margaret.“

„*Leben*?“, stieß sie zornig hervor. „Was für ein Leben? Alles, was du tust, ist zu arbeiten und zu stricken. Oh, sicher, du besuchst hin und wieder Mom und hast einige Freunde, aber …“

Nun war ich dran, sie zu unterbrechen. „Ich bestimme selbst, mit welchen Männern ich ausgehe.“

Sie tat, als hätte sie mich gar nicht gehört. „Frag ihn, ob er mit dir ein Bier trinken geht“, beharrte sie.

„Nein!“

„Warum nicht?“

Ich wusste selbst nicht, warum ich so unnachgiebig war. „Weil …“

„Du hast Angst.“

„Okay, ich habe Angst!“ Ich schrie diese Worte beinahe. „Aber das ändert nichts.“

„Überwinde die Angst.“

„Oh Margaret, bei dir klingt immer alles so einfach.“

„Frag ihn, ob er mit dir ausgeht. Und ruf mich nicht eher wieder an, bis du eine Verabredung mit ihm hast.“

„Ist das dein Ernst?“ Ich konnte nicht *glauben*, dass sie das zu mir sagte.

„Mein voller Ernst.“ Damit legte sie auf.

Eine Weile starrte ich wortlos den Hörer an. Langsam legte ich auf. Margaret konnte so herrisch und stur sein. Meine eigene Schwester weigerte sich, mit mir zu sprechen, bis ich nicht verabredet war mit einem Mann, den sie erst ein einziges Mal gesehen hatte – und das nur kurz. Das konnte sie vergessen. Ich würde auf keinen Fall nachgeben. Die Entscheidung war gefallen, und ich überlegte, was ich zum Abendessen kochen könnte.

An diesem Abend machte ich mir ein Fertiggericht, weil ich durcheinander war und erschöpft. Margaret hatte mir empfohlen, Brad auf einen Drink einzuladen. Sicherlich wollte sie nur das Beste für mich. Vielleicht, aber nur vielleicht, hatte sie sogar recht, und es war an der Zeit für mich, meine übertriebene Vorsicht über Bord zu werfen. Die Frauen in meinem Strickkurs schienen dasselbe zu denken. Doch ich wusste nicht, wie ich es anstellen sollte.

Gegen neun Uhr rief ich Margaret noch einmal an.

Ich kannte meine Schwester und rechnete damit, dass sie eventuell sofort auflegen würde. Aber dazu gab ich ihr nicht die Möglichkeit. „Also, was soll ich ihm sagen?", fragte ich. „Ich habe ihm immerhin schon zweimal einen Korb gegeben. Jetzt, wo er weiß, dass ich Krebs hatte, hat er vielleicht keine Lust mehr. Er könnte Nein sagen."

„Das stimmt. Und ich würde es ihm noch nicht einmal verdenken."

„Danke für die Unterstützung", murmelte ich leise, und zu meiner grenzenlosen Überraschung fing Margaret an zu lachen.

Normalerweise kann nicht mal ein gestandener Komiker meiner Schwester ein Lachen entlocken. Sie ist einer von den Menschen, die den Eindruck machen, sie seien ohne einen Funken Humor zur Welt gekommen. Ich hatte keine Ahnung, dass ich so lustig sein konnte.

„Das ist mein Ernst", sagte ich.

„Bittest du *mich* tatsächlich gerade um Hilfe?"

„Ja. Falls du es ernst meinst und wirklich erst dann wieder mit mir sprechen willst, wenn ich mich vor einem Mann zum Affen gemacht habe, kannst du mir wenigstens verraten, wie ich das hinkriegen soll."

Das brachte sie zum Schweigen. Doch nicht für lange.

„Sag ihm, dass du es dir anders überlegt hast."

„Okay." An meiner Stimme musste sie erkannt haben, dass ich nicht überzeugt war.

„Dann sag ihm, es wäre schön, wenn ihr beide ein Bier trinken gehen könntet, falls er noch interessiert ist. Du wirst bezahlen, und dann liegt es an ihm."

Das klang vernünftig.

„Wirst du es so machen?"

Ich lehnte mich gegen die Wand und zwirbelte eine Haarsträhne zwischen meinen Fingern. „Ja", sagte ich schließlich. „Ich denke schon."

Am Freitagabend hatte ich noch ganz entschlossen geklungen – doch am Montag sah die Sache anders aus. Es wäre einfacher gewesen, wenn Brad irgendwann im Laufe der Woche eine Lieferung bei mir im Laden abgegeben hätte. Aber es kam anders. Wie der Zufall es wollte, tauchte er schon am Montagnachmittag auf.

„Hi", sagte ich lahm. „Normalerweise kommen Sie nie montags." Das ist wirklich eine sehr geistreiche Bemerkung, dachte ich, zudem ich montags ja eigentlich geschlossen habe.

„Ja, normalerweise nicht", erwiderte er, während er einige Kartons neben die Kasse stellte. „Wie geht es Ihnen?"

„Gut." Mit einem Mal fühlte sich mein Mund staubtrocken an.

Brad reichte mir das Clipboard, damit ich die Lieferung abzeichnen konnte. Ich starrte es an, als würde ich es in diesem Moment zum allerersten Mal sehen.

„Ich brauche Ihre Unterschrift", erinnerte er mich.

Wenigstens schaffte ich das ohne weitere Zwischenfälle. Ich senkte den Blick und konzentrierte mich auf meine Unterschrift. Schließlich gab ich ihm das Clipboard zurück. Er lächelte und ging zur Tür.

„Brad?“, rief ich.

Er drehte sich um.

Ich kam hinter dem Tresen hervor und ging auf ihn zu. In meinem Kopf wirbelte alles durcheinander, und in der Eile, meinen Vorschlag loszuwerden, plapperte ich ziemlich zusammenhanglos drauflos. „Ich habe es mir anders überlegt, also, wenn Sie immer noch Lust haben. Wenn nicht, kann ich das selbstverständlich verstehen und mache mich hier zum kompletten Idioten, und … und lassen Sie uns doch einfach ein Bier zusammen trinken gehen. Irgendwann. Oh, ich lade Sie natürlich ein. Margaret sagte, ich solle die Rechnung übernehmen und …“

Mit großen Augen starrte Brad mich an und hob beschwichtigend eine Hand. „Stopp.“

Ich hielt den Mund.

„Und nun fangen Sie noch einmal von vorne an, aber etwas langsamer dieses Mal.“

Ganz sicher war mein Gesicht mittlerweile so rot wie ein Feuerwehrauto. „Ich habe über Ihre Einladung nachgedacht und würde mich freuen, mit Ihnen nach Feierabend ein Bier trinken zu gehen.“

Ein Lächeln erstrahlte auf seinem Gesicht, und ich konnte sehen, dass er sich freute. „Das wäre mir eine Ehre.“

In mir breitete sich ein warmes Gefühl aus und vertrieb die Kälte, die sich bei seinem Auftauchen vor lauter Angst in mir ausgebreitet hatte. „Gut.“

„Wie wäre es am Freitagabend?"

Ich nickte. „Sicher."

Er griff nach der Karre und pfiff auf dem Weg zu seinem Lieferwagen ein fröhliches Lied. Einige Minuten später stellte ich fest, dass ich summte. Ich hatte eine Verabredung!

Unfassbar. Was Margaret wohl dazu sagen würde?

23. KAPITEL

Jacqueline Donovan

Jacquelines Tag war komplett verplant. Um neun Uhr hatte sie einen Termin im Nagelstudio, danach traf sie sich mit ihren Freunden zum Essen. Dann wollte sie losgehen, um einige notwendige Besorgungen zu machen. Dienstag war der Tag der Woche, an dem sie sich immer am meisten vornahm – und das war nicht ohne Grund so. Beschäftigung bot eine Möglichkeit zu verdrängen, dass ihr Ehemann die Nacht mit einer anderen Frau verbrachte.

Jedes Mal, wenn sie im Einkaufszentrum war, achtete sie darauf, dass sie für das stetige Hinwegsehen über die Eskapaden ihres Mannes angemessen entlohnt wurde – obwohl sie noch immer die Zähne zusammenbeißen musste, wenn sie nur daran dachte.

Kurz bevor sie sich zum Nagelstudio aufmachen wollte, klingelte das Telefon. Für einen Moment war sie versucht, einfach nicht ranzugehen. Doch sie sah auf dem Display, dass Reese anrief. Widerstrebend nahm sie den Hörer ab.

„Du musst mir einen Gefallen tun", sagte ihr Mann. „Ich bin gleich zu einem wichtigen Meeting verabredet und habe meinen Aktenkoffer zu Hause vergessen."

„Soll ich ihn dir vorbeibringen?", fragte sie. Das würde bedeuten, dass sie zu spät zu ihrem Termin im Nagelstudio käme. Jedoch hätte Reese nicht angerufen, wenn es nicht wichtig gewesen wäre. Sie hatte vor, an diesem Nachmittag einen nicht eben geringen Teil seines Vermögens im Kaufhaus auszugeben. Und so war das Mindeste, was sie tun konnte, ihm diesen kleinen Gefallen zu erweisen.

„Würdest du das machen, Jacquie? Ich würde ihn ja selbst holen, aber ich brauche die Akten so schnell wie möglich hier."

„Bin schon unterwegs."

Er erklärte ihr, dass der Aktenkoffer neben seinem Schreibtisch im Arbeitszimmer stand. Jacqueline fand den Koffer dort. Das Arbeitszimmer gehörte zu Reese' Reich im Haus, und sie ging nur selten hinein. Für einen Moment blieb sie dort und fuhr mit den Fingerspitzen über die perfekt angeordneten Bücher in den Mahagoniregalen. Manchmal rauchte Reese eine Zigarre, und der Duft von Tabak und Leder war in diesem Zimmer deutlicher wahrzunehmen als sonst im Haus.

Sentimentale Gefühle überkamen sie, und eine Sehnsucht bemächtigte sich ihrer. Sie konnte sich das nicht erklären. Ein dumpfer Schmerz durchfuhr sie, als sie an die Liebe dachte, die sie einst füreinander empfunden und so leichtfertig hatten einschlafen lassen. Die Liebe der frühen Jahre ... Sie hatte nie zugelassen, dass die Erkenntnis der Einsamkeit, die sie in ihrer Ehe verspürte, sie überwältigte. In diesem Augenblick tat sie es, und die Traurigkeit legte sich wie eine eiskalte Hand um ihr Herz.

Sie konnte sich nicht daran erinnern, wann oder warum genau ihre Liebe verloren gegangen war. Reese' Dienstagsgeliebte war nur ein Symptom ihrer Entfremdung, nicht die Ursache. Sie hatten sich bereits voneinander entfernt, als diese Frau in sein Leben trat. Langsam, über einen Zeitraum von einigen Jahren, war Jacqueline und Reese die Nähe zueinander verloren gegangen. Und es lag an ihnen beiden – Reese war stur. Aber sie war es auch.

Im Laufe der Zeit entwickelte sich ihre Ehe so, dass die beiden eher Wohngemeinschaft als Ehepartner, eher Freunde als Geliebte waren. Das geschah mit vielen Paaren – Jacqueline hörte von anderen Frauen immer wieder Geschichten dieser Art. Trotzdem half das in diesem Moment nicht gegen den Schmerz des Verlustes, der sie quälte. Kopfschüttelnd schob sie die düsteren Gedanken beiseite, ergriff den Aktenkoffer und ging in die Garage.

Sie rief vom Auto aus das Nagelstudio an und fuhr dann zur Blossom Street. Die Bauarbeiten gingen gut voran, obwohl das Parken in der Gegend immer noch unmöglich war. Ihr fiel auf, dass Reese ihr nicht gesagt hatte, wo sie das Auto abstellen konnte.

Sie versuchte ihn über das Handy zu erreichen, doch offenbar hatte er sein Mobiltelefon ausgeschaltet. Zweimal war sie bereits um den Block gefahren, aber sie fand noch immer keinen Parkplatz. Und in zweiter Reihe zu stehen war nicht möglich, weil die Straße einfach zu schmal war. Nachdem sie weitere zehn Minuten ihrer kostbaren Zeit damit vergeudet hatte, einen Parkplatz zu finden, hielt sie in der Gasse hinter dem *A Good Yarn*. Es war nicht die beste Gegend der Stadt, um einen teuren Wagen abzustellen. Lydia hatte sie ausdrücklich davor gewarnt, die Seitenstraße zu benutzen, aber Jacqueline sah keine andere Möglichkeit. Die Gasse war eng und dunkel, und unwillkürlich lief ihr ein Schauer über den Rücken, als sie hastig den Wagen abschloss.

Als sie auf der Baustelle ankam, konnte sie Reese nirgends entdecken. Sie ging zum Container, in dem das provisorische Architekturbüro untergebracht war. Der Projektmanager begrüßte sie. Jacqueline wusste nicht mehr, wie er hieß, obwohl sie sich sicher war, dass Reese diesen jungen Mann schon einmal erwähnt hatte. Es war allerdings schon lange her, dass sie sich die Mühe machte, die Namen seiner Angestellten zu kennen.

„Danke", sagte der jugendlich wirkende Mann zu ihr. „Reese war ziemlich aufgebracht, weil er den Koffer zu Hause vergessen hatte."

„Kein Problem, ich habe gern geholfen", murmelte Jacqueline und kletterte über einige herumliegende Stahlbetonträger, um den Bauplatz verlassen zu können.

Leicht verstimmt lief sie die Straße entlang bis zur Einmündung der kleinen Gasse. Leider hatte der Wollladen noch geschlossen, sonst wäre sie durch das Geschäft gegangen. Während sie in die Seitenstraße einbog, wuchs ihr Ärger. Kein Wunder, dass ihre Ehe am Ende war. Statt sie persönlich zu begrüßen, schickte Reese seinen Assistenten – als wäre es für ihn selbstverständlich, dass sie seinetwegen ihre gesamte Tagesplanung über den Haufen warf. Beim nächsten Mal konnte er seinen Aktenkoffer getrost selbst holen.

Gedankenverloren hatte Jacqueline bereits die Hälfte des Weges zum Wagen zurückgelegt, als sie plötzlich eine unheimliche Vorahnung beschlich. Ein Schauer lief ihr über den Rücken. Sie hielt an und drehte sich um. Nichts. Kopfschüttelnd entspannte sie sich wieder und schalt sich selbst einen Feigling. Die Sonne stand noch nicht hoch am Himmel, und so war die Gasse kühl und dunkel. Jacqueline machte zwei weitere Schritte, hielt jedoch wieder inne, denn das Gefühl, beobachtet zu werden, wurde stärker.

Das waren ihre Nerven, die ihr einen Streich spielten, entschied sie. Sie hatte eindeutig zu viele Krimis gesehen. Trotzdem blieb die Angst. Und sie wuchs von Augenblick zu Augenblick. Aber sie musste zu ihrem Wagen. Es gab keine andere Möglichkeit.

Sie war keine sechs Meter mehr von ihrem Mercedes entfernt, als zwei Männer ihr in den Weg traten. Bedrohlich standen sie vor ihr, halb verdeckt durch die Schatten der Gebäude. Sie konnte ihre Gesichter nicht genau erkennen, doch sie sah das höhnische Grinsen der beiden. Es waren Typen von der Straße, dachte sie, ungepflegt und dreckig.

„Was haben wir denn da?“, rief der eine dem anderen zu, der gerade um sie herumging, um ihr den Fluchtweg abzuschneiden.

Jacqueline spürte kalten Schweiß auf ihrer Stirn. Ihr Instinkt befahl ihr, wegzurennen. Aber sie fürchtete, ihre Beine würden ihr den Dienst versagen. Und in ihren Pumps hatte sie kaum Chancen, den beiden zu entkommen, wenn sie ihr folgten.

„Würden Sie bitte aus dem Weg gehen?“, sagte sie und war stolz auf ihre gespielte Tapferkeit.

„Bitte“, wiederholte der zweite Typ mit einer Fistelstimme. Er war größer als sein Komplize, hob den rechten Arm und ließ seine Hand betont vornehm baumeln. „Da haben wir es wohl mit einer echten *Lady* zu tun.“

„High Society.“

„Viel Geld.“

„Jetzt gib auf, Schlampe.“

Sie umklammerte ihre Tasche. „Das wagen Sie nicht.“

„Wir konnten noch nie einer Herausforderung widerstehen, was, Larry?“

„Halt die Schnauze!“, schrie der andere Mann, offensichtlich wütend, weil sein Komplize seinen Namen verraten hatte. Er zog ein Klappmesser aus der Tasche und fuchtelte damit gefährlich nah vor Jacquelines Gesicht herum.

Trotz ihrer Entschlossenheit, möglichst ruhig zu bleiben, stockte ihr der Atem. Die Klinge blitzte im Halbdunkel der Gasse kurz auf.

Er streckte den Arm aus, als ob er erwartete, sie würde ihm freiwillig ihre Tasche reichen. Sie wusste, dass es keine Bitte, sondern eine Aufforderung war. Jeder Widerstand würde mit Gewalt beantwortet werden.

Obwohl sie gar nicht bemerkte, wie es geschah, entglitt ihr die Designertasche und fiel auf den Asphalt.

„Wenn ich du wäre, würde ich die nicht anfassen“, erklang in diesem Moment eine Frauenstimme hinter Jacqueline. „Bist du nicht auf Bewährung, Ralph? Es wäre eine Schande, dich demnächst wieder hinter Gittern zu wissen.“

Es dauerte eine Weile, bis Jacqueline erkannte, wer die Frau war. Alix Townsend. Alix, das Mädchen, das sie für eine Verbrecherin und Punkerin hielt, riskierte ihr eigenes Leben, um sie zu retten.

„Halt dich da raus“, knurrte Larry, und seine Lippen wurden ganz schmal.

„Tut mir leid, Jungs“, entgegnete Alix und machte einen Schritt auf sie zu. „Aber diese Lady hier ist eine gute Freundin von mir.“

Jacqueline blieb, wo sie war. Sie fühlte sich wie gelähmt und nicht fähig, sich zu bewegen. Ihr Atem ging flach.

Larry starrte auf die Tasche. „Du willst die Beute doch nur für dich selbst“, brummte er. Fest umklammerte er das

Messer und hob es ein Stück höher.

Plötzlich erklang ein leises Klicken. Jacqueline brauchte einen Moment, bis sie begriff, was geschehen war. Alix hatte selbst ein Messer gezogen.

„Sie können das Geld nehmen“, wisperte Jacqueline. Es war ihr egal. Sie wollte nur, dass Alix und sie unversehrt und lebendig aus dieser Situation herauskamen.

„Nein, das können sie *nicht*!“, rief Alix, als die beiden Typen auf sie zukamen. „Geh in den Laden!“

„Nein!“ Jacqueline wusste nicht, woher sie den plötzlichen Mut nahm, doch sie hob ihre Tasche auf und schleuderte sie – wie eine Waffe – über ihrem Kopf. Sie hatte siebenhundert Dollar dafür bei Gucci bezahlt, und sie leistete ihr gute Dienste – vor allem, als sie den kleineren Gangster am Kopf traf. Ralph heulte vor Schmerz auf.

„Was ist da los?“, rief Lydia und blickte aus der Hintertür ihres Geschäfts.

„Ruf die Polizei!“, schrie Jacqueline panisch.

Alix stand in gebückter Haltung vor den beiden Männern und hielt drohend ihr Messer in der linken Hand. Die Ganoven warfen einen Blick auf die zu allem entschlossenen Frauen und auf den leeren Türrahmen, in dem kurz zuvor noch Lydia gestanden hatte. Dann sahen sie einander an und ergriffen die Flucht.

Sobald sie außer Sichtweite waren, begann Jacqueline wie Espenlaub zu zittern. Es begann in den Händen, kroch die Arme hinauf und bis zu den Beinen. Ihre Knie schienen plötzlich ein Eigenleben zu führen.

„Alles in Ordnung?“, fragte Alix.

Wortlos schüttelte Jacqueline den Kopf.

„Die Polizei ist unterwegs“, rief Lydia.

„Larry und Ralph sind weg.“ Alix legte den Arm um Jacquelines Taille und führte sie durch die Hintertür in den Wollladen.

Der Tisch schien kilometerweit entfernt zu sein. Als Jacqueline ihn endlich erreichte, fiel sie auf einen der Stühle.

„Ich … ich hätte umgebracht werden können.“ Sie spürte noch immer die Blicke dieser Männer. Gott allein wusste, was sie mit Jacqueline gemacht hätten, wenn Alix nicht vorbeigekommen wäre.

„Alix“, stieß sie atemlos hervor, „du hast mir das Leben gerettet.“ In dem Moment wollte Jacqueline all die bösen Gedanken, die sie dem Mädchen gegenüber gehegt hatte, zurücknehmen. Ihr war egal, welche Farbe Alix’ Haar hatte. Dieses Mädchen hatte sie vor einem Schicksal bewahrt, das sie sich nicht ausmalen wollte.

Alix setzte sich neben sie, und Jacqueline bemerkte, dass sie ebenfalls zitterte. Es war ihr wirklich gelungen, so zu wirken, als hätte sie keine Angst. Doch in Wirklichkeit hatte sie genauso eine Panik wie Jacqueline.

Draußen ertönte eine Sirene. Lydia eilte zum Eingang des Ladens, um die Polizisten abzuholen. Einige Minuten später betraten zwei Officer den Laden.

Die drei Frauen fingen an, wild durcheinanderzureden. Jacqueline meinte, sie sei diejenige, die den Vorfall schildern müsste, denn sie war schließlich bedroht worden. Sie sprach also weiter und wurde dabei immer lauter, um die anderen beiden zu übertönen.

„Nur eine von Ihnen auf einmal, meine Damen“, sagte der erste Officer und hob beschwichtigend die Hände. Er war jung und sah nett aus. Jacqueline erinnerte er an ihren Sohn. Paul würde sicher außer sich sein, wenn er erführe, dass sie beinahe ausgeraubt worden wäre.

Der Officer begann Jacqueline zu vernehmen. Als er fertig war, kam Alix an die Reihe. Schließlich stellte er Lydia noch ein paar Fragen. Jede der Frauen beschrieb die Männer ein bisschen anders. Alix weigerte sich jedoch, ins Detail zu gehen. Sie kannte die beiden immerhin. Zuerst wollte sie die Namen der beiden verschweigen, doch Jacqueline gab sie zu Protokoll.

Nun, da die Beschreibungen der beiden Typen fertig und die Vornamen bekannt waren, war es sicherlich nur eine Frage der Zeit, bis sie gefasst würden. Jacqueline hatte sich dafür entschieden, Anzeige zu erstatten. Während sie sprach, hielt sie unentwegt ihre Tasche mit beiden Händen fest umklammert.

„Sie beide kennen sich?“, fragte der eine Polizist und sah zwischen Jacqueline und Alix hin und her.

„Aber natürlich“, erwiderte Jacqueline. „Wir stricken zusammen.“

„Ja“, brummelte Alix und reckte herausfordernd das Kinn vor. „Jacqueline und ich sind Freundinnen.“

„Sie hat mich vor Gott weiß was bewahrt“, sagte Jacqueline leise.

Der Officer schüttelte den Kopf. „Es wäre besser gewesen, Sie hätten den beiden einfach die Tasche gegeben.“

Jacqueline wusste, dass er recht hatte. Jedes Buch über das Leben und Überleben in der Großstadt lehrte den Leser genau diese Regel: Wenn man angegriffen wurde, sollte man die Habseligkeiten fallen lassen und rennen.

Als die Polizisten schließlich gegangen waren, sah Jacqueline zu Alix herüber, die inzwischen am Tisch gegenüber saß. „Ich weiß nicht, wie ich dir danken soll."

„Du schuldest mir was."

Jacqueline nickte. Sie war sich immer noch nicht sicher, warum Alix überhaupt in die Seitenstraße gekommen war. Als die Polizisten sie gefragt hatten, gab sie zur Antwort, sie hätte Jacqueline in die Gasse gehen sehen und gedacht, dass es kein sicherer Ort für ihre Freundin sei. Also war sie ihr hinterhergegangen. Und Jacqueline würde für den Rest ihrer Tage dankbar sein, dass sie es getan hatte.

Ihre einzige Sorge war nun, dass sie Alix etwas schuldete. Sie konnte nur vermuten, was das Mädchen als Gegenleistung fordern würde.

24. KAPITEL

Carol Girard

Die zwei Tage, die auf die künstliche Befruchtung folgten, waren die schlimmsten für Carol. Der Spezialist hatte ihr für achtundvierzig Stunden strenge Bettruhe verordnet. Schon nach kurzer Zeit zerrte das Stillliegen an ihren Nerven, aber mit jedem Atemzug, mit jedem Herzschlag zwang sie sich dazu, positiv zu denken und Kraft zu schöpfen.

Doug verhielt sich wundervoll. Er tat alles in seiner Macht Stehende, um es ihr so angenehm wie nur möglich zu machen. Trotzdem erkannte sie den Ausdruck in seinem Blick. Die Sehnsucht, die nicht ausgesprochen wurde, und die Angst, dass sie trotz allem kein Kind haben könnten, kein Kind haben würden. Es war auch nicht einfach für ihn, und obwohl er versuchte, diese Angst zu verbergen, wusste Carol, dass er sich große Sorgen machte. Genau wie sie.

Positiv zu denken fiel ihr am zweiten Tag nicht mehr ganz so leicht, besonders weil Doug immerzu um sie herum wuselte. Der Streit, der an diesem furchtbaren Abend zwischen ihnen ausbrach, war weder seine noch ihre Schuld. Sie beide fühlten sich einfach von der angespannten Situation überfordert. Er stürmte aus dem Haus und kam erst weit nach Mitternacht zurück. Carol war erleichtert, dass er nicht das Auto genommen hatte, denn sie konnte den Alkohol in seinem Atem deutlich riechen, als er zu ihr ins Bett schlüpfte.

Am nächsten Morgen schlossen sie wieder Frieden miteinander. Nun blieb ihnen nichts anderes übrig, als zu warten – drei Wochen, bis man feststellen konnte, ob sich ein befruchtetes Ei eingenistet hatte, und drei Monate, bis sicher war, dass die Schwangerschaft stabil verlief. Bis dahin würde ihre Geduld noch einige Zerreißproben überstehen müssen.

Zehn Tage nach dem Eingriff meldete sich Lydia bei ihr. Das war das erste Mal, dass sie Carol zu Hause anrief. Es tat gut, eine freundliche Stimme zu hören.

„Ich habe so lange nichts von dir gehört und habe mich gefragt, wie es dir geht", sagte Lydia.

„Ganz gut", erwiderte Carol fröhlich – doch die Begeisterung in ihrer Stimme täuschte.

„Ich meinte, wie geht es dir *wirklich?*", beharrte Lydia.

„Nicht so gut", gab Carol zu. „Oh Lydia. Es ist nicht so einfach. Im Moment kann ich nichts tun, als zu warten. Doug und ich stehen unter einem enormen Druck."

„Ich lade dich zum Essen ein, dann können wir in Ruhe reden."

Ein gemeinsames Mittagessen klang wunderbar, aber Carol wusste, dass Lydia Verpflichtungen hatte. „Was ist mit dem Laden?"

„Ich habe bereits mit meiner Mutter gesprochen. Sie kommt vorbei, um für einige Stunden im Geschäft zu sein. Wollen wir an der Strandpromenade essen gehen? Es ist so ein schöner Tag."

Carol stimmte zu. Die Sonne schien, und Puget Sound erstrahlte in einem unglaublichen Saphirblau. Nichts würde ihr im Moment besser tun, als eine Zeit lang aus der Wohnung zu kommen.

Sie wählten ein kleines, unscheinbares Restaurant aus, das sich auf Fisch spezialisiert hatte. Als Carol ankam, saß Lydia bereits an einem Tisch im Hof. Die sanfte Brise, die vom Meer zu ihnen herüberwehte, trug den leichten frischen Duft von würziger Seeluft zu ihnen. Ein paar Möwen kreischten. Die weißen Bergspitzen der Olympics erstrahlten in der Ferne, und die Washington-State-Fähre hatte ganz in der Nähe im Hafen festgemacht. Das alles machte es so reizvoll, am Pazifik zu leben, und Carol liebte es.

„Das ist eine willkommene Abwechslung", sagte Carol, als sie sich am Tisch niederließ.

„Es ist so schön heute, dass ich es keine Minute länger im Haus ausgehalten hätte. Meine Mutter sagt mir immer, dass ich mir Zeit für mich selbst nehmen soll – und heute dachte ich, sie hat vollkommen recht damit."

„Strickt sie auch?"

„Nur ein bisschen – für den Hausgebrauch sozusagen. Sie genießt es, mich vertreten zu können. Es macht sie stolz und glücklich, wenn sie denkt, sie kann mir helfen – und das tut sie tatsächlich."

„Bestell ihr meinen persönlichen Dank."

Lydia lächelte. „Ich bin genauso dankbar für die Pause, denn ich brauche eine Auszeit. Und ich bin froh, dass du zugesagt hast."

Obwohl Carol die Stricklehrerin erst seit relativ kurzer Zeit kannte, hatte sie inzwischen das Gefühl, eine echte Freundin gefunden zu haben. Seit ihrer Collegezeit war ihr durch die Arbeit und die Bemühungen, schwanger zu werden, immer weniger Zeit und Muße geblieben, sich um Freundschaften zu kümmern. Lydia hatte ebenfalls den Wunsch geäußert, neue Freunde kennenzulernen. Die beiden Frauen waren in ihrem Leben an einem ähnlichen Punkt angekommen. Sie unterhielten sich ab und zu, und Lydia unterstützte Carols wachsende Leidenschaft fürs Stricken. Es war einfach, Lydia zu mögen. Sie war so nett, ruhig und bescheiden. Carol bekam nie mit, dass Lydia einmal die Stimme erhob oder die Geduld verlor. Aber wenn sie übers Stricken sprach, bemerkte man die Liebe und die Leidenschaft, mit der sie diese Kunst betrieb. Carol bewunderte Lydias Ruhe, mit der sie die Streitigkeiten zwischen Alix und Jacqueline schlichtete. Es war sicherlich nicht immer leicht, die beiden im selben Kurs zu haben. Mehr als einmal hatte sich Carol die Frage verkneifen müssen, ob die beiden ihr Verhalten nicht auch für albern und kindisch hielten.

An ihrem Tisch unter einem Sonnenschirm warf Carol einen Blick in die Speisekarte. Sie entschied sich für Fettuccine mit Meeresfrüchten, eines ihrer Lieblingsgerichte. Sie unterhielten sich übers Stricken, über Freundschaften, erzählten sich Erlebnisse aus ihrer Kindheit und redeten über Bücher, die sie beide mochten. Der Höhepunkt ihres Essens war die Geschichte, wie Alix Jacqueline in der Seitenstraße vor den Ganoven gerettet hatte.

Carol entschied sich, auf ihrem Rückweg noch einige Dinge im Supermarkt zu besorgen. Ihr Appetit hielt sich, seit der letzte IVF-Zyklus begonnen hatte, in Grenzen, und das Abendessen wurde oft in letzter Minute ohne große Planung oder viel Mühe aus verschiedenen Zutaten zusammengewürfelt. Wenn Doug nicht gewesen wäre, hätte sie das Essen manchmal komplett vergessen.

Als sie das Restaurant am Strand verließ, fühlte sie sich um einiges besser. Erstaunlich, was ein Gespräch mit einer Freundin so alles bewirken konnte. Im Supermarkt kaufte sie ein zartes Filetstück zum Braten und kehrte zurück in die Wohnung. Sie fühlte sich erfrischt und genoss den warmen Sonnenschein.

In dem Moment, als Doug an diesem Abend nach Hause kam, spürte er, dass sich etwas verändert hatte. Er lächelte seine Frau an und küsste sie. Dann verschwand er im Schlafzimmer, um kurze Zeit darauf in seiner Mariners-Baseballjacke und der passenden Kappe wieder zu erscheinen.

„Du hast es vergessen, hab ich recht?“, fragte er, als er ihren verwirrten Gesichtsausdruck bemerkte. „Bill und ich haben doch Karten für das Spiel.“

„Natürlich.“ Sie schüttelte ihre Enttäuschung ab. Ihr Nachmittag mit Lydia hatte ihr so gutgetan, und sie würde ihrem Ehemann den Abend mit seinem langjährigen Collegefreund selbstverständlich nicht missgönnen.

Ein wenig später war Doug verschwunden. Zum ersten Mal seit einer Woche kochte sie ein richtiges Essen, und nun war Doug nicht zu Hause, um es zu kosten. Das Leben steckte voller Ironie.

Sie fühlte sich dennoch gut, auch wenn ihre Laune nach einem Telefonat mit ihrem Bruder ein bisschen nachließ. Seit seinem Besuch, der mittlerweile einen Monat zurücklag, hatten sie nicht mehr miteinander gesprochen.

„Kann ich vorbeikommen?“, fragte er. Carol konnte hören, wie niedergeschlagen er klang.

„Sicher. Aber ich bin heute allein. Doug ist mit Bill bei einem Spiel der Mariners.“

Rick seufzte hörbar. „Vielleicht ist das sogar besser.“

Diese Worte ließen Carol aufhorchen. „Was ist los?“

„Ich erzähle es dir, wenn ich da bin.“

Keine halbe Stunde später stand ihr Bruder in der Tür. Carol hatte ihn nie zuvor in einem solchen Zustand erlebt – er war unrasiert, und unter seinen Augen lagen dunkle Ringe. Sichtlich erschöpft sank er auf einen Stuhl. Als sie ihn fragte, ob er ein Bier wolle, entgegnete er: „Hast du auch etwas Stärkeres?“

„Tut mir leid“, entgegnete sie. „Nur Wein.“

„Dann nehme ich gern ein Bier.“ Er beugte sich vor und stützte die Ellbogen auf seine Knie.

„Erzählst du mir, was los ist, oder soll ich raten?“, fragte sie, als sie ihm das Bier reichte.

Er nahm einen tiefen Schluck. „Bin ich schon so dumm auf die Welt gekommen, oder habe ich diese Gabe erst vor Kurzem erlangt?“

„Die Antwort hängt von deinem Problem ab“, erwiderte Carol und setzte sich. Sosehr Rick seine Mitmenschen auch aufregen konnte, so schwierig war es auch, ihm lange böse zu sein. Sie glaubte, seine lässige Art war sowohl ein Glücksfall als auch eine schwere Bürde für ihn. Vielleicht war ihm alles zu leicht zugeflogen.

„Lisa ist schwanger“, sagte er.

Carol starrte ihn an. „Lisa? Was für eine Lisa?“

Er fuhr sich über die Augen. „Sie ist eine Flugbegleiterin. Ich habe mich ein paarmal mit ihr getroffen.“

„Offensichtlich hast du mehr mit ihr getan, als sie nur zu treffen“, stieß Carol hervor. Es gelang ihr nicht, ihren Ärger zu unterdrücken. Das war unglaublich. Einen Moment lang hoffte sie, er habe nur einen schlechten Scherz gemacht. Aber ein Blick in sein Gesicht genügte, um diese Hoffnung platzen zu lassen. Und erst einige Wochen zuvor hatte er noch von seiner unsterblichen Liebe zu seiner Exfrau gesprochen.

„Was ist mit Ellie?“, fragte sie. „Als wir uns das letzte Mal unterhalten haben, wolltest du sie noch zurückgewinnen.“ Mit einer anderen Frau zu schlafen zeugte nicht gerade davon, dass er aus tiefstem Herzen und mit allen Mitteln versuchte, seine Exfrau zurückzubekommen.

„Ich weiß ... ich liebe Ellie und will sie zurück.“

„Warum hast du dann was mit Lisa angefangen?“

„Es ist einfach so passiert“, murmelte er völlig niedergeschlagen.

Sie schüttelte den Kopf. Sie konnte kaum glauben, was ihr Bruder ihr gerade erzählte. „Ihr seid einfach so zusammen ins Bett gefallen?“ Ihre Stimme wurde mit jedem Wort lauter. Das also war der wahre Grund dafür, warum Ellie ihm nicht mehr vertraute. Sie hatte Carol einen Wink gegeben, einen Hinweis, warum sie sich trennen musste, aber Carol wollte nicht genau hinhören. Sie weigerte sich, zu glauben, dass ihr großer, starker, wundervoller Bruder Schwächen hatte.

„Sag doch etwas“, bat Rick.

Abermals schüttelte sie den Kopf. Plötzlich sah sie ihren Bruder in einem ganz anderen Licht. All die Jahre war er ihr Held gewesen, und nun, mit einem Schlag, sah sie ihn als den charakterlosen Egoisten, der er wirklich war. „Dieses Mal bist du zu weit gegangen.“

„Glaub mir, Schwesterchen, du kannst mir keine Vorwürfe machen, die ich mir nicht schon selbst gemacht hätte. Alles ist plötzlich so kompliziert.“

„Und wessen Schuld ist das?“, fragte sie. Nicht fähig, noch länger ruhig auf ihrem Stuhl zu sitzen, sprang sie auf und ging rastlos im Zimmer auf und ab. „Du solltest eigentlich viel zu schlau sein, um ungeschützt mit einer Frau zu schlafen!“

Er schloss die Augen.

„Weiß Ellie davon?“

„Nein!“, sagte er eine Spur zu heftig. „Ich werde es ihr auch nicht erzählen, so viel steht fest.“

„Was ist mit Lisa?“

„Wie? Was soll mit ihr sein? Sie ist geschockt – offenbar hat ihr Verhütungsmittel versagt.“

„Tatsächlich.“ Carol war wütend auf ihren Bruder, und es interessierte sie nicht wirklich, was er über die ganze Angelegenheit dachte. Sie war gerade viel zu beschäftigt mit ihrem Zorn auf ihn.

Es dauerte ein paar Minuten, bis sie die Neuigkeiten verdaut hatte. Sie setzte sich wieder und legte die Hand vor den Mund. Ihr Bruder war sicher nicht zu ihr gekommen, um sich eine Standpauke anzuhören. Er brauchte ihre Hilfe, auch wenn sie nicht wusste, was sie ihm raten sollte.

„Bist du sicher, dass das Kind von dir ist?“

Er nickte und betrachtete gedankenverloren seine Hände. „Wir waren in letzter Zeit ziemlich oft zusammen.“

Carol schluckte eine passende Erwiderung herunter. „Wie weit ist sie?“, wollte sie wissen. Ihre Stimme klang kühl.

„Sie hat es gerade erst herausgefunden. Im zweiten Monat, schätze ich.“

Carol strich sich das Haar aus dem Gesicht und versuchte sich zu konzentrieren. „Wann hat sie es dir gesagt?“

„Gestern. Völlig aufgelöst hat sie mich angerufen. Verdammt, ich wusste nicht, was ich zu all dem sagen sollte. Was hätte ich denn sagen sollen?“

„Liebst du sie?“

Einen Augenblick lang dachte Rick über die Frage nach. Schließlich schüttelte er langsam den Kopf. „Ich mag sie, und sie ist mir wichtig. Aber lieben, nein, lieben tue ich sie nicht. Ich würde sie nicht heiraten wollen. Warum sollte ich das auch tun? Nur weil sie vergessen hat, irgendeine Pille zu schlucken?“ Er sah furchtbar mitgenommen aus. „Ich liebe Ellie“, murmelte er. „Und ich will mit ihr zusammen sein. Ich brauche sie.“

„Dann hättest du dich ein bisschen besser im Zaum halten sollen“, zischte Carol. Eigentlich wollte sie nicht gemein sein, doch ihr Bruder machte sie so wütend. Wenn er Ellie wirklich lieben würde, dann hätte er Himmel und Hölle in Bewegung gesetzt, um sie zurückzugewinnen. Mit einer Stewardess zu schlafen, passte definitiv *nicht* zu diesem Plan.

„Wenn du Lisa nicht heiraten willst, wie soll es dann weitergehen?“, fragte Carol.

„Ich weiß es nicht.“

Eindringlich blickte Carol ihren Bruder an. Sie wollte, dass er ihr die Wahrheit sagte. „Das ist nicht das erste Mal, hab ich recht?“

„Das erste Mal in welcher Hinsicht? Wenn du glaubst, dass ich Vater von anderen Kindern bin, liegst du falsch. Ich war immer vorsichtig. Aber Lisa sagte …“ Er verschluckte den Rest des Satzes.

„Ich meinte, dies war nicht das erste Mal, dass du Ellie betrogen hast, stimmt’s?“ Zwar waren die beiden geschieden, also handelte es sich nicht wirklich um Ehebruch – und dennoch. „Das ist der Grund für eure Scheidung, nicht wahr?“

Ihr Bruder sah kurz auf und nickte.

Rick blieb eine Stunde lang bei Carol. Sie unterhielten sich, während das Essen langsam kalt wurde. Er stand immer noch unter Schock, und Carol ging es ebenso. Ihr Bruder war immer ein Vorbild für sie gewesen. An diesem Abend war er innerhalb von wenigen Augenblicken von seinem Podest gestürzt. Sie fühlte sich enttäuscht.

Irgendwann machte Carol einige Sandwiches und Kaffee, und bald darauf ging Rick in sein Hotel zurück. Er brauchte Schlaf, aber Carol und er verabredeten sich für den nächsten Tag, um weiterzureden.

Eine Stunde später kam Doug nach Hause, noch ganz aufgekratzt, weil die Mariners die Yankees besiegt hatten. Carol erzählte ihm trotzdem von Ricks Besuch und den Neuigkeiten aus dessen Leben.

„Das überrascht mich nicht", sagte ihr Ehemann, als Carol endete. Sie saßen Seite an Seite auf dem Sofa, und Doug hatte seinen Arm um seine Frau gelegt. „Rick war schon immer ein Frauenheld."

Carol konnte noch immer nicht fassen, dass ihr Bruder nach einem so dehnbaren Moralbegriff lebte. Plötzlich schien es ihr, als sei der Mensch, mit dem sie aufgewachsen war, ein Fremder. „Du wusstest es und hast mir nichts gesagt?"

„Ich konnte es nicht. Du hast immer geglaubt, er würde nie etwas Falsches tun."

Übelkeit überfiel Carol.

„Er ist schon so, seit ich ihn kenne. Ständig hatte er mehrere Eisen im Feuer, hat sich mit den unterschiedlichsten Frauen getroffen – egal ob er eine Beziehung hatte oder nicht." Doug zog sie an sich und hielt sie einen Moment lang ganz fest. „Die

Wahrheit ist, dass ich Rick nicht besonders mag."

„Doug! Wie kannst du so etwas sagen?" Ihr Bruder war damals derjenige, der sie beide einander vorgestellt hatte. Rick und Doug waren Collegefreunde und Zimmergenossen gewesen. Nun, da sie sich die vergangenen Monate und Jahre ins Gedächtnis rief, fiel ihr auf, dass Doug sich nie genauso begeistert auf Ricks Besuche gefreut hatte wie sie.

„Es ist aber wahr, Liebling. Das einzig Gute an der Freundschaft mit Rick war, dass ich dich kennengelernt habe. Seine Moralvorstellungen habe ich nie geteilt."

Diese Worte musste Carol erst einmal verdauen. Zum ersten Mal betrachtete sie ihren Bruder ganz realistisch. Er war ein selbstsüchtiger kleiner Junge, der sich weigerte, erwachsen zu werden. Sie fragte sich, wie vielen Leuten das längst klar war – im Gegensatz zu ihr.

Später, als sie sich im Bett ganz eng an ihren Mann kuschelte, konnte sie nicht damit aufhören, über die Ungerechtigkeiten des Lebens nachzudenken.

„Warum ist es so", flüsterte sie, „dass Frauen, die eigentlich gar kein Kind wollen, so leicht schwanger werden?"

Sie spürte, dass Doug nickte. „Ich wünschte, ich hätte eine Antwort darauf, mein Schatz. Manchmal ist das Leben einfach unfair."

„Tatsächlich", murmelte sie zum zweiten Mal an diesem Abend.

25. KAPITEL

Alix Townsend

Am Freitagmorgen schlief Alix aus. Als sie schließlich aufwachte, blieb sie noch eine Weile liegen. Sie fühlte sich sicher und geborgen und verspürte keine Lust, sich zu bewegen. Mit geschlossenen Augen erinnerte sie sich an Jordans Kuss. Nie zuvor in ihrem ganzen Leben hatte sie etwas so sehr genossen.

Schon oft hatte sie Männer geküsst und auch andere Erfahrungen gesammelt, aber nichts war ihr so nahegegangen wie die Berührung von Jordans Lippen. Die Männer, die sie bisher kennengelernt hatte, waren rau und verschwitzt. Begierig darauf, die Führung zu übernehmen und zu bestimmen, wo es langging. Bis vor ein paar Tagen wusste Alix nicht, dass ein einfacher Kuss solche Wonnen bereiten konnte. Trotz des Glücks, das sie empfand, rief sie sich zur Räson: Dies alles hing vielleicht nur mit dem geplatzten Traum eines Viertklässlers zusammen.

Auch an diesem Tag noch, fast eine Woche nach dem Kuss, erinnerte sie sich an jede einzelne Nuance. Jordan hatte ihr Gesicht in seine Hände genommen und ihr ganz tief in die Augen geschaut. In seinem Blick sah sie Überraschung und auch Unsicherheit. Nach dem Kuss trennten sie sich. Es schien fast so, als müssten sie Raum und Zeit für sich haben, um die Ereignisse einordnen zu können.

Alix hatte Jordan seitdem weder gesehen noch gesprochen. Sie versuchte, nicht zu oft über jenen Abend nachzudenken. Nicht sicher, was sie eigentlich dazu bewog, ging sie am Sonntagmorgen zu der Freien Methodistenkirche. Sie stand auf der gegenüberliegenden Seite der Straße, rauchte drei Zigaretten und beobachtete, wie die Menschen in die Kirche strömten.

In einem Punkt hatte Jordan recht: Nur wenige ältere Frauen trugen Hüte, Handschuhe und altmodische Kleider. Die meisten Besucher waren Familien mit kleinen Kindern. Alle brachten ihre Gebetbücher mit. Alix hatte irgendwann mal eine Bibel besessen, aber das war so lange her, dass sie gar nicht mehr wusste, wo das Buch überhaupt abgeblieben war. Sie betrachtete also die Kirchgänger und stellte fest, dass der Großteil von ihnen tatsächlich ganz normale Kleidung trug. Trotzdem wagte sie nicht, die Kirche zu betreten.

Sie drückte sich an der Straßenecke herum und hoffte darauf, dass Jordan sie erkennen würde. Doch er hatte sie offenbar nicht gesehen, und sie konnte ihn leider ebenfalls nicht entdecken.

Die Musik, die aus der Kirche drang, war gut. Rhythmisch und lebendig – ganz anders als in ihrer Erinnerung. Die Kirchenmusik, die sie aus ihrer Kindheit kannte, klang, als stammte sie aus dem Mittelalter. Heutzutage war das anders. Als sie sich plötzlich dabei ertappte, wie sie mitsummte, wurde sie rot.

Nach etwa vierzig Minuten ging sie gemächlich weiter, die Hände in den Hosentaschen vergraben. Es wäre vielleicht gar nicht so schlimm gewesen, in die hinterste Sitzbank in der Kirche zu schlüpfen, um sich mal umzuschauen. Aber ihre Furcht hinderte sie daran. Wenn sie nun darüber nachdachte, wusste sie selbst nicht mehr, warum sie Angst gehabt hatte. Möglicherweise war es die Unsicherheit, jemand hätte sie ansprechen können.

Statt weiter über die letzte Woche nachzugrübeln, schlug Alix die Decke zurück und kletterte aus dem Bett. Laurel saß vor dem Fernseher. Es war ein altertümlicher Apparat mit miserabler Bildröhre und einer Konstruktion aus Alufolie, die die Zimmerantenne ersetzen sollte. Alix' Mitbewohnerin sah sich Cartoons an.

„Guten Morgen", murmelte Alix auf ihrem Weg in die Küche.

Laurel ignorierte sie.

„Was ist los?", wollte Alix wissen. Eigentlich waren sie Freundinnen, doch in letzter Zeit sprach Laurel kaum noch mit ihr. Seit Wochen schmollte sie.

Laurel schüttelte stumm den Kopf. Offensichtlich hatte sie keine Lust zu reden. Alix wusste beim besten Willen nicht, was in Laurel gefahren war. Aber sie vermutete, dass es mit diesem schmierigen Gebrauchtwagenverkäufer zusammenhing. In den letzten Tagen hatte Alix ihn gar nicht mehr im Videoladen gesehen. Eine Zeit lang waren Laurel und er ständig zusammen gewesen, doch seit Kurzem schien er wie vom Erdboden verschluckt zu sein. Was auch immer geschehen war, es würde wahrscheinlich ein Geheimnis bleiben. Denn Laurel machte nicht den Eindruck, als wollte sie von sich aus etwas erzählen.

„Gut, dann suhl dich eben in deiner schlechten Laune", sagte Alix und nahm sich eine Banane. „Mir egal."

Wieder würdigte Laurel sie keines Blickes. Während sie die Banane schälte, ließ Alix sich auf einen der Stühle in der Wohnung sinken. Irgendjemand hatte die ramponierten Sitzgelegenheiten auf einem Parkplatz abgestellt, und als Alix und

Laurel sie entdeckten, schleppten sie sie drei Blocks weit in ihr Apartment. Die Stühle waren schon ziemlich abgenutzt, aber Alix hatte einen hübschen Stoff über die Sitzflächen gezogen. Mit ein paar Säumen und Knicken festgesteckt sahen die Möbelstücke nur noch halb so schlimm aus.

Als Alix gerade in die Banane beißen wollte, bemerkte sie, dass ihr Strickzeug auf dem Boden lag.

„Was zum Teufel ist denn hier passiert?“, fragte sie. Sie sprang vom Stuhl auf und nahm ihre Babydecke an sich. Das Wollknäuel war in Richtung Tür gerollt.

Laurel schenkte ihrer Mitbewohnerin weiterhin keine Beachtung.

Wütend baute Alix sich direkt vor dem Fernseher auf und starrte ihre Freundin an. „Ich weiß nicht, *was* dein Problem ist. Aber du solltest es schleunigst in den Griff bekommen!“

„Lass dein Strickzeug nicht überall liegen.“

Alix lachte auf. Sie konnte nicht anders. „Was ist passiert? Hat mein Strickzeug dich verfolgt oder belästigt?“

„Es lag im Weg.“

„Also hast du es in die Ecke geworfen?“ So was von unverschämt!

Laurel antwortete nicht.

Alix untersuchte die Babydecke. Sie war inzwischen fast fertig. Wenn wegen Laurel einige Maschen oder, noch schlimmer, die Stricknadeln verloren gegangen wären ... Doch es schien alles in Ordnung zu sein. Trotzdem. Laurel stand ganz dicht davor, einen furchtbaren Streit auszulösen. Denn Alix hatte die Nase voll von den Launen ihrer Mitbewohnerin, von ihrer schlampigen, unordentlichen Art. Und sie konnte es auch nicht länger ertragen, dass Laurel einem

Versager hinterherheulte.

„Reiß dich zusammen!“, fuhr sie Laurel an und marschierte zurück ins Schlafzimmer. Zu allem Überfluss mussten sie sich dieses Zimmer teilen, was die Sache noch komplizierter machte. Die neuesten Gerüchte besagten, dass das Apartmenthaus verkauft worden sei. Wo die beiden jungen Frauen dann unterkommen sollten, stand genauso in den Sternen wie die Fertigstellung von Alix’ Kinderdecke.

„Du wärst nicht so gemein, wenn du …“, begann Laurel, verschluckte jedoch den Rest des Satzes. Plötzlich schlug sie die Hände vors Gesicht und brach in Tränen aus.

Alix fühlte sich grauenvoll. Sie setzte sich neben ihre Freundin und seufzte. „Ist es wegen deines Freundes?“

Laurel nickte. „Er hat gesagt … er will mich nicht mehr sehen.“

Alles, was sie in diesem Moment hätte sagen können, wäre falsch gewesen. Laurel wollte nicht hören, dass Alix John für einen Versager hielt. Noch immer konnte sie nicht verstehen, warum Laurel das nicht auch endlich einsah. Sicher, John hatte einen recht anständigen Beruf. Trotzdem war er ein Widerling, und nichts auf der Welt konnte diese traurige Wahrheit beschönigen.

Laurel zog die Beine an und schlang die Arme um ihre Knie. Seit sie sich kannten, war Laurel übergewichtig, aber nun schien sie noch dicker geworden zu sein. Offensichtlich hatte sie seit der Trennung zugenommen. Wenn Alix darüber nachdachte, waren sie in letzter Zeit außergewöhnlich oft einkaufen gegangen.

„Essen hilft nicht weiter“, sagte Alix und bemühte sich, mitfühlend zu klingen.

„Willst du damit sagen, dass ich fett bin?“

„Nicht fett …“

„Okay, ich bin fett und hässlich. Glaubst du, das weiß ich nicht?“ Ihre Stimme klang giftig, und ihr strähniges blondes Haar fiel ihr ins Gesicht, als sie die Stirn auf die Knie legte. „Und erbärmlich.“

„Erbärmlich?“, fragte Alix. Eine böse Vorahnung beschlich sie.

Laurel nickte. „Letzten Dienstag kam Jordan in den Laden und bat mich, dir eine Nachricht zu übermitteln. Das habe ich nicht gemacht.“

Alix fröstelte. „Was war das für eine Nachricht?“

„Er … er wollte mit dir Rollerbladen gehen.“

„Wann?“

„Heute Nachmittag. Mit einer Gruppe von Kindern aus seiner Gemeinde. Und ich habe es dir nicht gesagt … Ich weiß, dass ich es hätte tun sollen. Aber ich wollte nicht, dass du einen Freund hast, wenn ich keinen habe. Ich bin fett und hässlich, und niemand will mich.“

Laurel erhob sich und zog einen Zettel aus ihrer Hosentasche. „Ich sollte dir das hier geben.“

Alix faltete den Flyer auseinander und las eine Ankündigung. An diesem Nachmittag sollte eine Party auf einer Rollschuhbahn stattfinden. Sie starrte auf das Stück Papier in ihrer Hand. Als sie es umdrehte, entdeckte sie eine handgeschriebene Nachricht von Jordan. *Alix, ich suche noch einen Partner. Hast du Lust?*

Die Art, wie ihr Herz vor Freude fast zersprang, sagte ihr, dass sie offenbar Lust dazu hatte. Aber Rollschuh laufen? Sie? Alix war noch nie in ihrem Leben Rollschuh gefahren.

Als sie fünf oder sechs Jahre alt war, besaßen alle Kinder in ihrer Umgebung Rollschuhe. Nichts wünschte Alix sich damals sehnlicher, als auch ein Paar zu haben. Doch das Geld war schon immer ein Problem in ihrer Familie. Es gab einfach nicht genug davon, um Bier, Zigaretten, Drogen *und* Rollschuhe zu kaufen.

„Möchtest du mitkommen?“, fragte sie Laurel. Denn sie wusste ganz genau, wie es sich anfühlte, ausgeschlossen zu sein.

Laurel blickte auf, schüttelte dann jedoch den Kopf. „Nein. Willst du wirklich hin?“ Sie versuchte gar nicht erst, ihr Erstaunen zu verbergen.

Alix zuckte die Schultern. „Warum nicht?“

Sie nahm sich eine Stunde Zeit, um darüber nachzudenken. Jordan hatte gesagt, dass er sie um ihretwillen mochte. Noch war sie sich nicht sicher, ob sie ihm das glauben sollte. Denn womöglich meinte er nur das Mädchen, das er aus der Grundschule kannte – aber inzwischen war sie zu einer jungen Frau geworden. Trotz ihrer Zweifel merkte sie, dass sie ihm vertrauen und mit ihm zusammen sein wollte. Genauso sehr, wie sie es sich schon vor Jahren gewünscht hatte.

Nichts war Alix bislang geschenkt worden. Wenn sie ein schönes Leben haben wollte, musste sie es in die Hand nehmen. Diese Einsicht schürte ihre Entschlossenheit, dieser Beziehung eine Chance zu geben.

Alix wartete vor der Rollschuhbahn, als der große gelbe Bus der Kirche auftauchte. Die Türen öffneten sich zischend, und unzählige Jugendliche sprangen heraus. Niemand achtete besonders auf sie, bis Jordan zu ihr kam. Im Gesicht trug er das breiteste Grinsen, das sie je gesehen hatte.

„Ich habe gehofft, dass du kommst.“

„Aber ich fahre auf keinen Fall Rollschuh.“ Das musste sie unbedingt klarstellen. „Ich bin nur da, um zuzuschauen.“ Sie wollte sich vor den Teenies unter keinen Umständen zum Affen machen.

„Dann verpasst du aber eine Menge Spaß.“

Das war ihr egal – niemals würde sie sich diese Dinger anziehen.

Die Rollschuhbahn wurde geöffnet, und die Jugendlichen strömten hinein. Alix blieb noch ein wenig auf der Straße stehen, rauchte eine Zigarette und schlenderte dann langsam hinüber. Einige der Kids skateten schon zur Musik. Dies war nicht Alix' Musik – doch plötzlich kam ihr eines der Lieder bekannt vor. Sie hatte dieses Lied am letzten Sonntag gehört, als sie vor der Kirche gestanden hatte. Auf der Rollschuhbahn lief offenbar christlicher Rock.

Alix sah sich nach Jordan um. Sie entdeckte ihn inmitten einer Horde Jugendlicher. Sie folgten ihm, wo auch immer er hinging – als wäre er Moses, dachte sie mit einem Lächeln. Ein paar von den Bibelgeschichten waren offenbar doch hängen geblieben. Jordan war gerade damit beschäftigt, sich selbst die Blades anzuziehen. Bevor er sich auf die Bahn begab, hielt er inne und sah sich um. Er winkte ihr zu, und in diesem Moment kam es ihr so vor, als würde die Sonne noch ein bisschen heller strahlen.

Trotz ihrer Neugier hielt Alix sich im Hintergrund und beobachtete das Geschehen. Jordan betrat schließlich die Bahn, geriet ein bisschen ins Wanken und fand dann jedoch die Balance. Als er sicher auf den Beinen stand, begann er geschmeidig und selbstsicher zu skaten. Es war ein Vergnügen, ihm zuzuschauen. Ein paar der Kinder fuhren um ihn herum. Einige von ihnen waren wirklich gut. Sie fuhren rückwärts und dachten sich neue gewagte Schritte zur Musik aus.

Alix trat näher an die Absperrung heran. Es dauerte nicht lange, bis die Kids merkten, wie viel Aufmerksamkeit Jordan ihr schenkte. Ein paar der Kinder hielten an, musterten sie und unterhielten sich verstohlen. Alix beachtete sie nicht.

„Ist Jordan dein Freund?“, fragte eines der Mädchen. Sie konnte nicht älter als dreizehn Jahre sein, hatte perfektes dunkles Haar und einen olivfarbenen Teint. Ein anderes Mädchen, blond und mit Zahnspange, stand neben ihr.

Alix nickte.

„Er hat auch von dir gesprochen“, erzählte das blonde Mädchen.

Alix war neugierig geworden. „Und was hat er gesagt?“

Das andere Mädchen antwortete: „Jordan hat erzählt, dass er eine Freundin eingeladen hat. Sie war mal sein Valentinsschatz.“

Alix zuckte die Schultern. „Das ist schon ewig her.“

„Er ist ziemlich süß, findest du nicht auch?“, fragte die Blonde.

Abermals zuckte Alix die Schultern. Alles, was sie sagte, würden die beiden bestimmt Jordan weitererzählen.

„Willst du gar nicht skaten?“, fragte das dunkelhaarige Mädchen.

„Vielleicht später.“

Jordan fuhr die Rollschuhbahn mindestens ein Dutzend Mal entlang, bevor er langsamer wurde und schließlich zu Alix herüberfuhr.

„Ich habe schon befürchtet, du würdest überhaupt nicht kommen."

Mit der Vermutung lag er gar nicht so falsch, aber den Grund dafür würde sie ihm nicht verraten.

„Du bist noch nie Rollschuh gefahren, oder?"

„Jedes Kind hat Rollschuh laufen gelernt", erwiderte sie, statt die Wahrheit zu sagen.

Eine Stunde später trug auch Alix ein Paar Skates. Bevor sie wusste, wie ihr geschah, war es ihren beiden neuen Freundinnen gelungen, sie zu überreden. Als Alix die Rollschuhe angezogen hatte, führten die Mädchen sie vorsichtig auf die Bahn.

„Keine Sorge, du fällst nicht hin", versprach das blonde Mädchen.

Die beiden Kids ergriffen Alix' Hände so fest, dass Alix das Versprechen durchaus glaubte.

Doch da hatte sie sich geirrt.

Keine zwei Schritte weiter geriet Alix ins Schlingern – und kaum zehn Sekunden später war sie unsanft auf ihrem Allerwertesten gelandet. Noch während sie verdutzt auf ihre Füße starrte, kam Jordan. Er schob seine Arme unter ihre und zog sie hoch.

„Jeder fällt mal." Jordan legte einen Arm um ihre Taille, ergriff ihre Hand, und gemeinsam drehten sie eine komplette Runde. Die Jugendlichen jagten an ihnen vorbei, mit einer Geschwindigkeit, die geradezu schwindelerregend war. Alix konnte nicht aufblicken. Sie benötigte all ihre Konzentration, um ihre Beine unter Kontrolle zu halten.

„Das ist gar nicht so schwierig", sagte sie und bekam langsam ein Gefühl für das Fahren. Sie lachte. Es fühlte sich an, als wäre sie wieder sechs Jahre alt und der Weihnachtsmann habe ihr eben ihre heiß ersehnten Rollschuhe gebracht.

„Cherie sagt, sie findet dich cool."

Eigentlich war Alix egal, was das kleine blonde Mädchen dachte. „Und was denkst du?", fragte sie Jordan.

Er grinste sie verschmitzt an. „Ich denke auch, dass du ziemlich cool bist."

Seine Worte klangen in ihren Ohren schöner als jede Musik.

26. KAPITEL

„Menschen, die behaupten, sie seien zu ungeduldig, um stricken zu lernen, sind genau diejenigen, die ihr Leben entscheidend verbessern könnten, wenn sie es probierten!“

(Sally Melville, Autorin der Reihe The Knitting Experience)

Lydia Hoffman

Was für eine Woche! Das hatte es noch nie gegeben – zwei Verabredungen innerhalb von sieben Tagen. Mein Mittagessen am Mittwoch mit Carol tat so gut – ihr genauso wie mir. Ich fühlte mich ihr verbunden und glaubte, wir könnten echte Freunde werden. Sie sah das offenbar ähnlich. Und ich war mir sicher, dass wir in Kontakt bleiben würden, ob sie nun weiterstrickte oder nicht.

Die Strickstunde an diesem Nachmittag war die bisher beste. Nach dem Zwischenfall in der Gasse hinter dem Laden waren Alix und Jacqueline ausgesprochen nett zueinander, fast schon freundschaftlich. Jacqueline gab die Details des Überfalls ganz genau wieder, und Alix sprang ab und zu mit eigenen Kommentaren ein. Jeder, der die beiden gesehen hätte, wäre davon überzeugt gewesen, dass sie seit Langem Freundinnen waren.

Als ich Jacqueline fragte, was ihr Ehemann zu dem Zwischenfall gesagt habe, wurde sie verdächtig still. Ich wusste nicht genau, wie ich dieses Verhalten einordnen sollte. Aber ich vermutete, dass zwischen Jacqueline und Reese Donovan nicht alles gut und harmonisch verlief.

Die Zeit verging wie im Fluge, und schon war es Abend. Der Abend, an dem ich mich mit Brad verabredet hatte. Wir wollten uns gegen sechs Uhr – nach Ladenschluss – im *Pour House* auf ein Bier treffen. Trotz des Nieselregens, der bereits seit dem frühen Morgen herrschte, war ich bester Laune.

Das *Pour House* lag ungefähr zwei Blocks von der Blossom Street entfernt und war ein beliebter Treffpunkt für Feierabendgäste. Es war recht laut. Musik dröhnte aus einer Jukebox, die Gäste unterhielten sich und lachten, im Fernseher über der Bar wurde ein Sportevent übertragen.

Durch den Lärmpegel und das gedämpfte Licht fühlte ich mich ein bisschen verloren und verwirrt.

Brad saß an einem Tisch in einer Nische. Als er mich erblickte, sprang er auf und winkte mir zu. Ich lächelte, winkte zurück und ging an den anderen Gästen vorbei zu ihm.

„Ich dachte schon, Sie würden es nicht schaffen", sagte er und setzte sich wieder.

„Bin ich zu spät?" Ich warf einen Blick auf meine Uhr und sah, dass es bereits fünfzehn Minuten nach sechs war. Ich schüttelte den Regen von meiner Jacke, und Brad hängte sie für mich an einen Haken.

„Nein, machen Sie sich keine Gedanken. Aber ich habe leider nur noch eine halbe Stunde Zeit. Die Erzieherin in der Tagesstätte sagte, sie könne Cody bis viertel nach sieben beaufsichtigen – keine Minute länger. Und der Weg zur Tagesstätte dauert etwa zwanzig Minuten." Dass er einen Sohn hatte und dass er geschieden war, wusste ich bereits aus einem früheren Gespräch. Aber die näheren Umstände kannte ich bisher noch nicht.

„Wie alt ist Ihr Sohn?"

„Acht. Er sagt mir zwar immer, dass er schon zu alt für die Tagesstätte ist, aber ich werde ihn auf keinen Fall den ganzen Tag allein lassen." An Brads Stirnrunzeln konnte ich erkennen, dass Vater und Sohn wohl schon öfter über das Thema gestritten hatten. „Manchmal scheint es mir, als ob die Achtjährigen sich heutzutage schon wie Achtzehnjährige verhalten."

Ich dachte an meine beiden Nichten. Obwohl ich keine eigenen Kinder hatte, verstand ich, was er meinte.

„Da wir nicht so viel Zeit haben", sagte Brad, „möchte ich nicht nur über mich reden. Ich würde viel lieber etwas über *Sie* erfahren."

Ich selbst betrachtete mich nun wirklich nicht als besonders fesselndes Gesprächsthema. Trotzdem war ich geschmeichelt, weil er ein so unverhohlenes Interesse zeigte.

„Ich weiß, dass viele Menschen stricken. Aber ist es nicht ein Risiko, heutzutage ein eigenes Geschäft zu eröffnen?", erkundigte er sich, bevor ich ihm mit einer eigenen Frage zuvorkommen konnte. Dabei wollte ich auch etwas über ihn erfahren. Ich wusste von Brad nur das, was ich mit meinen Augen sehen konnte. Er war ein unglaublich gut aussehender Mann.

Er war nicht der Erste, der sich Sorgen um mein Geschäft machte. Jeder fürchtete, dass ich ein Opfer der Konjunkturflaute werden würde.

Aber seit ich sechzehn war, trat ich auf der Stelle. In dieser Situation ein Geschäft zu eröffnen, barg kein größeres Risiko als alles andere in meinem Leben. Margaret hatte mir auf den Kopf zu gesagt, dass sie meine Entscheidung für einen Fehler hielt. Doch wenn ich darauf wartete, dass alle Umstände perfekt waren, würden sich meine Träume nie erfüllen. Nachdem ich zweimal an Krebs erkrankt war, wusste ich, dass es sich für mich nicht lohnte, auf den perfekten Moment zu hoffen. Denn diesen Moment gab es nicht. Ich musste mein Glück finden und konnte nicht länger darauf warten, dass es vielleicht irgendwann *mich* fand.

Brad hatte bereits einen Krug Bier für uns bestellt. Er gab der Kellnerin das Geld und schenkte ein. „Mein Dad starb kurz nach Weihnachten", begann ich, als ob das alles erklären würde. „Ich musste mit dem Verlust zurechtkommen. Eines Tages ertappte ich mich dabei, wie ich strickte und über ein Gespräch nachdachte, das wir vor Jahren geführt hatten."

Brad nippte an seinem Bier und nickte mir aufmunternd zu.

Mein Hals fühlte sich rau an. Aber ich bemühte mich, die Trauer zu unterdrücken. Ich würde wahrscheinlich niemals über den Verlust hinwegkommen. Einen Moment lang hielt ich inne.

„Erzählen Sie", ermutigte Brad mich.

„Damals glaubte ich, dass ich nicht mehr lange zu leben hätte."

„Sie haben gesagt, dass Sie Krebs hatten."

„Zweimal." Ich wollte, dass er verstand, und wartete auf seine Reaktion.

Doch stattdessen sagte er: „Machen Sie weiter. Sie sprachen über Ihren Vater."

Auch ich nahm einen Schluck. Brad hatte ein dunkles

Bier bestellt, und es schmeckte mir wirklich gut. „Ich war im Krankenhaus. Es war der Abend vor meiner zweiten Operation. Mom und Dad kamen vorbei, um den Abend mit mir zu verbringen. Mom las, und Dad und ich unterhielten uns." Ich konnte mich genau an den Abend erinnern. Denn ich dachte damals, dass ich tot wäre, bevor das neue Jahr beginnen würde. Dad war derjenige, der an mich glaubte, der davon überzeugt war, dass ich dem Tod ein zweites Mal ein Schnippchen schlagen würde.

„Er forderte mich auf, einen perfekten Tag zu beschreiben", erzählte ich Brad. Ich ahnte damals, dass Dad mich dazu bringen wollte zu erkennen, dass ich leben *wollte*. Mit der Frage beabsichtigte er, mich an meine Zukunft zu erinnern. Eine Zukunft, von der ich glaubte, sie nie erleben zu können.

„Und was haben Sie ihm geantwortet?", fragte Brad, beugte sich zu mir vor und umfasste mit beiden Händen sein Bierglas.

Für ein paar Sekunden schloss ich die Augen. „Ich sagte, dass ich an meinem perfekten Tag in meinem eigenen Bett aufwachen würde, nicht in einem Krankenhausbett."

„Kann ich gut verstehen."

Ich lächelte. Brad machte es mir leicht, über mich zu sprechen. „Und ich würde an Blumen riechen, am Wasser sein und den warmen Sonnenschein auf meiner Haut spüren."

„Im Nordwesten des Landes, am Pazifik?" Er lächelte, als er die Frage stellte. Ich konnte nicht anders, als zu lachen.

„Mein perfekter Tag wäre natürlich im Spätsommer, wenn wir jede Menge Sonnenschein haben." Der vergangene Mittwoch war solch ein sonniger Tag gewesen. „Unterbrechen Sie mich nicht."

„Jawohl, Ma'am." Seine Augen funkelten vergnügt. Für einen kurzen Moment war ich so fasziniert, dass ich mich dazu zwingen musste, den Blick zu senken und mich zusammenzureißen.

„Also, an meinem perfekten Tag würde ich vom Gesang der Vögel und den Strahlen der Sonne geweckt werden", erklärte ich. „Ich würde eine schöne heiße Tasse Kaffee trinken und ein warmes Croissant essen. Danach würde ich einen Spaziergang am Meer machen."

„Und danach?"

„Ich würde stricken." Ich wusste noch, wie überrascht mein Vater reagiert hatte. Dabei strickte ich zu dem Zeitpunkt bereits seit einigen Jahren. Aber dass diese Beschäftigung auch zu meinem perfekten Tag zählte, verwunderte ihn. In seinen Augen war Stricken ein derart einsames Hobby, dass ich über kurz oder lang zur Einsiedlerin werden würde.

„In Ihrem eigenen Laden?", fragte Brad leise.

„Sozusagen."

Das, was ich am Stricken so schätze, ist das Gemeinschaftsgefühl. Jedes Mal, wenn man einem Menschen (meistens Frauen, aber nicht ausschließlich) begegnet, der ebenfalls strickt, fühlt es sich an, als habe man einen langjährigen Freund wiedergetroffen. Stricken verbindet die Menschen. Ich habe bereits Kontakte zu anderen Strickbegeisterten geknüpft, während ich in der Arztpraxis, in der Schlange vor der Supermarktkasse und sonst wo wartete. Sofort erzählt man sich Geschichten von Strickmustern mit Druckfehlern und Projekten, die nie zu Ende geführt worden sind. Und wir alle lieben es, über besonders günstig erworbene Wolle oder unsere aktuellen Arbeiten zu sprechen.

„Wie würde Ihr perfekter Tag ausklingen?“

„Mit Musik und Kerzenschein“, sagte ich schüchtern. Das war eigentlich nur die halbe Wahrheit – meinem Dad erzählte ich damals, dass ich den Tag tanzend beenden würde.

Mein Vater hatte mir versprochen, dass ich diesen perfekten Tag erleben würde. Was keiner von uns beiden ahnte, war, dass er nicht da sein würde, um den Tag mit mir zu genießen.

„Was ist los?“, fragte Brad und musterte mich.

Ich schüttelte den Kopf. „Ich dachte nur gerade, wie sehr ich meinen Vater immer noch vermisse.“

Zu meiner Überraschung streckte Brad den Arm aus und drückte sanft meine Hand. „Sie hatten eine schwere Zeit.“

Seine Worte ärgerten mich. Ich wollte weder sein Mitgefühl noch seinen Trost. Was ich mir am meisten wünschte, war, einfach ganz normal behandelt zu werden. Und meine größte Angst war es, nicht mehr erkennen zu können, was überhaupt „normal“ war.

„Der Krebs ist ein Teil meines Lebens, aber er ist nicht alles. Heute bin ich krebsfrei, doch ich weiß nicht, was morgen oder nächste Woche sein wird. Die letzten zehn Jahre steckte ich in einer Art Warteschleife, aber das habe ich mittlerweile überwunden. Es waren nicht nur die Ärzte, die Medizin oder die Operationen, die mich gerettet haben – vor allem, als ich hörte, dass der Krebs trotz allem zurückgekehrt war.“ Ich atmete tief durch. „Mein Vater hat nicht zugelassen, dass ich mich aufgab. Und als ich das Stricken für mich entdeckte, konnte ich endlich etwas *tun*. Und zwar auch im Bett, wenn es mir nicht gut ging. Es war meine Möglichkeit, zu beweisen, dass ich kein Opfer war.“

Brads Blick verdüsterte sich, und ich wusste, dass er mir wirklich zugehört hatte.

„Gibt es noch etwas, das Sie wissen möchten?“ Ich straffte die Schultern, bereit, mich den Fragen zu stellen.

Ein Lächeln umspielte seine Mundwinkel. „Wieso nur haben Sie so lange gebraucht, um mit mir ein Bier trinken zu gehen?“

„Beziehungen gehören nicht zu meiner Vorstellung eines perfekten Tages“, erklärte ich, obwohl das weit von der Wahrheit entfernt war.

„Ich möchte es wirklich wissen.“

Vor allem, weil ich Angst vor Zurückweisung hatte. Aber alles, was ich sagte, war: „Ich bin mir nicht sicher.“

„Würden Sie noch mal mit mir ausgehen?“ Er blickte mich erwartungsvoll an.

Ich nickte.

„Gut, denn ich habe nur noch ein paar Minuten Zeit. Und ich würde Sie wirklich gern näher kennenlernen.“

Wir unterhielten uns noch ein bisschen. Endlich bekam auch ich die Chance, *ihm* einige Fragen zu stellen. Vor allem über seine Ehe und seinen Sohn.

Vierzig Minuten später hielt ich vor Margarets und Matts Haus. Mir fiel auf, dass ich bisher noch nie ohne eine Einladung bei meiner Schwester aufgetaucht war. Wenn ich darüber nachdachte, hatte sie mich selten eingeladen – aber hier stand ich nun, so aufgeregt, dass ich kaum still stehen konnte. Ich musste mit jemandem reden. Und da meine Schwester mich sozusagen gezwungen hatte, mich mit Brad zu verabreden, wäre sie wohl der richtige Gesprächspartner.

Ich klingelte und wich unwillkürlich einen Schritt zurück. Was, wenn sie mich nicht reinbitten würde? Hailey kam an die Tür. Als sie mich sah, juchzte sie vor Freude – und ließ mich auf der Veranda stehen, um ihre Mutter zu holen.

„Lydia." Margaret stand hinter der Fliegengittertür und sah mich an. „Du bist es."

„Habe ich doch gesagt", erklang Haileys Stimme hinter ihrer Mutter.

Meine Schwester öffnete die Fliegenschutztür.

„Ich komme normalerweise nicht unangemeldet vorbei", begann ich, „aber ich muss dir einfach von meiner Verabredung mit Brad erzählen!"

„Oje, das war ja heute!" Ihre Augen funkelten vergnügt, als sie mich ins Haus zog. Bevor ich wusste, wie mir geschah, hatte sie mich bereits auf einen Küchenstuhl gedrückt, stand auf einem Klapptritt vor dem Kühlschrank und angelte zwei Flaschen vom Schrank.

„Was machst du da?", fragte ich fröhlich.

„Ein Tag wie dieser schreit förmlich nach selbst gemachten Margaritas." Sie hielt zwei Flaschen hoch – eine Flasche Tequila und eine Flasche Cointreau.

Ich kicherte wie ein Schulmädchen. Hailey holte aus dem Gefrierfach des Kühlschranks Eiswürfel. Währenddessen legte Margaret die Limonen zurecht, nahm den Mixer aus dem Schrank und stellte Gläser bereit.

Innerhalb weniger Minuten hatte meine Schwester die Drinks gemixt und unsere Gläser mit einem Salzrand verziert. Für Hailey gab es einen alkoholfreien Cocktail aus Ginger Ale und Fruchtsaft.

„Wo sind Matt und Julia?", fragte ich.

„Sie sehen sich ein Baseballspiel an“, erwiderte Margaret und reichte mir ein Glas. „Und jetzt erzähl mir alles!“

Nachdem ich zwei Bier getrunken hatte und nun an einem Cocktail nippte, war ich etwas durcheinander und wusste nicht, wo ich beginnen sollte. „Ich habe mich mit Brad im *Pour House* getroffen.“ Meine Schwester und Hailey beugten sich neugierig vor. „Er hatte leider nur wenig Zeit, weil er seinen Sohn aus der Tagesstätte abholen musste.“ Wenn er sein Kind nicht hätte abholen müssen, hätten wir möglicherweise die halbe Nacht weitergeredet.

„Er hat extra dafür bezahlt, dass die Erzieher in der Tagesstätte länger auf seinen Sohn aufpassen?“, wollte sie wissen.

Ich nickte.

„Dafür hat er sicher einen Haufen Geld auf den Tisch geblättert.“

„Darüber hat er nicht gesprochen“, sagte ich und blickte zwischen meiner Schwester und meiner Nichte hin und her.

„Worüber hat er denn gesprochen?“

„Er hat mir jede Menge Fragen gestellt, aber recht wenig über sich selbst geredet. Nur über seinen Sohn hat er einiges erzählt.“

Margaret zuckte mit den Schultern und tat, als würde sie das nicht so sehr beeindrucken wie Brads Extrazahlung an die Tagesstätte. „Was hat er über seine Exfrau gesagt?“

Darüber musste ich einen Augenblick lang nachdenken. Versonnen nahm ich einen Schluck von meiner Margarita. Meine Schwester hatte einige Talente, die mir vorher nicht aufgefallen waren: Dies war zum Beispiel die beste Margarita, die ich seit Jahren getrunken hatte.

„Die meiste Zeit hat er über die Scheidung geredet. Er

und seine Frau haben sehr früh geheiratet. Sie beschloss irgendwann, sie sei zu jung, um Ehefrau und Mutter zu sein. Nicht ein einziges Mal hat Brad eine negative oder abfällige Bemerkung über Codys Mutter gemacht."

Margaret lächelte. „Ich mag ihn."

Das tat ich auch. Trotzdem war ich vorsichtig. Und etwas ängstlich.

„Hast du ihm mehr von deiner Krebserkrankung erzählt?", fragte meine Nichte.

Ich nickte. „Ich denke, das war nur fair."

„Wirst du ihn wiedersehen?" Margaret betrachtete mich eindringlich.

„Ja." Ich nahm noch einen Schluck meines Cocktails. „Noch eine von diesen Margaritas, und ich würde ihn wahrscheinlich vom Fleck weg heiraten."

Meine Schwester brach in Lachen aus. Ich konnte mich nicht daran erinnern, sie jemals so zufrieden mit mir erlebt zu haben, und – so dumm es klingen mochte – ich genoss ihre Anerkennung in vollen Zügen.

27. KAPITEL

Jacqueline Donovan

„Ist zwischen Reese und dir alles in Ordnung?“, fragte Tammie Lee, während sie begann, den Tisch abzuräumen. Jacqueline seufzte und tat so, als hätte sie die Frage gar nicht gehört. Sie hatte gehofft, niemand würde an diesem Abend die Spannungen bemerken, die zwischen Reese und ihr herrschten. Der Bürgermeister und zwei Stadträte hatten mit ihren Gattinnen ebenfalls an diesem Abendessen teilgenommen. Außerdem waren noch drei weitere Paare zu Gast.

In letzter Minute und ohne es mit Jacqueline abzusprechen, hatte ihr Mann Paul und Tammie Lee zu der Gesellschaft dazugebeten. Dass ihr Sohn kam, war natürlich sehr erfreulich. Aber Jacqueline war bei dem Gedanken daran, dass ihre Schwiegertochter Mitgliedern des Stadtrates einige ihrer primitiven Witze erzählen könnte, unwillkürlich zusammengezuckt. Doch es war zu spät – sie konnte nichts mehr an der Situation ändern. Reese hatte über ihren Kopf hinweg entschieden.

Zum Glück verlief der Abend ohne größere Zwischenfälle. Nur einmal musste Jacqueline kurz die Luft anhalten. Der Bürgermeister hatte Tammie Lee nach ihrer Meinung zum Countryclub gefragt. Minutenlang redete Tammie Lee darüber, dass sich im Countryclub alles um Tennis und Bridge, ums Essen und vor allem ums Jammern und Lamentieren drehe. Eine Sekunde lang herrschte peinliches Schweigen. Jacqueline wünschte sich, im Erdboden zu versinken.

Doch dann fing der Bürgermeister an, laut zu lachen. Er sagte, dass sei die wohl ehrlichste Antwort, die er je bekommen habe. Jacqueline war sich dennoch nicht sicher, ob er das wirklich meinte oder ob er nur ein guter Gast sein wollte.

Reese schaute sie über den Tisch hinweg an, als ob er sagen wollte, wie falsch sie mit ihrem harten Urteil über Tammie Lee lag.

Die Einladung war aber nicht der eigentliche Grund ihres Streites. Eigentlich stritten sie sich selten. Es gab einfach keinen Anlass dazu. Aber Reese war beinahe explodiert, als er erfahren hatte, dass sie von zwei Typen angepöbelt und fast ausgeraubt worden war. Zum Glück waren die beiden mittlerweile verhaftet und angeklagt worden. Trotzdem schrie ihr Mann sie volle zehn Minuten lang an, ohne ihr auch nur einen Moment zuzuhören – und all das nur, weil sie in der Seitenstraße geparkt hatte. Er besaß sogar die Frechheit, zu vermuten, dass sie ausgeraubt werden *wollte*. Und schließlich hatte er sie „dumm" genannt.

Jacqueline war immer noch wütend. Wie konnte er es wagen, sich ihr gegenüber so zu verhalten – und das, obwohl sie *ihm* einen Gefallen getan hatte. Seinetwegen war ihr ganzer Tag ruiniert gewesen. Sie musste ihren Termin im Nagelstudio komplett absagen, kam zu spät zum Mittagessen und war so durcheinander, dass sie während ihrer Shoppingorgie *nichts* fand, dass sie kaufen wollte.

In den letzten fünf Tagen hatten sie nur miteinander gesprochen, wenn es sich nicht vermeiden ließ. Sie hätten auch heute nicht miteinander geredet, wenn nicht diese Dinnerparty gewesen wäre. Die seit Wochen geplante Feier wegen ihrer Auseinandersetzung in letzter Minute abzusagen kam nicht infrage. Also stellten sie ihren Streit hintan und setzten eine fröhliche Miene auf. Jacqueline war erstaunt, dass gerade Tammie Lee die Spannungen gespürt hatte.

„Hast du mich gehört?“, fragte Tammie Lee nach und folgte ihrer Schwiegermutter mit einem Stapel Geschirr in die Küche.

Jeder andere hätte den Wink mit dem Zaunpfahl verstanden – nicht jedoch Tammie Lee.

„Du kannst die Teller auf die Anrichte stellen“, wies Jacqueline sie an. „Aber du musst wirklich nicht helfen. Martha wird morgen früh alles Weitere erledigen.“ Die Haushälterin lebte in dem kleinen Gästehaus im Garten. Da sie schon etwas älter war, hatte sie nicht mehr die Kraft, nach Feierabend noch auf Dinnerpartys zu servieren. Eigentlich wollte sie in den Ruhestand treten, doch Jacqueline vertraute ihr und verließ sich auf sie. Und so hatte Martha beschlossen, noch zu bleiben.

„Du willst doch die benutzten Teller nicht über Nacht hier stehen lassen, oder?“, beharrte Tammie Lee. Natürlich hatte sie recht. Sobald alle weg waren, würde Jacqueline die Teller in die Spülmaschine räumen. Das war eine Aufgabe, die sie am liebsten selbst erledigte.

„Es war eine richtig schöne Party“, sagte ihre Schwiegertochter.

„Danke.“ Jacqueline verkniff sich die Bemerkung, dass Tammie Lee eines Tages selbst solche Dinnerpartys würde ausrichten müssen. Sie konnte nur hoffen, dass das Mädchen bis dahin das eine oder andere von ihr gelernt haben würde. Aber irgendwie zweifelte sie daran.

„Du bist eine wundervolle Gastgeberin“, fuhr Tammie Lee fort, als sie mit dem nächsten Stapel Geschirr in die Küche kam.

„Danke.“ Jacqueline verkniff sich den Kommentar, dass jeder einzelne dieser Porzellanteller mehr kostete als Tammie Lees gesamte Sommergarderobe. „Wo sind Reese und Paul?“, fragte sie stattdessen. Sie war müde. Die Party hatte sie viel Kraft gekostet, und sie wünschte sich, ins Bett gehen zu können. Dazu mussten Paul und Tammie Lee nur endlich gehen, damit sie den Rest aufräumen konnte.

„Sie sind im Arbeitszimmer und unterhalten sich“, erwiderte ihre Schwiegertochter. Offenbar war im Wohnzimmer kein Geschirr mehr, denn sie setzte sich auf einen Küchenstuhl und legte die Beine hoch. Sanft streichelte sie mit ihren Händen über ihren runden Bauch. Es wurde immer deutlicher, dass sie schwanger war. Jacqueline konnte ihrem Sohn noch immer nicht verzeihen, dass er ihnen sechs Monate lang überhaupt nichts von der Schwangerschaft erzählt hatte.

Sie fragte sich, worüber Vater und Sohn denn so lange sprachen. Versonnen kratzte sie die Speisereste von den Tellern und stellte das Porzellan anschließend in die Spülmaschine.

„Ich hoffe, es war dir recht, dass ich dem Bürgermeister die Decke gezeigt habe, die du für unser Kind strickst“, sagte Tammie Lee. „Ich finde es einfach wunderbar, dass du das für dein erstes Enkelkind tust.“

Jacquelines Blick verfinsterte sich, aber sie hielt den Kopf gesenkt, damit Tammie Lee ihre Reaktion nicht sehen konnte. „Das war schon in Ordnung.“

Als sie mit dem Geschirr fertig war, setzte sie sich auch auf einen Stuhl und schenkte sich ein Glas Wein ein. Wenn sie schon mit ihrer Schwiegertochter in der Küche „eingesperrt" war, brauchte sie wenigstens eine Stärkung.

Tammie Lee blickte sie an. „Hab ich dir eigentlich erzählt, wie meine Mama mit dem Traktor meines Daddys den Briefkasten umgefahren hat?"

Jacqueline schluckte ein Seufzen hinunter. „Ich denke, *die* Geschichte kenne ich noch nicht", sagte sie und schwenkte den Wein in ihrem Glas.

Wenn Tammie Lee den Sarkasmus in ihrer Stimme gehört hatte, so entschied sie sich, so zu tun, als hätte sie den Misston nicht wahrgenommen. „Es ist das einzige Mal, dass mein Vater meine Mama angeschrien hat. Meine Mama lief tränenüberströmt ins Haus. Und auch ich rannte hinein, wütend, dass mein Daddy so mit ihr geschimpft hatte."

„Männer neigen dazu, offen ihre Meinung zu sagen", entgegnete Jacqueline. Sie nippte an ihrem Wein und ließ den Schluck langsam über ihre Zunge perlen. Bei fünfzig Dollar pro Flasche nahm sie sich die Zeit, die Qualitäten dieses Merlots auszukosten.

„Später erzählte Mama mir, dass er nur so gebrüllt hat, weil der Traktor hätte umstürzen und Mama verletzen können. Der Briefkasten war ihm total egal. Daddy hat meine Mutter geliebt und einfach Angst um sie gehabt. Sie war mit dem Traktor so nah an den Bewässerungsgraben gefahren, dass sie leicht mit dem ganzen Fahrzeug hätte umkippen können. Daddys Gebrüll war also nur ein Zeichen dafür, wie sehr er sie eigentlich liebte."

Jacqueline wusste nicht genau, was ihre Schwiegertochter ihr mit dieser Geschichte sagen wollte. Sie nahm einen Schluck von ihrem Wein.

„Ich hoffe, ich habe vorhin nichts Falsches gesagt“, stieß Tammie Lee plötzlich hervor und sah Jacqueline mit großen Augen an.

Gleichgültig zuckte Jacqueline die Schultern. „Ich glaube, der Bürgermeister hat sich … amüsiert.“

„Nicht wegen des Bürgermeisters“, erwiderte Tammie Lee. „Ich meinte, als ich gefragt habe, ob zwischen Reese und dir alles in Ordnung ist.“

„Alles ist völlig in Ordnung“, entgegnete Jacqueline steif. Sie spülte den Rest des Merlots hinunter – zur Hölle mit der Qualität – und stellte das Glas auf den Tisch.

„Gut“, sagte Tammie Lee, „denn Paul und ich lieben euch sehr. Unser Baby braucht eine Großmutter *und* einen Großvater.“

Irgendwie brachte Jacqueline ein Lächeln zustande. „Also hat deine Mutter tatsächlich mit dem Traktor den Briefkasten kaputt gefahren?“, murmelte sie.

„Zweimal.“

„Zweimal?“ Vielleicht lag es am Wein, aber Jacqueline brach in Lachen aus.

„Daddy war beim zweiten Mal auch nicht gerade begeistert darüber.“

Jacqueline verstand das.

„Aber mein Daddy liebt Mama. Genauso, wie Reese dich liebt.“

Schlagartig hörte Jacqueline auf zu lachen. Ihr Mann liebte sie seit Jahren nicht mehr. Ihre Ehe bestand nur noch, weil es bequem war und beide daraus ihren Nutzen ziehen konnten. Sie beklagte sich nicht über seine Verabredungen am Dienstag, und er regte sich nicht über ihre Shoppingtouren auf. Sie waren sich einig. Doch von der Liebe, die sie zu Beginn ihrer Ehe füreinander empfunden hatten, war nicht mehr viel übrig.

„Tammie Lee?" Pauls Stimme erklang von nebenan aus dem Esszimmer.

„Hier in der Küche mit deiner Mutter", antwortete sie fröhlich.

Vater und Sohn kamen in die Küche.

„Du musst erschöpft sein", sagte Paul und lächelte seine Frau so liebevoll an, dass es Jacqueline wehtat, zuzuschauen. „Wollen wir nach Hause fahren?"

Sie nickte, und Paul half ihr beim Aufstehen. Dann, zu Jacquelines Entsetzen, beugte sie sich vor und schlang ihrer Schwiegermutter die Arme um den Nacken.

„Danke", flüsterte Tammie Lee und umarmte sie voller Wärme.

Jacqueline wusste nicht, wie sie darauf reagieren sollte. Also legte sie vorsichtig ihre Arme um ihre Schwiegertochter und drückte sie. Es war so lange her, dass jemand sie einfach so und mit so viel Zuneigung umarmt hatte, dass sie spürte, wie Tränen in ihre Augen traten.

„Du bist eine wundervolle Schwiegermutter", sagte Tammie Lee leise. „Ich glaube, ich bin die glücklichste Frau der Welt."

Über Tammie Lees Schulter hinweg warf Jacqueline ihrem Mann einen Blick zu. Und plötzlich hatte sie den Eindruck, dass etwas Starkes, ein tiefes Gefühl in seinen Augen aufblitzte. Fühlte er möglicherweise immer noch etwas für sie? War das der Grund, weshalb er so wütend geworden war, als er erfuhr, dass sie in der Nebenstraße geparkt hatte? Konnte es sein, dass Tammie Lee *das* mit ihrer Geschichte sagen wollte?

Der Gedanke daran war beinahe unfassbar.

28. KAPITEL

Carol Girard

Carol kam als Erste zum Strickkurs am Freitagnachmittag. Sie war extra früh da, um in Lydias Buch mit Strickmustern nach einem neuen Projekt zu suchen.

„Ich dachte, du strickst einen Pullover für deinen Bruder", sagte Lydia, als Carol die Seiten mit den Mustern für Männerpullis auffallend schnell durchblätterte.

„Damit habe ich angefangen. Aber im Moment bin ich einfach zu wütend auf ihn." Seit einer Woche hatte Carol nicht mehr mit Rick gesprochen. Das war an sich noch keine Seltenheit. Doch sie hatte gehofft, er würde nach seiner Beichte mit ihr in Kontakt bleiben. Dieses Mal würde sein Charme allein nicht ausreichen, um ihn aus dem Schlamassel herauszuholen. Für dieses Problem gab es keine einfachen Antworten und Lösungen.

Das Glöckchen über der Tür erklang. Carol musste tatsächlich zweimal hinschauen – denn herein kam Alix, die eine Jeans und ein T-Shirt trug. Es war das erste Mal, dass Carol sie ohne ihren schwarzen Ledermantel, eine schwarze Hose oder einen lächerlich kurzen Rock sah. Und auch ihr Haar sah weniger … punkig aus. Carol wollte gerade etwas sagen, verkniff sich dann jedoch jeglichen Kommentar. Alix stand nicht gern im Mittelpunkt, auch wenn sie offenbar unbedingt anders sein wollte. Wenn das kein Widerspruch in sich selbst war, wusste Carol es auch nicht.

„Hi", sagte Alix und schlenderte lässig zum Tisch. Sie

wirkte selbstbewusst und blickte Lydia und Carol herausfordernd an. Doch die beiden schwiegen nur lächelnd. Alix setzte sich auf einen Stuhl und holte ihr Strickzeug aus einer Plastiktüte mit dem Logo des Videoladens.

„Hi", grüßten nun auch Lydia und Carol.

„Wie läuft die Schwangerschaft?" Alix Stimme klang beiläufig – für sie schien es eine ganz normale Frage zu sein.

Carol bemerkte, wie Lydia vorsichtig zu ihr herübersah. Keine der Frauen hatte bis jetzt den Mut gehabt, sie nach ihrem Befinden zu fragen. „So weit, so gut", antwortete Carol. „Ich pinkle immer noch blau."

„Was?" Alix hob den Kopf.

„Der Test, den ich regelmäßig machen muss, färbt sich blau, wenn man schwanger ist", erklärte Carol. Da ihr eine befruchtete Eizelle eingesetzt worden war, lag das Problem nicht darin, schwanger zu *werden* – sondern vielmehr darin, schwanger zu *bleiben*. Bereits zweimal hatte sie innerhalb der ersten beiden Wochen das Baby verloren. Dass sie nun schon so lange schwanger war, zeigte, dass es Hoffnung gab. Aber wirklich sicher war bei einer künstlichen Befruchtung nichts. Die ersten drei Monate waren die riskantesten. Von einer Frau aus der Online-Gruppe hatte sie vor Kurzem gehört, dass sie zweieinhalb Monate lang schwanger gewesen war, nur, um dann das Baby doch noch zu verlieren. Es hatte ihr das Herz gebrochen. Und jedes Mitglied der Gruppe konnte ihren Schmerz verstehen.

Die Tür ging wieder auf, und Jacqueline kam herein. Ihre Armreifen klimperten. Sie trug einen maßgeschneiderten Hosenanzug, den Carol ein bisschen zu schick für einen Strickkurs fand. Diese Frau genoss es offensichtlich, ihre Auftritte zu zelebrieren. Es schien, als sollte jeder bemerken, dass sie da war – und sich entsprechend verhalten. Doch das war Carol egal. Sie konnte damit umgehen, denn inzwischen hatte sie *jede* der Teilnehmerinnen des Strickkurses in ihr Herz geschlossen.

Sie und Jacqueline strickten mittlerweile schon an neuen Projekten. Die Einzige, die noch immer an der Babydecke arbeitete, war Alix. Carol vermutete, dass sie kein Geld hatte, um sich neues Garn zu kaufen.

„Ich fange einen neuen Pullover an", erklärte Carol und blätterte die Strickmuster durch.

„Was ist mit dem anderen?", fragte Alix erstaunt. Carol wusste, dass die graue Kaschmirwolle ihr besonders gut gefallen hatte.

„Ich habe keine Lust mehr, daran weiterzuarbeiten", erklärte Carol und sah sie an. „Möchtest du die Wolle haben?"

Alix' Augen begannen zu leuchten. „Willst du sie nicht mehr?"

„Nicht wirklich."

„Und was ist mit dem Muster? Brauchst du das noch?"

„Nein."

„Cool!" Alix stopfte ihr Strickzeug zurück in die Plastiktüte und rieb sich vor Freude beinahe die Hände. „Ich habe die Decke fast fertig und würde den Pullover gern für einen … Freund stricken."

„Für wen?" Jacqueline blickte Alix erwartungsvoll an.

„Für einen Freund, wie ich schon sagte", murmelte Alix.

„Sei nicht so gemein zu mir", rief Jacqueline. „Ich war nur interessiert."

Jacqueline war daran interessiert, was Alix machte? Einige

Wochen zuvor wäre das noch unvorstellbar gewesen, dachte Carol. Das vollkommen neue Verhältnis zwischen den beiden hatte mit dem Überfall in der Seitenstraße begonnen. Zwar waren sie noch immer bissig zueinander, aber das wohl mehr aus einer Gewohnheit heraus als aus Überzeugung.

„Ich wusste gar nicht, dass du einen Freund hast", sagte Lydia und lächelte Alix an.

„Hab ich auch nicht", erwiderte Alix schnell – zu schnell, um wirklich überzeugend zu sein.

„Für wen ist dann der Pullover?"

„Wie ich schon sagte: für einen Freund."

„Sicher", murmelte Jacqueline und grinste. Sie blinzelte Alix zu, deren Wangen sofort von einer zarten Röte überzogen wurden.

„Wenn es so wichtig ist ... Er ist ein Typ, den ich im Videoladen kennengelernt habe", sagte Alix missmutig. Trotzdem wurde Carol das Gefühl nicht los, dass Alix es ihnen eigentlich erzählen wollte ...

„Mag er dich?", erkundigte sich Jacqueline.

Alix zuckte die Schultern. „Das hat er jedenfalls getan, als wir in der vierten Klasse waren – aber er wird Pfarrer, und ich sehe uns beide noch nicht gemeinsam in den Sonnenuntergang reiten. Wenn ihr versteht, was ich meine."

„Warum nicht?", fragte Lydia. „Auch Seelsorger und Pfarrer haben ein Leben."

Alix senkte den Kopf und konzentrierte sich auf ihr Strickzeug. „Er küsst gut", sagte sie schließlich leise.

Natürlich erregten diese Worte das Interesse der gesamten Gruppe. Kurz darauf führten die Frauen eine lebhafte Diskussion.

„Reese war auch ein guter Küsser … damals“, erzählte Jacqueline. „Ich erinnere mich noch genau daran, als er mich zum ersten Mal küsste. Jede einzelne Zelle in meinem Körper schien nahezu zu explodieren.“

Carol musste schmunzeln, als sie den träumerischen Ausdruck auf Jacquelines Gesicht bemerkte. „Ich dachte, ich wäre gestorben und im Himmel, als Doug mich zum ersten Mal küsste.“ Sie bemerkte, dass Lydia begonnen hatte, im Laden herumzulaufen und Wolle zu ordnen. „Was ist mit dir, Lydia?“, wollte Carol wissen.

Lydia fuhr herum. Sie wirkte, als sei sie nicht gerade begeistert, in das Gespräch einbezogen zu werden. „Ich glaube, ich habe dabei nie mehr gespürt als einen … Kuss. Es war zwar immer schön, aber es war nichts Weltbewegendes.“

„Eines Tages wird es das sein“, entgegnete Jacqueline.

„Denkt ihr nicht, dass ihr viel zu viel Wert auf einen einfachen Kuss legt?“, fragte Lydia. „Meine Güte, wir sind doch alle schon geküsst worden. Und obwohl es schön ist, halte ich es doch für keine so große Sache.“

Jacqueline deutete in Alix’ Richtung. „War es eine große Sache für dich, als dieser Junge dich geküsst hat?“

Carol konnte sehen, dass Alix diese Frage zu weit ging. Das Mädchen warf betont lässig den Kopf in den Nacken. „Ja, schon, aber ich habe nicht weiter darüber nachgedacht.“ Sie sah in die Runde. Man konnte ihr ansehen, dass sie in Wirklichkeit an kaum etwas anderes denken konnte.

Einen Moment lang schwiegen alle, hingen ihren eigenen Gedanken nach und widmeten sich ihren Projekten. Carol war nicht sicher, woran Jacqueline im Augenblick arbeitete. Sie hatte begonnen, Schals aus einem unfassbar teuren Garn zu stricken. Carol vermutete, dass Jacqueline mittlerweile Lydias beste Kundin war.

„Kann es sein, dass ich dich letzten Freitag aus dem *Pour House* habe kommen sehen?“, wandte Alix sich an Lydia. „Mit diesem UPS-Mann?“

„Mich?“, stammelte Lydia und wurde rot. Sie legte eine Hand auf die Brust. „Ja … ich habe mich mit Brad Goetz auf ein Bier getroffen.“

Alix pfiff anerkennend. „Der Typ ist heiß.“

Lydia widmete ihre Aufmerksamkeit einigen Strickbüchern in ihrer Auslage. „Diese Woche wollen wir zusammen essen gehen.“

„Entwickelt sich da eine kleine Romanze?“, fragte Jacqueline freundlich.

„Das wäre doch schön“, sagte Carol. Es amüsierte sie, wie unsicher und verlegen Lydia reagierte, wenn es um Männer ging. Brad war der erste, den sie überhaupt erwähnte. Und dieser Freund von Alix … es berührte Carol, dass Alix Vertrauen zu ihnen gefasst und es ihnen erzählt hatte.

„Möchtest du vielleicht zu mir kommen, um dir die Wolle abzuholen?“, fragte Carol.

Alix nickte. „Und das macht dir nichts aus?“

„Überhaupt nicht. Wenn du es lieber möchtest, kann ich die Wolle natürlich auch mit zum Kurs bringen.“

„Nein, ich komme gern bei dir vorbei.“

Carol beschlich das Gefühl, dass Alix nicht oft solche Einladungen bekam. „Warum kommst du nicht am Montag zum Mittagessen? Würde dir das passen?“

„Ja, sicher.“ Trotz der gleichgültig klingenden Antwort konnte Alix ihre Begeisterung nicht ganz verbergen.

Carol sah lächelnd in die Runde. Da war Alix, deren ablehnende Haltung sich langsam, aber sicher ins Gegenteil verkehrte. Und Jacqueline, die nicht länger versuchte, sie mit den Namen ihrer Bekannten zu beeindrucken. Lydia schien weniger zurückhaltend zu sein, und ihre Wärme und ihr Witz kamen von Woche zu Woche deutlicher zum Vorschein.

Seltsam, wie sich alles entwickelt, dachte Carol, während sie die Strickmuster durchblätterte. Eine Gruppe von vier Persönlichkeiten, vier Frauen, die unterschiedlicher nicht sein konnten, war zusammengekommen. Und im Laufe einiger Monate waren aus Fremden Freundinnen geworden.

29. KAPITEL

Jacqueline Donovan

Am Montagmorgen kehrte Jacqueline nach ihrem Besuch beim Friseur nach Hause zurück. Sie stellte fest, dass ein lokaler Florist ein Dutzend roter Rosen geliefert hatte. Martha, die Haushälterin, hatte sie im Wohnzimmer auf den Kaffeetisch gestellt.

„Von wem sind die Rosen?“, fragte Jacqueline überrascht.

Martha schüttelte den Kopf. „Ich habe die Karte nicht gelesen.“

Jacqueline ging ins Wohnzimmer und betrachtete die roten Blüten. Vorsichtig nahm sie eine der Rosen in die Hand. Sie waren perfekt – noch immer feucht vom Tau und gerade dabei, sich zu öffnen. Ihr Duft war himmlisch. Dies waren ganz besondere Rosen, und sie mussten ein Vermögen gekostet haben. Sie konnte sich nicht vorstellen, wer ihr diese Blumen geschickt haben sollte – und warum.

Sie griff nach dem Briefchen. Doch sie öffnete den Umschlag nicht. Versonnen drehte sie ihn in der Hand. Es war weder ihr Geburtstag noch ihr Hochzeitstag. Ihr Ehemann konnte sich solche Daten sowieso nicht besonders gut merken. Tatsächlich hatte Reese ihr seit Jahren keine Blumen mitgebracht. Paul war in dieser Beziehung genau wie sein Vater. Er würde nicht auf die Idee kommen, seiner Mutter Blumen zu schenken – erst recht nicht, wenn es keinen konkreten Anlass gab.

Ihr fiel einfach nicht ein, wer denn der geheimnisvolle Rosenspender sein konnte. Also machte sie den Umschlag auf und las die Karte.

Reese.

Ihr Ehemann! Es gab keine Erklärung, keine Nachricht. Verwirrt ließ Jacqueline sich auf das Sofa sinken. Nachdenklich starrte sie auf die Karte in ihrer Hand. Als sie aufblickte, sah sie Martha. Die Haushälterin schaute sie an, ohne einen Hehl aus ihrer Neugier zu machen.

„Also?“, fragte sie interessiert.

„Sie sind von Reese.“

Martha strahlte sie an. „Habe ich mir schon gedacht.“

Auch Jacqueline lächelte. Vielleicht wusste ihre Haushälterin besser über ihr Leben Bescheid als sie selbst.

„Soll ich schon mit dem Abendessen für heute beginnen?“, fragte Martha auf ihrem Weg in die Küche.

Jacqueline schüttelte den Kopf. „Nein. Ich denke, ich werde heute selbst kochen.“

Die Haushälterin zuckte zwar nicht einmal mit der Wimper, aber Jacqueline ahnte, dass sie mehr als überrascht war. Schon seit Jahren kochte ausschließlich Martha für die Familie. Als sie jung verheiratet waren, hatte Jacqueline hin und wieder ein Hühnchencurry zubereitet, das Reese besonders mochte. Es war schon ziemlich lang her, dass sie sich die Mühe gemacht hatte, das Gericht zu kochen.

„Martha, haben wir Curry im Haus?“

„Ich glaube schon. Warten Sie, ich sehe gleich nach.“

„Und haben wir noch Hühnchen im Gefrierfach?“

„Ich denke, ja.“

Jacqueline hörte nur mit halbem Ohr zu. Sie ging an der Haushälterin vorbei in die Küche und öffnete eine Schublade, in der sie Kochbücher aufbewahrte. „Erinnern Sie sich vielleicht noch an ein Rezept für Hühnchencurry, das ich vor Jahren mal gekocht habe?“

Martha runzelte die Stirn. „Ich weiß nicht genau. – Werden Sie die Küche verwüsten?“

Jacqueline lächelte. Sie verkniff es sich, daran zu erinnern, wem diese Küche tatsächlich gehörte. „Keine Sorge“, versicherte sie ihrer Haushälterin. „Sie bekommen sie morgen früh unversehrt zurück.“

Martha nickte, sah aber noch nicht hundertprozentig überzeugt aus.

Nachdem sie sechs Kochbücher durchsucht hatte, fand Jacqueline das Rezept schließlich. Zufrieden setzte sie sich an den Tisch und schrieb einen Einkaufszettel.

Als Reese gegen sechs Uhr nach Haus kam, duftete die ganze Küche nach Kokosmilch, Hühnchen, Curry und Joghurt.

„Was wird das?“, fragte er und lockerte seine Krawatte.

Jacqueline hatte ihn nicht kommen hören und drehte sich, einen Holzlöffel in der Hand, schwungvoll um. „Abendessen“, verkündete sie gut gelaunt.

Selbstvergessen ging sie zu ihm und küsste ihn auf die Wange. „Die Rosen sind wundervoll. Danke.“

Seine Augen wurden groß. „Ich dachte, ich müsste mich bei dir entschuldigen“, murmelte er. „Ich war ziemlich grob zu dir, weil du dich durch das Parken in der Seitenstraße in Gefahr gebracht hast. Ich hätte einiges von dem nicht sagen sollen, was ich dir an den Kopf geworfen habe.“

„Du hast dir nur Sorgen gemacht. Es ist dasselbe, als hätte ich mit dem Traktor den Briefkasten umgefahren.“

Er runzelte die Stirn. „Was?“

Sie lachte und erzählte in kurzen Worten Tammie Lees Geschichte. „Darum hat ihr Daddy ihre Mama angeschrien“, schloss sie. „Zweimal."

Reese grinste. Und plötzlich – zu Jacquelines grenzenloser Überraschung – küsste er sie. Sie glaubte, er würde ihr nur einen vorsichtigen und kurzen Kuss geben. Aber dann, als sich ihre Lippen berührten, ergriff etwas Wundervolles und Aufregendes Besitz von ihnen.

Der Holzlöffel fiel auf den Boden, und sie schlang ihre Arme um den Nacken ihres Ehemannes. Er küsste sie, als wären sie frisch verliebt.

Sie verlor jegliches Zeitgefühl und konnte nicht einschätzen, wie lange sie einander schon in den Armen hielten. Als sie sich schließlich voneinander lösten, waren beide verwirrt. Sie wussten nicht, was sie als Nächstes tun oder sagen sollten. Dies war der leidenschaftlichste Kuss seit Jahren.

Was Jaqueline am meisten verwunderte, war die Verzückung, mit der sie auf die Berührung reagierte. Sie hatte geglaubt, dass nach Jahren der Enthaltsamkeit ihre sexuelle Begierde verkümmert wäre. Es war ein Schock zu spüren, wie lebendig – wie lustvoll – sie empfinden konnte.

„Ich dusche besser mal", sagte Reese und zog sich langsam zurück. Er schien genau wie sie in einer Art Schockzustand zu sein.

Sie schwieg und nickte nur. Gegen die Anrichte gelehnt, schloss sie die Augen.

„Wow", flüsterte sie in den leeren Raum hinein. Was für ein merkwürdiges Gefühl! Als sie aufgehört hatte zu zittern, holte sie zwei Teller aus dem Schrank und stellte sie auf den Tisch im Esszimmer.

Reese kam schließlich aus der Dusche zurück. Sein Haar war noch feucht, und er trug lange Hosen und ein Golfhemd.

Sie hatte gerade die Kerzen angezündet und war sehr zufrieden mit sich. Wenn es darauf ankam, war sie eine gute Hausfrau – und heute hatte sie mal wieder festgestellt, wie sehr es ihr gefiel, sich um den Haushalt zu kümmern.

„Kann ich irgendetwas tun?“, fragte er.

Sie warf ihm über ihre Schulter einen Blick zu. Es war lächerlich, sich vor dem eigenen Ehemann verlegen zu fühlen. Sie konnte es sich selbst nicht erklären, doch es schien, als hätten sie sich gerade zum ersten Mal geküsst – als sei ihnen die Nähe vollkommen fremd und neu. „Würdest du dich um den Wein kümmern?“

„Sicher.“ Er öffnete den Kühlschrank und nahm eine gut gekühlte Flasche Chardonnay heraus. Nachdem er zwei Gläser eingeschenkt hatte, stellte er den CD-Player an.

Während Jacqueline leise den Soundtrack von „Les Misérables“ mitsang, füllte sie Reis auf die Teller und gab großzügig Curryhühnchen darüber. Schließlich trug sie die Teller an den Tisch, wo Reese bereits auf sie wartete. Er stand hinter ihr und schob ihr den Stuhl heran. Eine Aufmerksamkeit, die er seit Jahren nicht mehr gepflegt hatte.

„Es ist lange her, dass du mir Hühnchencurry gemacht hast“, sagte er, während er sich setzte. „Es duftet himmlisch – danke.“ Er erhob sein Weinglas. „Soll ich einen Toast aussprechen?“

„Bitte.“ Ein Glücksgefühl durchströmte sie. Bis jetzt hatte Jacqueline daran gezweifelt, dass es ihnen noch einmal gelingen könnte, die Liebe zwischen ihnen wiederzubeleben. Doch im Augenblick fühlte sie sich aufgeregt wie ein junges Mädchen. Als sie mit ihm anstieß, spürte sie ein Kribbeln.

„Auf die Zukunft“, sagte Reese.

„Die Zukunft“, wiederholte sie.

Nachdem sie einen Schluck Wein genommen und die Gläser abgestellt hatten, ergriff Reese die Gabel. Jacqueline hielt den Atem an, während sie beobachtete, wie er den ersten Bissen nahm.

Als er die Augen schloss und voller Genuss seufzte, wusste sie, dass sie gewonnen hatte.

„Es ist noch besser, als ich es in Erinnerung habe."

Jacqueline entspannte sich und nahm ebenfalls einen Bissen. Das Curry war genau so, wie sie es sich erhofft hatte. Zurückblickend konnte sie nicht sagen, warum sie das Rezept nicht mehr verwendete, obwohl es Reese so gut schmeckte – und obwohl es ihr Spaß machte, es zuzubereiten. Früher hatte sie immer selbst gekocht, auch für die vielen besonderen Anlässe und Partys, die sie und Reese in ihrem Haus gaben. Aber in den letzten Jahren ließ sie die Feiern von Cateringfirmen ausstatten. Das hatte sie auch in der letzten Strickstunde erzählt, als es um das Thema „denkwürdige Essen" gegangen war. Zu ihrer Überraschung sagte Alix darauf, dass sie gern ihre eigene Cateringfirma eröffnen würde. Ausgerechnet Alix! Das war zwar ein außergewöhnliches Eingeständnis, aber es brachte Jacqueline auch ins Grübeln. Immerhin schuldete sie Alix noch etwas …

„Ich muss dir eine Kleinigkeit gestehen", begann Reese und riss sie aus ihren Gedanken.

Sie war sich nicht sicher, ob sie zu hören bereit war, was er ihr beichten wollte. Doch bevor sie einen Einwand erheben konnte, redete er bereits weiter.

„Du musst Tammie Lee für die Rosen danken, denn es war ihre Idee."

Sie griff nach ihrem Weinglas. „Ehrlich gesagt habe ich

auch nicht geglaubt, dass eine solche Idee ganz allein von dir kommt."

„Auf Tammie Lee", sagte er und erhob sein Weinglas.

„Auf Tammie Lee", wiederholte sie.

Plötzlich klingelte das Telefon, und sie seufzte.

„Ich gehe schon." Er war aufgesprungen, bevor sie etwas sagen konnte.

Einmal, nur einmal, wollte sie ein gemütliches Abendessen mit ihm verbringen. Sie ärgerte sich, dass sie den Hörer nicht neben das Telefon gelegt hatte.

Wer auch immer am Apparat war, konnte sich der Aufmerksamkeit ihres Mannes sicher sein. Er zog die Augenbrauen zusammen, sein Blick verfinsterte sich, und schließlich nickte er knapp. Während er den Hörer auf die Gabel legte, murmelte er: „Ich muss gehen."

„Wohin?", stieß Jacqueline hervor.

„Probleme auf der Baustelle." Er schnappte sich die Autoschlüssel und hastete Richtung Tür. „Man braucht mich vor Ort. Nicht in der Blossom Street, sondern auf einer anderen Baustelle. Das Northgate-Projekt. Es scheint, als hätten die Jungs eine Leitung getroffen, und der gesamte Block steht ohne Strom da."

Jacqueline saß allein am Esstisch. Sie hörte seinen Wagen aufheulen und fühlte sich wie betäubt.

Zornig warf sie die Serviette auf ihren Teller und ging hinüber zur Spüle. Mit beiden Händen hielt sie sich an der Anrichte fest und biss sich auf die Unterlippe.

„Sie brauchen ihn vor Ort", wiederholte sie, und ihre Stimme brach. Sie wusste genau, wer angerufen hatte und wo er hinfuhr – und es war nicht die Baustelle.

30. KAPITEL

Alix Townsend

Am Sonntagmorgen beobachtete Alix wieder einmal die Menschen, die in die Kirche strömten. Ganz gewöhnliche Menschen, einige wohlhabend, andere nicht. Menschen wie die in ihrem Strickkurs. Menschen wie Carol Girard und ihr Ehemann.

Mit Carol in ihrer Eigentumswohnung über den Dächern von Seattle zu Mittag zu essen war ein einmaliges Erlebnis. Und wie beeindruckend! Die Aussicht war einzigartig – zwar lebte auch sie in Seattle, aber sie hatte die Stadt nie aus dieser Perspektive gesehen. Und Puget Sound war beeindruckend. Alix beschlich das Gefühl, als sei sie geradewegs auf dem Titelblatt eines Einrichtungsmagazins gelandet. Die Wohnung war sehr geräumig. Die Möblierung war schlicht und klassisch, und überall gab es liebevoll dekorierte Accessoires. Eines war sicher: Alix würde ihre Gastgeberin im Gegenzug nicht zu sich nach Hause einladen. Sie ahnte, was Carol für einen Eindruck bekäme, wenn sie die Einrichtung ihres Apartments sah. Gerade jetzt, da Laurel noch schlampiger und unordentlicher war als ohnehin schon.

Carol hatte ein köstliches Essen zubereitet, der Tisch war mit hübschem Porzellan und Stoffservietten gedeckt. Noch vor einigen Wochen hätte Alix solche Kleinigkeiten völlig überflüssig gefunden, doch mittlerweile achtete sie auf so etwas. Genau das waren die Dinge, die sie wissen musste, wenn sie eines Tages ihr eigenes Geschäft eröffnen würde. Zuerst war Alix verunsichert. Sie befürchtete, sie könne die falsche Gabel nehmen und sich dadurch gesellschaftlich disqualifizieren. Wenn Jacqueline dabei gewesen wäre, hätte sie das sicherlich noch zusätzlich unter Druck gesetzt. Aber Carol war da etwas lockerer, etwas … normaler. Irgendwie war es komisch, dass sie trotz all ihres Wohlstands immer noch Probleme hatte, fand Alix.

Aber jeder hatte eben sein Päckchen zu tragen – das wusste Alix mittlerweile, egal ob man in einem teuren Apartment mit einer unbezahlbaren Aussicht wohnte oder in einer heruntergekommenen Wohnung.

Während des Essens unterhielten sich die beiden über eine Menge Themen, und irgendwann fühlte es sich an, als seien sie in der Strickstunde in Lydias Laden. Alix hatte sich zu Beginn nicht vorstellen können, dass sie sich mit diesen Frauen anfreunden würde, doch genau das war geschehen. Sogar mit Jacqueline …

Und alle drei hatten sie ermutigt, der Beziehung mit Jordan eine Chance zu geben.

Nach der Rollschuhparty hatte Alix ihn erst einmal gesehen. Er besuchte sie im Videoladen und erzählte ihr, dass er eine Zeit lang nicht in der Stadt sein würde. Mal wieder war er Betreuer bei einer Jugendfreizeit und fuhr diesmal mit einigen Kindern in den Nordosten Washingtons. Er versprach ihr, eine Postkarte zu schicken. Doch falls er das wirklich getan hatte, war sie bislang nicht bei Alix angekommen. Seit dem Tag, an dem er weggefahren war, geisterte er in ihren Gedanken herum.

Als sie an der Ecke der Freien Methodistenkirche stand, drang Musik aus den geöffneten Türen. Alix erkannte das Lied, wusste jedoch nicht, wie es hieß. Mutig überquerte sie die Straße und ging die Treppe hinauf. Währenddessen sah sie sich ein paarmal um. Sie wurde das Gefühl nicht los, jeden Moment könne jemand versuchen sie daran zu hindern, in die Kirche zu gehen.

Sie vermisste Jordan. Und wenn die einzige Möglichkeit, sich ihm nahe zu fühlen, darin bestand, in diese Kirche zu gehen, dann würde sie das tun. Und sollte es jemand wagen, sich ihr in den Weg zu stellen, riskierte er, ihre Wut auf sich zu ziehen.

Der Küster sah in ihre Richtung. Aber sie warf ihm einen so finsteren Blick zu, dass der Mann gleich wieder wegschaute. Sie brauchte niemanden, der ihr sagte, wo sie sich hinzusetzen hatte. Vorsichtig schob sie sich in die letzte Sitzreihe und bemerkte, dass die Leute um sie herum aufgestanden waren und ein Lied sangen. Sie ergriff ein Buch, das sie für das Gesangsbuch hielt, doch es war die Bibel. Ob das jemandem aufgefallen war? So gleichgültig wie möglich legte sie die Bibel beiseite, nahm ein rotes Büchlein und schlug es bei dem Lied auf, das vorn auf einer Tafel angeschlagen stand.

Die Kirche war erstaunlich gut besucht. Alix hatte nicht geglaubt, dass so viele Menschen zum Gottesdienst gingen. Hätte ihre Familie auch gemeinsam gebetet, wäre sie unter Umständen zusammengeblieben. Ja, genau, jetzt erinnerte Alix sich! Sie hatte eine Zeit lang regelmäßig gebetet – und trotzdem brachte ihr das kein Glück, dachte sie missmutig. Ein Gefühl der Bitterkeit überfiel sie. Diese Kinder hatten es gut – ihre Eltern kümmerten sich um sie. Alix dagegen hatte sich damals aus freien Stücken dafür entschieden, den Kontakt zu ihrer Mutter abzubrechen. An ihren Vater konnte sie sich gar nicht mehr richtig erinnern, weil er schon so lange weg war. Er hatte es nicht einmal für nötig befunden, zu Toms Beerdigung aufzutauchen. Als Alix an ihren Bruder dachte, wurde ihr Griff um das Gesangbuch fester. Alles, was Tom sich immer gewünscht hatte, war jemand, der ihn liebte und sich um ihn kümmerte – jemand, dem er nicht egal war. Doch ihnen beiden war in dieser Hinsicht kein Glück beschieden: Ihr Vater trank lieber mit seinen Freunden, und ihre Mutter war auch nicht besser. Kein Wunder, dass die Probleme ihrer Eltern ernsthafter Natur waren. Alix dagegen hatte für sich entschieden, ein besseres Leben zu führen.

Sie las die Worte, die in dem Gesangbuch standen, aber sie sang nicht mit. Im Augenblick machte sie sich Sorgen darüber, dass sie nicht wusste, wann sie aufstehen und wann sie sich setzen musste. Aus diesem Grund hatte sie die letzte Reihe gewählt. So konnte sie einfach die anderen beobachten und nachmachen, was sie taten.

Als das Lied zu Ende ging, setzte die Gemeinde sich. Der Pfarrer, ein älterer Herr, ging zum Altar. Alix entschied sich, erst nach der Predigt zu gehen. Sie befürchtete, jemand könne sich verletzt fühlen, wenn sie jetzt aufstand und die Kirche verließ.

Der Pfarrer sprach über das Alte Testament und das Buch Nehemia, von dem Alix noch nie zuvor gehört hatte. Und obwohl sie nicht alles verstand, berührte die Predigt sie tief in ihrem Herzen.

Gerade wollte sie aus der Bank schlüpfen, um die Kirche zu verlassen, als sie Jordan erblickte, der zum Altar trat. Offensichtlich war das Sommercamp zu Ende. Es versetzte ihr einen Stich, dass er noch nicht bei ihr im Videoladen vorbeigeschaut hatte.

Sie versuchte das Gefühl der Enttäuschung und des Schmerzes zu ignorieren. Aber ihn in der Kirche zu sehen war nicht die einzige Überraschung. Eine blonde Schönheit war bei ihm. Das Mädchen sah Jordan an, als sei er der Auferstandene.

Die beiden hielten Mikrofone in der Hand. Die Musik begann, und die Stimmen von Jordan und dem Mädchen harmonierten, als hätten sie schon ihr ganzes Leben zusammen gesungen. Diesem Vortrag zuzuhören war mehr, als Alix ertragen konnte. Bei dem Versuch, die Sitzbank so schnell wie möglich zu verlassen, stolperte sie beinahe über die Füße der Frau, die neben ihr saß. Ohne sich noch einmal umzusehen, stürzte sie aus der Tür.

Wenn sie noch einen Beweis gebraucht hatte, dass sie sich in Bezug auf Jordan etwas vormachte, war es dieser Kirchenbesuch. Taumelnd rannte sie in die nächste Seitenstraße. Sie schloss die Augen und schalt sich selbst. Mit dem Rücken an der Hauswand ließ sie sich in die Knie sinken und senkte den Kopf.

Natürlich sang Jordan in der Kirche mit dieser Miss Amerika. Und warum auch nicht? Er war der Sohn eines Pfarrers und praktisch in der Kirche aufgewachsen. Er hatte noch nie eine Gefängniszelle von innen gesehen oder vor einem Richter gestanden. Seine Eltern liebten ihn. Sie konnte nur ahnen, was sein Vater sagen würde, wenn er herausfand, dass sein Sohn Zeit mit einer wie *ihr* verbrachte.

Sie kauerte in der Seitenstraße, so tief in ihrem Schmerz versunken, dass sie kaum fähig war, sich zu bewegen.

„Hey, Alix."

Eine Stimme riss sie aus ihren Gedanken. Als sie aufsah,

erkannte sie Tyrone Houston, in der Gegend besser bekannt als T-Bone. Er war Mitglied einer Straßengang und ein stadtbekannter Drogendealer. Das Letzte, was Alix von ihm gehört hatte, war, dass er im Gefängnis saß. Offensichtlich war er wieder auf freiem Fuß.

„Was machst du so?“, fragte T-Bone.

„Ich häng hier nur so rum. Hast du ein Problem damit?“ Normalerweise redete niemand so mit T-Bone. Sie riskierte ihre Gesundheit, ihr Leben – und für einen Moment fragte sie sich, ob es ihr überhaupt etwas ausmachte.

„Kein Problem. Hast du Lust auf eine Party?“, fragte er sie gelassen.

Im Augenblick war Alix nicht gerade nach Gesellschaft zumute.

„Ich hab was da“, lockte er.

Das bedeutete, dass er Drogen hatte. Vielleicht Ecstasy oder Kokain oder irgendeine andere Substanz, die die Stimmen in ihrem Kopf zum Schweigen bringen konnte.

„Ja, warum nicht“, sagte Alix. Eigentlich war sie clean, seit ihr Bruder an einer Überdosis gestorben war. Aber sie hasste das Gefühl, das ihr im Augenblick die Luft zum Atmen raubte. Wenn sie dagegen eines von T-Bones „Wundermitteln“ einnehmen konnte, erschien ihr das immer noch besser, als diese furchtbaren Stimmen in ihrem Kopf weiterhin ertragen zu müssen.

Das Haus, in dem die Party stattfand, lag einige Blocks weit entfernt. Als sie es betraten, herrschte augenblicklich kühles Halbdunkel um sie herum. Die Wohnung von T-Bone war komplett abgedunkelt. Fünf oder sechs Typen saßen herum, und die Luft war geschwängert von süßlich duftendem

Rauch. Alix vergrub ihre Hände in den Taschen ihres Ledermantels und sah sich um.

In einer Zimmerecke entdeckte sie ein Mädchen, das dort mit einem Jungen zusammenhockte. Er hielt es im Arm und sah total weggetreten aus. Alix sah noch genauer hin. Das Mädchen kam ihr irgendwie bekannt vor, aber sie wusste nicht, woher. Im Videoladen traf sie immer viele Leute. Doch während sie sich Namen eher schlecht merken konnte, vergaß sie so gut wie nie ein Gesicht.

Sie kannte dieses Mädchen aber nicht aus dem Videoladen, dessen war sich Alix sicher. Es war jung, vierzehn, vielleicht fünfzehn Jahre alt, versuchte jedoch, älter auszusehen. Alix wusste, wovon sie sprach. Denn einige Jahre früher hatte sie genau dasselbe probiert.

Plötzlich fiel es ihr wieder ein. Das Mädchen kam ihr so bekannt vor, weil Alix es auf der Rollschuhbahn gesehen hatte. Es war eines der Kids aus Jordans Kirchengemeinde. Offensichtlich erkannte das Mädchen in diesem Augenblick auch Alix, denn es wandte schnell seinen Blick ab.

Zorn kochte in Alix hoch. Die Kleine gehörte nicht zu diesem Haufen von Drogenabhängigen.

Sie ging zu dem Sofa, auf dem das Mädchen mit seinem Freund saß. Alix ließ sich auf die Sofalehne sinken und sah es direkt an.

„Was machst du hier?“, fragte sie.

Der Teenager hielt dem Blick von Alix stand. Seine Augen waren voller Trotz. „Dasselbe wie du.“

Der Typ drehte den Kopf und deutete auf Alix. „Wer ist das, Lori?“

Ja, Alix war sich nun sicher. Sie kannte sie. Das Mädchen

war mit einigen Freunden zur Rollschuhbahn gekommen. Rollschuh laufen mit anderen Jugendlichen aus der Kirchengemeinde in dem einen Monat und abhängen mit Junkies im nächsten – das war ein ziemlich abwechslungsreiches Programm.

Lori starrte Alix an. Ihre Miene wirkte undurchdringlich. „Niemand", antwortete sie ihrem Freund.

„Da liegst du falsch", erwiderte Alix und stand auf. „Sorry, aber wir müssen jetzt gehen." Sie nahm Loris Arm. Das Mädchen protestierte, doch Alix zog es mit sich.

„Was machst du da?"

„Ich bring dich hier raus."

„Zur Hölle mit dir."

„Du gehörst hier genauso wenig hin wie ich."

„Baby?" Ihr Freund war so weggetreten, dass er nicht widersprechen konnte. Das war auch gut so. T-Bone jedoch war weniger angetan von Alix' Rettungsversuch. Er stand in der Tür und versperrte ihnen mit verschränkten Armen den Weg nach draußen. Seine Augen hatte er zu schmalen Schlitzen verengt. Alix spürte, wie ihr ein Schauer den Rücken hinunterlief. T-Bone war dazu fähig, ihr die Kehle aufzuschlitzen, wenn er glaubte, dass sie ihm das Geschäft verdarb.

„Sie ist ein Kind der Gemeinde", sagte Alix und sah T-Bone eindringlich an. „Wenn du sie hierbehältst, riskierst du, dass ein paar sehr aufgebrachte ältere Damen vor deiner Tür auftauchen und dir mit Protestschildern bewaffnet die Hölle heiß machen."

T-Bone sah von Alix zu Lori, die unter seinem forschenden Blick zusammenzuckte.

„Wenn du unbedingt Ärger haben willst ... bitte schön",

sagte Alix und hob die Hände.

„Hau ab", erwiderte T-Bone. „Und nimm sie mit."

Alix ergriff Loris Oberarm und zog das Mädchen mit sich nach draußen.

Vor der Tür wand Lori sich aus Alix' Griff. „Was zur Hölle machst du da?", schrie Lori.

„Was ich mache?", entgegnete Alix und lachte. „Was ich hier mache, ist, deinen kleinen Hintern zu retten."

„Ich brauche niemanden, der mich rettet."

Das waren exakt die Worte, die auch Alix benutzt hatte, als sie herausfand, dass Jordan Pfarrer werden wollte. Aber sie galten nicht für Lori – und vielleicht ebenso wenig für sie selbst. Lori wusste nicht, welche Gefahr es darstellte, sich in der Gesellschaft von T-Bone zu befinden. Und ihr war nicht klar, was Alix riskierte, um sie dort rauszuholen. Noch immer zitterten Alix' Knie bei dem Gedanken daran, dass sie sich gegen T-Bone gestellt hatte. Es war an der Zeit, sich aus dem Staub zu machen.

„Geh nach Hause", sagte Alix.

Lori rollte mit den Augen und kehrte zurück zum Haus. Doch an der Tür wurde sie abgewiesen. Alix konnte nicht hören, was geredet wurde. Aber offensichtlich hatte Lori verstanden und ging. Sie hastete die Straße entlang, ohne sich noch einmal umzublicken.

Alix lief zu ihrem Apartment. Sie wusste nicht, wo sie sonst hätte hingehen können. Laurel war nicht da. In ihrem Kummer schien ihre Mitbewohnerin alles zu essen, was sie erwischen konnte. Sie veranstaltete regelmäßig ein riesiges Chaos, das Alix dann aufräumen musste. Es war unverständlich, wie Laurel immer noch in ihre Jeans passte. Seit ihrer

Trennung von John hatte sie schon mindestens zwanzig Pfund zugenommen. Wenn sie nicht bei der Arbeit war und heimlich Kartoffelchips in sich hineinstopfte, wusste Alix nicht, wo sie sonst stecken konnte. Doch heute war sie irgendwie erleichtert, dass sie allein war.

Seufzend nahm sie ihr Strickzeug an sich, realisierte, was sie tat und warf Knäuel und Nadeln angewidert in die Ecke. Sie hatte die Wolle und das Strickmuster von Carol übernommen, um den Pullover für Jordan zu stricken. Sie hatte sich dabei viel Mühe gegeben. Tja ... als ob ihn das interessieren würde. Als ob es *irgendjemanden* interessieren würde.

Sie legte sich aufs Sofa und starrte an die Decke. Eine Stunde lang lag sie einfach nur da. Schließlich rappelte sie sich auf, denn sie musste zur Arbeit. An Sonntagnachmittagen war die Videothek immer gut besucht, und sie hatte viel zu tun. Besonders heute, da Laurel sich nicht die Mühe machte, zu ihrer Schicht aufzutauchen, obwohl sie beide zusammen eingeteilt waren.

Alix arbeitete bereits seit einer Stunde, als Jordan hereinkam. Ihr Herz verkrampfte sich, und das machte sie wütend. So gut es ging, bemühte sie sich, ihn zu ignorieren.

„Alix", sagte er.

„Du bist wieder da", stellte sie fest und tat so, als würde sie das nicht besonders beeindrucken.

„Stimmt etwas nicht?"

Sie zuckte die Schultern und reichte mit einem breiten Lächeln einem Kunden an der Kasse zwei Videos. Als sie sich wieder Jordan zuwandte, war das Lächeln verschwunden. „Sollte denn etwas nicht stimmen?"

Er runzelte die Stirn. „Ich hatte gehofft, wir könnten uns

heute Abend sehen."

Sie überdachte seine Einladung. Ein Teil von ihr wollte nichts lieber, als den Abend mit ihm zu verbringen, ein anderer Teil jedoch wollte etwas ganz anderes.

„Wer war diese Miss Amerika?", fragte sie kühl.

„Was?", entgegnete Jordan und sah sie verständnislos an.

„Du hast heute Morgen mit ihr in der Kirche gesungen."

Jordan riss die Augen auf. „Du warst in der Kirche?"

„Lange genug, um zu sehen, wie du und Miss Amerika euch angeschmachtet habt. Ihr scheint sehr gut miteinander befreundet zu sein."

„Das sind wir."

„Darauf will ich wetten."

„Könnten Sie mir kurz behilflich sein?", fragte der nächste Kunde.

Alix nahm seine Videos entgegen. Als sie sich wieder Jordan zuwandte, war ihre Miene undurchdringlich.

Er runzelte die Stirn. „Bist du eifersüchtig auf Pfarrer Suttons siebzehnjährige Tochter?"

Das Mädchen war erst siebzehn? Aus der letzten Reihe hatte sie das nicht so genau erkennen können. Trotzdem …

„Ich habe keine Lust, mich mit Eifersüchteleien herumzuschlagen. Wenn du unbedingt sauer auf mich sein willst, bitte schön. Aber ich habe echt Besseres zu tun."

Bevor Alix etwas erwidern konnte, drehte er sich um und war im nächsten Moment verschwunden.

31. KAPITEL

„Wenn man die Zahl der Projekte, die man strickt, an einer Hand abzählen kann, sollte man mit etwas Neuem beginnen, damit man unterschiedlich schwierige Projekte bearbeitet – von dem einfachen Muster, bei dem man nicht viel nachdenken muss, bis hin zum sehr komplexen Strickmuster, das vollste Konzentration erfordert."

(Laura Early, strickt seit Kindertagen)

Lydia Hoffman

Über die Jahre hinweg habe ich so viel Zeit in Arztpraxen verbracht, dass mir mittlerweile sogar die meisten Routineuntersuchungen keine Furcht mehr einflößen. Es ist immer dasselbe. Ich sitze auf einem ungemütlichen Stuhl mit fremden Menschen in einem Wartezimmer, und wir versuchen einander nicht anzusehen. Meistens stricke ich oder lese Magazine, die teilweise Monate oder gar Jahre alt sind.

Ein Vorteil von Dr. Wilsons Praxis ist, dass die Mitarbeiter des Arztes inzwischen zu einer Art Familie für mich geworden sind – besonders Peggy, die Krankenschwester.

Peggy arbeitete schon für Dr. Wilson, als ich meinen ersten Termin bei ihm hatte. Das ist mittlerweile fünfzehn Jahre her. Ich konnte mich an ihre Schwangerschaften erinnern. Und ich konnte mich daran erinnern, dass ich Angst hatte, die Geburt ihres zweiten Kindes nicht mehr zu erleben.

„Lydia.“ Peggy stand in der Tür und hielt meine Krankenakte im Arm, die mittlerweile bestimmt zwanzig Pfund wog. Meine Krankengeschichte war gefüllt mit Details der unterschiedlichen Symptome und Behandlungen sowie der Auflistung der verschiedenen Medikamente, die ich eingenommen hatte.

Als ich aufstand, schien es, als würde mich jeder im Wartezimmer anstarren. Wäre ich ein extrovertierter Mensch gewesen, wäre ich vielleicht aufgesprungen und hätte erzählt, dass ich in der Lotterie des Lebens zweimal den Hauptgewinn gezogen hatte. Da ich jedoch von zurückhaltender Natur war, räumte ich mein Strickzeug zusammen, stopfte es in meine Tasche und folgte Peggy.

„Wie geht es Ihnen?“, fragte sie, nachdem sie mich gewogen und einen Eintrag in meine Akte gemacht hatte.

„Sehr gut“, antwortete ich, stieg von der Waage und stellte mit Genugtuung fest, dass mein Gewicht seit der letzten Untersuchung etwa gleich geblieben war. Peggy führte mich zu einem abgetrennten Raum am Ende des Flures, wo sie mir ein Fieberthermometer unter die Zunge schob und mein Handgelenk ergriff. Sie blickte auf ihre Uhr und trug meinen Pulsschlag in meine Akte ein. „Guter, kräftiger Herzschlag“, sagte sie zufrieden.

Das hoffte ich. Meine Krankenversicherung hatte eine Menge bezahlt, damit mein Herz auch heute noch kräftig schlug. Ich hätte ihr gern von meinen Gedanken erzählt, aber ein Gespräch war im Augenblick unpassend.

Peggy war gerade dabei, meinen Blutdruck zu messen. Sie pumpte Luft in die Manschette des Blutdruckmessgeräts, das sie mir um den Oberarm gelegt hatte. Es entstand ein unangenehmer Druck, bevor die Luft langsam wieder abgelassen wurde. Als sie fertig war, nickte sie. „Sehr gut."

Zum Schluss zog sie das Thermometer unter meiner Zunge hervor. „Fühlen Sie sich gut?"

„Ich fühle mich hervorragend."

Peggy lächelte. „Ich sehe, dass Ihre Augen ganz besonders strahlen. Sie haben jemanden kennengelernt, habe ich recht?"

„Ach, nicht wirklich", wiegelte ich ab. Trotzdem verspürte ich das Bedürfnis, ihr von Brad zu berichten. Doch schließlich tat ich es doch nicht, denn eigentlich gab es nicht viel zu erzählen. Noch nicht. Bislang waren wir noch zweimal gemeinsam etwas trinken gewesen und hatten zwei- oder dreimal die Woche telefoniert, manchmal über eine Stunde lang. Er kam einmal pro Woche in meinen Laden und manchmal – aber wirklich nur manchmal – küssten wir uns.

Brad und ich waren gerade erst dabei, uns kennenzulernen. Es war noch nichts Ernstes. Brad hatte viel damit zu tun, sich um seinen Sohn zu kümmern. Und ich war mit meinem Laden sehr beschäftigt. Wir waren Freunde. So wie ich auch mit Carol Girard befreundet war. Gut, vielleicht nicht ganz genauso. Im Augenblick reichte mir das aber, und auch für ihn schien es gut zu sein.

„Haben Sie jemanden getroffen?", fragte Peggy noch mal.

Zögerlich nickte ich.

Sie sah aus, als würde sie jeden Moment anfangen zu applaudieren. „Ich wusste immer, dass Sie irgendwann einmal einen netten Mann kennenlernen würden", sagte sie und lächelte zufrieden.

„Peggy, ich bin bereits dreißig Jahre alt."

„Und?“

Es ist peinlich, so durchschaubar zu sein. Besonders in meinem Alter, aber auch das ist eine Folge davon, dass ich im Teenageralter Krebs hatte. Meine soziale Entwicklung scheint an dem Tag, an dem ich meinen Führerschein ausgehändigt bekam, stagniert zu haben. Ich will auf keinen Fall so klingen, als würde ich vor Selbstmitleid zerfließen, denn so ist es nicht. Man muss diese Tatsache nur einfach mit einbeziehen, wenn es um das Thema Partnerschaften geht.

Ich kannte den Ablauf der Routineuntersuchungen mittlerweile ziemlich genau. Daher wusste ich, dass es nun an der Zeit war, meinen Arm auszustrecken, damit Peggy mir Blut abnehmen konnte. Und zwar viel davon. Irgendwann einmal sagte ich zu ihr, ich sollte Geld für all das Blut bekommen, das sie mir abzapfte. Peggy benötigte nicht *ein* Reagenzglas von meinem Lebenssaft, sondern *vier*: zwei große und zwei kleine.

Ich zuckte nicht einmal mit der Wimper, als die Nadel meine Haut durchstieß. Früher wurde mir beim bloßen Anblick einer Spritze vor Angst schwindlig. Einmal fiel ich sogar beinahe in Ohnmacht. Aber das ist Jahre her. Im Vergleich zu einigen anderen Behandlungen, die ich durchgemacht habe, ist die Blutabnahme ein echtes Kinderspiel.

Peggy hielt inne, um ein Probenglas durch ein anderes zu ersetzen und sah auf.

„Ich kann mich nicht erinnern, Sie jemals glücklicher gesehen zu haben.“

„Ich *bin* glücklich“, versicherte ich ihr. Mein Glück ließ sich durch einige Ereignisse in der Vergangenheit erklären. Meinen eigenen Laden eröffnet zu haben spielte eine große

Rolle – und natürlich Brad. Das *A Good Yarn* war mein Ja zum Leben, und Brad näher kennenzulernen war ein weiteres Zeichen der Hoffnung.

„Ich freue mich für Sie", sagte Peggy. Sie beschriftete die Probengläser, nachdem alle gefüllt waren. „Ich werde Sie dann in ein paar Tagen anrufen und wegen der Ergebnisse Bescheid geben."

Meine Laune war fantastisch, als ich aus der Arztpraxis kam. Es war ein wundervoller Nachmittag im August. Obwohl mein Geschäft am Montag geschlossen war, konnte ich mir keinen Ort vorstellen, an dem ich lieber gewesen wäre.

Ich liebe meinen Laden. Es macht mich glücklich, einfach nur dort zu sein und all die Wolle um mich herum zu sehen. Das Gefühl, inmitten eines Geschäftes zu stehen, das noch ein paar Monate zuvor nichts als ein Traum war, hat etwas unglaublich Befriedigendes.

Ich trug ein ärmelloses Sommerkleid aus Seersucker mit einem hübschen weißen Spitzenkragen. Es war mein Lieblingskleid. Vielleicht würde ich ja *zufällig* auf Brad treffen, wenn ich im Laden war. Er lieferte in der Nachbarschaft aus und kam dabei auch immer an meinem Geschäft vorbei. Meistens klopfte er, um zu schauen, ob ich da war.

Während ich der Musik aus dem Radio lauschte, wandte ich den Blick nicht vom Schaufenster. Ich wollte ihn nicht verpassen, wenn er vorbeikam. Die Blossom Street war mittlerweile wieder für den Verkehr geöffnet, und das hatte dramatische Auswirkungen auf mein Geschäft. Viele Menschen kamen in die Gegend, um sich die Ergebnisse der Umbau- und Sanierungsarbeiten anzusehen. Viele Läden hatten sich auf den Besucherstrom eingestellt.

Die Arbeiten auf der Baustelle direkt gegenüber waren beinahe abgeschlossen, obwohl immer noch sehr viele Männer mit Schutzhelmen herumliefen. Ich wusste nicht, wann der Bau endgültig fertiggestellt sein sollte. Aber ich war mir sicher, dass es nicht mehr lange dauern würde.

Wie ich gehofft hatte, sah ich, dass sich Brads dunkelbrauner Lieferwagen näherte. Alles, was ich tun konnte, war, aufzustehen und mich wie eine Schaufensterpuppe ins Fenster zu stellen. Dabei musste ich mich zusammenreißen, um nicht zu hüpfen und zu winken. Im Augenblick war ich trunken vor Glück und in der Stimmung, etwas Verrücktes zu tun.

Ich sah meinen „Mann in Braun" aus dem Wagen springen. Er gab eine Paketlieferung im Blumenladen ab. Ich konnte nicht sagen, ob er mich gesehen hatte oder nicht, bis er mit einer einzelnen langstieligen roten Rose zu mir ins Geschäft kam. Obwohl ich es doch eigentlich nicht wollte, winkte ich ihm zu, und er winkte zurück.

Ich öffnete die Tür und ließ ihn hinein. „Für mich?", fragte ich.

„Aber nicht umsonst", erwiderte Brad, während er versuchte, ernst zu bleiben.

„Was willst du haben?"

„Einen Kuss", sagte er und grinste jungenhaft. „Vielleicht auch zwei."

Es mochte lächerlich klingen, aber ich errötete. Brad ergriff meine Hand und führte mich hinter ein Regal mit Wolle. Dort waren wir ungestört, niemand konnte uns sehen.

„Wie war die Untersuchung?"

„Ich habe den Arzt nicht einmal zu Gesicht bekommen. Es war nur eine Routineuntersuchung."

„Hast du Angst?“

Ich schüttelte den Kopf. Vielleicht hätte ich besorgt sein sollen, doch der Krebs hatte mich nun schon so lange nicht mehr behelligt – irgendwann fing man zwangsläufig an, Hoffnung zu schöpfen. Mehr als das: Ich fühlte mich zu gut, um krank zu sein. Auch zeigte ich keine Symptome, außer der Migräne, die mich hin und wieder überfiel. Zum ersten Mal seit Jahren blickte ich voller Zuversicht in die Zukunft.

„Samstagabend hätte ich noch nichts vor.“ Brad sah mich an. Sein Blick war so intensiv, dass ich das Gefühl bekam, nicht mehr richtig atmen zu können.

„Das ist schön.“

„Wie wäre es, wenn ich dich zum Essen und ins Kino ausführen würde?“

Ich lächelte und nickte.

„Du kannst das Restaurant aussuchen. Solange es nicht McDonalds ist!“

Wieder nickte ich. Cody war ein Riesenfan von Cheeseburgern, und Brad hatte die Nase voll von Fast Food.

„Okay. Alles außer McDonalds.“

Und dann nahm Brad mich in seine Arme und küsste mich. Die Erde erzitterte nicht, und der Himmel geriet nicht ins Wanken, aber ich spürte die Berührung vom Kopf bis zu den Füßen. Wenn dieser Mann solche Gefühle durch einen einfachen Kuss in mir auslösen konnte, wie würde es dann erst sein, falls wir … *wenn* wir Liebe machten? Ich schloss die Augen und versuchte, das Gefühl so lange wie nur möglich auszukosten.

„Du riechst so gut“, flüsterte er zärtlich und liebkoste meinen Nacken.

„Das ist mein Parfüm“, erwiderte ich. Ich legte den Kopf zurück, und Brad bedeckte meinen Hals mit zärtlichen kleinen Küssen. Beinahe hätte ich begonnen, wie Whiskers zu schnurren, wenn er in der Nachmittagssonne auf der Fensterbank lag.

„Mir ist egal, was es ist. Aber versprich mir, dass du es auch am Samstag auflegen wirst.“

„Okay“, flüsterte ich, und Brad küsste mich wieder. Keiner von uns wollte, dass es aufhörte. Aber er arbeitete nach einem straffen Tagesplan, und wir wussten, dass er nicht viel Zeit hatte. Als er sich schließlich von mir löste, konnte ich seine Unlust, sich zu trennen, genauso stark spüren wie meine eigene. Man konnte sich wirklich an seine Küsse gewöhnen.

„Ich hole dich am Samstagabend um sieben Uhr ab, einverstanden?“

„Perfekt“, entgegnete ich.

In diesem Moment war „perfekt“ das Wort, das mein Leben am treffendsten beschrieb.

32. KAPITEL

Carol Girard

Die ersten drei Wochen nach dem Einsetzen der befruchteten Eizelle waren besonders kritisch – und diese Phase hatte Carol bereits überstanden. Sie war nun seit fünf Wochen schwanger und erlebte jede einzelne Sekunde dieser Schwangerschaft so intensiv wie wohl kaum eine andere Frau.

Nachdem sie zwanzig Minuten lang mit ihrer Mutter in Oregon telefoniert hatte, legte sie auf und bereitete sich ein gesundes Mittagessen aus Hüttenkäse und frischem Obst zu. Eigentlich mochte Carol keinen Hüttenkäse, aber das war ihre Art zu zeigen, dass sie *alles* für dieses Baby tun würde. Kein Opfer war zu groß. Wenn ihr Kind geboren wurde, wollte sie sicher sein, dass sie alles getan hatte, um ihm einen guten Start ins Leben zu ermöglichen.

Lächelnd gab Carol den Käse auf einen Teller und fügte frische Ananasscheiben hinzu. Von einem Mitglied der Online-Gruppe hatte sie erfahren, dass Ananas eine besondere Substanz enthielt. Es hieß, sie erhöhe die Chance, dass der Embryo sich in der Gebärmutter einnistete.

Sie wollte gerade den ersten Bissen nehmen, als das Telefon klingelte. Seufzend legte sie die Gabel zur Seite und hob den Hörer ab.

Es war Doug. Normalerweise hatte er zu viel zu tun, um während der Arbeitszeit anzurufen. Doch seit sie schwanger war, tat er das mindestens einmal täglich.

„Ich habe vorhin mit Mom gesprochen“, erzählte sie ihm.

„Was gibt es Neues bei ihr?"

„Sie und Dad wollen uns eine Wiege kaufen."

„Hast du ihnen denn nicht erzählt, dass wir bereits eine haben?"

„Das habe ich nicht übers Herz gebracht." Drei Wochen nach dem Eingriff hatte Carol einen Flyer von einem großen Geschäft für Kindersachen bekommen, in dem für Babyausstattung geworben wurde. Noch am selben Abend hatte sie Doug ins Einkaufszentrum geschleift, und die beiden kauften vergnügt alles, was sie für ein zukünftiges Kinderzimmer gebrauchen konnten.

„Also haben wir bald zwei Wiegen?"

„Ich könnte doch auch Zwillinge erwarten?"

Er lachte leise – in genau dieses Lachen hatte sie sich vor Jahren verliebt. Schon viel zu lange war es her, dass sie ihn so lachen hörte. Und sie wusste, dass ihre Schwangerschaft für seine Hochstimmung verantwortlich war.

„Außerdem kann Rick die zweite Wiege bekommen, wenn wir sie nicht brauchen." Sie wollte Dougs Laune nicht vermiesen. Aber immerhin würde Rick ihre Eltern noch vor der Geburt von Carols Kind zum ersten Mal zu Großeltern machen.

„Hast du in letzter Zeit etwas von ihm gehört?", fragte er.

„Nein, nichts."

„Ich entnehme dem, dass er euren Eltern noch nichts erzählt hat."

„Nicht, dass ich wüsste. Aber ich habe auch nicht danach gefragt."

„Du hast recht – es ist auch nicht deine Angelegenheit."

Sie sank zurück auf ihren Stuhl. „Ich hoffe, Rick tut das

Richtige und heiratet diese Frau."

Er zögerte. „Nach dem, was du mir erzählt hast, hat er sich doch wohl schon dagegen entschieden."

„Aber nun geht es um ein Baby."

„Ich weiß das, und dein Bruder weiß das auch."

Carol seufzte. Sie fragte sich, was ihre Eltern sagen würden, wenn sie von der Situation erfuhren. Ihre Mutter wartete sehnsüchtig auf ihr erstes Enkelkind. Sie wäre begeistert – ob Rick nun mit der Frau verheiratet war oder nicht. Noch besser würde es ihr allerdings gefallen, wenn ihr Sohn dem Kind seinen Namen geben könnte.

„Ich esse Hüttenkäse zu Mittag", erzählte sie Doug. Er würde ihren selbstlosen Einsatz sicher schon zu schätzen wissen.

„Ich hoffe, das Baby mag das", witzelte er.

„Das hoffe ich auch."

Sie unterhielten sich noch eine Weile, bevor sie auflegten und Carol sich wieder ihrer Mahlzeit widmete.

An diesem Nachmittag verlor sie das Baby.

Gerade als der Traum Wirklichkeit zu werden begann ... Gerade als sie sich selbst erlaubte, daran zu glauben ... Gerade als sie sicher war, dass alles nach Plan verlief ...

Gegen vier Uhr begannen die Blutungen. Als Carol sie bemerkte, glaubte sie, ohnmächtig zu werden. Dann folgten die unsagbar schmerzhaften Krämpfe, die sie schon kannte, und es gab keinen Zweifel mehr. Sie hatte eine Fehlgeburt erlitten.

„Nein", flüsterte sie und schlang die Arme um ihren Leib. „Bitte nicht ... bitte, bitte." Der Schmerz und die unendliche Traurigkeit raubten ihr beinahe den Atem. Sie setzte sich ans Ende ihres Bettes und schlug die Hände vors Gesicht.

Was dann folgte, war beinahe schon Routine. Sie rief den Arzt an und packte ihre Tasche. Doug informierte sie nicht. Sie wollte seinen Tag nicht ruinieren. Einen Nachmittag gönnte sie ihm noch, bevor sie mit der schrecklichen Wahrheit seine Welt abermals ins Wanken brachte. Es würde kein Kind für sie beide geben.

Während Dr. Ford sie untersuchte, bestätigte er, was sie längst wusste: Ihr Körper hatte den Fötus abgestoßen. Das Kind war tot. Es war aus ihrem Unterleib gerissen worden. Der Arzt war einfühlsam und in Sorge. Nachdem sie sich angezogen hatte, drückte er ihren Arm.

„Es tut mir so leid."

Ohne die geringste Regung starrte Carol vor sich hin.

„Möchten Sie vielleicht, dass eine der Schwestern Ihren Mann anruft?"

Sie schüttelte den Kopf.

„Sollen wir irgendjemandem Bescheid geben?"

Seine Worte wirkten seltsam verschwommen, während Carol versuchte, alles zu verstehen.

Sie versank in einem Meer aus Schmerz. Und sie brauchte Hilfe.

„Ich will meine Mutter", flüsterte sie. Ihr Körper hatte sich drei Mal verweigert – drei Mal hatte sie das Baby verloren. Und nun gab es keine weitere Möglichkeit mehr. Dies war das Ende für Doug und für sie. Es war vorbei.

„Sollen wir sie für Sie anrufen?"

Carol blickte auf und fragte sich, was er meinte. Dann wurde ihr klar, dass es um ihre Mutter ging. Langsam schüttelte sie den Kopf. „Sie lebt in Oregon."

Dr. Ford redete noch mit ihr und versuchte sie zu trösten. Er sprach ihr sein Beileid aus, und nach einigen Minuten verschwand er und ließ sie allein. Carol stand vom Untersuchungstisch auf, zog sich an und ging. Sie wusste nicht, wohin, aber es war ihr auch egal. Sie lief einfach los – langsam, ohne Ziel – und kurze Zeit später fand sie sich am Meer wieder. Touristen bevölkerten den Gehweg in der Nähe des Seattle-Aquariums. Carol fühlte sich wie ein Fels in der Brandung. Sie ging Schritt für Schritt weiter und merkte gar nicht, dass sie gegen die Menschenmassen anlief.

Als sie zu müde zum Weitergehen war, setzte sie sich kurzerhand auf eine der Bänke. Und plötzlich kamen die Tränen. Heisere, schmerzliche Schluchzer, die tief aus ihrem Herzen aufstiegen. Sie hatte versagt. Sie enttäuschte wieder einmal ihren Ehemann, ihre Eltern und alle, die an sie geglaubt hatten.

Ihr Handy klingelte. Warum sie das in diesem Moment so wütend machte, konnte Carol selbst nicht sagen. Ohne zu schauen, wer sie erreichen wollte, nahm sie das Handy aus ihrer Tasche und warf es auf die Straße. Als ein Bus um die Ecke bog und direkt über ihr Telefon fuhr, spürte sie eine grimmige Befriedigung. Alles, was von ihrem Handy noch übrig war, war ein kaputtes Stück Plastik, aus dem einige Drähte hervorguckten.

„Ist alles in Ordnung, Miss?", fragte ein junger Polizist, der sie beobachtet hatte.

„Nein", antwortete sie, während die Tränen ihr die Wangen hinunterliefen und sie ihn mit einem finsteren Blick musterte. „Nichts ist in Ordnung." Erst jetzt fiel ihr auf, dass er glauben musste, dass sie Hilfe benötigte. Doch leider konnte weder dieser junge Polizist noch sonst jemand ihr helfen.

„Soll ich vielleicht jemanden verständigen, dass Sie hier sind?“

„Nein, danke.“

„Sind Sie sicher?“

Sie stand auf und hatte plötzlich das Gefühl, dieser Situation entfliehen zu müssen. „Ich weiß Ihre Sorge um mich zu schätzen, aber Sie können mir nicht helfen. Niemand kann das.“ Wenn sie jetzt nicht ging, würde sie wahrscheinlich in einem Krankenwagen oder sogar in einer psychiatrischen Einrichtung enden. Flucht war ein Ausweg – und so ging sie los. Sie lief und lief und lief.

Es war bereits dunkel, als sie merkte, wie weit sie von zu Hause entfernt war. Doug machte sich sicherlich schon Sorgen. Aber sie konnte ihm jetzt nicht die Wahrheit sagen. Sie konnte den Ausdruck nicht ertragen, der in seine Augen treten würde, wenn er erfuhr, dass sie das Baby verloren hatte.

Eine Stunde später nahm Carol sich ein Taxi nach Hause.

Als sie die Tür öffnete, kam Doug ihr bereits entgegen. „Wo zur Hölle hast du gesteckt?“

„Ich habe das Kind verloren.“

Er schien ihr gar nicht zuzuhören. „Warum bist du nicht ans Telefon gegangen?“

„Hast du gehört?“, schluchzte sie, und ihr ganzer Körper zitterte. „Ich habe das Kind verloren.“

„Ich weiß“, flüsterte Doug und schloss sie in die Arme.

Sie weinte. Sie weinte und konnte nicht mehr aufhören.

Die Tränen kamen aus ihrem tiefsten Inneren, und ihr Herz tat so unsagbar weh. Diesen Schmerz konnte wohl nur jemand verstehen, der auch einen solchen Verlust erlitten hatte. Es fühlte sich an, als sei ihr bei lebendigem Leibe das Herz aus der Brust gerissen worden. Die Trauer war so tief, dass sie glaubte, in ihrem ganzen Leben nie wieder Freude oder Glück empfinden zu können. Ihre Zukunft lag im Finstern, leer und ohne Hoffnung.

„Ich wollte so sehr ein Kind von dir", schluchzte sie und klammerte sich an ihren Mann.

Er hielt sie fest und legte seinen Kopf an ihre Schulter. In dem Moment bemerkte sie, dass auch er weinte. Sie hielten einander umschlungen, suchten nach Trost und konnten den anderen doch nicht trösten. Beide fühlten sich leer, verloren und voller Schmerz.

„Es tut mir so leid", stieß sie hervor. „So leid."

„Ich weiß ... ich weiß."

„Ich liebe dich."

Er nickte.

„Ich habe mich so bemüht ..." Sie versuchte darüber nachzudenken, was sie hätte anders, was sie hätte besser machen können. Doch ihr fiel nichts ein.

„Ich werde dich immer lieben", flüsterte er.

Erschöpft nahm Carol eine Dusche und ging ins Bett. In Dougs Armen schlief sie ein.

Um drei schreckte sie auf. Ihr Herz tat weh. Und mit einem Mal fiel ihr ein, dass es kein Baby mehr gab, dass sie ihr Kind verloren hatte. Wieder kamen ihr die Tränen.

Sie schlüpfte aus dem Bett und ging hinüber ins Kinderzimmer. Reglos stand sie in der Mitte des dunklen Raumes.

Sie strich über die Streben des Kinderbettchens und biss sich auf die Unterlippe, um nicht laut zu schreien.

In dem Moment sah sie es. Sie blinzelte, glaubte, dass sie sich getäuscht hatte. Eilig schaltete sie das Licht ein und schaute noch einmal genauer hin. Ihre Knie wurden weich. Sie sank auf den Boden, als sie die Stelle betrachtete, an der Doug mit seiner bloßen Faust die Wand durchschlagen hatte.

33. KAPITEL

Jacqueline Donovan

Am Freitagnachmittag kam Jacqueline wie üblich fünf Minuten zu spät zur Strickstunde ins *A Good Yarn*. Sich immer ein wenig zu verspäten war eine Angewohnheit, die sie schick fand und nicht so leicht ablegen konnte.

Sie war erstaunt, dass Carol fehlte. Alix hockte mit missmutiger Miene auf ihrem Stuhl.

„Wo ist Carol?“, fragte Jacqueline Lydia, die am anderen Ende des Tisches stand und Stricknadeln in der Hand hielt. Lydia hatte ihre Nadeln und ihre Wolle immer bei sich, und ihre Hände schienen nie untätig zu sein.

„Carol hat sich entschieden, heute Nachmittag zu Hause zu bleiben“, erklärte sie. „Ich fürchte, es gibt schlechte Neuigkeiten. Sie hat ihr Kind verloren.“

Jacqueline hatte das schon befürchtet. „Das tut mir leid.“

„Sie braucht ein paar Tage, um sich zu erholen. Aber ich hoffe, dass sie bald wieder bei uns sein wird.“

Jacqueline nickte. Carol tat ihr aufrichtig leid. Diese junge Frau hatte sich so sehr ein Kind gewünscht, sich fast schon verzweifelt danach gesehnt. Nun machte sich Jacqueline Sorgen um Carol und konnte nur hoffen, dass sie es schaffen würde, mit dem Verlust umzugehen. Sie erinnerte sich an ihre eigene Enttäuschung, als klar wurde, dass sie kein zweites Kind bekommen würde. Aber sie hatte Paul zur Welt gebracht. Die Wahrscheinlichkeit, dass Doug und Carol ein Kind würden adoptieren können, war gering.

Jacqueline seufzte. Das war unfassbar traurig. Und es gab nichts, was irgendjemand von ihnen hätte tun können.

„Ich befürchte, dass Carol früher oder später nicht mehr zu uns kommen wird“, sagte Lydia.

„Warum? Was meinst du?“, fragte Alix, und man konnte die Angst in ihrer Stimme hören.

„Sie hat nichts dergleichen gesagt, aber ich glaube, sie wird vielleicht wieder beginnen zu arbeiten. Der einzige Grund, warum sie gekündigt hat, war wegen des Babys. Und vor einigen Wochen hat sie mir verraten, dass die Immobilienfirma sie jederzeit wieder zurücknehmen würde.“

Alix sah – wenn das überhaupt möglich war – noch mutloser aus als vorher.

Jacqueline fragte sich, warum Alix diese Neuigkeit so mitnahm. Natürlich machte sie sich Sorgen um Carol, aber Jacqueline spürte, dass bei ihr noch mehr dahintersteckte.

„Wie geht es dir, Alix?“, fragte Jacqueline und griff in ihre Tasche, um das Strickzeug herauszuholen. Im Augenblick arbeitete sie an einem Schal für ihren Sohn. Sie benutzte hübsche Kammwolle in dem Braunton des Ponys, das Paul als Kind so geliebt hatte. Sie fragte sich, ob er sich überhaupt an das Tier erinnern und die Verbindung herstellen können würde.

„Okay“, murmelte Alix nur und hielt den Kopf gesenkt.

Jacqueline sah zu Lydia, die allerdings auch nur hilflos mit den Schultern zuckte – sie wusste offenbar genauso wenig, was mit Alix los war. Im Laden wurde es still. Das Schweigen wurde nur durch den Verkehrslärm unterbrochen, der durch die Fenster drang.

Alix sah auf. Jacqueline bemerkte, dass sie nicht länger an

dem Männerpullover strickte, den sie von Carol übernommen hatte. Im Augenblick arbeitete sie an etwas komplett anderem.

„Was ist los?“, fragte Jacqueline unverblümt.

„Das geht dich nichts an“, erwiderte Alix. Ihre Augen blitzten, als warte sie nur darauf, zu einem Streit provoziert zu werden.

„Das sieht nach Ärger mit den Männern aus“, murmelte Jacqueline und sah Lydia an, die grinste und zustimmend nickte.

Alix presste die Lippen aufeinander. Sie reagierte aber nicht weiter, sondern schwieg.

„Ich denke ja, dass dieser junge Mann, mit dem du zusammen bist, der Grund für deine schlechte Laune ist.“

„Wir waren nicht zusammen – wir waren nur Freunde.“

„*Waren*?“, hakte Lydia nach. „Trefft ihr euch nicht mehr?“

„Hab ihn seit einiger Zeit nicht mehr gesehen. Er hat mehr als nur *eine* Freundin, wenn ihr versteht, was ich meine.“

„Du hast ihn also mit einer anderen erwischt“, stellte Jacqueline fest.

Alix hatte den Kopf gesenkt und nickte schwach.

„Sie ist hübsch“, murmelte sie. „Und blond.“ Das Mädchen aus der Kirche.

„Natürlich“, entgegnete Jacqueline sarkastisch. Auch sie ging aus irgendeinem Grund davon aus, dass die Geliebte von Reese blond sein musste. Und sie reagierte – ob sie nun wollte oder nicht – immer misstrauisch, wenn sich eine Blondine ihrem Ehemann näherte. Nicht dass es sie ernsthaft interessierte, sagte Jacqueline sich, aber ab und zu fragte sie sich schon, wie die andere wohl aussehen mochte. Doch gleichzeitig *wollte* sie es gar nicht wissen. Fakt war, dass sie es die meiste Zeit über vermied, an diese Frau zu denken.

Jacquelines Ehe war seit der Nacht, in der Reese einfach vom Esstisch aufgestanden und gegangen war, noch zerrütteter als vorher. Bis jetzt hatte Jacqueline ihm nicht verziehen – mehr noch, sie ging ihm regelrecht aus dem Weg.

Reese unternahm ebenfalls keine Anstrengungen, um den Graben, der zwischen ihnen klaffte, zu überwinden. Offensichtlich war die Tatsache, dass er am nächsten Morgen die herrlichen Rosen im Mülleimer gefunden hatte, unmissverständlich.

Die drei Frauen saßen schweigend beisammen und strickten. Lydia musste zweimal ihr Strickzeug beiseitelegen, um Kunden zu bedienen, und ließ Jacqueline und Alix allein.

„Ich schulde dir noch einen Gefallen", sagte Jacqueline unvermittelt.

„Für was?"

Jacqueline war überrascht, dass Alix sich nicht mehr zu erinnern schien. „Mein liebes Kind, du hast mir das Leben gerettet."

Ein Lächeln huschte über Alix' Gesicht, das aber genauso schnell wieder verschwand, wie es erschienen war. Alix zuckte die Schultern, als sei es etwas vollkommen Normales, sich zwei Ganoven in den Weg zu stellen. Etwas Gewöhnliches, Alltägliches.

„Es ist an der Zeit, dass ich meine Schulden bei dir begleiche", sagte Jacqueline entschieden.

Alix' Neugier war geweckt. „Wie?"

„Ich denke", begann Jacqueline, „wir sollten ein komplettes Umstyling machen. Natürlich auf meine Kosten."

„Ein was?"

„Eine Schönheitsbehandlung."

Alix runzelte die Stirn. „Und was soll das bringen?"

„Es könnte dir helfen, von einem gewissen jungen Mann endlich beachtet zu werden."

„Was für eine Schönheitsbehandlung?" Alix bemühte sich, ihr Interesse zu verbergen – doch Jacqueline konnte sie damit nicht hinters Licht führen.

„Wir fangen mit deinen Haaren an." Jacqueline betrachtete eingehend Alix' lila gefärbte Haarspitzen und widerstand dem Drang, sich zu schütteln. Diese furchtbare Farbe musste selbstverständlich verschwinden. Sie machte einige Vorschläge und unterstrich ihre Worte mit entsprechenden Gesten. „Das Haar muss geschnitten und gestylt werden. Und vielleicht könnte man an der Farbe etwas machen."

„Aber nur, wenn ich damit einverstanden bin", sagte das Mädchen vorsichtig.

„Natürlich!"

„Jede Farbe, die ich möchte?"

„Solange es im Rahmen bleibt."

Alix zuckte die Schultern. „Ich denke, das können wir machen." Sie tat so, als würde sie Jacqueline damit einen Gefallen tun. Noch vor zwei Monaten wäre Jacqueline deswegen beleidigt gewesen. Aber mittlerweile wusste sie, dass es Alix' Art war.

„Ich würde dich auch gern meinem Modeberater vorstellen und …"

Bevor Jacqueline ihren Satz beenden konnte, schüttelte Alix bereits heftig den Kopf. „Ich brauche keine Ratschläge, wann ich was anziehen soll."

„Wie du willst, aber ich glaube trotzdem, dass wir dir zwei oder drei neue Outfits besorgen sollten."

Noch immer zögerte Alix, aber schließlich nickte sie. „Auf deine Kosten?"

„Selbstverständlich."

„Ich denke, das geht in Ordnung. Und wann soll die ganze Sache stattfinden?" Sie hörte sich an, als sei sie vollkommen im Stress und ihr Kalender mit Terminen nur so überfüllt.

„Bald." Jacqueline legte ihr Strickzeug beiseite und holte ihr Handy hervor. „Ich rufe gleich mal bei Desiree an. Sie ist die beste Friseurin der Stadt. Und sie ist so beliebt, dass es manchmal Wochen dauert, bis man einen Termin ergattert."

„Okay." Mittlerweile konnte Alix ihre Freude und Aufregung nicht mehr verbergen. Sie versuchte es aber auch nicht länger. Ganz gerade saß sie am Tisch und kaute auf ihrer Unterlippe.

„Ich brauche einen Termin bei Desiree. Und zwar so schnell wie möglich", sprach Jacqueline in ihr Handy. Sie hoffte, dass die Telefonistin des Hairstyling-Studios bemerkte, wie dringend die Angelegenheit war. Desiree war eine Topstylistin, und ihr Honorar war immens. Trotzdem war sie jeden Penny wert, denn sie vollbrachte wahre Wunder. Alle Frauen aus dem Countryclub waren Kunden von Desiree – und diejenigen, die es noch nicht waren, wollten es werden.

Ungeduldig harrte Jacqueline in der Warteschleife aus. Es schien ewig zu dauern, bis die Rezeptionistin sich endlich wieder meldete. „Desiree sagt, sie würde heute länger bleiben – wenn Sie also um halb fünf da sein könnten?“

„Halb fünf?“, wiederholte Jacqueline und warf Alix einen erwartungsvollen Blick zu. Als sie nickte, lächelte Jacqueline und sagte triumphierend: „Wir werden da sein.“ Sie beendete die Verbindung und schob ihr Handy in ihre Tasche zurück. Sicherlich ahnte Alix nicht, was für ein Glück sie hatten. Jacqueline musste ihre Termine sonst Monate im Voraus buchen.

Lydia kam zurück. Und obwohl sie nicht viel von der Unterhaltung der beiden Frauen mitbekommen haben konnte, schien sie zu wissen, das etwas Positives und Gutes geschehen war. Sie nickte ihnen aufmunternd zu. Jetzt hatte Jacqueline eine Mission zu erfüllen. Und sie war sich sicher, dass sie mit einem ordentlichen Haarschnitt und gepflegter Kleidung aus Alix eine attraktive junge Dame machen konnte. Die Aufregung verursachte ihr sogar eine Gänsehaut. Das würde *Spaß* machen!

Sobald die Strickstunde vorüber war, fuhr Jacqueline mit Alix zu *Nordstrom*, um ihr ein neues Outfit zu besorgen. Sie selbst kaufte ihre Designer-Outfits auch in diesem Kaufhaus in Seattle. Es gab dort eine Angestellte, die sich seit Jahren um Jacquelines Kleidung kümmerte.

Victoria warf einen Blick auf Alix und machte sich sofort an die Arbeit. Jacqueline ging mit dem Mädchen in eine Umkleidekabine und war schockiert über die ausgewaschene und offenbar uralte Unterwäsche, die Alix trug. Sie bestand auf neuen BHs und Höschen – anständige Höschen wohlgemerkt und keine lächerlichen, unschicklichen Stringtangas.

Alix beschwerte sich – doch der Aufstand währte nicht lange. Aber auch wenn Jacqueline diese Schlacht gewann, war Alix die unangefochtene Siegerin des Krieges. Sie weigerte sich, den Designer-Hosenanzug oder sonst irgendetwas von dem, was Victoria brachte, anzuprobieren.

Da ihre Zeit an diesem Tag begrenzt war, musste Jacqueline sich fürs Erste damit zufriedengeben, Alix neue, qualitativ hochwertige Unterwäsche zu kaufen. Doch sie schwor sich, dass sie das Mädchen irgendwann in ein geschmackvolles Outfit stecken würde.

Unglücklicherweise verlief auch der Besuch beim Friseur etwas anders, als Jacqueline es sich vorgestellt hatte. Beim Anblick von Alix' lila gefärbten Haarspitzen fing Desiree an zu keuchen und auf Französisch zu fluchen. Trotz jahrelangen Französischunterrichts an Schule und College konnte Jacqueline nicht verstehen, was die Frau sagte. Aber schon der Klang der Worte machte Jacqueline deren Inhalt deutlich.

Sie saß in der Wartezone und nippte an ihrem Kaffee, als plötzlich ein verbales Scharmützel ertönte. Zum Glück waren die meisten Kundinnen zu diesem Zeitpunkt bereits gegangen – sonst wären den Damen bei der lautstarken Auseinandersetzung zwischen Alix und Desiree wahrscheinlich die Ohren abgefallen.

Anderthalb Stunden nachdem sie angekommen waren, stürzte Alix wutschnaubend in Richtung Tür. Jacqueline erkannte sie kaum wieder. Vorbei war es mit den schwarz gefärbten Haaren, die an der Spitze in einem grellen Lila leuchteten. Stattdessen war Alix' Haar in einem sanften Braunton gefärbt. Rote Highlights ließen die Frisur frisch und lebendig wirken. Die Farbe erinnerte Jacqueline an die Wolle, mit der sie den Schal für Paul strickte.

„Alix", sagte sie und sprang auf. Wieder einmal hatte

Desiree ein Wunder vollbracht. Sie hatte die Haare nicht nur gefärbt, sondern auch lockig gestylt.

„Ich *hasse* es", rief Alix und fuhr sich verzweifelt mit den Fingern durchs Haar. „Das bin nicht ich."

„Nein, meine Liebe", erwiderte Jacqueline geduldig. „Das ist dein neues Ich."

Für einen Moment schien es, als würde Alix in Tränen ausbrechen. „Ich sehe aus wie ... wie eine Streberin", stöhnte sie.

„Du siehst bezaubernd aus."

„Nein", schrie sie. „Ich sehe aus wie eine, die in der Schule immer vorne sitzt und, wenn sie sich meldet, mit den Fingern schnipst."

„Jetzt spinnst du", sagte Jacqueline.

„Nein! Jeder wird mich auslachen!"

Das Mädchen reagierte in Jacquelines Augen absolut über. „Ich bin mir sicher, dass das nicht passieren wird!"

„Ich weiß, du hast es nur gut gemeint. Aber das hier bin nicht mehr ich ... Das bin einfach nicht ich!"

Ohne ein Wort des Dankes stürmte Alix aus dem Salon und ließ eine sprachlose Jacqueline zurück.

„Wo haben Sie nur dieses Mädchen kennengelernt?", fragte Desiree kopfschüttelnd.

„Das ist eine sehr lange Geschichte", erwiderte Jacqueline und fühlte sich mit einem Mal furchtbar. Sie hatte Alix doch nur eine Freude machen und ihr ihre Wertschätzung beweisen wollen. Doch das war kräftig danebengegangen.

Als sie nach Hause kam, traf sie Reese in der Küche. Er nahm sich gerade ein Bier aus dem Kühlschrank.

„Ist alles in Ordnung mit dir?", fragte er, als sie an ihm vorbeilief.

Jacqueline überraschte seine Frage. Seit Tagen hatten sie nur noch das Nötigste miteinander gesprochen. Bei jeder anderen Gelegenheit hätte sie wahrscheinlich so getan, als würde sie ihn nicht hören. Aber im Augenblick war sie verletzt und verwirrt und nicht fähig, das zu verbergen.

Sie konnte sich nicht erklären, wie ihre guten Absichten gegenüber Alix so schieflaufen konnten. Erschöpft ließ sie sich am Küchentisch nieder und nahm dankbar das Glas Wein entgegen, das Reese ihr reichte. Dann begann sie, von ihrem Abenteuer mit Alix zu erzählen.

„Ich weiß nicht, was ich falsch gemacht habe!“, schloss sie verzweifelt.

„Wie alt ist Alix?“, fragte Reese.

Jacqueline war sich nicht ganz sicher. „Anfang zwanzig, denke ich.“

„Du hast versucht, sie komplett zu verändern. Sie in einen anderen Menschen zu verwandeln, Jacquie.“

„Das habe ich mit Sicherheit nicht getan“, erwiderte sie wutschnaubend. Typisch, dass er die Schuld wieder einmal bei ihr suchte. Das hätte sie sich denken können.

Doch mit einem Mal wusste sie, dass er recht hatte. Sie hatte das Mädchen zu *ihrem* Modeberater und zu *ihrem* Friseur geschleift. Reeses und Jacquelines Blicke trafen sich. Und langsam nickte sie. „Vielleicht habe ich das tatsächlich versucht.“

„Frag doch das nächste Mal Tammie Lee, ob sie dir ein paar Tipps geben kann.“

„Tammie Lee“, wiederholte sie und schüttelte ganz automatisch den Kopf. „Sie hätte es auch nicht besser gemacht als ich.“

„Vielleicht nicht. Aber sie ist nicht viel älter als Alix und hat möglicherweise ein paar Ideen."

„Ich könnte sie ja eventuell doch mal fragen", entgegnete sie lahm. Wahrscheinlich machte es ihre Schwiegertochter nicht besser als sie selbst, aber mit Sicherheit auch nicht schlechter.

34. KAPITEL

„Das Stricken begleitet uns, beruhigt uns.“
(Morgan Hicks, Sweaters by Design)

Lydia Hoffman

Am Ende der Woche hatte ich noch immer keine Nachricht von Dr. Wilson erhalten, machte mir aber eigentlich keine Sorgen. Normalerweise rief Peggy die Patienten in der Mittagspause an, um ihnen ihre Testergebnisse mitzuteilen.

Als ich am Dienstag die Tür zu meinem Laden aufschloss, fiel mir wieder ein, dass ich noch immer nicht die Testergebnisse der Blutuntersuchung kannte. Natürlich war es möglich, dass Peggy am Montag versucht hatte, mich zu erreichen. Da der Laden montags zu war, ließ ich den Anrufbeantworter laufen – also hätte sie mir eine Nachricht hinterlassen können. Ich hatte aber keine neuen Nachrichten.

Also entschloss ich mich, selbst in der Praxis anzurufen, wurde aber von meinem Vorhaben abgehalten – und zwar durch Brad, der vorbeikam, um seine Kaffeepause mit mir zu verbringen.

Mein Herz machte jedes Mal einen Hüpfer, wenn er in den Laden kam. In der vergangenen Woche waren wir zweimal essen gewesen und hatten den Sonntagnachmittag gemeinsam verbracht. Cody war am Wochenende bei seiner Mutter, die geschäftlich sonst viel unterwegs war. So hatten Brad und ich Zeit für uns, und obwohl ich Cody wirklich mochte, genoss ich es, mit Brad allein zu sein. Cody war ein fantastischer kleiner Kerl. Er war so witzig und lebhaft. Als er mitbekam, dass ich strickte, wünschte er sich von mir einen Pullover mit einem Dinosaurier. Ich versprach, ihm seinen Wunsch zu erfüllen.

„Hallo, mein Hübscher", sagte ich, als Brad in den Laden kam. Er strahlte mich an.

„Hast du den Kaffee schon fertig?", fragte er, während ich ihn mit einem Lächeln auf den Lippen anschaute.

„Noch nicht", erwiderte ich. „Ich bin gerade erst gekommen."

„Ich setz schon mal welchen auf." Er ging ins Hinterzimmer, in dem wir uns ab und zu einen privaten Moment gönnen konnten.

Wir beide wussten, dass das Kaffeekochen nur ein Vorwand war, damit wir etwas Zeit für uns hatten. Also folgte ich ihm, um ihm zu helfen. In dem Augenblick, als ich durch den Vorhang kam, schlang Brad seine Arme um mich und zog mich zu sich heran.

„Ich hatte ein wundervolles Wochenende", flüsterte er und hielt mich umschlungen.

„Ich auch", erwiderte ich. Wir hatten eine Kanutour auf dem Lake Washington unternommen. Auf halber Strecke hatte Brad eine Gitarre hervorgezaubert und für mich gesungen. Es war unglaublich romantisch und bestimmt das Süßeste, was jemals ein Mann für mich getan hat. „Versprich mir nur eines – sing nie wieder für mich."

„Mochtest du meine Baritonstimme nicht?" Schmollend schob er die Unterlippe vor.

„Nein", entgegnete ich. „Das ist es nicht. Ich bewundere

deine Stimme, aber ich stehe kurz davor, mich ernsthaft in dich zu verlieben.“ Das war nicht das, was ich eigentlich sagen wollte. Aber mein Herz sah das offenbar anders.

„Ich wünsche mir nichts sehnlicher als das, Lydia.“ Er zog mich noch näher an sich heran und küsste mich mit einer solchen Leidenschaft, dass ich fürchtete, in Ohnmacht zu fallen. Das Wochenende hatte uns einander noch näher gebracht. Und ich erkannte, dass der Zeitpunkt gekommen war, an dem wir eine Entscheidung fällen mussten. Bevor ich jedoch dazu bereit war, wollte ich sicher sein, dass wir dieselben Werte und Lebensvorstellungen teilten.

Margaret und meine Mutter redeten mir immer wieder ins Gewissen, wie wichtig es war, eine neue Beziehung ganz langsam anzugehen. Ich wusste, dass die beiden recht hatten, aber andererseits fühlte es sich *so gut* an, in Brads Armen zu liegen.

„Ich möchte so viel Zeit wie möglich mit dir verbringen“, sagte er. „Du bist das Erste, woran ich denke, wenn ich morgens aufwache, und mein letzter Gedanke, wenn ich nachts einschlafe.“

Auch er beherrschte meine Gedanken Tag und Nacht – und ehrlich gesagt machte mir das ein bisschen Angst. Schon zweimal hatte es in meinem Leben vielversprechende Beziehungen gegeben. Beim ersten Mal war ich zu jung, um zu verstehen, was ich verlor. Brian und ich trennten uns, nachdem die Krebsdiagnose gestellt worden war.

Mit Roger, der mein Herz brach, war es etwas anderes. Ich wollte sterben, als er mich verließ, und rückblickend hatte ich damit gerechnet, dass es auch passieren würde. Die Zeit heilt alle Wunden, und jetzt, sechs Jahre nachdem das alles passiert ist, kann ich verstehen, warum Roger mich verlassen musste. Er hat mich geliebt. Daran glaube ich. Und weil er mich liebte, konnte er nicht mit ansehen, wie ich langsam starb. Er tat das Einzige, was er tun konnte – er rannte weg.

Ich hörte, dass er vier Monate nach unserer Trennung geheiratet hat.

„Du bist so still", stellte Brad fest und strich mir zärtlich eine Strähne aus dem Gesicht.

„Wir müssen uns Zeit lassen", erwiderte ich. Ich hatte ihm von Brian und Roger sowie so ziemlich allen anderen interessanten Begebenheiten aus meinem Leben erzählt. Er wusste im Groben über mein Gefühlsleben Bescheid, doch die Details erzählte ich ihm an jenem Nachmittag im Kanu. Ich lehnte mich an seine Schulter und blickte über den Lake Washington. Und er hielt mich in seinen Armen. Irgendwie fand ich es einfacher, über meine gescheiterten Beziehungen zu sprechen, wenn ich ihm dabei nicht in die Augen sah.

Dann erzählte mir Brad von seiner Ehe. Er gestand mir, dass er das Gefühl hatte, versagt zu haben. Das konnte ich nicht nachvollziehen, obwohl ich verstand, dass man nach einem Schuldigen sucht. Es ist ein allzu menschlicher Impuls, sich für alles, was in einer Familie oder Beziehung geschieht, verantwortlich zu fühlen. Aber ich habe gelernt, dass man die Gefühle anderer nicht kontrollieren kann …

„Wie sieht's aus mit einem gemeinsamen Abendessen am Freitag?", fragte er und küsste mich, bevor ich irgendetwas erwidern konnte.

In diesem Moment klingelte das Telefon. Ich seufzte.

„Vergiss die Antwort nicht", flüsterte er, als ich mich von ihm löste.

Schnell rannte ich zum Telefon und nahm den Hörer ab, bevor der Anrufbeantworter ansprang.

„*A Good Yarn.*"

Ich hoffte, mir wäre nicht anzumerken, dass ich kurz zuvor noch in den Armen eines wundervollen Mannes gelegen hatte.

„Lydia, hier ist Peggy aus Dr. Wilsons Praxis."

„Oh, hallo Peggy", sagte ich und war erleichtert, endlich von ihr zu hören. „Ich habe mich schon gefragt, wann Sie wohl anrufen würden."

„Ich wollte bereits am Freitag anrufen."

„Das ist in Ordnung, ich hatte sowieso den ganzen Tag zu tun."

Sie zögerte. Vielleicht hätte ich in dem Moment schon etwas ahnen müssen, doch ich dachte an nichts Schlimmes.

„Ich hätte anrufen *sollen*."

Erst jetzt bemerkte ich die Zurückhaltung in ihrer Stimme.

„Schlechte Neuigkeiten?" Wenn dem so war, wollte ich keine Sekunde länger warten, keine Sekunde länger im Unklaren sein. Sie hatte mir das Wochenende geschenkt, und ich verstand es, ohne dass sie es in Worte fassen musste.

„Gestern habe ich versucht, Sie zu erreichen", murmelte sie, „aber dann fiel mir ein, dass Ihr Geschäft montags geschlossen ist. Habe ich recht?"

„Sie haben keine Nachricht hinterlassen", entgegnete ich. Doch der Grund, warum sie nicht aufs Band gesprochen hatte, war mittlerweile klar: Die Mitteilung, die sie mir machen musste, konnte man nicht auf einem Anrufbeantworter hinterlassen.

„Nein“, sagte sie, und ihre Stimme zitterte ein wenig.

„Was ist es?“, fragte ich und bereitete mich auf das Schlimmste vor.

„Oh Lydia, es tut mir so leid. Dr. Wilson hat sich Ihre Blutwerte angesehen und eine Reihe von Untersuchungen und Röntgenaufnahmen angeordnet. Er möchte Sie außerdem so schnell wie möglich in seiner Praxis sehen.“

„Gut.“ Ohne dass es ausgesprochen worden war, wusste ich, dass der Krebs zurückgekehrt war. Ein Tumor wuchs in meinem Kopf – und dieses Mal würde ihn *nichts* aufhalten können. Keine Operation, keine Medikamente, nichts. Wenn ich allein gewesen wäre, hätte ich Peggy gebeten, mir die ganze schreckliche Wahrheit zu sagen. Aber das konnte ich nicht, solange Brad in Hörweite stand.

„Können Sie morgen früh gegen acht Uhr einen Termin beim Radiologen wahrnehmen?“

„Ja, sicher“, murmelte ich.

„Dr. Wilson möchte, dass Sie die Aufnahmen mitbringen und ihn um neun Uhr in der Praxis treffen.“

„Gut.“ Ich fühlte mich wie betäubt. Die Krankheit hatte mir lediglich eine Galgenfrist von sechs Jahren gewährt. Und ich fühlte mich betrogen – ich wollte noch so viel mehr. Ich wollte *leben*.

Zweimal war mein Vater bei mir gewesen und hatte mir Kraft gegeben, aber nun war ich allein. Mom war nicht fähig, diese Situation mit mir durchzustehen, und Margaret würde wütend werden, wenn sie von dem erneuten Ausbruch der Krankheit hörte. Wahrscheinlich würde meine Schwester einen Weg finden, um *mich* dafür verantwortlich zu machen, dass der Krebs wieder zurückgekehrt war. Sie würde sagen, dass meine Gier nach Aufmerksamkeit daran die Schuld trug. Ich seufzte leise, als ich an ihre Reaktion dachte.

„Schlechte Neuigkeiten?“, fragte Brad, nachdem ich aufgelegt hatte.

Mir war nicht aufgefallen, dass er hinter mir stand. Der Kaffee war offensichtlich fertig, denn er hielt mir eine Tasse entgegen.

„Nein“, log ich. „Aber unglücklicherweise kann ich am Freitag doch nicht mit dir zu Abend essen.“

„Es ist doch alles in Ordnung, oder?“

„Ja, sicher.“ Wie ich es schaffte, wusste ich später nicht mehr – aber ich lächelte ihn mit einem *Oscar*-verdächtigen Blick an.

Brad ging kurze Zeit später. Wenn er etwas ahnte, so hatte er es sich nicht anmerken lassen. Ich nahm mir vor, noch ein oder zwei Stunden verstreichen zu lassen, um ihn dann anzurufen und die Beziehung zu beenden. Ich wusste, dass es feige war, auf diese Art und Weise Schluss zu machen. Doch ich hatte nicht die Kraft, mit ihm zu diskutieren. Es hatte keinen Sinn, Hoffnung aufrechtzuerhalten, wo es keine gab. Das Leben war der beste Lehrmeister. Ich würde es Brad leicht machen und ihm so eine Menge Ärger ersparen.

Gerade zu dem Zeitpunkt, als ich zu glauben begann, dass ich eine echte Chance im Leben bekam, wurde sie mir entrissen – schon wieder. Ich wusste, was nun folgen würde, hatte es bereits erlebt. Die Bluttests würden zurückgeschickt werden und Fragen offenlassen. Es würden weitere Untersuchungen und noch mehr Tests gemacht, die auch einen Krankenhausaufenthalt erfordern würden.

Danach würde ein missmutig dreinblickender Dr. Wilson

mir die Diagnose mitteilen und meine Hand drücken, bevor er das Untersuchungszimmer verließ.

Schon immer hatte ich mich gefragt, was diese kleine Geste zu bedeuten hatte. Zuerst dachte ich, er wollte mir Mut machen, wollte mich ermuntern, mein Bestes zu geben und zu kämpfen. Doch mittlerweile wusste ich es besser. Es war seine Art, mir zu zeigen, wie leid es ihm tat. Er war auch nur ein Mensch und konnte keine Wunder vollbringen.

Sobald es ging, würde ich die Verbindung zu Brad abbrechen. Eines Tages würde er meinen Entschluss verstehen – und wenn er mir auch im Augenblick nicht dankbar sein konnte, würde er es doch später sein.

35. KAPITEL

Carol Girard

Seit Carols Fehlgeburt war eine Woche vergangen. Doug lag neben ihr und schlief, doch sie kam nicht zur Ruhe. Sie starrte auf den Radiowecker, der 3 Uhr 27 anzeigte. Weil sie wusste, dass sie auch in dieser Nacht keinen Schlaf mehr finden würde, schlüpfte sie vorsichtig aus dem Bett. Durch die dunkle Wohnung tapste sie ins Wohnzimmer.

All ihre verlorenen Träume, all ihre und Dougs Pläne für die Zukunft, die durch die Fehlgeburt zerstört worden waren, stürzten auf sie ein. Es würde kein Kind geben. Sie würde kein Baby in ihren Armen halten oder das Gefühl kennenlernen, einen Säugling zu stillen.

Ganze sieben Tage waren mittlerweile vergangen. Seit jener furchtbaren Nacht hatte Carol keinen Fuß mehr in das Kinderzimmer gesetzt. Sie konnte es nicht – es war zu schmerzhaft. Die Tür blieb seither verschlossen, und sie war sich sicher, dass auch Doug das Zimmer nicht betreten hatte.

Während des Essens am vergangenen Abend schlug er vor, das Kaufhaus anzurufen und zu bitten, die Kindermöbel wieder abzuholen. Es gab keinen Grund mehr, die Babyausstattung zu behalten – und obwohl sie wusste, dass er nur praktisch dachte, fühlte es sich an, als hätte er ein Messer direkt in ihr Herz getrieben.

Das konnte alles nicht wahr sein! All dieser Schmerz *konnte* nicht ihnen widerfahren. Gerade ihnen. Sie liebten einander so sehr, und sie waren gute Menschen. Jeder glaubte, dass sie perfekte Eltern sein würden.

Sie hatte gehofft, dass die Qual, die ihr fast den Atem raubte, mit der Zeit nachlassen würde. Es war zwar erst eine Woche her, aber die Leere in ihr und der Schmerz fühlten sich noch genauso intensiv an wie am ersten Tag. Wenn überhaupt, war alles noch schlimmer geworden. Den einzigen Trost konnten ihr bisher die Frauen aus der Online-Gruppe spenden. Sie verstanden sie und teilten ihr Leid.

Carol sank aufs Sofa, lehnte ihren Kopf zurück, schloss die Augen und schlang die Arme um ihren Körper. Langsam begann sie, sich vor und zurück zu wiegen. All die Trauer, der Schmerz, der furchtbare Verlust – all diese Gefühle überwältigten sie.

Es war nicht fair. Es war einfach nicht fair. Ihr verantwortungsloser, rücksichtsloser, unreifer Bruder Rick wurde Vater eines Kindes, das er nicht wollte. Zusammen mit einer Frau, die er nicht liebte. Wo blieb die Gerechtigkeit? Das arme Baby … Keiner der beiden schien sich zu freuen oder Verantwortung übernehmen zu wollen.

Carol riss die Augen auf. Eine Gänsehaut lief ihr über die Arme. Rick! Sie sprang vom Sofa auf und rannte zurück ins Schlafzimmer.

„Doug, wach auf!“, schrie sie und beugte sich über ihn.

Ihr Ehemann ignorierte sie und rollte sich murrend auf die Seite.

„Doug!“, schrie sie abermals, und ihre Stimme überschlug sich beinahe. Die Hoffnung konnte wie eine Droge wirken. Und im Augenblick war sie erfüllt, ja geradezu trunken von dieser Hoffnung. „Doug, ich muss sofort mit dir reden!“ Sie schüttelte ihn heftig.

„Carol“, protestierte ihr Ehemann und blinzelte mit einem Auge auf die Anzeige des Radioweckers. „Es ist mitten in der Nacht!“

„Ich weiß … ich weiß.“ Sie kniete auf dem Bett, beugte sich vor und küsste seinen Nacken. „Du musst aufwachen!“

„Warum?“, brummte er.

„Weil ich dir etwas sehr Wichtiges sagen muss.“

Gemächlich rollte er sich auf den Rücken und fuhr sich mit der Hand durchs Gesicht. Er blinzelte, blickte zu ihr auf und runzelte die Stirn. „Du lächelst? Gibt es einen besonderen Grund dafür?“

Sie nickte, beugte sich abermals vor und umarmte ihn.

„Was ist passiert?“, fragte er.

„Ich habe gerade im Wohnzimmer gesessen.“ Freudig erregt fuchtelte sie wild mit ihren Armen vor seiner Nase herum, während die Worte nur so hervorsprudelten. „Ich fühlte mich furchtbar und dachte darüber nach, wie unfair das Leben ist. Ich war mir so sicher, dass es diesmal mit dem Baby klappen würde, und dann ging es doch schlecht aus … Und plötzlich ist mir eine Idee gekommen, und ich *musste* dich einfach aufwecken.“

Er schob sich mühsam hoch, bis er aufrecht im Bett saß. So konnte er seiner Frau in die Augen sehen.

„Wir werden ein Kind bekommen“, flüsterte sie.

„Warte mal.“ Doug schüttelte den Kopf. „Ich verstehe nicht ganz.“ Er runzelte die Stirn und musterte sie. „Sprichst du über Adoption?“

Es war ein Thema, über das sie schon häufig diskutiert hatten. Doch weil es lange Wartelisten für Adoptionen gab, wussten sie, dass ihre Chancen schlecht standen. „Nicht einfach irgendein Kind. Ich spreche davon, Ricks Baby zu adoptieren."

„Rick? Dein Bruder?"

Sie lachte. „Ja, oder kennst du noch einen anderen Rick?"

„Nein. Aber er ist nicht derjenige, der schwanger ist."

„Ich weiß, Lisa bekommt das Kind. Oder hieß sie Kim? Ich erinnere mich nicht genau, und eigentlich ist es auch egal. Aber verstehst du denn nicht? Gott hat uns als Eltern für dieses Kind auserwählt."

Doug war offenbar nicht dazu in der Lage, ihren Gedankengängen zu folgen – oder wenn er es doch konnte, war er nicht annähernd so begeistert von der Idee wie sie. Er sah sie nur an und sagte: „Meine Süße, ich glaube, das ist nicht so einfach."

„Doch, das ist es", beharrte Carol. „Es hat einen Sinn. Kannst du es nicht verstehen? Mein Bruder bekommt ein Baby, das er nicht will. Er hat mir selbst erzählt, dass er nicht vorhat, die Mutter zu heiraten. Und diese Schwangerschaft war auch ein Schock für Lisa – oder Kim. Wie auch immer. Sie hat sicherlich nicht damit gerechnet, dass sie ein Kind bekommen würde. Er hat mir gesagt, dass sie die Pille genommen hat."

„Ja, aber …"

„Ich weiß, es kommt alles ein wenig plötzlich. Aber ich spüre ganz genau, dass dieses Kind kein Unfall war – es ist *unser* Baby."

Er seufzte laut. „Liebling …"

„Dieses Kind ist mit mir verwandt. Es wäre nicht so, als würde man ein wildfremdes Kind adoptieren."

„Und du glaubst wirklich, dass Rick damit einverstanden ist?“, fragte er und machte damit unverhohlen seine Zweifel deutlich.

„Einverstanden?“, wiederholte sie und lachte auf. „Ich denke, er wird vor Freude einen Luftsprung machen, weil er keine Alimente zahlen muss. Außerdem werde ich ihm versprechen, dass keiner von uns Ellie jemals erzählen wird, dass eigentlich *er* der biologische Vater dieses Kindes ist. Wir geben ihm unser Wort darauf, okay?“

„Ja, sicher.“

„Wenn er jemals wieder mit Ellie zusammenkommt, kann er sicher sein, dass unsere Lippen versiegelt bleiben.“

„Und was ist mit der Mutter des Kindes?“, fragte Doug. „Sie hat schließlich auch noch ein Wörtchen mitzureden.“

„Darüber habe ich auch schon nachgedacht“, erklärte Carol. „Sie wird einige Wochen lang nicht arbeiten können, und wir sollten ihr für diese Zeit eine Entschädigung zahlen.“

Er zuckte halbherzig die Schultern und murmelte: „Ich denke, wir könnten ihr das Angebot mal machen.“

„Vielleicht fange ich wieder an zu arbeiten, um sie zu unterstützen.“

„Das ist keine gute Idee.“

„Warum nicht?“, protestierte Carol. Schon jetzt begann er, ihren Plänen zu widersprechen. Dabei war es so wichtig, dass er sich dieser Sache genauso sicher war wie sie.

„Du kannst nicht für ein paar Monate wieder arbeiten und dann erneut kündigen. Wenn du tatsächlich in die Immobilienfirma zurückkehren solltest, musst du vorher klären, dass du nur eine begrenzte Zeit da sein wirst.“

Er hatte recht. Doch das bremste weder ihr Freude, noch

durchkreuzte es ihre Pläne. „Ich werde alles tun, was nötig ist, damit diese Adoption funktioniert. Versprich mir nur, dass du mich unterstützen wirst."

„Liebling, du weißt, dass ich das tun werde."

„Dieses Kind gehört zu uns. Ich kann es tief in meinem Herzen spüren." Wie zur Bestätigung ihrer Worte ergriff sie seine Hand und drückte sie.

Doug schloss die Augen. Sie konnte nicht genau sagen, was er dachte. Doch sie ahnte, dass er Angst hatte – so wie sie. Die Gewissheit, den richtigen Weg einzuschlagen, war jedoch stärker als ihre Angst.

„Du fürchtest dich davor, dass wir wieder einmal enttäuscht werden."

Er nickte. „Eigentlich möchte ich nicht, dass du dich auf so etwas einlässt. Was, wenn es wieder eine Sackgasse ist?"

„Ich bin eigentlich diejenige, die sich darüber Gedanken machen sollte, meinst du nicht?" Trotz Dougs Zweifeln war sie überzeugt davon, dass ihr Bruder die Idee toll finden würde.

Schließlich seufzte er. „Soll ich Rick fragen, oder willst du es tun?", fragte er.

Sie juchzte auf und schlang die Arme um seinen Nacken. „Ich werde ihn gleich morgen früh anrufen und ihm alles erklären." Seit dem Abend, an dem Rick ihr von der Schwangerschaft erzählte, hatte sie nichts mehr von ihm gehört. Mittlerweile wusste er sicherlich schon durch ihre Eltern von der Fehlgeburt. Mit einem Mal wurde ihr klar, dass er absichtlich nicht angerufen oder geschrieben hatte. Er war unsicher darüber, was er sagen sollte. Ihr Bruder tendierte dazu, immer den Weg des geringsten Widerstandes zu wählen – das war ihr allerdings erst seit Kurzem bewusst.

„Kann ich jetzt weiterschlafen?“, fragte Doug und legte sich, ohne eine Antwort abzuwarten, wieder hin. Er zog die Decke bis zu den Ohren hoch.

Sie spürte, wie die aufgekratzte Freude, die sie bis eben noch empfunden hatte, einer tiefen, aber zufriedenen Müdigkeit wich. Sie schlüpfte unter die Laken und bettete ihren Kopf auf das weiche Kissen. Doug lag auf seiner Seite. Carol kuschelte sich an ihn und legte ihren Arm über seinen Bauch.

Obwohl sie unsagbar müde war, schwirrten in ihrem Kopf die Gedanken an das Kind durcheinander. Was würde die Adoption für ihr Leben bedeuten? Das alte Sprichwort stimmte: Gott verschloss niemals eine Tür, ohne ein Fenster offen zu lassen. Und dieses Fenster stand weit offen. Sie musste sich nur ein wenig davor stellen, um den frischen Wind zu spüren, der die Veränderung brachte. Und endlich verstand sie, was doch schon so lange offensichtlich war.

36. KAPITEL

Alix Townsend

Alix warf ihre schmutzigen T-Shirts in die Waschmaschine, fügte Waschmittel hinzu und steckte Vierteldollarmünzen in den Schlitz des Automaten. Sie besaß genügend T-Shirts von diversen Rockbands und Konzerten, um zwei Wochen damit über die Runden zu kommen. Und dank der neuen spießigen Unterwäsche, die Jacqueline ihr unbedingt kaufen wollte, hatte sie nun genauso viele Höschen.

Um Geld zu sparen, wuschen Alix und Laurel ihre Wäsche immer gemeinsam und wechselten sich mit dem Gang in den Waschsalon ab. Heute war Alix an der Reihe – und sie hasste es. Für sie würde ein lang gehegter Wunsch in Erfüllung gehen, wenn sie eines Tages genug Geld verdiente, um sich eine eigene Waschmaschine und einen Trockner leisten zu können.

Sie setzte sich auf einen der unbequemen Plastikstühle und griff nach einer Zeitschrift. Das *People Magazine*, das sie in die Hand nahm, war von Weihnachten vor einem Jahr. Sie legte es beiseite, als sie feststellte, dass sie die Zeitschrift schon von ihrem letzten Besuch kannte. Tatsächlich hatte sie bereits alles gelesen, was in diesem Waschsalon herumlag.

Sie verschränkte die Arme vor der Brust, streckte die Beine aus und schloss die Augen. Ein Lächeln huschte über ihr Gesicht, als sie an Jacqueline dachte. Ihre Freundin meinte es nur gut mit ihr. Aber nichts auf dieser Welt würde Alix je dazu bringen, ein Strickkleid anzuziehen. Ein Blick auf das

Preisschild und sie wäre beinahe in Ohnmacht gefallen. Die Kombination aus Rock und passendem Oberteil sollte eintausend Dollar kosten. Eintausend Dollar für ein Kleid? Das war verrückt!

Und der anschließende Besuch bei der Hairstylistin war noch schlimmer gewesen. Die Französin mit ihrem breiten Akzent hörte auf *nichts*, was Alix sagte. Offenbar hatte sie ihre eigene Vorstellung davon, was getan werden musste, und ignorierte daher einfach Alix' Wünsche. Als Desiree, oder wie auch immer sie heißen mochte, fertig war, stand Alix kurz davor, zu schreien. Um ehrlich zu sein, war ihr Haarschnitt recht gelungen – wenn sie hätte aussehen wollen wie eine Schleimerin. Sie brauchte über eine Woche, bis sie die Haare wieder so stylen konnte, wie sie es wollte.

Alix bemühte sich, nicht ungerecht zu sein – Jacqueline wollte ihr etwas Gutes tun, und Alix war ihr auch wirklich dankbar dafür. Vor allem, weil Jacqueline die Rechnung bezahlte. Doch Jacquelines Bemühungen waren nach hinten losgegangen. Sie verstand einfach nicht, welchen Kleidungsstil Alix bevorzugte. Und Alix ließ Jacqueline nicht nahe genug an sich heran, damit sie sie näher kennenlernen und besser einschätzen konnte.

Wenigstens war Carol am letzten Freitag wieder zur Strickstunde erschienen – und zwar ausgesprochen gut gelaunt. Alle hatten sich um Carol wegen der traurigen Nachricht über ihre Fehlgeburt gesorgt. Alix hatte keine Ahnung, was sie überhaupt sagen sollte. Sie wünschte sich, dass Carol wusste, wie leid ihr das alles tat. Doch andererseits wollte sie das Thema nicht aufbringen, sondern abwarten, ob Carol vielleicht von sich aus das Bedürfnis zeigte, darüber zu sprechen. Und offensichtlich hatten auch Jacqueline und Lydia so gedacht.

Dann erschien Carol im Laden und wirkte so fröhlich und gelöst wie immer. Das überraschte nicht nur Alix, sondern auch die anderen beiden. Carol schien überzeugt zu sein, dass sie und Doug ein Kind adoptieren könnten. Zwar hatte Alix eine Menge Fragen, aber als sie merkte, dass auch Lydia und Jacqueline sich zurückhielten, tat sie es ihnen gleich. Carol verriet keine Details, also gingen die Frauen davon aus, dass alles in Ordnung war. Nur Alix fragte sich, ob Carol ihren Schmerz einfach ignorierte und sich womöglich in einer Wunschvorstellung verlor. Sie versuchte, Carol aufzumuntern und zu ermutigen. Doch in Wahrheit machte sie sich Sorgen um die Freundin.

Carol war allerdings nicht die Einzige in der Gruppe, um die Alix sich sorgte. Es war offensichtlich, dass etwas mit Lydia nicht stimmte. Sie schien in letzter Zeit nicht sie selbst zu sein, wirkte seltsam gedämpft und in sich gekehrt. Zuerst dachte Alix, Lydia wäre vielleicht nicht länger mit dem UPS-Mann befreundet. Doch Alix zweifelte, dass das der Grund für Lydias Zustand war. Als sie Lydia darauf ansprach, versicherte die ihr, dass alles in Ordnung sei. Aber Alix musste keine Psychologin sein, um zu sehen, dass etwas ganz und gar nicht stimmte.

Und Laurel ... Laurels Laune wurde immer schlimmer. Es war nicht einfach mit ihr, aber sie brauchten einander, um die Wohnung halten zu können. Die letzten drei Monate verhielt sich Laurel reizbar und aufbrausend. Um ihr zu helfen, hatte Alix ihr eine Zeitung mit Tipps für eine Wunderdiät gegeben. Doch ihre einzige Reaktion war, Alix die Zeitung wutentbrannt ins Gesicht zu schleudern. Seitdem ging Alix ihrer Mitbewohnerin aus dem Weg. Das war einfacher, seit Laurel nicht mehr im Videoladen arbeitete. Sie hatte eine Woche zuvor gekündigt und einen Job als Assistentin in einer Tagesbetreuung angenommen – was bedeutete, dass sie Kinder hütete, verschütteten Saft aufwischte und Legosteine einsammelte. Dieser Job setzte keine Ausbildung oder das Bestehen bestimmter Kurse voraus. Aber Laurel mochte auch diese Tätigkeit nicht besonders.

Die Waschmaschine war durchgelaufen, und Alix stand auf, um die sauberen Kleidungsstücke in einen Plastikkorb zu werfen. Gerade wollte sie die Wäsche zum Trockner bringen, als sie sich umdrehte – und beinahe mit Jordan Turner zusammengestoßen wäre.

Sie war Jordan seit ihrem Streit nicht mehr begegnet. Und nachdem sie sich derartig zum Affen gemacht hatte, glaubte sie nicht, noch eine Chance bei ihm zu haben. Der Grund, warum sie Jacquelines Stylingidee überhaupt zugestimmt hatte, war, dass sie hoffte, er würde die Veränderung bemerken. Und um ihm damit einen Anstoß zu geben, wieder mit ihr zu sprechen. Sie hätte wissen müssen, dass das nicht klappen konnte. Alles, was sie bisher unternommen hatte, um ihr Leben in irgendeiner Form zu verbessern, endete in einem Desaster.

„Ha-hallo“, stammelte sie.

„Ich habe mir gedacht, dass du das bist“, sagte er und betrachtete ihre Frisur. „Ich mag das neue Styling. Schöne Farbe.“

„Echt?“ Alix’ Herz schlug ihr bis zum Hals.

„Das ist meine natürliche Haarfarbe. Also, jedenfalls beinahe ... wenn ich mich recht erinnere." Bevor Jordan ihr dieses Kompliment machte, war sie immer der Meinung gewesen, ihr Haar sei mausbraun. Doch er gab ihr das Gefühl, hübsch zu sein, irgendwie besonders.

„Ich denke, wir sollten mal reden", sagte er.

Sie zuckte nur die Schultern, viel zu nervös, um etwas zu erwidern.

„Hast du Zeit?"

„Denke schon." Sie ging zu dem großen Trockner und warf ihre Wäsche hinein. Nachdem sie die Pennys in den Schlitz geworfen hatte, wartete sie einen Augenblick, bis das Gerät sich ächzend in Bewegung setzte. Dann ging sie hinüber zu Jordan.

Er hatte sich an einen der Tische gesetzt, auf denen die Kunden normalerweise die Wäsche zusammenlegten. Es war noch früh am Morgen, und der Waschsalon angenehm leer. Gegen zehn Uhr würde es voll werden. Alix versuchte die Stoßzeiten zu umgehen, in denen kreischende Kinder herumrannten und die Leute sich darüber stritten, wer den Trockner benutzen durfte.

Sie senkte den Kopf und suchte nach Worten der Entschuldigung.

„Ich habe gehört, was du getan hast", begann Jordan.

Alix runzelte die Stirn. Sie wusste nicht genau, wovon er sprach.

„Lori hat mir erzählt, dass du sie aus dem Dealerhaus geholt hast."

„Oh." Sie hatte die Geschichte schon beinahe vergessen. „Ja, stimmt. Lori wollte im Grunde genommen selbst da raus. Sie fürchtete sich nur davor, es zuzugeben."

„Lori hat eine Menge Probleme."

„Wer nicht?" Sie wollte nicht oberflächlich klingen, aber es waren diese Worte, die ihr in diesem Moment durch den Kopf gingen. Alle Jugendlichen durchliefen anscheinend eine Phase, in der sie glaubten, die Welt sei ihnen nicht wohl gesonnen. Der einzige Weg, sich zu verteidigen, war, zurückzuschlagen. Ihr eigener Aufstand gegen die Gesellschaft hatte sie auf einige dunkle Wege geführt. Rückblickend wünschte sie sich, jemand wäre da gewesen, um *sie* aus dem Drogensumpf zu holen.

„Lori hat mich gebeten, dir zu sagen, wie dankbar sie dir ist."

Das hatte Alix ein bisschen anders in Erinnerung.

„Ich bin dir übrigens auch dankbar", sagte Jordan.

Sie nickte. „Ich habe gespürt, dass Lori nicht in dieses Haus gehört. Nicht zu diesen Menschen."

„Du genauso wenig." Jordan blickte sie eindringlich an.

„Ich weiß."

Jordan hielt ihrem Blick stand. „Sind Drogen ein Problem für dich?"

Diese Frage machte sie wütend. Normalerweise hätte sie eine passende Bemerkung darauf gehabt, doch sie schluckte ihren Ärger hinunter. Es war nur natürlich, dass er diese Frage stellte – schließlich war sie freiwillig zu dem Dealer gegangen. „Nicht mehr. Früher habe ich ab und zu Drogen genommen. Aber mittlerweile lasse ich es."

Er nickte und glaubte ihr offenbar.

„Ich denke, ich sollte mich entschuldigen", begann sie und bemühte sich, dabei so beiläufig wie möglich zu klingen. „Du hattest recht, ich war eifersüchtig." Ihn in der Kirche zu sehen, zusammen mit diesem Inbegriff einer amerikanischen Schönheit, hatte sie mehr getroffen, als sie zugeben wollte. Eigentlich stand es ihr nicht zu, so zu fühlen, doch tief in ihrem Herzen wusste sie, dass Jordan und sie zusammengehörten. Er gehörte zu ihr. Die Eifersucht hatte so heiß in ihrer Seele gebrannt, dass sie den Schmerz nicht ignorieren konnte. Für einen kurzen Moment war sie verführt gewesen, ihren Kummer mit einem Mittel zu bekämpfen, dessen sie sich eigentlich nie mehr wieder hatte bedienen wollen.

Es war nicht Lori, die ihr dankbar sein musste – es war Alix, die Lori danken sollte. Das Mädchen hatte sie ganz unbewusst auf den richtigen Weg zurückgeführt.

„Entschuldigung angenommen." Jordan grinste.

Alix glaubte, vor Freude in die Luft springen zu müssen. Sie lächelte ihn an.

„Freunde?"

„Freunde", wiederholte sie, war erleichtert und doch auch ein bisschen enttäuscht. Hieß das, sie könnten niemals *mehr* als nur Freunde sein?

Jordan streckte seine Hand aus und strich über ihre Finger. „Ich habe dich vermisst."

Für ein paar Sekunden schien ihr Herzschlag auszusetzen. Er hatte sie vermisst! „Ich stricke dir gerade einen Pullover", flüsterte sie.

„Echt?"

Alix verfluchte den Tag, an dem sie das Strickmuster von Carol übernommen hatte. Es bereitete ihr seit dem Augenblick, in dem es in ihren Besitz übergegangen war, nichts als Ärger. Eine Zeit lang hatte sie aufgehört, daran zu arbeiten, doch irgendwann machte sie weiter – sie hoffte, sich Jordan damit nahe zu fühlen. Außerdem dachte sie, damit einen Grund zu haben, sich bei Jordan zu melden. Die Babydecke war bereits fertig, und sie hatte sie auch schon ihrer Sozialarbeiterin gezeigt. Nun musste diese die Decke nur noch an die entsprechende Stelle weiterleiten.

„Du musst nicht eifersüchtig sein."

Alix sah Jordan an.

„Es gibt keine andere."

Sie schluckte. „Oh."

Seine Finger umschlossen die ihren. „Erinnerst du dich an den Tag, an dem du Muffins mit in die Klasse gebracht hast? Es war dein Geburtstag."

Natürlich hatte Alix das nicht vergessen. Da ihre Mutter nicht viel im Haushalt tat, musste Alix die Muffins ganz allein backen. Und sie verwendete nicht einmal eine Backmischung, sondern stellte den Teig nach einem alten Rezept selbst her.

„Ich habe sie selbst gebacken", erklärte sie und war erstaunt, dass er sich daran erinnerte.

„Du hast mir zwei Stück gegeben."

Sie senkte den Blick. „Ja, ich weiß. Wenn ich einen anständigen Ofen hätte, würde ich dir auf der Stelle ein ganzes Blech voll backen."

„Backst du gern?"

Alix nickte. Er wusste nichts von ihrem Traum, eine Kochschule zu besuchen. Irgendwann wollte sie Küchenchefin in einem noblen Restaurant sein und ausgefallene Speisen kreieren. Oder vielleicht eines Tages einen eigenen Cateringservice leiten. Viel lieber als im Videoladen würde sie in *Annies Café* arbeiten, aber die Stelle in der Videothek war ihr zuerst zugesichert worden. So hatte sie dort angefangen. Sie sprach nicht oft über diese Wünsche, aber sie würde Jordan bei nächster Gelegenheit davon erzählen, beschloss sie.

„Hast du Samstagabend schon was vor?“, fragte Jordan und streichelte ganz zart ihre Hand.

„Nicht wirklich.“

„Würdest du gern mit mir essen gehen?“

„*Annies Café*?“ Ein Essen dort war preiswert und beinahe so gut wie in einem richtigen Restaurant.

„Nein, diesmal nicht. Was hältst du von einem Drei-Gänge-Menü?“

Das klang nach einem Essen, für das man sich in Schale werfen musste. Doch sie wollte ihm nicht schon wieder absagen. Vielleicht, ja vielleicht würde Jacqueline sich bereit erklären, ihr in der Kleiderfrage noch einmal ein paar Tipps zu geben.

Fragen kostete ja nichts.

37. KAPITEL

„Beim Stricken lernt man – wie so oft im Leben – aus seinen Fehlern genauso wie aus seinen Erfolgen."
(Pam Allen, Redakteurin bei Interweave Press)

Lydia Hoffman

Es klingt gewiss melodramatisch, aber ich hatte das Gefühl, mein Leben sei zu Ende. Und dieses Gefühl ließ mich nicht los, während ich in der Klinik in meinem Bett lag und mir der Geruch von Franzbranntwein und antiseptischen Mitteln in die Nase stieg. Ich habe den Geruch von Krankenhäusern immer gehasst. Jemand, der so lange im Krankenhaus war wie ich, hätte sich eigentlich langsam daran gewöhnen müssen. Aber ich konnte es nicht. Die Röntgenaufnahmen bestätigten meine schlimmsten Befürchtungen: Ein Tumor hatte sich gebildet. Glücklicherweise war dieser Tumor durch meine Nasenhöhle erreichbar, sodass nicht wieder durch meine Schädeldecke gebohrt werden musste.

Die Untersuchung lag zum Glück bereits hinter mir, die Biopsie war durchgeführt und die Proben ins Labor geschickt worden. Leider ergaben sie keine eindeutigen Ergebnisse. So musste eine zweite Probe eingeschickt werden, um eine weitere Meinung einzuholen. Bei meiner Krankengeschichte konnte man sich keine Unsicherheiten leisten.

Margaret hatte einen Strauß Nelken bringen lassen, der neben meinem Bett stand und mich aufheitern sollte. Es war das erste Mal, dass meine Schwester mir überhaupt Blumen schickte. Unsere Beziehung zueinander hatte sich langsam, aber sicher verändert – doch auch ihre kleinen Aufmerksamkeiten konnten mir nicht helfen, diese furchtbare Situation durchzustehen.

Tief in meinem Herzen wusste ich, was mir bevorstand. Ich konnte es kaum ertragen. Nicht schon wieder. Mit jeder Faser meines Körpers wollte ich herausschreien, wie unfair das alles war. Wie ein kleines Kind wollte ich brüllen und jammern und einen Wutanfall bekommen.

Dad war nicht mehr da, um mir beizustehen. Und das Gefühl, vollkommen verlassen zu sein, überwältigte mich beinahe. So irrational es sein mochte – ich nahm meinem Vater furchtbar übel, dass er einfach gestorben war. Ich war so wütend. Wütend auf meinen Vater. Wütend auf Gott. Wütend auf die ganze Welt.

Fast zwei Tage lang stand ich wegen der verschiedensten Untersuchungen und des Eingriffs unter Medikamenten und war vollkommen benommen. Nun konnte ich keinen Schlaf mehr finden. Jedes Mal, wenn ich die Augen schloss, sah ich Brads Gesicht. Alles, was ich hörte, war seine Stimme. Und immer wieder schoss mir der letzte Streit durch den Kopf. Ich erinnerte mich an das Telefonat, in dem ich ihm mitgeteilt hatte, dass ich ihn nicht mehr sehen wollte. So gefasst wie möglich sagte ich ihm, dass ich die Beziehung zu ihm nicht länger aufrechterhalten wollte.

Natürlich konnte er es nicht verstehen. Es war ihm nicht möglich zu begreifen, dass ich ihm eigentlich einen Gefallen tat. Und er versuchte mit allen Mitteln, mich umzustimmen. Ich bereute die Dinge, die ich gesagt hatte, aber ich konnte ihm die Wahrheit nicht erzählen. So ließ ich ihn in dem Glauben, mein Herz schlüge für einen anderen Mann.

Ich wusste, dass Margaret die Trennung von Brad ganz und gar nicht guthieß. Doch es war schließlich *mein* Leben und *meine* Entscheidung. Sie ließ mich daraufhin in Ruhe, aber ich wusste, dass es sie wütend machte. Mit ihrem Missmut wusste ich allerdings umzugehen – das hatte ich schließlich beinahe mein ganzes Leben lang getan.

Ich glaubte nicht, dass sie mich für den Rückfall verantwortlich machte. Als ich ihr von dem Tumor erzählte, wurde sie still und erklärte mir, wie leid ihr das alles täte. Ich war wirklich dankbar für ihr Mitgefühl.

Als hätten meine Gedanken an meine Schwester sie tatsächlich zu mir gebracht, stand Margaret plötzlich in der Tür zu meinem Krankenzimmer. „Ich sehe, dass du die Blumen bekommen hast", stellte sie fest. Sie wirkte seltsam beunruhigt. Vorsichtig sah sie sich um. Es war, als befürchte sie, jeden Moment von einem Pfleger geschnappt und auf eine Trage gepackt zu werden, auf der sie zu einer experimentellen Operation gefahren würde.

„Die Blumen sind sehr schön", sagte ich. „Es war sehr nett von dir, die Nelken zu schicken."

„So", begann sie und kam zögerlich ans Bett. „Wie sind die Tests gelaufen?"

Ich zuckte die Schultern, denn bisher gab es nichts Neues. „So wie beim letzten Mal."

Sie hob die Augenbrauen und sah mich mitfühlend an. „So schlimm?"

Ich nickte.

„Ich bin froh, dass du da bist", sagte ich, „weil es ein paar

Dinge gibt, die ich klären möchte."

Sie schaute an mir vorbei aus dem Fenster. „Es ist nicht die richtige Zeit dafür …"

„Bitte", beharrte ich. Im Gegensatz zu meinen Worten schien der Klang meiner Stimme zu ihr durchzudringen.

Seufzend wandte Margaret sich mir zu. „Okay, was gibt's?"

„Ich habe darüber nachgedacht, was mit dem *A Good Yarn* geschehen soll."

Sie sah mich mit einem schmerzlichen, traurigen Blick an. „Darüber habe ich mir auch schon Gedanken gemacht. Du weißt ja, dass ich nicht stricke, aber ich würde einspringen, solange …"

„Du *musst* das nicht tun", sagte ich. Die Idee, meine Schwester zu bitten, auf den Laden aufzupassen, war mir noch gar nicht gekommen.

„Aber es ist eine Möglichkeit. Mom und ich könnten uns abwechseln."

Ihre Großzügigkeit berührte mich tief. Zum ersten Mal, seit ich wieder in der Klinik war, spürte ich, wie Tränen in mir aufstiegen. „Ich kann nicht glauben, dass du das wirklich für mich tun würdest."

Margaret sah mich überrascht an. „Du bist doch meine Schwester. Ich würde alles tun, um dir zu helfen, sogar …" Sie zögerte, atmete tief ein und wandte den Kopf ab. „Wir können ja auch später darüber reden, ja? Bisher ist noch gar nichts sicher, und wir sollten uns die Köpfe nicht über ungelegte Eier zerbrechen."

„Aber …"

„Da möchte dich noch jemand besuchen."

Ich dachte, eine meiner Nichten sei vielleicht mitgekommen, und blickte erwartungsvoll in Richtung Tür. Zwar wollte ich die Zukunft meines Ladens so schnell wie möglich klären, aber es war tatsächlich sinnvoll, damit zu warten, bis Dr. Wilson sein Urteil verkündete. Ich hatte nicht geglaubt, den zweiten Tumor zu überleben – und beim jetzigen Rückfall machte ich mir keine Illusionen mehr. Ich konnte einfach nicht mehr kämpfen und war bereit, mein Schicksal anzunehmen.

Die furchtbare Wahrheit war, dass ich den Tod einer weiteren Behandlung vorzog. Das durfte ich Mom oder Margaret natürlich nicht sagen. Doch ich spürte, dass ich das nicht noch einmal durchstehen konnte. Ich war alt genug, um meine eigenen Entscheidungen zu treffen. Und das hatte ich getan. Ich würde keine Chemo machen und die Krankheit akzeptieren und erdulden. Der Einzige, mit dem ich diese Entscheidung diskutieren wollte, war Dr. Wilson – und den würde ich erst wiedersehen, wenn er die Testergebnisse ausgewertet hatte.

„Gib mir einen kleinen Moment", sagte Margaret. Sie stand auf und ging auf den Flur hinaus.

Ich bekam einen Riesenschreck, als sie zurückkehrte. Der Besucher, den sie mitbrachte, war nicht Julie. Es war auch nicht Hailey. Es war Brad. Mit jeder Faser meines Körpers wollte ich ihm entgegenschreien, dass er gehen und Margaret gleich mitnehmen sollte. Ich konnte es nicht ertragen. Ein Blick auf das Mitgefühl, das sich in seiner Miene widerspiegelte, und ich schlug wie ein Kind die Hände vors Gesicht und brach in Tränen aus.

Ich fühlte, wie er die Arme um meine Schultern legte. „Du hättest mir doch sagen können, was los ist."

Ich ließ die Hände sinken und vermied es, ihn anzusehen oder mit ihm zu reden. Mein Zorn richtete sich gegen meine Schwester, die sich überall einmischte. „Wie konntest du nur?“, schrie ich. „Wie konntest du?“

„Wie konntest *du*?“, schrie sie zurück. Es war, als würde ein Echo widerhallen.

Brad unterbrach unser Geschrei. Seine Stimme klang entschieden und stark, als er sprach. „Warum hast du dich mir nicht anvertraut? Wir hätten doch über alles reden können, Lydia.“

„Geh weg.“ Ich sah ihm direkt ins Gesicht, auch wenn mein Herz zerbrach.

Er schüttelte den Kopf. „Entschuldige, aber das tue ich nicht.“

„Du hast keine andere Wahl.“

„Ich lasse es nicht zu, dass du mich einfach fortschickst.“

„Verstehst du es nicht?“, presste ich unter Tränen hervor. „Mit mir gibt es keine Zukunft.“

Zärtlich griff er nach meiner Hand. „Aber wir haben doch heute, morgen und übermorgen.“

Ich sank zurück in meine Kissen. Warum mussten es mir alle so schwer machen?

„Lydia“, sagte Margaret. „Würdest du bitte aufhören, dich zu bemitleiden und dich stattdessen zusammenreißen?“

Von meiner Schwester hatte ich nichts anderes erwartet. Sie war ja auch nicht diejenige, die diesen Albtraum erlebte. Sie war nicht diejenige, der nun Wochen der Chemotherapie und der Bestrahlung bevorstanden. Meine Schwester tat so, als sei Krebs ein harmloser Infekt – so, als müsste ich nur ein paar Pillen schlucken, und alles wäre wieder gut, und ich könnte ganz normal weiterleben.

„Ich kann dir nicht sagen, was die Zukunft bringen wird", sagte Brad und sah mich ernst an. „Aber ich kann dir versichern, dass, was immer auch geschehen mag, ich bei dir sein werde."

Das hatte ich schon einmal gehört. Dieselben Worte, allerdings zu einer anderen Zeit. Doch nach zwei Tagen, in denen ich getriezt und gestochen worden war, hatte ich keine Kraft mehr, zu streiten. „Bitte, geh einfach … Ich kann das jetzt nicht."

Margaret und Brad tauschten einen Blick. Sie schienen mir nicht zu glauben. Und offenbar waren ihnen meine Wünsche egal, denn sie machten nicht den Anschein, als würden sie meine Bitte respektieren und endlich gehen. Sie ließen mir keine andere Wahl, und so drückte ich den Knopf, um die Schwester zu rufen.

„Was brauchen Sie?", erklang eine dünne Stimme aus der Gegensprechanlage.

„Meine Ruhe", rief ich. „Ich brauche meinen Frieden, und diese Leute hier weigern sich zu gehen."

Margaret presste die Lippen aufeinander und schüttelte langsam den Kopf. Und Brads grimmiger Gesichtsausdruck machte deutlich, dass es eine ganze Armee, oder wenigstens eine wütende Krankenschwester brauchte, um ihn aus meinem Zimmer zu vertreiben. Ich rollte mich auf die Seite und schloss die Augen.

„Wir sind noch nicht fertig", sagte er.

Doch ich antwortete ihm nicht. Was mich betraf, so hatte ich alles gesagt, was ich sagen wollte. Nichts würde meine Meinung ändern.

Ich hörte, wie die Schwester das Zimmer betrat.

„Wir wollten gerade gehen", sagte Margaret.

Ich zwang mich, mich nicht umzudrehen und meiner Schwester und Brad hinterherzublicken.

Vielleicht hatte ich ein Problem, das weitaus schlimmer war als der Krebs; denn gerade war es mir gelungen, die beiden einzigen Menschen auf der Welt, die mir ihre Liebe und ihre Unterstützung schenken wollten, zu vertreiben.

38. KAPITEL

Carol Girard

Carol und Doug betraten das Restaurant im Universitätsviertel von Seattle. Rick war noch nicht da. Sie setzten sich, bestellten jeder ein Glas Weißwein und warteten auf Rick und auf Lisa, die vielleicht mitkommen würde.

Es hatte einige Tage gedauert, bis Carol ihren Bruder erreichen konnte. Viel sprachen sie während des Telefonats nicht miteinander. Carol lud ihn zum Essen ein und bat ihn, Lisa mitzubringen. Nachdem sie Zeit und Ort abgemacht hatten, versprach Rick, Lisa zu fragen.

„Glaubst du, dass sie kommen wird?", fragte Carol und drückte Dougs Arm. Dieser Abend konnte einer der wichtigsten in ihrer ganzen Ehe werden.

Bevor er jedoch die Möglichkeit hatte zu antworten, sah Carol, wie die Bedienung ihren Bruder zu ihrem Tisch brachte. Er war allein. Aber vielleicht war das sogar besser. Nach einem langen Gespräch miteinander hatten Doug und Carol entschieden, dass es möglicherweise besser wäre, wenn Rick zuerst allein mit Lisa über die Angelegenheit reden würde und ihr alles erklärte. Sie hätte es wahrscheinlich seltsam gefunden, eine derart persönliche Entscheidung im Beisein von Fremden zu treffen.

Carol wollte das gemeinsame Essen nutzen, um mit ihrem Bruder warm zu werden. Anschließend wollte sie ihn in ihr Apartment einladen, wo sie dann die Angelegenheit in Ruhe besprechen konnten. Doug würde ihm den Vorschlag erklären, und Carol wollte bei der Gelegenheit beobachten, wie er reagierte.

„Hier seid ihr", sagte Rick und küsste Carol auf die Wange, bevor er sich ihnen gegenüber auf einen Stuhl setzte. Er wagte nicht, ihr in die Augen zu sehen, als er sagte: „Mom hat mir von deiner Fehlgeburt erzählt. Es tut mir so leid."

„Danke."

Ihre Getränke wurden gebracht. Rick bestellte einen doppelten Whisky. „Ich fliege erst morgen Abend wieder", erklärte er.

„Wie läuft es denn so bei dir?", fragte Doug, als die Bedienung die Bestellungen fürs Essen aufgenommen hatte.

„Alles in Butter!", erwiderte er.

Unter dem Tisch ergriff Carol Dougs Hand. „Und wie geht es Lisa?"

„Gut, denke ich. Ich habe seit einer Woche nicht mehr mit ihr telefoniert."

Also hatte er ihr offensichtlich auch nicht die Einladung zum Dinner überbracht. Carol seufzte lautlos.

„Dir scheint es gut zu gehen", sagte Rick und sah seine Schwester an. „Ich habe geglaubt, du wärest am Boden zerstört. Mom hat erzählt, du hättest die Fehlgeburt nur sehr schwer verkraftet."

Sie verzog das Gesicht. „Das stimmt. Aber das Leben geht schließlich weiter."

Ricks Whisky wurde gebracht. Er erhob das Glas, und die Eiswürfel klirrten. „Auf das Leben", sagte er. Auch Carol und Doug erhoben ihre Gläser, wiederholten seinen Toast jedoch nicht.

„Tatsächlich haben du und Lisa einen großen Anteil daran,

dass es mir wieder besser geht", sagte Carol. Doug warf ihr einen warnenden Blick zu. Sie wusste, dass er recht hatte – dies war nicht der richtige Zeitpunkt, um den Grund für die Einladung anzusprechen.

„Ich?" Ihr Bruder wirkte erstaunt.

Zum Glück wurde in diesem Moment das Essen serviert, und so blieb ihr eine Erklärung erspart. Die Bedienung zündete den Brenner für den Fonduetopf an und stellte den Topf mit zerlaufenem Käse auf die Flamme. Dann arrangierte sie noch einige Zutaten, die man in das Fondue dippen konnte.

Carols Appetit war in der letzten Woche allmählich zurückgekehrt, doch seit der Fehlgeburt hatte sie so viel abgenommen, dass die meisten Kleider ihr nicht mehr richtig passten. Für diesen Abend war sie gezwungen gewesen, ihr Outfit dreimal zu tauschen, weil es nicht richtig saß. Alle Kleidungsstücke in ihrem Schrank schienen wie Zeltplanen um sie herum zu hängen.

„Wir denken über Adoption nach", verkündete Carol. Sie konnte sich – trotz Dougs mahnender Blicke – nicht länger verkneifen, etwas zu verraten.

Rick nickte zustimmend. „Gute Idee."

„Haben wir auch gedacht", murmelte sie und presste unter dem Tisch ihr Bein gegen Dougs. Ihr Bruder schien das Offensichtliche nicht zu verstehen.

„Ich habe letzte Woche endlich mit Ellie gesprochen", erzählte er.

„Und? Wie ist es gelaufen?"

„Sie war nett. Unter all der Höflichkeit konnte ich heraushören, dass sie sich ehrlich gefreut hat, von mir zu hören. Ich habe sie gefragt, ob sie mit mir essen geht."

„Hat sie die Einladung angenommen?“

Er schüttelte den Kopf. „Ich hätte warten sollen, bis ich wieder in Alaska bin. Es ist nämlich viel schwieriger, jemandem von Angesicht zu Angesicht einen Korb zu geben als am Telefon.“

„Und was passiert mit Lisa?“, fragte Carol und hoffte, mehr Informationen über die schwangere Flugbegleiterin zu bekommen.

„Wir haben uns entschlossen, getrennte Wege zu gehen. Wir hatten auch nie viel gemeinsam.“

Carols Herz sank. „Aber du wirst sie doch weiterhin treffen, oder?“

Ihr Bruder sah auf, während der Käse von seinem Brot in den Topf tropfte. „Ja, sicher. Das lässt sich wohl nicht vermeiden, wo wir beide doch für dieselbe Fluglinie arbeiten. Sie ist wirklich süß, und was passiert ist, war einfach ein unglücklicher Zufall. Ich muss sagen, sie hat das alles sehr gut in den Griff bekommen.“

Carol seufzte erleichtert. „Manchmal entpuppt sich etwas, das zunächst wie ein Unfall aussieht, später als wahrer Glücksfall.“

„Kann sein“, erwiderte Rick abwesend und nahm noch ein Stück Brot. „Verdammt, das schmeckt echt lecker. Weiß jemand von euch, was für ein Käse das ist?“

„Also ich nicht“, erwiderte Doug.

Carol bemerkte die Schärfe in Dougs Stimme und sah ihn an. Er starrte finster auf seinen Teller. Eigentlich wollte sie ihn fragen, was los sei, aber sie war zu abgelenkt. Carol konnte es nicht erwarten, nun endlich mit Rick über die Idee zu reden.

„Ich bin sicher, dass du dir denken kannst, wie furchtbar die Fehlgeburt war", erzählte Carol und ließ ihren Bruder dabei nicht aus den Augen.

Er nahm einen Schluck von seinem Drink und spießte dann eine Scheibe Birne auf. „Die Nachricht hat mich echt umgehauen."

„Eines Nachts saß ich im Dunkeln und dachte über alles nach, was passiert ist. Und ich fühlte mich wie ein totaler Versager."

„Wieso?"

„Weil ich mich selbst enttäuscht habe. Weil ich Doug enttäuscht habe. Wir beide wissen, was für ein wundervoller Vater er wäre. Und ich weiß, wie enttäuscht Mom und Dad waren, als sie die Nachricht erhielten. Sie hatten sich so darauf gefreut, Großeltern zu werden. Ich fühlte mich, als sei meine ganze Welt zusammengestürzt."

Er sah sie an. „Warum hast du dich so gefühlt?"

Es hätte zu lange gedauert, das zu erklären. „Eine Frau empfindet eben so, wenn sie ein Kind verliert."

Rick sah zu Doug und blinzelte ihm zu. „Frauen. Du kannst nicht mit ihnen leben, kannst sie nicht verstehen, aber sie machen das Leben doch erst richtig interessant, stimmt's?"

Doug machte sich nicht die Mühe, darauf zu antworten.

„Der Grund, weshalb ich das Thema angesprochen habe …"

„Carol." Doug legte seine Hand auf ihre Hand. „Lass uns einfach das Essen genießen, okay?"

Sie nickte. Doch sie musste sich auf die Zunge beißen, um ihren Bruder nicht mit weiteren Fragen über Lisa zu löchern.

Ohne die Wirkung des Whiskys – Rick nippte mittlerweile an seinem zweiten Glas – hätte er vielleicht verstanden, auf was seine Schwester so dringend hinauswollte.

Das Essen schien ewig zu dauern. An jedem anderen Abend hätte sie die Zeit in vollen Zügen ausgekostet. Nach der Vorspeise, dem Käsefondue, kam der Hauptgang – Shrimps und Hummer in Weißweinsoße. Als endlich das Dessert serviert wurde, war Carol so gespannt, dass sie es kaum noch aushalten konnte.

„Möchtest du auf einen Schlummertrunk mit zu uns nach Hause kommen?", fragte Doug.

Rick warf einen Blick auf seine Uhr. „Ich sollte wohl besser ins Hotel fahren."

„Aber es ist wichtig", platzte Carol heraus. „Doug und ich müssen mit dir reden."

Überrascht sah Rick sie an. „Worüber?"

Sie wollte den Abend nicht enden lassen, ohne das Thema Adoption angesprochen zu haben. „Doug und ich wollen über dich und Lisa reden."

Er runzelte die Stirn. „Ich habe euch doch erzählt, dass wir nicht mehr zusammen sind."

„Ja, ich weiß. Aber es hat auch nichts mit euch beiden als Paar zu tun. Doug und ich ...", sie hielt inne und sah kurz zu ihrem Mann hinüber, bevor sie sich wieder Rick zuwandte, „... würden gern mehr über das Baby erfahren."

„Welches Baby?" Rick schien ehrlich überrumpelt zu sein.

Sie lehnte sich vor. „Lisa ist doch schwanger, oder?"

„*War* schwanger, meinst du."

Carol fühlte sich, als hätte ihr jemand den Stuhl weggezogen. „Hatte sie eine Fehlgeburt?“

Er schüttelte den Kopf. „Wir haben über die Angelegenheit gesprochen. Und wir haben entschieden, dass es nur eine Möglichkeit gibt. Keiner von uns wollte wirklich ein Baby.“

„Ja, aber …“

„Ich musste die ganze Zeit daran denken, was Ellie sagen würde. Und dann die Alimente – achtzehn Jahre lang. Die Verantwortung für ein Kind sollte man nicht auf die leichte Schulter nehmen.“

„Sie hatte eine Abtreibung?“ Carol fühlte sich, als würden tausend Messer in ihr Herz gestoßen.

„Wie gesagt, Lisa und ich haben lange darüber diskutiert. Es ist ihr Körper, und die Entscheidung lag ganz allein bei ihr.“

„Aber du hast ihr gesagt, dass du das Baby nicht haben willst!“

„Genau. Ich brauche nichts, was mein Leben noch komplizierter macht.“

„Doug und ich wollten das Kind zu uns nehmen!“

„Liebling.“ Dougs liebevolle Stimme drang durch einen dichten Nebel aus Betroffenheit und Ungläubigkeit zu ihr. „Es ist zu spät. Vergiss diese Idee.“

Nach dem ersten Schock spürte sie gar nichts mehr. Keine Wut, keine Trauer, keine Enttäuschung. Nichts. Sie hätten ebenso gut über das Wetter reden können.

„Es tut mir leid“, sagte Rick. „Aber selbst wenn wir das gewusst hätten, hätten wir uns wohl genauso entschieden.“

„Komm, Schatz. Ich denke, wir sollten gehen.“ Doug half ihr beim Aufstehen. Und wenn man ihr auch keine Enttäuschung, keine Verzweiflung anmerkte, so sah man sie bei ihm doch ganz deutlich.

„Ihr habt vielleicht ein bisschen zu viel erwartet", sagte Rick. „Es ist *mein* Leben. Und ich bin nicht da, um eure Probleme zu lösen."

„Richtig", erwiderte Doug. „Dies ist *unser* Problem."

Rick kippte den Rest seines Whiskys in einem Zug hinunter. „Nehmt es nicht zu schwer. Solche Dinge passieren. So ist das Leben."

„Richtig." Doug legte seinen Arm um Carol.

„Danke für das Abendessen, ihr zwei. Wir sollten uns bald einmal wiedersehen." Rick blieb allein am Tisch zurück und starrte ins Nichts.

39. KAPITEL

Alix Townsend

Um Punkt zehn Uhr am Samstagmorgen holte Jacqueline Alix vor deren Haus ab. Während der Strickstunde am Freitagnachmittag hatte Alix betont beiläufig von ihrer Verabredung mit Jordan in einem angesagten Restaurant erzählt. Jacqueline war sofort darauf angesprungen und witterte eine zweite Chance, sich für Alix' Hilfe erkenntlich zu zeigen.

„Ich weiß, dass ich mich dir gegenüber nicht ganz richtig verhalten habe", gab Jacqueline zu. „Gib mir eine zweite Chance. Ich verspreche dir, dass du es nicht bereuen wirst."

Alix konnte nur hoffen, dass das auch stimmte. Als Jacquelines Mercedes an der Bordsteinkante hielt, machte Alix einen Schritt nach vorn und öffnete die Beifahrertür. „Bist du dir immer noch sicher, dass du das für mich tun willst?"

„Sicher. Und jetzt steig ein. Wir haben noch viel vor."

Hätte ihr vor drei Monaten jemand erzählt, dass sie einmal mit dieser Society-Tussi Freundschaft schließen würde, wäre derjenige von Alix mit Sicherheit für komplett verrückt erklärt worden. Zwar stritten sie noch immer, aber mittlerweile war das meiste davon Show. Sie hatten schließlich einen Ruf zu verteidigen.

Alix saß im Auto und fragte sich, warum Jacqueline nicht endlich losfuhr.

„Schnall dich an", sagte Jacqueline.

Murmelnd zog Alix am Gurt und tat wie geheißen.

„Was?", blaffte Jacqueline.

„Sei doch nicht so zimperlich."

„Das bin ich nicht. Übrigens fahren wir jetzt zu meiner Schwiegertochter."

„Tammie Lee?" Das war eine Überraschung. Alix hatte bemerkt, dass Jacqueline nicht nur ihr, sondern auch ihrer bisher so ungeliebten Schwiegertochter gegenüber weicher und nachsichtiger geworden war. Zu Beginn des ersten Strickkurses hatte Jacqueline kein einziges gutes Haar an Tammie Lee gelassen. Das war mittlerweile ein bisschen anders geworden.

„Tammie Lee ist jung und modebewusst. Das ist es doch, was du willst, oder?"

„Es ist immerhin besser, als wenn du mich anziehst wie Laura Bush."

Zu ihrer Verwunderung lachte Jacqueline. „Sag nichts Falsches über unsere First Ladies. Ich habe in der fünften Klasse die Schreibung meines Namens geändert – wegen Jacqueline Kennedy."

„Meine Mutter sagt, sie habe für meinen Namen extra ein i und kein e gewählt", gab Alix zu. „Aber ich bezweifle, dass das aus einem guten Grund geschah. Wahrscheinlich lief es eher so, dass sie betrunken war, als sie die Geburtsurkunde ausfüllte, und deshalb meinen Namen falsch buchstabiert hat." Alix wusste nicht, ob das der Hergang der Geschehnisse war, die zu ihrem außergewöhnlichen Namen geführt hatten, aber vorstellen konnte sie es sich.

Auf der Fahrt zu Tammie Lee unterhielten sie sich über Anstandsregeln und über andere Dinge, die Alix nach Jacquelines Meinung unbedingt noch für das Date mit Jordan wissen musste. Sie sprachen auch über Lydia und fragten sich, warum deren Schwester in letzter Zeit so oft im Laden war. Jacqueline hatte angerufen und nachgefragt, und Alix hatte einige Male im Laden vorbeigeschaut. Aber alles, was Margaret verriet, war, dass ihre Schwester ein wenig ruhebedürftig sei. Die Strickstunde am Freitag machte ohne ihre Lehrerin und Freundin nur halb so viel Spaß. Doch niemand beklagte sich. Alix hoffte nur, dass Lydia in der nächsten Woche wieder da sein würde. Und Jacqueline hoffte das auch.

Gute zwanzig Minuten waren sie unterwegs, bis Jacqueline in eine Auffahrt einbog. Sie wirkte, als würde sie zu einem Herrenhaus führen. Das Haus war modern und stand in einem großen Garten mit unzähligen bunten Blumen. Die weißen Säulen am Haus erinnerten sie an Bilder, die sie vor langer Zeit in einem Magazin gesehen hatte.

Sie waren kaum aus dem Auto ausgestiegen, als die Vordertür aufflog und ein Mädchen herauskam, das nicht älter sein konnte als Alix. Tammie Lee trug Shorts, ein Umstandstop und keine Schuhe. Sie lächelte, und ihre Augen funkelten vergnügt.

„Ihr kommt genau richtig“, sagte sie und hielt die Fliegentür auf. „Ich habe mich schon auf euch gefreut.“

Alix mochte die Art, wie Tammie Lee sprach. Diese Frau besaß die sanfteste, süßeste Stimme, die sie jemals gehört hatte.

Tammie Lee umarmte Jacqueline, als hätte sie ihre Schwiegermutter seit einer Ewigkeit nicht mehr gesehen. „Und du musst Alix sein. Jacqueline hat mir gar nicht erzählt, was für eine Schönheit du bist. Du musst reinkommen, damit ich dich mal genau ansehen kann.“ Bevor Alix etwas erwidern konnte, hatte Tammie Lee ihren Arm genommen und sie hinter sich her ins Haus gezogen.

„Wo ist Paul?“, fragte Jacqueline.

„Spielt Golf mit seinem Vater“, erwiderte Tammie Lee und schien überrascht zu sein, dass ihre Schwiegermutter nichts davon wusste.

Alix glaubte, in Jacquelines Augen etwas aufblitzen zu sehen – für einen Moment sah es aus wie Schmerz. Aber vielleicht hatte sie sich auch geirrt.

„Im Gästezimmer ist alles vorbereitet“, sagte Tammie Lee. „Ich habe einige meiner Kleider herausgenommen, damit Alix sie anprobieren kann. So finden wir vielleicht schon etwas, das ihr gefällt und können dann ganz gezielt einkaufen gehen.“

„Gute Idee“, entgegnete Alix. Obwohl sie sich nicht vorstellen konnte, dass ihr die Kleider dieser Südstaatenschönheit gefallen könnten.

Tatsächlich hatte Tammie Lee eine beachtliche Auswahl an Kleidungsstücken auf dem Bett im Gästezimmer ausgebreitet. Als Alix jedoch einen ersten Blick auf die Sachen warf, sank ihr Mut. Bevorzugte Materialien schienen Satin und Spitze zu sein. Und auch an sonstigen typischen Accessoires für Mädchen war nicht gespart worden.

„Du kannst dir schon mal genauer anschauen, was auf dem Bett liegt. Ich mache uns derweil einen Eistee.“

„Mit Minze“, fügte Jacqueline hinzu und setzte sich.

„Aber natürlich“, sagte Tammie Lee und eilte aus dem Zimmer.

„Sie tut überall Minze hinein“, flüsterte Jacqueline, und ihre Stimme klang abschätzig.

Alix sah zu ihr herüber – da war sie wieder, die alte Ablehnung. Doch sie verkniff sich einen Kommentar. Stattdessen betrachtete sie einen langen Jeansrock. Wenn sie den mit einem T-Shirt und einem breiten Ledergürtel kombinierte, war er gar nicht so schlecht. Sie legte den Rock zur Seite und griff nach einem flauschigen Kleid mit Spitzen, das sie sofort wieder fallen ließ.

Tammie Lee steckte den Kopf durch den Türspalt. „Möchte vielleicht jemand lieber eine Cola?"

„Ja, ich bitte." Alix war in der Hinsicht nicht sehr zurückhaltend oder schüchtern. Sie hatte Eistee noch nie besonders gemocht.

„Mit oder ohne Erdnüsse?"

„Mit." Sie hatte noch kein Frühstück zu sich genommen, und ein kleiner Snack hörte sich verlockend an.

„Ich möchte gern einen Eistee. Brauchst du Hilfe?", fragte Jacqueline.

„Um Himmels willen, nein." Tammie Lee verschwand wieder, kehrte jedoch kurz darauf zurück.

In den Händen hielt sie ein Tablett, das sie auf die Kommode stellte. Jacqueline stand auf und holte sich ein Glas mit Eistee. Verstohlen beobachtete Alix, wie sie mit Daumen und Zeigefinger das Minzblatt aus dem Getränk fischte.

Tammie Lee servierte die Cola in einem altmodischen Wasserglas. Offenbar hatte sie die Erdnüsse vergessen, aber das machte nichts. Erst als Alix nach dem Glas griff, bemerkte sie, dass Tammie Lee die Nüsse ganz und gar nicht vergessen hatte – sie schwammen in der Cola. Nun war es zu spät, um sich zu beschweren, und so nippte Alix an ihrem Getränk. Der Geschmack war wirklich interessant – eine Mischung aus salzig und süß. Dies war wahrscheinlich eine der Angewohnheiten Tammie Lees, über die sich Jacqueline so gern beschwerte.

„Ich finde diesen Rock gut“, sagte Alix und hielt den Jeansrock in die Höhe.

„Das dachte ich mir schon.“

„Aber du kannst doch in einem Restaurant keine Jeans tragen“, wandte Jacqueline ein.

„Das ist doch kein gewöhnlicher Straßenrock aus Jeansstoff, sondern ein sehr modisches Stück, das momentan total in ist“, erwiderte Tammie Lee.

Und während die beiden noch diskutierten, was man unter angemessener Kleidung für ein nobles Restaurant verstand, trank Alix ihre Cola mit den darin schwimmenden Erdnüssen.

Eine Stunde und unzählige Outfits später fuhren die drei ins Einkaufszentrum. In einem der großen Läden setzte sich Jacqueline auf einen Stuhl und wartete geduldig, während Tammie Lee ein Kleidungsstück nach dem anderen in die Umkleidekabine trug. Einige davon lehnte Alix sofort ab, doch ein paar schienen tatsächlich in Betracht zu kommen. Am Ende entschied sich Alix für einen langen schwarzen Rock und eine weiße Seidenbluse.

Mittlerweile war es Mittag, und Alix kam fast um vor Hunger. Ihr hätte ein Hamburger vollkommen gereicht, doch Jacqueline bestand darauf, sich in einem der Bistros des Einkaufszentrums einen Platz zu suchen. Sie wollte unbedingt, dass die beiden die delikaten Sandwiches mit den ultradünnen Gurkenscheiben probierten. Alix hatte ihr Sandwich mit zwei Bissen verschlungen und aß noch einige mehr. Für das, was Jacqueline für dieses Mittagessen bezahlte, hätte Alix woanders eine Woche lang zum Essen ausgehen können. Kein Wunder, dass die Damen aus den höheren Kreisen so dünn waren.

„Ich weiß nicht, wie es euch geht, aber ich bin erschöpft", sagte Jacqueline. „Ihr könnt gerne weiter einkaufen – nur bitte ohne mich."

„Du gehst am besten nach Hause und legst die Beine hoch", sagte Tammie Lee. „Dann würde ich gern an dieser Stelle übernehmen, wenn es für Alix in Ordnung ist."

„Ich möchte allerdings unbedingt einen Blick auf Alix werfen, wenn ihr fertig seid."

„Ich werde dich höchstpersönlich anrufen", versprach Tammie Lee.

Als die beiden jungen Frauen schließlich allein waren, fanden sie schnell das, was zum perfekten Outfit noch fehlte – ein Paar Schuhe und eine silberne Halskette. Und das alles schenkte Jacqueline Alix. Alix hätte nie gedacht, wie sehr sie Jacquelines Schwiegertochter mögen würde. Tammie Lee war witzig und süß und die netteste Person, die sie in ihrem ganzen Leben getroffen hatte. Sie verstand überhaupt nicht, was Jacqueline gegen Tammie Lee hatte.

Nach dem Einkaufen gingen sie in ein Schnellrestaurant, um sich eine Cola zu gönnen. Alix hatte noch immer Hunger und bestellte einen Cheeseburger mit Pommes frites.

Tammie Lee warf ihr einen Blick zu und begann zu kichern. „Ich nehme dasselbe."

Während die beiden auf das Essen warteten, räusperte Alix sich. „Übrigens: Ich gehe nie wieder zu dem Friseur von Jacqueline", verkündete sie – nur für den Fall, dass Jacqueline ihre Reaktion auf den letzten Besuch dort vergessen haben sollte.

„Das kann ich sehr gut verstehen“, flüsterte Tammie Lee. „Jacqueline wollte auch, dass ich einen Termin bei Desiree mache. Und das habe ich, kurz nachdem Paul und ich geheiratet hatten, auch getan.“

„Und? Hast du auch ausgesehen wie eine Streberin?“

„Nein“, sagte sie und grinste schief. „Mehr wie meine eigene Großmutter. Jedes Mal, wenn Paul mich sah, ist er in Gelächter ausgebrochen. Ich dachte, ich sterbe.“

Ihre Bestellung war fertig, und sie fanden einen Platz in der Mitte des Sitzbereichs.

„Erzähle mir von dir und Paul“, bat Alix und packte ihren Cheeseburger aus.

„Oh Alix“, seufzte Tammie Lee. „Ich weiß gar nicht, wo ich anfangen soll. Bis vor einiger Zeit habe ich nicht geglaubt, das ich Louisiana jemals verlassen würde – aber was tut eine Frau nicht alles für die Liebe.“ Ihr Blick war träumerisch. „Ich habe herausgefunden, dass es egal ist, wo ich lebe, solange ich mit Paul zusammen sein kann. Das Herz geht eben seinen eigenen Weg. Wenn du verstehst, was ich meine.“

Alix verstand. Die Tatsache, dass sie sich in diesem Einkaufszentrum befand, zeigte nur zu deutlich, dass es so war.

„Wenn du nichts dagegen hast, mache *ich* dir die Haare“, schlug Tammie Lee vor.

„Das würdest du tun?“

„Ich habe vielleicht nicht die Erfahrung einer Miss Desiree, aber ich kenne mich mit Haaren und Frisuren gut aus. Alle meine Freunde bitten mich, ihnen die Haare für Feste und dergleichen zu machen. Also, bis jetzt hat sich noch niemand beschwert.“

„Dann würde ich mich freuen, wenn du mir hilfst."

„Das wird ein Spaß!"

Als die zwei zu Tammie Lees Haus zurückkehrten, war Paul wieder da. Er saß vor dem Fernseher, hatte einen leeren Teller auf dem Schoß und ein Milchglas neben sich stehen.

„Hi, Tam", sagte er und schenkte Alix ein Lächeln. Er sprang auf, nahm seiner Frau die Einkaufstüten aus der Hand und küsste sie auf die Wange. „Wie war es beim Einkaufen?"

„Großartig. Das ist übrigens Alix, eine Freundin deiner Mutter, und jetzt auch meine."

„Hallo, Alix", sagte er und sah sie ein wenig ungläubig an. „*Du* bist mit meiner Mutter befreundet?"

„Ja, wir haben uns im Strickkurs kennengelernt."

„Ach, richtig", murmelte er und nickte. „Ich erinnere mich ..."

„Ich werde Alix gleich noch bei den Haaren helfen. Sie hat heute Abend nämlich ein Date."

„Sicher, viel Spaß", entgegnete Paul. Seine Aufmerksamkeit war allerdings schon wieder auf das Baseballspiel gerichtet, das im Fernsehen lief.

Tammie Lee hatte nicht zu viel versprochen. Als sie fertig war, fühlte Alix sich wie eine Kandidatin für die Wahl zur Schönheitskönigin. Sie musste sich kneifen, um zu glauben, dass die Person im Spiegel sie selbst war.

„Und? Was denkst du?", fragte Tammie Lee gespannt.

„Ich ... du hast mich hübsch gemacht."

Tammie Lee schüttelte langsam den Kopf. „Du bist doch schon hübsch, Alix. Und ich habe das Gefühl, dass dein Jordan das auch weiß."

Als Tammie Lee von „ihrem" Jordan sprach, machte Alix'

Herz einen kleinen Freudensprung. Es hörte sich beinahe so an, als seien er und sie ein Paar.

Kurz darauf erschien Jacqueline, um Alix' Outfit für den Abend zu begutachten. Während Alix ein bisschen Angst hatte, dass sie hinter den Erwartungen der Freundin zurückbleiben könnte, schien diese von Alix' Äußerem sehr angetan zu sein. Tammie Lee hatte Alix' Haare mit einem Lockenstab und ein wenig Schaumfestiger zu einer hübschen, natürlichen Frisur gestylt. Sie stand ihr ausgesprochen gut.

Nach einem Augenblick des Schweigens begann Jacqueline zu lächeln.

„Meinst du, Jordan wird es mögen?"

Sie lachte auf. „Meine Liebe, er wird total überwältigt sein."

Während Alix an diesem Abend auf Jordan wartete, ging sie nervös im Wohnzimmer ihrer Wohnung auf und ab.

„Würdest du bitte aufhören, hin und her zu laufen?", fuhr Laurel sie an. Sie hatte sich mit einer Packung Eiscreme vor den Fernseher gesetzt und aß das süße, klebrige Zeug direkt aus dem Karton.

Als es an der Tür klopfte, stand Alix für einen Moment das Herz still. Sie schloss die Augen, und obwohl sie seit Jahren nicht mehr gebetet hatte, schickte sie in diesem Augenblick ein Stoßgebet zum Himmel. Mehr als alles andere auf der Welt wünschte sie sich, dass Jordan sah, wie hübsch sie war.

Mit angehaltenem Atem öffnete sie die Tür.

Jordan stand mit einer Ansteckblüte in der Hand vor ihr. Er riss erstaunt die Augen auf, als er Alix von oben bis unten betrachtete.

„Sag etwas“, flüsterte sie. „Irgendetwas.“

„Wow“, stieß er schließlich hervor. „Wow, Alix, bist du das wirklich?“

„Ja.“ Sie konnte nicht anders, als ihn erleichtert anzulächeln. „Wie findest du es?“

„Ich finde dich toll“, sagte er und reichte ihr die Ansteckblüte.

Das war das erste Mal in ihrem Leben, dass ihr jemand Blumen schenkte. Und nichts auf der Welt hätte sie in diesem Augenblick glücklicher machen können.

40. KAPITEL

„Ob ich für mich oder für jemand anderen stricke, meine Leidenschaft fürs Stricken eröffnet mir die Möglichkeit, meine Kreativität auszuleben und schenkt mir das Gefühl, etwas vollbracht zu haben."
(Rita E. Greenfeder, Redakteurin beim Knit, ‚N' Style Magazine)

Lydia Hoffman

Margaret hatte mir offenbar mein Verhalten im Krankenhaus verziehen, denn sie wollte mich zu Dr. Wilson begleiten. Mittlerweile lagen ihm alle Testergebnisse vor. Doch es schien immer noch einige Unklarheiten zu geben.

Wortkarg, wie er nun einmal war, hatte er mir bei meiner Entlassung aus der Klinik nur wenig gesagt. Er wollte einen Kollegen bitten, die Biopsie noch einmal zu prüfen. Diese Neuigkeit sollte mich offenbar ermutigen, doch tief in meinem Inneren wusste ich, dass der Tumor bösartig war.

„Sei nicht so pessimistisch", murmelte Margaret, als wir im Wartezimmer saßen. Mir war der letzte Termin des Tages gegeben worden – für mich ein weiteres sicheres Zeichen, dass Dr. Wilson schlechte Nachrichten für mich hatte. Meiner Schwester gegenüber schwieg ich jedoch.

Stattdessen lehnte ich mich zurück und schloss die Augen. Ich wollte für einen Moment die Welt um mich herum nicht mehr sehen. Für Margaret war es einfach, Optimismus zu verlangen. Dies war nicht *ihr* Leben, nicht *ihre* Krankheit, nicht *ihr* bevorstehender Tod. Was hätte sie gesagt, wenn sie in meiner Situation gewesen wäre? Ich unterdrückte den Drang, sie daran zu erinnern, dass sie vor nicht allzu langer Zeit mit denselben Ängsten zu mir gekommen war. Nur mit größter Mühe konnte ich mich zusammenreißen – denn eigentlich wollte ich vor Wut um mich schlagen, die Welt und alle Menschen um mich herum dafür verantwortlich machen, dass ich todkrank war. Der einzige Mensch jedoch, der meinen ganzen Zorn zu spüren bekommen hatte, war Brad. Und er verdiente es am allerwenigsten, so behandelt zu werden. Doch ich wollte nicht länger über ihn nachgrübeln – oder über die Reue, die in mir hochkam, wann immer ich an ihn denken musste. Ich hatte getan, was ich tun musste, und das war für ihn sicherlich das Beste. Er würde niemals erfahren, wie schwer es für mich gewesen war, ihn fortzuschicken. Doch ich würde diesen Schmerz mit mir herumtragen. Für den Rest meines Lebens, wie kurz es auch sein mochte.

Meine Mutter war ebenfalls ein Mensch, den ich schützen wollte. Margaret sah das genauso. Bis jetzt wusste meine Mutter nichts über den Grund meines Klinikaufenthaltes. Margaret und ich hatten uns gemeinsam eine Geschichte ausgedacht und Mom weisgemacht, ich sei wegen einer Routineuntersuchung im Krankenhaus. Sie nahm diese Lüge nur allzu gern an.

Lange bevor ich bereit war, das Unausweichliche zu akzeptieren, betrat Peggy das Wartezimmer. „Dr. Wilson ist fertig. Sie können nun zu ihm“, verkündete sie.

Ich sah ihr nicht in die Augen, obwohl ihre Stimme hoffnungsvoll und ermutigend klang.

Peggy begegnet allen Patienten mit derselben Freundlichkeit. Ich ahne, dass es auch für sie nicht leicht ist. Zu häufig hat sie neben Dr. Wilson stehen und wortlos und ohnmächtig mit ansehen müssen, wie Patienten ihren Kampf gegen den Krebs verloren. Ich beneide sie nicht um ihren Beruf.

Margaret stand bereits in der Tür, während ich noch mein Magazin zur Seite legte und meine Tasche an mich nahm. Ich hatte keine Eile zu hören, wie sich meine schlimmsten Befürchtungen bestätigten.

Peggy führte uns in Dr. Wilsons Büro. Seine gerahmten Zeugnisse schmückten die Wände. Einige Familienfotos standen auf einer Anrichte. Der Schreibtisch aus Mahagoni glänzte und war aufgeräumt – nur meine Akte lag dort. Schon zweimal war ich in diesem Büro gewesen, und jedes Mal hatte Dr. Wilson vernichtende Nachrichten für mich gehabt. Und dieses Mal erwartete ich nichts anderes.

Nachdem meine Schwester sich vorgestellt hatte, schüttelte sie seine Hand.

Dr. Wilson zog seinen großen Ledersessel mit der hohen Lehne zurück und setzte sich an den Schreibtisch. Dann griff er nach meiner Akte, die er in die Mitte des Tisches legte. Er hielt inne und …

„Der Krebs ist wieder da." Das war keine Frage von mir, sondern eine Feststellung. Der Tumor war entfernt worden, aber es gab bestimmt Metastasen, die sich nicht so leicht behandeln ließen wie der Haupttumor.

„Stimmt das?", fragte Margaret. Zu meinem Erstaunen bemerkte ich, dass ihre Stimme leicht zitterte.

So oft in der Vergangenheit hatte ich versucht, Margaret zu übertrumpfen – ich wollte ihr immer wieder beweisen, dass ich im Recht war und sie nicht. Die normale Rivalität zwischen Geschwistern. Doch dieses eine Mal wünschte ich mir nichts sehnlicher, als dass ich falsch lag.

Wie gesagt, es gab keinen Grund, optimistisch zu sein. Die Krankheit schien sich zu weigern, meinen Körper zu verlassen. Schon öffnete ich meinen Mund, um zu sagen, dass ich mich gegen eine Behandlung entschieden hatte. Ich besaß weder den Willen noch die Kraft, diesen dritten Kampf zu kämpfen. Nicht ohne meinen Vater.

„Aufgrund Ihrer Krankengeschichte", begann Dr. Wilson, „ist es wichtig, ganz sicherzugehen, bevor ich eine Diagnose stellen kann. Deshalb habe ich die Probe an eine Krebsspezialistin geschickt."

Ich hielt den Atem an.

„Was hat sie gesagt?", fragte Margaret und rutschte auf ihrem Stuhl ganz nach vorn.

„Die Ärztin – wie gesagt, Spezialistin auf dem Gebiet der Krebsforschung – war einer Meinung mit mir. Der Tumor ist gutartig."

„Gutartig", wiederholte ich. Hatte ich Dr. Wilson richtig verstanden? Der Tumor war gutartig?

„Ja", bestätigte er und lächelte mich an. Doch ich stand zu sehr unter Schock, um überhaupt reagieren zu können. „Dieses Mal wird alles gut, Lydia. Sie haben keinen Krebs." Er stand auf und ging hinüber zu dem Schaukasten für Röntgenaufnahmen. Dann zog er zwei Röntgenaufnahmen aus einem Umschlag und hängte sie vor das erleuchtete Glas. Er nahm einen Kuli in die Hand und deutete auf die Bilder. „Dies ist die erste Aufnahme, die wir gemacht haben, und dies die zweite, die nach der Operation erfolgte."

„Wollen Sie damit sagen, dass ich keine Bestrahlung oder Chemotherapie brauche?“

Er schüttelte den Kopf. „Es besteht kein Anlass dazu.“

Ich straffte die Schultern.

„Das sind tolle Neuigkeiten, finden Sie nicht?“

In diesem Moment war ich wie gelähmt. Ich konnte ihm nicht zustimmen, ja nicht einmal nicken. Seine Stimme wurde scheinbar immer leiser, während die Nachricht langsam zu mir durchdrang. Mir war mein Leben zurückgegeben worden!

Ich kann mich nicht daran erinnern, wann ich mich erhoben hatte. Aber plötzlich stand ich vor Dr. Wilsons Schreibtisch. Ich schlug die Hand vor den Mund und fürchtete, in Tränen auszubrechen. Zu meinem Erstaunen bemerkte ich in dem Moment, dass Margaret weinte. Sie stand ebenfalls auf, umarmte mich und schluchzte.

„Du wirst wieder ganz gesund“, wiederholte sie. „Oh Lydia, du wirst wieder ganz gesund.“

Dr. Wilson erklärte, dass es ein neues, vielversprechendes Medikament gab, das er mir verschreiben würde. Doch nichts von dem, was er sagte, erreichte mich. Ich war einfach zu glücklich.

Margaret und ich hatten aufgehört zu weinen und lachten mittlerweile – unsere Reaktionen verliefen vollkommen synchron. Unser Gelächter muss hysterisch geklungen haben. Meine Schwester legte irgendwann ihre Finger an die Lippen und sah mich nicht mehr an. Sie versuchte ernsthaft, sich auf die Worte des Arztes zu konzentrieren. Doch mich interessierte nichts von alledem. Ich hatte mein Leben zurückbekommen! Mein schönes, wundervolles Leben gehörte wieder mir!

Erst als wir das Büro verließen, dachte ich an Brad. „Margaret“, sagte ich und ergriff die Schultern meiner Schwester. Plötzlich wich alle Erleichterung und Freude von mir. Wir standen vor dem Aufzug. Sie bemerkte offenbar den ernsten Tonfall meiner Stimme, denn ihr Lächeln erstarb.

„Was ist?“

„Brad ... Ich habe ihn so schlecht behandelt, obwohl er mir nur helfen wollte.“

Ganz offensichtlich musste sie sich zusammenreißen, um nicht herauszuplatzen: „Habe ich es dir nicht gesagt!“ – doch alles, was sie erwiderte, war: „Sprich mit ihm.“

Ich hatte Brad ganz furchtbar vermisst und oft kurz davor gestanden, ihn anzurufen. Aber ich schaffte es einfach nicht. Er hatte noch zweimal versucht, mich im Krankenhaus zu besuchen. Doch ich lehnte es ab, ihn zu sehen. Schließlich gab er der Krankenschwester eine Nachricht für mich. Ich wusste, dass dieser Brief mich umstimmen würde. So bat ich die Schwester, ihn ungelesen wieder mitzunehmen.

Später erzählte mir die Schwester, dass Brad auf eine Antwort gewartet hatte. Sie musste ihm sagen, dass ich den Brief nicht lesen wollte. Vielleicht klingt es melodramatisch, doch ich fürchtete nun, die vielversprechendste Beziehung meines Lebens zerstört zu haben.

„Ich kann versuchen, mit Brad zu sprechen. Aber ich bin mir nicht sicher, ob er mir überhaupt zuhören wird.“ Ich würde es verstehen, wenn er sagte, dass er mich nie wieder sehen wolle. Meine einzige Hoffnung bestand darin, ihn bei seinen Lieferungen zu treffen – er konnte schließlich nicht seinen Job vernachlässigen.

Am Dienstagmorgen stand ich wieder in meinem Laden.

Mir fehlen die Worte für das Gefühl, das mich durchflutete, als ich das Schild umdrehte. „Geöffnet".

Die Realität hielt wieder Einzug in mein Leben, als ich eine Liste mit Instruktionen von Dr. Wilson bekam. Ich war anscheinend genau die richtige Kandidatin für das neue Medikament. Es sollte verhindern, dass zukünftig Tumore wucherten.

Den gesamten Vormittag über hatte ich viel zu tun. Die Kunden wollten wissen, warum ich beinahe eine Woche lang nicht im Geschäft gewesen war. Offensichtlich benachrichtigte eine Kundin die nächste über meine Rückkehr, und so konnte sich die Neuigkeit verbreiten. Der Empfang war überwältigend. Es war unglaublich schön, das mitzuerleben. Margaret hatte ihr Bestes getan und den Laden am Laufen gehalten, aber die Kunden waren einfach daran gewohnt, mit mir zu sprechen.

Margaret schien die Zeit in meinem Laden ehrlich genossen zu haben. Vor drei Monaten noch hätte ich nicht geglaubt, jemals eine solche Verbundenheit zu meiner älteren Schwester zu empfinden. Ich war ihr wirklich dankbar für alles, was sie für mich getan hatte.

Gegen Mittag, als ich die erste Pause des Tages machte, sah ich unruhig aus dem Schaufenster. Als der große braune Lieferwagen schließlich vorbeifuhr und vor dem Blumenladen hielt, rannte ich aus dem Geschäft. Aber der UPS-Mann, der aus dem Wagen kletterte, war nicht Brad.

„Wo ist Brad?", platzte ich heraus.

Der Ersatzmann blickte über seine Schulter und war von meiner Frage offenbar überrascht. „Brad fährt diese Tour nicht länger."

„Was meinen Sie damit, dass er diese Tour nicht länger fährt?“, fragte ich. Plötzlich fühlte es sich an, als würde der Boden unter meinen Füßen ins Wanken geraten. Ich konnte nicht glauben, dass Brad etwas derart Drastisches tun würde.

„Brad liefert jetzt in der Innenstadt aus.“

Ich wusste, was geschehen war. „Er hat um seine Versetzung gebeten, stimmt's?“

Der UPS-Fahrer zuckte die Schultern. „Darüber weiß ich nichts. Tut mir leid.“

„Sehen Sie ihn ab und zu?“, fragte ich und hoffte, dieser Mann könne Brad eine Nachricht übermitteln.

„Eher selten“, erwiderte er. Er hatte einen Zeitplan, den er einhalten musste, und ich störte ihn nur. Also bedankte ich mich und ging in meinen Laden zurück.

Ich wusste, dass ich mit Brad nicht fair umgegangen war. Den Menschen, der mir immer und immer wieder bewiesen hatte, wie wichtig ich ihm war, hatte ich tief verletzt. Jetzt blieb mir nichts anderes übrig, als zu hoffen, dass es noch nicht zu spät war. Ich wollte meine Fehler unbedingt wiedergutmachen.

41. KAPITEL

Jacqueline Donovan

„Jacqueline!" Die Stimme schien von weit her zu ihr zu sprechen. „Jacqueline!" Der Ruf wurde lauter, und sie erkannte die Stimme ihres Mannes. Sie öffnete die Augen und starrte in die Dunkelheit. Reese stand vor ihrem Bett.

„Was ist passiert?", fragte sie und rieb sich die Augen. Es musste etwas Schlimmes geschehen sein, wenn er mitten in der Nacht in ihr Schlafzimmer kam.

„Paul hat gerade eben angerufen. Tammie Lee liegt in den Wehen."

„Jetzt?"

„Haben Babys jemals darauf geachtet, zu einer anständigen Uhrzeit auf die Welt zu kommen?"

Offenbar erwartete er darauf keine Antwort. „Was hat Paul gesagt?"

„Nur, dass sie seit zehn Uhr im Krankenhaus sind."

Ein kurzer Blick auf die Uhr sagte ihr, dass es beinahe fünf Uhr war.

„Sie steht kurz vor der Geburt", sagte er.

Jacqueline zögerte nicht. Sie schlug die Decke zur Seite und griff nach ihrem Morgenmantel.

„Willst du wirklich in die Klinik fahren?" Reese klang überrascht.

„Natürlich!" Ihretwegen konnte er machen, was er wollte – das hatte er schließlich in den letzten zwölf Jahren ihrer Ehe nicht anders getan. Aber nichts, was er sagte, würde sie davon abhalten, die Geburt ihrer ersten Enkeltochter mitzuerleben. Schon stand sie auf und ging in Richtung Badezimmer.

„Ich komme auch mit“, erklärte er und klang, als würde er Widerworte erwarten.

„Tu, was immer du willst.“

Er ignorierte den gereizten Unterton in ihrer Stimme. „Beeil dich“, entgegnete er. „Paul hat gesagt, dass es jeden Moment so weit sein könnte.“

„Ich bin in zehn Minuten fertig.“ Normalerweise war diese Zeitangabe beliebig dehnbar, aber heute wollte sie auch zu ihrem Wort stehen. Exakt dreizehn Minuten später traf sie ihren Mann wieder, der bereits im Wagen in der Garage wartete.

Auf dem Weg zum Krankenhaus schwiegen beide. Jacqueline fragte sich, ob er wohl dasselbe dachte wie sie. Es war eine Nacht wie diese, in der sie zum Hospital gefahren waren, weil sie mit Paul in den Wehen lag. Mitten in der Nacht platzte damals ihre Fruchtblase, und in ihrer Panik, dem Baby schaden zu können, klammerte Jacqueline sich an Reese. Sie machte sich Sorgen, dass die Nabelschnur sich bei einer falschen Bewegung um Pauls Hals wickeln könnte.

Geradezu heldenhaft hatte Reese sie auf den Arm genommen, zum Auto getragen und ins Krankenhaus gebracht. Zum Glück war auf den Straßen nicht viel Verkehr, denn Reese nahm die Kurven in einem Tempo, das so manchem Rennfahrer die Tränen in die Augen getrieben hätte. Dann trug ihr Held sie in den Wartebereich des Krankenhauses. Er war an ihrer Seite geblieben, bis Paul das Licht der Welt erblickt hatte. Wenn sie heute die Augen schloss, konnte sie noch immer hören, wie ihr Sohn seinen ersten Schrei tat.

Damals war es die schönste Melodie, die sie jemals gehört hatte.

Als sie am Krankenhaus ankamen, hasteten sie zum Informationsschalter und wurden in den fünften Stock geschickt.

Eine Schwester bot ihnen an, im Wartezimmer Platz zu nehmen. Während Jacqueline die Magazine durchblätterte, ging Reese los, um irgendwo einen Kaffee aufzutreiben.

Keine fünf Minuten später kehrte er mit zwei dampfenden Bechern zurück. „Das ist Automatenkaffee", erklärte er und zuckte die Schultern.

Das interessierte sie im Augenblick überhaupt nicht – Hauptsache, er war heiß und enthielt Koffein.

Die beiden saßen zwei Stühle entfernt voneinander in dem kleinen Warteraum und nippten an ihrem schalen Getränk. Eine halbe Stunde und drei Magazine später kam Paul in einem hellblauen Krankenhauskittel zu ihnen. Er wirkte müde, doch seine Augen funkelten, als er seine Eltern sah.

„Tammie Lee macht das ganz großartig", erzählte er. „Das Baby wird wahrscheinlich in der nächsten Stunde zur Welt kommen."

„Schön."

„Möchtest du bei der Geburt im Kreißsaal sein?", fragte er seine Mutter.

„Ich?" Sie schüttelte den Kopf. Das war ein intimer Moment zwischen ihrem Sohn und seiner Frau, und sie wollte nicht stören. Ganz zu schweigen davon, dass Geburten äußerst unschön sein konnten …

„Sicher. Aber nur, wenn du möchtest", sagte Paul und wirkte aufgeregt. „Tammie Lee hat gesagt, du bist herzlich willkommen, Mom."

Jacqueline konnte sich nicht daran erinnern, wann sie ihren Sohn zum letzten Mal so glücklich gesehen hatte. „Wenn es euch nichts ausmacht, warte ich lieber hier. Aber du sagst doch sofort Bescheid, wenn das Baby geboren ist, oder?"

„Du und Dad werdet die Ersten sein, denen ich es sage."

Dann ging Paul zu seiner Frau zurück. Jacqueline und Reese waren wieder allein. Sie ignorierten einander, tranken ihren mittlerweile kalten Kaffee und sahen sich alte Zeitschriften an.

„Erinnerst du dich an die Nacht, in der Paul geboren wurde?", fragte Reese unvermittelt.

Jacqueline lachte leise. „Ich erinnere mich, als wäre es gestern gewesen."

„Ich war damals so stolz auf dich."

„Weil ich dir einen Sohn geschenkt hatte, meinst du?"

„Nein ... ja, natürlich auch deshalb. Ich war glücklich, einen Sohn zu haben, aber ich wäre genauso glücklich über eine Tochter gewesen."

Sie nickte.

„Was ich meinte, war, dass du mich mit deiner Entschlossenheit und deinem Mut beeindruckt hast."

Er klang ehrlich. Doch sie zweifelte daran, ob sie es tatsächlich jemals geschafft hatte, ihn zu *beeindrucken*. Es war irgendwie nicht das richtige Wort.

„Ich erinnere mich daran, wie all die Frauen, die auch in den Wehen lagen, gejammert und nach Schmerzmitteln gefragt haben. Aber nicht du. Nicht meine Jacquie."

Würdevoll – sogar im Angesicht der unerträglichen Wehenschmerzen. Ja, das war sie. Jacqueline wusste, dass er ihr damit ein Kompliment machen wollte, und schenkte ihm ein leichtes Lächeln. „Trotz der Schmerzen war es eine der wundervollsten Nächte meines Lebens."

„Wegen Paul."

Sie senkte den Blick. „Also, eigentlich nicht. Sondern deinetwegen."

„Meinetwegen?" Er lachte auf, als könnte er ihr ebenfalls nicht glauben. Sie fragte sich, seit wann dieses gegenseitige Misstrauen ihre Beziehung vergiftete. Und plötzlich wusste sie es – es hatte an dem Tag angefangen, als er seine Geliebte kennenlernte.

„Als wir hierher fuhren, habe ich an die Nacht denken müssen, als Paul geboren wurde."

Reese nickte. „Ich habe auch daran gedacht."

„Und weißt du noch, wie du mich zum Auto getragen hast? Es war so ... so verwegen von dir. Ich war zu dem Zeitpunkt ja nicht gerade ein Leichtgewicht."

„Dein Held", spöttelte er und lächelte.

Eine tiefe Traurigkeit schien sie zu überwältigen. „Du warst mein Held", flüsterte sie und nahm schnell einen Schluck von ihrem Kaffee. Er sollte nicht sehen, wie unglücklich sie mit einem Mal war.

„Aber das bin ich jetzt nicht mehr", murmelte er.

Ihr Schweigen sagte mehr als tausend Worte. Sie blickte zur Seite, rang um Fassung. Ein Teil von ihr wollte wissen, was sie ihm nicht hatte geben können, dass er sich einer anderen Frau zuwenden musste. Doch der Schmerz war zu überwältigend. Sie fürchtete, dass, was immer er auch antwortete, ihr noch mehr wehtun würde. Mehr als das bloße Wissen, dass es die Andere in seinem Leben gab.

Er sagte nichts und sah auch nicht in ihre Richtung.

Und plötzlich wurde ihr klar, dass es in diesem Augenblick vielleicht *sie* war, die etwas sagen musste. Vielleicht sollte sie beginnen, eine Brücke zwischen ihnen zu bauen. Sie hatte ihn einmal so sehr geliebt. Und verdammt, ja, sie konnte es auch zugeben: Sie liebte ihn noch immer. Zu sehen, wie Paul und Tammie Lee einander liebten, war auch deshalb so schmerzvoll für Jacqueline, weil sie erkannte, was sie verloren hatte. Nach außen hin führte sie ein wundervolles Leben. Sie musste sich keine Sorgen ums Geld machen, sie hatte ein tolles Haus und viele Freunde. Trotzdem fühlte sie sich furchtbar einsam.

„Ich …“, begann Reese, als plötzlich der Schrei eines Kindes den Flur entlanghallte.

Erschrocken blickten sie einander an.

„Glaubst du, das war sie?“, fragte Jacqueline und sprang auf.

„Ich weiß es nicht“, erwiderte er, der ebenfalls schon stand.

„Vielleicht sollten wir die Krankenschwester fragen?“, überlegte sie.

Er ergriff ihren Ellbogen, und gemeinsam gingen sie zum Schwesternzimmer.

„Wir haben gerade den Schrei eines Neugeborenen gehört“, sagte Reese zu der Frau und nannte ihre Namen.

„Wir haben uns gefragt, ob das möglicherweise unsere Enkeltochter war“, fügte Jacqueline mit leiser Stimme hinzu, um die anderen Patienten und Besucher nicht zu stören.

„Ich werde für Sie nachsehen“, sagte die Schwester und verschwand in einem der Kreißsäle. Nach wenigen Augenblicken kehrte sie mit zwei hellblauen Kitteln zurück. „Ziehen Sie diese Schutzkleidung bitte über. Dann können Sie die junge Familie besuchen."

Weder Jacqueline noch Reese zögerten auch nur eine Sekunde. Sie zogen die Kittel an, und die Schwester führte sie in den Kreißsaal. Der Raum hatte mit dem Kreißsaal, in dem Jacqueline damals ihren Sohn zur Welt brachte, nicht mehr viel gemeinsam. Ein Sofa, Stühle, ein Fernseher und eine Badewanne standen in dem Zimmer. Wenn sie es nicht besser wüsste ... Jacqueline hätte geglaubt, in einem Hotelzimmer zu stehen.

Tammie Lee lag im Bett und lächelte Paul zu, der ihre Tochter in den Armen hielt. Das Gesicht ihrer Schwiegertochter war gerötet, die Haare schweißnass, und Tränen schimmerten in ihren Augen. Jacqueline fand, dass sie nie hübscher ausgesehen hatte.

„Mom und Dad", sagte Paul und wiegte behutsam das kleine Wesen in seinen Armen. „Dies ist Amelia Jacqueline Donovan."

Jacqueline hatte das Gefühl, als würde ihr Herz zerspringen. Sie spürte Tränen in sich aufsteigen. „Ihr habt sie nach mir benannt?"

„Amelia war der Name meiner Großmutter, und wir haben Jacqueline gewählt, weil wir dich einfach lieben", sagte Tammie Lee.

Tränen rannen Jacquelines Wangen hinunter, als sie das Kind betrachtete, das auch ihren Namen trug.

„Würdest du deine Enkeltochter gern mal halten, Mom?", fragte Paul.

Jacqueline nickte stumm, und die Tränen der Freude wollten nicht versiegen. Ihr Sohn legte ihr vorsichtig das Baby in die Arme. Auch wenn es unwahrscheinlich war, hatte Jacqueline doch das Gefühl, Amelia hätte die Augen aufgeschlagen und sie direkt angeschaut. Unsichtbare Bande schienen sie miteinander zu vereinen – und in diesem Moment wurde ihr klar, dass sie dieses Kind mehr als ihr Leben lieben würde. Sie lächelte Tammie Lee an. „Danke“, sagte sie mit zitternder Stimme. Dann sah sie zu Reese auf und bemerkte, dass auch in seinen Augen Tränen schimmerten.

Ganz sanft beugte sich Reese zu Amelia herab und küsste ihre Stirn. Nach einem Moment sah er zu Jacqueline auf.

„Jetzt hast du die Tochter, die du dir immer gewünscht hast“, flüsterte er.

Erst später an diesem Tag, nachdem Jacqueline die Babyabteilung von drei Kaufhäusern leer gekauft hatte, verstand sie, was ihr Ehemann damit sagen wollte.

Reese meinte nicht die kleine Amelia. Er hatte von Tammie Lee gesprochen.

42. KAPITEL

Alix Townsend

„Du magst Jordan, stimmt's?", fragte Laurel ihre Freundin am Mittwochmorgen. Alix machte sich gerade für die Arbeit fertig. Ob sie Jordan *mochte*? Das war die Untertreibung des Jahres. „Ja, denke schon."

„Und? Vertraust du ihm?"

Sie nickte und zuckte die Schultern. „Sicher." Doch schon war ihr Argwohn geweckt. „Wieso? Kennst du einen Grund, warum ich ihm nicht trauen sollte?"

„Nein."

„Weshalb fragst du dann?", wollte sie wissen.

„Ich weiß nicht … ich hoffe einfach, dass du nicht dieselben Fehler machst wie ich. Du hast immer versucht, mir zu sagen, dass John nicht gut für mich ist. Aber ich habe dir nicht zugehört. Und jetzt sieh mich an", murmelte sie, und die Bitterkeit in ihren Worten war beinahe mit Händen zu greifen.

Wenn sie Laurel anschaute, sah Alix nur eine stark übergewichtige junge Frau mit strähnigen blonden Haaren, die den ganzen Tag vor dem Fernseher saß. Doch solange Laurel ihren Beitrag zur Miete bezahlte, war es Alix egal, wie sie ihre Tage verbrachte. Laurel hatte zwei Jobs geschmissen – die Stelle im Videoladen und die Stelle in der Tagesbetreuung – und arbeitete im Moment als Putzkraft. Sie hatte es gerade mal einen Monat lang in der Tagesbetreuung ausgehalten und dann erklärt, sie würde die Arbeit dort hassen.

„Als du mit Jordan in diesem Restaurant warst … worüber habt ihr beide da gesprochen?“, fragte Laurel.

Sie schien mit einem Mal ein besonderes Interesse für Jordan zu entwickeln. „Keine Ahnung“, erwiderte Alix. „Über dies und das.“

„Über was genau?“

„Warum interessiert dich das?“ Alix war erstaunt, dass ihre Mitbewohnerin sich überhaupt mit ihr unterhielt. Auch wenn ihr das Thema des Gesprächs nicht eben behagte.

„Ich wollte nur wissen, worüber man sich mit einem Pfarrer unterhält.“

„Er wird erst noch Pfarrer“, korrigierte Alix sie. „Ich kenne ihn schon, seit wir zusammen in der Grundschule waren. Und er ist nicht anders als alle anderen auch.“ Mehr als einmal hatte er bewiesen, dass er ein ganz normaler Mensch war – der sein Leben genauso lebte wie alle anderen. Und der die zarten Gefühlen genoss, die zwischen ihnen entstanden waren. Bis jetzt lief alles noch sehr zurückhaltend ab, doch Alix wusste, dass sie ihn genauso sehr in Versuchung führte wie er sie. Jordan mochte vielleicht für die Kirche tätig sein, aber er war auch nur ein Mann.

„Erzähl mir, worüber ihr geredet habt, ja?“, beharrte Laurel. Sie schien kurz davorzustehen, in Tränen auszubrechen. Alix konnte sich nicht erklären, warum das plötzlich so wichtig für sie war.

„Ich habe ihm erzählt, dass ich eines Tages Chefköchin in einem Restaurant oder in meiner eigenen Cateringfirma sein möchte. Und wir haben darüber geredet, dass ich eine namhafte Kochschule besuchen sollte – obwohl das wahrscheinlich niemals passieren wird.“ Das war nur ein kleiner Teil ihrer Unterhaltung. Jordan hatte das Talent, andere Menschen aus der Reserve zu locken und ihnen das Gefühl zu vermitteln, der Mittelpunkt des Universums zu sein.

„Du möchtest Chefköchin werden?"

Alix zuckte die Schultern. Eigentlich hätte diese Information für Laurel nicht allzu überraschend sein dürfen. Immerhin wohnten sie seit Jahren zusammen. Gekocht hatte immer nur Alix. Laurel spezialisierte sich im Laufe der Zeit darauf, möglichst viel Eiscreme, Waffeln und Kartoffelchips in der Küche zu lagern. Doch in diesem Moment fiel Alix auf, dass die beiden sich nie die Zeit genommen hatten, *mehr* als nur Mitbewohnerinnen zu werden. Bis vor Kurzem hatte Alix ihre Hoffnungen und Träume niemandem anvertraut – auch nicht Laurel. Alix besaß nur wenige wirkliche Freunde, auch wenn sie zu den Frauen in der Strickgruppe eine ganz besondere Verbundenheit empfand.

Seitdem Laurel nicht mehr mit dem Gebrauchtwagenhändler zusammen war, verbrachte sie die meiste Zeit allein. Ihr Selbstmitleid ging Alix schon bald auf die Nerven. In ihren Augen bedeutete diese Trennung keinen großen Verlust, doch Laurel sah das offensichtlich anders.

„Weiß er von deiner Mutter?", fragte Laurel.

Die Tatsache, dass ihre Mutter im Augenblick eine Strafe in der Frauenhaftanstalt in Purdy verbüßte, war etwas, über das Alix nicht unbedingt gern sprach. „Ich habe es ihm erzählt." Es gab kaum etwas, das Jordan *nicht* über sie wusste. Sie wollte nicht, dass es irgendwann zu unschönen Überraschungen kam. Er wusste auch, dass ihre Mutter verurteilt worden war, weil sie versucht hatte, Alix' Vater zu töten.

„Denkst du manchmal an sie?"

„Nicht oft." Allmählich fand Alix die Fragen etwas irritierend. Doch weil Laurel in letzter Zeit so schlecht drauf war, wollte sie sie ermutigen, weiterzusprechen.

„Liebst du sie?"

„Meine Mutter?" Über diese Frage musste sie ernsthaft nachdenken. Wenn sie ehrlich war, würde Laurel es vielleicht auch sein. „Ich denke schon. Allerdings habe ich keinen Kontakt mehr zu ihr, denn immer wenn sie schreibt, will sie nur Zigaretten oder Geld von mir. Nie fragt sie, wie es mir geht, und nie zeigt sie irgendein Interesse an mir. Ich brauche sie nicht." Sie sagte diese Worte möglichst beiläufig, um deutlich zu machen, dass es ihr nichts ausmachte. „Ich mache mir nur Sorgen, dass ich eines Tages so werden könnte wie sie."

„Nicht *du*", erklärte Laurel voller Überzeugung. „Du bist zu stark dafür, hast eine zu gefestigte Persönlichkeit."

Alix sah sich nicht so. Aber es gefiel ihr, dass Laurel sie für stark hielt.

„Du lässt es nicht zu, dass dich jemand verletzt oder benutzt, so wie John mich benutzt hat", flüsterte sie.

„Vergiss ihn", sagte Alix zum tausendsten Mal. Sie konnte einfach nicht verstehen, warum Laurel an einem Mann hing, der so mies mit ihr umgegangen war. Es ergab einfach keinen Sinn. Darüber hinaus hatte Laurel seit Monaten nichts von John gehört oder gesehen.

Laurel senkte den Blick.

„Du musst mal wieder ausgehen", sagte Alix.

Ihre Mitbewohnerin seufzte und sah sie unglücklich an. „Ich will nicht, dass mich jemand sieht – ich bin so fett."

„Dann hör doch auf zu essen."

„Bei dir klingt das alles so einfach, aber das ist es nicht.

Man kann nicht einfach aufhören."

„Dann unternimm jeden Tag einen Spaziergang. Lauf, anstatt den Bus zu nehmen. Du wirst dich wundern, wie schnell die Pfunde purzeln, wenn du dich ein bisschen bewegst."

„Als ob du etwas darüber wüsstest, wie man abnimmt. Du bist doch perfekt."

Alix hatte nicht geahnt, dass ihre Mitbewohnerin so große Stücke auf sie hielt.

„Wirst du Jordan irgendwann einmal heiraten?"

Alix lachte auf. Darüber hatte sie sich nun wirklich noch keine Gedanken gemacht. „Ja, genau." Sie ergriff auf dem Weg nach draußen ihre Tasche. Den Türgriff schon in der Hand zögerte sie und drehte sich noch einmal um. „Versprich mir, dass du heute mal rausgehst, ja? Es ist nicht gut, immer nur hier herumzusitzen und Trübsal zu blasen."

„Okay."

Alix wollte gerade die Tür hinter sich schließen, als Laurel sie zurückhielt. „Alix? Danke."

„Wofür?"

„Dafür, dass du meine Freundin bist", antwortete sie leise mit bedrückter Stimme.

„Sicher. Kein Problem."

Es war ungewöhnlich für Laurel, ihr zu danken, schoss es Alix auf ihrem Weg zur Videothek durch den Kopf. Ohne Laurel an ihrer Seite krochen die Tage im Laden so dahin. Alix fühlte sich schuldig, weil sie in letzter Zeit nicht oft mit ihrer Mitbewohnerin gesprochen hatte. Sie selbst hielt sich für keine gute Freundin, was vielleicht aber auch an den Umständen lag. Laurel war so schlecht gelaunt in der letzten Zeit, dass sie ihr lieber aus dem Weg ging. Immer wenn Alix versuchte, sie anzusprechen, wies Laurel sie ab. Der einzige Trost für ihre Mitbewohnerin schien Eiscreme zu sein. In Alix' Augen war Laurel einfach nur schwach, doch mittlerweile wusste sie, wie einfach es war, vorschnell über einen anderen Menschen zu urteilen. Die Unterhaltung, die sie an diesem Morgen geführt hatten, war die erste seit Wochen. Alix glaubte, sich nun wieder besser in Laurel hineinversetzen zu können. Die Freundin war ihr ganz und gar nicht egal.

In der Mittagspause ging sie zurück in ihr Apartment. Vielleicht konnte sie Laurel dazu überreden, rauszugehen. Und vielleicht würde Laurel sogar ein wenig Sport machen, wenn sie anbot, mitzumachen. Zu ihrer Überraschung war ihre Mitbewohnerin nicht zu Hause.

Alix ging die Blossom Street entlang, in der Hoffnung, vielleicht dort irgendwo auf sie zu treffen. Als sie Laurel schließlich tatsächlich fand, war sie nicht allein.

Jordan war bei ihr.

Die beiden saßen vor der Kirche auf einer Bank im Schatten, hatten die Köpfe zusammengesteckt und schienen ganz vertieft in eine Unterhaltung zu sein.

Alix' erste Reaktion war Wut, gefolgt von einer Welle der Eifersucht. All die Fragen, die Laurel ihr über Jordan gestellt hatte, dienten offenbar dazu, ihn ihr wegzunehmen. Alix stand kurz davor, einfach zu ihnen zu gehen. Das hatte sie nun davon, Mitgefühl mit Laurel zu haben und ihr helfen zu wollen.

Plötzlich bemerkte sie, wie Laurel in Tränen ausbrach, die Hände vors Gesicht schlug und sich nach vorn beugte. Jordan legte seine Hand auf ihren Rücken. Und obwohl Alix zu weit entfernt war, um zu hören, was sie redeten, schien es, als würden sie miteinander beten.

Das war eine Sache, die sie an Jordan ganz besonders liebte. Es gab nichts, was sie ihm nicht anvertrauen konnte. Er kümmerte sich um die Menschen – sie waren ihm nicht egal. Es war nicht richtig, eifersüchtig zu sein. Und es gab auch keinen Grund, Jordan zu misstrauen. Nicht einmal hatte er sie angelogen oder ihre Freundschaft ausgenutzt oder missbraucht.

Sie hatten über Vertrauen gesprochen, und nach dem Vorfall mit der Tochter des Pfarrers bat er sie, ihm zu vertrauen. Es war ganz leicht, ihm dieses Versprechen zu geben – aber zu der Zeit hielt er auch noch nicht Händchen mit ihrer Mitbewohnerin. Trotzdem wollte sie ihr Versprechen nicht brechen, und so drehte sie sich um und ging zur Arbeit zurück.

Kurz bevor sie Feierabend machen wollte, kam Jordan in den Videoladen. „Wie wäre es mit einem Kaffee, wenn du fertig bist?“, fragte er.

„Sicher.“ Eine Welle der Freude erfasste sie.

Er schlug vor, dass sie sich in *Annies Café* treffen könnten, und sie stimmte zu. Jordan saß bereits mit zwei dampfenden Bechern Kaffee in einer Nische, als sie das Café betrat.

„Wie war dein Tag?“, fragte er.

„Schön. Und deiner?“ Sie sah ihn eindringlich an, obwohl sie sich vorgenommen hatte, nicht eifersüchtig zu sein. Wenn er sich mit Laurel unterhielt, wollte sie wissen, warum.

Jordan antwortete nicht sofort. „Ist irgendetwas los?“

„Nein, sollte es?“ Sie versuchte, so beiläufig wie möglich zu klingen. Doch das war eigentlich nicht fair. Also umschloss sie den heißen Becher mit beiden Händen, starrte in den dampfenden Kaffee und nahm all ihren Mut zusammen.

„Ich habe dich und Laurel zusammen gesehen."

Er machte keine Anstalten, eine Erklärung abzuliefern. „Und das gefällt dir nicht?"

Sie zuckte die Schultern. „Zuerst nicht, aber dann dachte ich … also, es geht mich nichts an. Es ist deine Sache. Schließlich habe ich keine Vorrechte an dir."

„Du hast nicht ganz recht."

„Wieso?"

Er ergriff ihre Hand und hauchte einen Kuss auf ihre Handfläche. „Du hältst mein Herz in deiner Hand."

„Oh." Bei jedem anderen jungen Mann hätten diese Worte kitschig geklungen, doch nicht aus seinem Mund. „Erzählst du mir, worüber du mit Laurel gesprochen hast?"

Er zögerte und schüttelte dann den Kopf. „Nein. Wirst du mir trotzdem vertrauen?"

Sie sah ihn eine Weile eindringlich an. Alles in ihr schrie danach, so viel herauszufinden, wie sie konnte. Doch zugleich wollte sie ihm auch einfach nur vertrauen. Schließlich nickte sie und lächelte ihm zu.

Sie hoffte, dass sie die richtige Entscheidung getroffen hatte. Denn von Jordan betrogen zu werden würde mehr wehtun als alle anderen Verletzungen in ihrem ganzen Leben.

43. KAPITEL

Carol Girard

Carol stand in der Tür zu dem Raum, der einmal das Kinderzimmer hätte werden sollen. Ihr Blick fiel auf die leere Wiege, über der ein Mobile hing. Kleine Zootiere drehten sich um einen Regenschirm, und eine hübsche Melodie erklang dazu. Sie wusste nicht, warum sie sich so quälte. Nichts würde etwas daran ändern können, dass sie kein Baby bekommen konnte.

Doug kam zu ihr und stellte sich dicht hinter sie. „Ich werde beim Kaufhaus anrufen, damit sie die Möbel wieder abholen."

„Nein … bitte nicht."

„Aber …"

„Ich habe einen Termin bei einer Adoptionsagentur." Hastig kamen diese Worte aus ihrem Mund. So als müsste sie ihn davon überzeugen, dass dies der einzig logische nächste Schritt war.

Sie spürte seine Anspannung.

„Wir dürfen jetzt nicht aufgeben", beharrte sie. Sie konnte ihre Sehnsucht nach einem Kind nicht so einfach beiseiteschieben. Dass es niemals ein leibliches Kind für sie geben würde, konnte sie inzwischen akzeptieren, doch sie konnte den Traum nicht komplett aufgeben. „Ich wünsche mir so sehr, Mutter zu sein. Ich *muss* Mutter sein. Genauso wie du ein Vater sein solltest …"

Seine Schultern sanken herab. Er schwieg.

„Ich muss das tun", sagte sie. Obgleich sie schon häufig

über die Möglichkeit einer Adoption diskutiert hatten, erschien diese Option ihnen doch immer als allerletzter Ausweg. Carol klammerte sich nun an diese letzte Hoffnung, und sie fürchtete die Reaktion ihres Mannes. In letzter Zeit verhielt er sich auffällig still. Sie konnte regelrecht spüren, wie er sich emotional von ihr entfernte – und sie konnte es kaum ertragen.

„Bist du sicher, dass ich mit dir zusammen zu so einer Adoptionsagentur gehen soll?", fragte er.

„Natürlich. Es ist unglaublich wichtig, dass wir uns als fähige Eltern präsentieren."

Doug presste die Lippen aufeinander.

„Was ist los?"

„Ich fürchte, eine Wiege und ein Wickeltisch werden nicht ganz ausreichen, um uns als potenzielle Eltern zu qualifizieren."

„Ich weiß, aber schaden kann es nicht. Ich möchte, dass die Leute von der Agentur sehen, dass wir vorbereitet sind, wenn sie zu uns kommen. Dass wir jederzeit ein Kind aufnehmen könnten."

Er wandte sich ab, ging ins Wohnzimmer und stand vor dem Panoramafenster.

„Du möchtest nicht mit zu dem Termin kommen?", fragte Carol, die neben ihrem Mann aufgetaucht war und ebenfalls hinausblickte. Dort standen sie – Seite an Seite, ohne einander zu berühren.

„Wie viel wird es kosten?"

Sie wusste es nicht. Für das erste Gespräch war eine Einlage von fünfhundert Dollar nötig. Was sie für eine tatsächliche Adoption zahlen müssten, würden sie bei dem Termin erfahren. „Es kostet so viel, wie es eben kostet“, entgegnete sie. Was für finanzielle Belastungen auch auf sie zukamen – es war ihr egal.

Er vergrub die Hände in den Hosentaschen. „Hast du eine Ahnung, wie viel Geld wir bereits in unseren Traum von einem Kind investiert haben?“

Sie wusste es nicht, und es interessierte sie auch nicht. Was sie betraf, stand das Geld nicht im Vordergrund. „Nicht wirklich.“

„Es gibt eine Grenze“, sagte er. „Und um ehrlich zu sein, ist diese Grenze bei mir mittlerweile erreicht.“

„Na gut“, stieß sie hervor. „Dann gehe ich eben wieder arbeiten, wenn es das ist, was du willst. Ich habe es bisher noch nicht vorgeschlagen, weil du gemeint hast, die Leute von der Adoptionsagentur würden eine Hausfrau vielleicht vorziehen. Wir könnten so eventuell auf der Warteliste ein Stück weiter nach vorne kommen. Aber ich werde wieder arbeiten, wenn du willst.“

Doug wandte sich ihr zu. „Das ist genau das, wovon ich spreche“, rief er. „Wir sind kein Paar mehr. Alles, was wir tun, dreht sich nur noch um das Kind. Wir haben früher Spaß zusammen gehabt, haben gelacht, sind ausgegangen.“

„Das machen wir doch immer noch“, konterte sie – doch wenn sie darüber nachdachte, musste sie zugeben, dass es nicht so war.

„Ich habe so viel Geduld aufgebracht, wie ich konnte.“ Wut schwang in seiner Stimme mit. „Aber es kostet einfach zu viel …“

„Mit anderen Worten ist Geld das Einzige, was dich wirklich interessiert?“

„Wenn du mich aussprechen lässt", sagte er langsam und betonte jedes Wort, „würdest du verstehen, dass mir der emotionale Preis zu hoch ist." Er schüttelte den Kopf. „Ich kann es nicht ertragen zu sehen, wie du dem Schmerz und dem Stress ausgesetzt bist, wenn am Ende doch nichts dabei herauskommt – die Injektionen fünfmal am Tag, die Termine beim Arzt alle achtundvierzig Stunden ... Es bestimmt dein Leben. *Unser* Leben."

Sie musste zugeben, dass der Preis, den sie besonders in den letzten Monaten für ihren Traum gezahlt hatte, sehr hoch war. An einem Tag war sie verzweifelt und am nächsten voller Hoffnung. Es war eine emotionale Achterbahnfahrt. Und dann hatte sie all ihre Hoffnung in die Adoption von Ricks Baby gelegt – und war wieder bitter enttäuscht worden. Der einzige Weg, den es noch gab, war eine Adoption. Sie *mussten* es versuchen. Er konnte nicht von ihr verlangen, nun aufzugeben!

„Und jetzt willst du uns durch ein weiteres Wechselbad der Gefühle schicken – Carol, so sehr ich dich auch liebe, ich glaube nicht, dass ich das noch durchstehen kann."

„Du musst!", rief sie.

„Warum?", erwiderte er. „Warum geht es immer nur um *dich* und *deinen* Wunsch nach einem Baby?"

In all den Jahren, die sie verheiratet waren, hatte Doug noch nie so mit ihr gesprochen. „Ich ... es ist für uns."

„Es ist keine fünf Minuten her, dass du zugegeben hast, dieses Kind solle für dich sein. Es geht nur um deinen Wunsch, Mutter zu sein. Du, du, du. Aber was ist mit mir, Carol? Was ist mit meinen Bedürfnissen? Was ist mit meinen Wünschen?"

„Ich …“

„Die letzten … Gott, ich weiß gar nicht mehr, wie viele Jahre es sind … fünf? Sechs? Die ganze Zeit ging es nur darum, dass du schwanger würdest. Das wird nicht mehr passieren. Also lass es uns akzeptieren und endlich unser Leben weiterleben.“

„Aber …“

„Ich will keine Adoption.“

Als sie diese Worte aus seinem Mund hörte, brach für sie eine Welt zusammen. „Das ist nicht dein Ernst.“ Sagte er die Wahrheit? Das konnte nicht sein. Er war einfach nur am Ende seiner Kräfte. Das verstand sie, denn ihr ging es nicht anders. Aber sie würden sich erholen und neue Energie schöpfen, wenn sie sich ein wenig Zeit gaben.

„Doch – ich meine es ernst.“

„Aber … du hast vorhin gesagt, du gehst mit mir zu dem Gespräch in der Adoptionsagentur.“ Carol hatte auf ihren Mann gezählt.

„Du kannst gehen. Ich werde nicht mitkommen.“

„Aber … warum?“

„Weil ich jetzt schon weiß, wie es ausgehen wird.“

Sie hatte nicht gewusst, dass er so verbohrt sein konnte. „Wie genau wird es denn ausgehen?“

„Wir müssten ein paar fremden Menschen beweisen, dass wir es wert sind, Eltern zu sein. Ich fühle mich beinahe wie ein bettelnder Straßenmusikant mit einem Hut in der Hand. Alles, damit ein fremder Mensch entscheidet, ob ich ein guter Vater sein kann.“

„Du wirst ein wundervoller Vater!“

„Ich *wäre* ein wundervoller Vater *gewesen*“, murmelte er.

Seine Worte trafen sie tief. *Wäre gewesen*.

„Ich kann einfach nicht mehr, Carol. Ich bin vielleicht nicht der Mann, den du dir erhofft hast. Ich will nicht mehr."

„Willst du nicht mehr mit mir verheiratet sein?", fragte sie tonlos.

„Doch. Ich habe geschworen, dich zu lieben. Und ich stehe zu meinem Wort."

„Aus deinem Mund klingt es wie ein Versprechen, das du vor langer Zeit gegeben hast und mittlerweile bereust", sagte sie bitter. „Hättest du mich jemals geheiratet, wenn du gewusst hättest, dass ich keine Kinder bekommen kann?"

Sein Zögern sagte mehr als tausend Worte.

Der Schmerz darüber war so übermächtig, dass ihr für einen Moment schwarz vor Augen wurde und sie ins Wanken geriet.

Doug schlang seine Arme um sie und legte seinen Kopf an ihre Schulter. „Ich habe dich wie wahnsinnig geliebt, als wir geheiratet haben. Und heute liebe ich dich noch immer genauso. Ich möchte, dass wir verheiratet bleiben. Aber ich kann so nicht mehr leben."

„Ich … ich werde nie ein Baby haben."

„Ich weiß das. Und ich akzeptiere es."

„Nein, das tust du nicht", erwiderte sie. Vielleicht meinte er es im Moment so wie er sagte, aber tief in seinem Inneren würde er ihr immer verübeln, dass sie ihm kein Kind schenken konnte.

„Doch, das tue ich", entgegnete er. „Und du musst es auch akzeptieren. Lass los, Carol. Nimm die Tatsache an, dass wir keine Kinder haben werden."

„Aber wir könnten eines Tages Eltern sein. Wenn wir uns in die Liste der Agentur eintragen …"

„Und dann? Drei, vier, fünf Jahre später – wenn wir Glück haben – werden wir vielleicht ausgesucht. Ist dir klar, dass ich in fünf Jahren vierundvierzig bin? Und wenn unser Kind dann mit der Highschool fertig wird, bin ich zweiundsechzig."

Sie legte ihren Kopf an seine Brust. Ihre Emotionen wurden mit jedem seiner Worte stärker. Doug hatte recht. Es war an der Zeit, den Traum aufzugeben. Sie war kein Feigling und hasste es, aufzugeben. Alles, was sie sich je in den Kopf gesetzt hatte, hatte sie auch erreicht. Bis auf diesen Traum … Ihre Sehnsucht, ein Kind zu bekommen, übernahm die Kontrolle über ihr Leben – mehr als das: Diese Sehnsucht war zum Mittelpunkt ihres Lebens geworden. Und ihre Verbissenheit war dabei, ihre Ehe zu zerstören.

Doug löste sich von ihr und ging hinaus. Sie stand vor dem Fenster, fühlte sich furchtbar und zitterte. Sie hatte verloren.

Die Wohnungstür wurde geöffnet, und Carol drehte sich um. „Wohin gehst du?"

„Nach draußen. Ich muss nachdenken."

„Wann kommst du zurück?" In ihren Augen stand der Wunsch, er möge sie nicht allein lassen. Aber sie bat ihn nicht darum zu bleiben.

„Ich … ich weiß es nicht."

Sie nickte und kehrte ihm wieder den Rücken zu. Vor lauter Schmerz schlug sie die Hand vor den Mund.

„Wir beide müssen darüber nachdenken, Carol."

Sie nickte stumm. Die Alternativen waren eindeutig. Entweder verabschiedete sie sich von ihrem Traum, oder aber sie zerstörte ihre Ehe und ihr Leben.

Erst bei Anbruch der Nacht kehrte Doug zurück. Carol lag im dunklen Wohnzimmer zusammengerollt auf dem Sofa.

Er kam langsam ins Zimmer. „Alles okay?"

Im Moment war noch nichts okay, aber sie würde sich mit der Zeit schon an den Gedanken gewöhnen, keine Kinder zu haben. „Ich habe den Termin mit der Adoptionsagentur abgesagt."

Er schob seine Hände in die Hosentaschen. „Und? Kannst du damit leben?"

Sie nickte. Sie würde sich alle Mühe geben, sich mit ihrer Kinderlosigkeit abzufinden.

Doug setzte sich ihr gegenüber in einen Sessel und stützte die Arme auf seine Knie. Er ließ die Schultern sinken.

„Wo warst du?", fragte sie.

„Spazieren."

„Drei Stunden lang?"

Er nickte.

„Ich habe im Kaufhaus angerufen. Sie kommen nächste Woche vorbei, um die Babyausstattung abzuholen."

Er starrte auf den Teppich. „Es tut mir leid", flüsterte er.

„Mir auch." Sie bedauerte es mehr, als er ahnte.

Er streckte seine Arme nach ihr aus. „Wir werden glücklich sein. Nur du und ich."

„Ja", flüsterte sie und umschlang mit ihren Fingern die seinen. Es stimmte.

Es *musste* einfach so sein.

44. KAPITEL

„Stricken bietet eine Zuflucht, einen sicheren Platz, an dem man die Geschichte spüren, mit der Kunst tanzen und ein friedvolles Leben kreieren kann."
(Nancy Bush, Autorin des Buches Folk Socks)

Lydia Hoffman

Zuerst war ich wütend, als ich nichts von Brad hörte. Nach all seinen Beteuerungen, dass er den langen Weg mit mir gemeinsam gehen würde, war er wie jeder andere Mann in meinem Leben – ausgenommen Dad – einfach verschwunden. Unzählige Male wünschte ich mir, ich hätte Brads Brief gelesen. Und schließlich hielt ich es nicht länger aus – ich musste es wissen.

Ich wandte mich Hilfe suchend an meine Schwester. Mehr und mehr vertraute ich ihr, besonders in Fragen zu Beziehungen und Gefühlen. Und so rief ich sie am Montag an.

„Wo bist du?", fragte Margaret, nachdem ich sie begrüßt hatte.

„Im Laden."

„Es ist Montag. Ich dachte, der Laden ist montags geschlossen."

„Ja, das stimmt. Aber es gibt immer eine Menge Dinge zu tun. Und außerdem fühle ich mich hier einfach wohl."

Mit all der Wolle um mich herum kommen mir die besten Ideen. Ich habe die Wollknäuel immer als unerfüllte Versprechen angesehen – so wie Autoren oder Künstler vielleicht ein leeres Blatt Papier betrachten. Das Potenzial ist da, und es liegt an einem selbst, etwas aus dem Garn zu gestalten oder Worte zu Papier zu bringen. Es sind die Möglichkeiten, die ich so spannend finde.

Meine Beziehung zu Brad hatte so vielversprechend begonnen, und ich ließ ihn aus lauter Angst gehen. Ich hatte nichts aus meinen Möglichkeiten gemacht.

„Du rufst wegen Brad an, stimmt's?"

Manchmal schien Margaret meine Gedanken lesen zu können. „Ja … hast du von ihm gehört?"

„Ich? Warum, glaubst du, sollte er sich bei mir melden?"

„Möglicherweise war der Wunsch Vater des Gedankens." Obwohl wir nur miteinander telefonierten, war ich mir sicher, dass meine Schwester meine Frage amüsant fand.

„Wirst du ihn anrufen?"

Der Gedanke schwirrte schon seit einer Woche in meinem Kopf herum. „Vielleicht."

„Warum rufst du *mich* an?" Der barsche Ton, den ich von ihr kannte, war wieder da.

„Ich weiß nicht", gab ich zu. „Vielleicht habe ich gehofft, dass du mir sagst, was ich tun soll – nur, damit ich keine komplette Idiotin aus mir mache."

Sie zögerte einen Moment lang. „Wenn ich du wäre, würde ich die Gelegenheit ergreifen."

„Würdest du?" Ein Funke Hoffnung glimmte auf.

„Ruf mich noch mal an, wenn du es getan hast, ja?"

„Okay." Ich hielt einen Moment inne und konnte kaum glauben, dass die Wärme in ihrer Stimme wirklich mir galt. „Margaret …" Ich brach ab und wusste nun nicht, wie ich fortfahren sollte.

„Ja, was denn?"

„Ich wollte dir nur Danke sagen, weil du in den letzten Monaten so wunderbar zu mir warst."

Meine Dankbarkeit überraschte sie offenbar, denn für ein paar Sekunden herrschte Schweigen. Die Zeit schien stillzustehen, bis ich glaubte, ein leises Seufzen zu hören.

„Es ist toll, eine Schwester zu haben", flüsterte sie.

Ich empfand es genauso.

Als ich mich entschieden hatte, dass der einzig richtige Weg ein Anruf bei Brad war, fühlte ich mich, als hätte ich eine Mission zu erfüllen. Ich probte einige Male, was ich sagen wollte, bevor ich mir ein Herz fasste und seine Nummer wählte.

Sein Sohn meldete sich beim zweiten Klingeln. „Hallo Cody", sagte ich.

„Hi." Er klang unsicher, so als würde er meine Stimme nicht erkennen.

„Hier ist Lydia. Erinnerst du dich an mich? Es ist schon eine Weile her, dass wir uns getroffen haben."

„Ja, ich weiß! Du bist die Tante mit dem Wollladen. Du hast versprochen, mir einen coolen Pullover mit einem grün-gelben Dinosaurier darauf zu stricken."

Ich lächelte. „Ich habe schon damit angefangen." Als ich ins Krankenhaus musste, hatte ich das Projekt beiseitegelegt. Aber mit ein bisschen Anstrengung würde ich es vielleicht bis zum Ende der Woche fertigstellen. „Ist dein Dad zu Hause?"

„Einen Moment. Ich hole ihn."

Ich starb tausend Tode, bis Brad endlich den Hörer in die Hand nahm. Wahrscheinlich hatte es nicht einmal eine

Minute gedauert, doch mir kam es vor, als sei eine Stunde vergangen.

„Hallo."

„Hi." Mein Mund war so trocken, dass meine Zunge ihren Dienst verweigerte. „Ich bin es, Lydia." Sein Schweigen war unglaublich schmerzlich, aber ich ließ mich nicht beirren – wobei ich Margaret gleichzeitig dankte und sie verfluchte, weil sie mich zu diesem Schritt ermutigt hatte.

„Was kann ich für dich tun?", fragte er schließlich.

„Könnten wir uns treffen und reden?", entgegnete ich.

„Wann?"

„Wann immer es dir passt." Ich wollte schreien: „Je früher, desto besser!", doch ich verkniff es mir. Es musste in seinen Zeitplan passen, nicht in meinen.

„Also gut. Ich lasse dich wissen, wann ich es einrichten kann."

Ich wartete darauf, dass er noch etwas sagte. Aber als er weiter schwieg, blieb mir nichts anderes übrig, als die Unterhaltung zu beenden. „Dann warte ich auf deinen Anruf."

„Bis bald."

„Bis bald." Die Verbindung war unterbrochen. Da stand ich mit dem Hörer in der Hand und dem Freizeichen im Ohr.

Das Telefonat war schlimmer als befürchtet. Insgeheim hatte ich gehofft, dass Brad beim Klang meiner Stimme so erfreut sein würde, dass, was immer ich ihm angetan hatte, sich in nichts auflösen würde. Wie dumm von mir, seine Gefühle so wenig ernst zu nehmen.

Margaret hatte mir in den letzten Jahren so oft vorgeworfen, egozentrisch zu sein. Ich wusste, dass sie nicht damit klarkam, dass Mom und Dad damals ihre Aufmerksamkeit auf mich fokussierten, um mir durch die schlimme Zeit der Krankheit zu helfen. Eigentlich war ich mir immer sicher, ihre Vorwürfe seien haltlos, geboren aus ihrer Eifersucht und ihrer Unsicherheit. Doch mittlerweile begann ich, die Dinge anders zu sehen.

Wie betrogen musste sie sich gefühlt haben. Betrogen und vernachlässigt. Zum ersten Mal ließ ich den Gedanken zu, dass sie vielleicht recht hatte. Zwar lag es nicht in meiner Macht, etwas gegen den Krebs zu tun, aber meine Reaktion darauf hätte anders sein können. Ich hatte die Opferrolle zur Perfektion getrieben.

Noch immer stand ich in der Küche und spielte gerade mit dem Gedanken, Margaret anzurufen. Plötzlich klingelte das Telefon, und ich erschrak. Ich ergriff den Hörer. „Hallo?"

„Wir könnten uns in einer halben Stunde im *Pour House* treffen", erklang Brads Stimme.

„Heute?"

„Ja", sagte er, als wäre es das Selbstverständlichste auf der Welt.

„Okay." Ich hörte, wie das Telefon klickte, als er auflegte.

In fünf Minuten hatte ich mein Haar gekämmt und ein wohlduftendes französisches Parfum auf meine Handgelenke gesprüht. Mein Dad hatte es mir vor Jahren geschenkt – ich benutzte es nur für wirklich wichtige Anlässe. Auf meinem Weg nach draußen ergriff ich noch einen leichten Pullover, dann eilte ich los.

Ich fand gleich einen Tisch und hatte bereits einen Krug Bier bezahlt, als Brad hereinkam. Aufmerksam blickte er sich um, entdeckte mich und kam zu mir. Er setzte sich auf die Bank mir gegenüber.

Obwohl ich mich bemühte, etwas zu sagen, konnte ich nicht anders, als Brad einfach nur anzuschauen. Und plötzlich füllten sich meine Augen mit Tränen. Ich glaubte, vor Scham sterben zu müssen, wenn er es bemerken würde. So senkte ich meinen Kopf und starrte angestrengt in mein Glas Bier.

Doch natürlich merkte er es.

„Lydia, weinst du?“

Ich nickte und kramte, auf der Suche nach einem Taschentuch, hektisch in meiner Handtasche. „Es tut mir so leid“, schluchzte ich und versuchte die Tränen zurückzuhalten.

„Dass du weinst?“

Ich nickte und ließ meinen Kopf ein bisschen mehr hängen, als nötig gewesen wäre. „Alles tut mir leid. Ich habe dich furchtbar behandelt.“

„Ja, das stimmt.“

„Ich hatte solche Angst und …“

„Du hast meinen Brief nicht gelesen.“

„Ich weiß.“ Ich hielt inne und putzte mir die Nase. „Ich konnte es nicht – wenn ich es getan hätte, dann hätte ich dich nicht einfach so aus meinem Leben gehen lassen können. Doch ich *musste* dich gehen lassen – um deinet- und um meinetwillen.“

Brad nahm den Krug und füllte mein Glas. „Ich treffe meine Entscheidungen lieber selbst.“

„Ich weiß, aber …“ All meine Entschuldigungen würden hohl und unehrlich klingen. „Margaret denkt, ich bin egozentrisch, und ich glaube, sie hat leider recht. Es tut mir wirklich leid, Brad … alles.“

„Das ist es, was du mir sagen wolltest? Darum hast du mich angerufen und gebeten, mich mit dir zu treffen?“

Wieder nickte ich. Das hatte ich ihm sagen wollen. Doch es gab natürlich noch mehr, worüber ich mit ihm sprechen musste. Meine Kehle war wie zugeschnürt, und das Schweigen zwischen uns war kaum zu ertragen.

„Da ist noch mehr.“

Brad sah erwartungsvoll von seinem Bier auf. Er machte es mir nicht eben leicht, doch das hatte ich wohl nicht anders verdient.

„Seit ich dich zum ersten Mal getroffen habe, bin ich ... glücklich.“

Er zuckte die Schultern. „Du kannst mir viel erzählen.“

„Ich weiß. Ich schätze, ich habe Schwierigkeiten mit dem Leben, wenn alles so glattgeht. Ich bin es einfach nicht gewohnt, glücklich zu sein, und kann damit nicht umgehen. Also tue ich etwas Dummes und zerstöre alles.“

„Bist du von allein darauf gekommen?“

Ich schüttelte den Kopf. „Margaret hat mir geholfen.“ Zwar nicht auf besonders einfühlsame Weise, aber das musste er nicht erfahren. Die Beziehung zu meiner Schwester war noch immer kompliziert, doch mittlerweile wusste ich immerhin, dass sie sich um mich sorgte.

„Ach ja, Margaret. Die kleine Miss Ehestifterin.“

„Sie ist in Ordnung.“ Es überraschte mich, dass ich sie ganz automatisch in Schutz nahm.

„Ja, das ist sie – und du bist es auch.“

Unter Tränen musste ich lächeln. „Danke.“

Er nahm einen großen Schluck Bier. „Okay. Jetzt, da wir die Entschuldigungen hinter uns haben ... was nun?“

Ich wusste nicht, was ich ihm sagen sollte. „Wohin soll unsere Beziehung denn deiner Meinung nach führen?“ Mein Herz hämmerte so laut, dass ich kaum meine eigenen Gedanken verstehen konnte.

„In dieselbe Richtung, die wir eingeschlagen hatten, bevor du ins Krankenhaus gegangen bist“, sagte er. Brad sah mich eindringlich an, während er nach meiner Hand griff. „Und was denkst du, Lydia? Was wünschst du dir?“

„Ich möchte den ganzen letzten Monat einfach aus meinem Gedächtnis streichen, und ich will, dass es wieder so wird wie vorher ... und ich wünsche mir, dass wir wieder zusammen sind.“ Dann fügte ich hinzu, weil er sich dessen bewusst sein sollte: „Ich möchte, dass du verstehst, dass es keine Garantien gibt.“

„Deine Schwester hat mir alles erzählt.“

„Alles?“ Dann kannte er die Wahrheit. „Und du willst immer noch ...“

„Ich möchte es mehr als je zuvor, Lydia. Aber ich will nicht, dass du mich aus deinem Leben ausschließt, weil du glaubst, ich könnte nicht mit deiner Krankheit umgehen. Lass mich diese Entscheidungen bitte allein treffen.“

Es war nicht einfach, ihm dieses Versprechen zu geben. Doch ich wusste, dass er recht hatte. Er bat mich damit um mehr, als er ahnte.

„Ich kann dir *auch* keine Garantien geben“, fuhr er fort, „aber ich kann dir sagen, dass du mir sehr am Herzen liegst.“

„Du mir auch.“

„Das ist doch schon mal ein Anfang – wohin uns der Weg schließlich führen wird, kann niemand sagen.“ Er lächelte mich mit seinen unfassbar blauen Augen an. Ich erkannte, dass Brad Goetz nicht bei dem ersten Anzeichen eines Problems die Beine unter die Arme nehmen und davonlaufen würde. Er war ein Mann, dem ich vertrauen konnte. Ein Mann, an den ich mich anlehnen durfte. Ein Mann, der meinem geliebten Vater in jeder Hinsicht glich.

45. KAPITEL

Jacqueline Donovan

Jacqueline wusste, dass sie ihrem Sohn und ihrer Schwiegertochter Zeit mit Amelia geben musste. Aber sie konnte nicht anders, als beinahe täglich bei der kleinen Familie vorbeizufahren. Das Baby füllte eine tiefe emotionale Leere in ihr – eine Leere, über die sie jahrelang vermieden hatte, nachzudenken. Doch die Liebe, die in ihr erblühte, konnte nicht länger ignoriert werden. Wann immer sie Amelia in den Armen hielt, schienen die Bande, die sie mit dem Kind vereinigten, stärker zu werden. Stärker und belastbarer.

Amelia lag in ihren Armen, und sie wiegte sie langsam in den Schlaf. Sie atmete den unverfälschten, süßen Duft des Babys ein und erinnerte sich mit einem Mal daran, wie sie Paul gehalten hatte.

„Du siehst so friedvoll aus“, sagte Tammie Lee, die mit einem Paket Windeln ins Zimmer kam. Sie legte das Paket auf den Wickeltisch und drehte sich um, um Jacqueline und Amelia zu betrachten.

Jacqueline sah auf. „Friedvoll – so fühle ich mich auch.“ Plötzlich wuchs das Bedürfnis in ihr, sich bei Tammie Lee zu entschuldigen. Dafür, dass sie es einfach nicht lassen konnte, jeden Tag vorbeizukommen, um ihre Enkeltochter zu sehen. „Ich möchte euch nicht zur Last fallen oder auf die Nerven gehen“, murmelte sie und befürchtete, gleich rot zu werden.

„Unsinn.“ Ihre Schwiegertochter schob Jacquelines Einwand mit einer entschiedenen Geste beiseite. „Ich glaube nicht, dass es möglich ist, einem Kind *zu viel* Liebe zu schenken.“ Sie ging zur Kommode hinüber und zog einen frischen Babystrampler hervor. „Zu viele Kleider allerdings schon. Ich bin mir nicht sicher, ob sie alles, was du ihr geschenkt hast, jemals wird tragen können.“

Jacqueline unterdrückte ein Lächeln. „Da habe ich vielleicht ein bisschen übertrieben.“

„Paul hat gesagt, er hätte dich noch nie so erlebt.“

„Mir war nicht klar, dass ich sie so sehr lieben würde.“ Jacqueline zuckte jedes Mal unwillkürlich zusammen, wenn sie an ihre Abneigung gegen Tammie Lee oder an die Wut dachte, die sie empfunden hatte, als sie vor ein paar Monaten von der Schwangerschaft erfuhr. Sie nannte Tammie Lee damals sogar eine „Gebärmaschine“ und war sich sicher, dass diese Frau ihren Paul nur manipulieren und ausnehmen wollte. Wie hatte sie nur so ungerecht und verbohrt sein können? Doch mittlerweile erkannte Jacqueline endlich, was alle anderen schon vor ihr gewusst hatten – Tammie Lee war eine aufrichtige und mitfühlende Frau.

„Du kannst Amelia die Liebe geben, die meine Mama ihr im Augenblick nicht schenken kann“, flüsterte ihre Schwiegertochter. „Ich wünschte, meiner Mutter würde es gut genug gehen, um zu reisen.“

Der Gedanke, Amelia mit einer anderen Großmutter teilen zu müssen, versetzte Jacqueline einen Stich – doch schließlich konnte sie Tammie Lees Mutter ihre wundervolle Enkeltochter nicht vorenthalten.

„Mama hat schon fünf Enkeltöchter. Und dazu noch drei Enkelsöhne.“

„Was für ein Glück."

„Das findet meine Mama auch. Sie sagt, sie sei die glücklichste Frau auf der ganzen Welt, weil sie gesegnet ist mit so schönen und talentierten Enkelkindern."

„Amelia ist das unglaublichste Baby im ganzen Universum", beharrte Jacqueline. Tammie Lee lachte leise, und Jacqueline bestand darauf, dass sie keinen Scherz machte. Ihre Enkeltochter musste ein besonderes Kind sein, wenn sie es so leicht schaffte, vier vernünftige Erwachsene um den kleinen Finger zu wickeln. Diesem Mädchen einen Wunsch abzuschlagen war nicht möglich.

Tammie Lee setzte sich ans Ende des Bettes. „Sie ist bestimmt zwanzig Stunden am Tag auf dem Arm von irgendjemandem."

Jacqueline lächelte. Amelia schlief zufrieden. Im Schlaf verzog sie ihren winzigen Mund, als würde sie nuckeln.

„Sogar Reese will sie andauernd halten."

„Er war hier?"

„Beinahe jeden Tag – und er bringt ihr immer ein Geschenk mit. Es ist so süß, wie ihr beiden die Kleine verwöhnt. Dabei ist sie erst eine Woche alt."

Jacqueline presste die Lippen aufeinander. Sie hatte nicht gewusst, dass Reese auch jeden Tag vorbeikam. Aber sie wusste ohnehin kaum etwas darüber, wie er seine Zeit verbrachte. Sie entschied sich, nicht länger darüber nachzudenken und warf einen Blick auf ihre Uhr. Halb sechs. Paul würde jeden Moment von der Arbeit nach Hause kommen. Zeit für sie zu gehen.

„Ich sollte nach Hause fahren", sagte sie, und man konnte den Widerwillen in ihrer Stimme erkennen. Das Haus war ihr nie verlassener vorgekommen als in den letzten Wochen. Nie zuvor hatte sie sich so einsam gefühlt. Seit dem Abend, als Reese sie so überstürzt mit der Begründung verließ, er habe einen geschäftlichen Termin, ging es ihr so. Dabei wusste sie genau, was er wirklich vorhatte ... Sie wollte sich ihren Mann mit der anderen Frau nicht vorstellen.

„Ist Reese genauso wie sein Sohn? Will er sein Abendessen auch exakt eine Stunde, nachdem er nach Hause gekommen ist?"

Tammie Lee stellte die Frage ganz unbedarft, ohne Hintergedanken. Jacqueline hätte auf dieselbe Art antworten können, doch in diesem Augenblick – mit ihrer Enkeltochter in den Armen – war ihr nicht danach, länger eine Fassade aufrechtzuerhalten. So lange hatte sie mit der Lüge gelebt, dass es fast schon normal war. Aber nun erkannte sie, dass sie das nicht länger wollte. Mit diesem Kind in den Armen schien nichts außer der Wahrheit angemessen.

„Reese kommt dienstagnachts nicht nach Hause", sagte sie knapp.

„Oh, das wusste ich nicht. Geht er zum Bowling?"

Ein Lächeln huschte über Jacquelines Gesicht. Nur ihrer Schwiegertochter konnte es in den Sinn kommen, dass Reese Mitglied in einem Bowlingteam sein könnte. Sie schüttelte den Kopf.

„Mom?"

Lange Zeit war es ihr gegen den Strich gegangen, dass Tammie Lee sie einfach so „Mom" nannte. Doch inzwischen fühlte es sich an, als sei es das Natürlichste der Welt.

„Er ... hat eine andere Verpflichtung", sagte sie.

Tammie Lee schwieg eine ganze Weile. Dann tat sie auf

einmal etwas völlig Unerwartetes. Sie setzte sich auf den Boden neben den Schaukelstuhl, in dem Jacqueline saß, und legte ihrer Schwiegermutter die Hand aufs Knie. Diese Geste war einfach und tat gut. Und sie berührte Jacqueline zutiefst.

„Habe ich dir je von meinem Onkel Bubba und meiner Tante Frieda erzählt?" Sie wartete Jacquelines Antwort nicht ab. „Es schien, als habe Bubba – das ist im Übrigen nicht sein richtiger Name, denn er heißt eigentlich Othello, aber jeder nennt ihn Bubba, eine Südstaatengeschichte ... Egal ... Also, er verguckte sich in eine Kellnerin im *Eat, Gas & Go* in der Pecan Avenue. Jeden Tag hing er in dem Laden herum."

Sechs Monate zuvor hätte Jacqueline ihre Schwiegertochter wahrscheinlich ungeduldig unterbrochen. Aber nachdem sie einige von Tammie Lees Geschichten gehört hatte, war sie inzwischen an die Weisheiten gewöhnt, die ihre Schwiegertochter auf diesem Weg der Welt mitteilte.

„Also, Tante Frieda bekam mit, was vor sich ging, und hat die schlimmste Szene veranstaltet, die du dir vorstellen kannst."

„Ist sie auf die Kellnerin losgegangen?"

„Tante Frieda? Nein. Sie hat meinem Onkel Bubba die Leviten gelesen. Sie hat ihm gesagt, sie sei die *einzige* Frau für ihn – und wenn er ihr nicht glaube, würde sie es ihm schon beweisen. Sie sagte meiner Mama, sie hätte Bubba schließlich geheiratet und – zum Donnerwetter noch mal – würde nicht zulassen, dass irgendeine Kellnerin ihn ihr wegschnappte. Von da an lief Onkel Bubba nur noch mit einem breiten Grinsen durch die Stadt. Und soweit ich weiß, ist er nie wieder in die Nähe des *Eat, Gas & Go* gegangen."

Jacqueline gefiel die Geschichte, doch sie zweifelte daran, dass eine Szene von ihr Reese zu einer Veränderung bewegen könnte. „Hut ab vor Tante Frieda", sagte sie.

„Nein, Mom", erwiderte Tammie Lee und sah sie eindringlich an. „*Du* hast ebenso viel Kraft. Und du kannst und musst sie nutzen, um etwas in deinem Sinne in Gang zu bringen."

Die Worte ihrer Schwiegertochter gingen ihr noch immer durch den Kopf, als sie nach Hause fuhr. Sie parkte in der Garage und ging in das dunkle stille Haus. Martha hatte einen Chefsalat in den Kühlschrank gestellt. Jacqueline setzte sich an den Küchentisch und kostete davon, aber sie hatte keinen rechten Appetit. Das Haus schien voller Geräusche zu sein. Es krachte und ächzte im Gebälk. Doch diese Laute unterstrichen nur die Leere, die sie umgab. Sie legte ein bisschen Musik auf, um sich von den düsteren Gedanken abzulenken.

Zwanzig Minuten später entschied sie sich, früher als sonst ein Bad zu nehmen. Anschließend ging sie normalerweise ins Bett, um noch zu lesen – und auf Reese zu warten. Manchmal las sie bis in die frühen Morgenstunden, ohne mitzubekommen, dass er nach Hause kam. Nie hatte sie zugegeben, dass sie tatsächlich auf ihn wartete. Aber in dieser Nacht schien sich die Wahrheit nicht länger verdrängen zu lassen.

Trotz all der Jahre, die ihr Ehemann schon untreu war, schien der Schmerz immer noch überwältigend zu sein. In diesem Augenblick war er bei einer anderen Frau. Und sie, Jacqueline, deckte sein Verhalten, akzeptierte es, als sei es normal. Und plötzlich wurde ihr klar, dass sie nicht länger so tun konnte, als wüsste sie von nichts. Sie *konnte* und sie *wollte* nicht!

Schon halb ausgezogen ging sie mit energischen Schritten in die Küche. Während oben das Badewasser in die Wanne lief, öffnete sie eine Schublade und griff nach dem Telefonverzeichnis des Countryclubs. Sie warf es auf die Küchenanrichte und suchte Allan Andersons Nummer heraus. Sie waren seit Jahren gut befreundet, und Allan war einer der besten Scheidungsanwälte der Stadt. Wenn er die Angelegenheit in die Hand nahm, würde Reese für alles bezahlen, was er ihr und ihrer Ehe angetan hatte.

Doch mit einem Mal verrauchte ihre Wut, und sie klappte das Telefonverzeichnis wieder zu. Ihre Hand ruhte auf dem Büchlein.

Du liebe Güte, was hatte sie sich dabei gedacht? Sie wollte doch keine Scheidung! Sie wollte ihren Mann zurück! Sie wollte Reese!

Irgendwie musste sie ihn zurückgewinnen.

Langsam, in Gedanken versunken, ging sie ins Badezimmer und drehte das Wasser ab. Sie saß auf dem Rand der Wanne und massierte ihre Schläfen, während sie darüber nachdachte, was sie zu tun hatte.

Das Geräusch der Garagentür, die ins Schloss fiel, überraschte sie. Jacqueline stand auf, und ihr Herz schlug bis zum Hals. Das konnte nicht Reese sein. Er kam selten vor neun Uhr nach Hause.

„Reese, bist du das?“, rief sie – und schalt sich für diese Frage. Wer sollte es denn sonst sein? Ein Einbrecher würde wohl kaum einen derartigen Lärm veranstalten.

„Ich bin zu Hause!“, rief ihr Ehemann.

Hastig schlüpfte sie in ihren Morgenmantel und ging in die Küche. Sie sah Reese an der Küchenanrichte stehen, wo er sich die Post anschaute. Er schien überrascht zu sein, sie zu sehen.

Woher sie den Mut nahm, wusste sie nicht, doch sie machte einen entschlossenen Schritt auf ihn zu.

Er sah auf. „Ja?“

„Es ist vorbei. Ich möchte das hier und jetzt klarstellen. Ich werde das nicht länger dulden.“

Er blinzelte und starrte sie an. Wenigstens unternahm er nicht den Versuch, zu behaupten, dass er nicht wüsste, worum es ging.

„Ich werde es nicht länger dulden!“, wiederholte sie.

Ungläubig blickte er sie an.

„Erstens“, fuhr sie fort, „ist es für mich als deine Ehefrau demütigend. Bis jetzt habe ich weggeschaut. Aber das will ich nicht mehr. Ich habe versucht mir einzureden, dass es mir egal ist – und eine Zeit lang hat das sogar geklappt. Doch die Wahrheit ist: Es macht mir etwas aus. Es macht mir sogar viel aus.“

„Was …“

Aber Jacqueline ließ ihn gar nicht zu Wort kommen. Wenn sie jetzt nicht sagte, was ihr auf den Nägeln brannte, würde sie vielleicht der Mut verlassen. Dies war ihre Chance. „Ich gehörte nie zu den Frauen, die ein Ultimatum stellen oder die Forderungen haben – aber nun ist es so weit. Wer immer diese andere Frau auch sein mag – verlasse sie. Mir ist es egal, was es kostet. Ich möchte, dass sie aus deinem und aus meinem Leben verschwindet.“

Reese schüttelte den Kopf. Offensichtlich war er vollkommen sprachlos.

„Ich werde es nicht erlauben, dass unser Enkelkind aufwächst und mitbekommt, mit welcher Respektlosigkeit ich behandelt werde.“ Da stand sie nun und hielt die wahrscheinlich wichtigste Ansprache ihrer gesamten Ehe – barfuß, inmitten der Küche. Mit nichts bekleidet als einem Morgenmantel.

Er runzelte die Stirn und widmete sich wieder der Post.

Tammie Lees Geschichte schoss Jacqueline durch den Kopf. Sie atmete tief ein. Nun war sie schon so weit gekommen, da konnte sie auch bis zum Äußersten gehen. „Und ich habe dir noch mehr zu sagen“, sagte sie so würdevoll, wie nur möglich.

„Noch mehr?“

Sie nickte und machte einen Schritt auf ihn zu. „Tatsache ist, dass es sogar eine Menge mehr gibt. Ich liebe dich, Reese. Ich weiß nicht genau, was zwischen uns schiefgelaufen ist, doch … was immer es war, ich übernehme einen Teil der Verantwortung dafür. – Ich bin einsam, Reese, und ich will, dass du wieder das Bett mit mir teilst.“ Sie brach ab. Für einen kurzen Moment kam sie sich vor wie Tammie Lees Tante Frieda. Sie legte eine Hand auf ihre Hüfte, ließ eine Schulter unter ihrem Morgenmantel hervorblitzen und senkte die Stimme. „Ich verspreche dir, dass ich die einzige Frau sein werde, die du brauchst.“

Der Blick ihres Mannes war unbeschreiblich – er ließ die Post fallen und sah sie an. „Jacquie? Ist das dein Ernst?“

Sie lachte leise und hoffte, dass es sexy und verführerisch klang. „Das solltest du besser selbst herausfinden.“

Er blickte sie so erschrocken und ungläubig an, dass sie

beinahe laut gelacht hätte.

„Jacquie?" Er zog sie in seine Arme. Als er sie küsste, empfand sie dasselbe Verlangen wie in jungen Jahren. Bevor sie sich getrennte Schlafzimmer zugelegt hatten, war ihr Sex kontrolliert und eintönig gewesen. Doch nicht in diesem Moment. Reese zerriss beinahe ihren Morgenmantel, als er versuchte, ihn ihr auszuziehen.

Als sie ins Schlafzimmer taumelten und aufs Bett fielen, lachten sie wie verliebte Teenager. Und ihre Liebe war explosiv, ursprünglich, aufregend. Alles, was zu hören war, waren ihre lustvollen, leidenschaftlichen Seufzer.

Später lag Jacqueline in Reeses Armen. Tränen schimmerten in ihren Augen, als sie seinem kräftigen, rhythmischen Herzschlag lauschte. Es gab noch so vieles, das gesagt werden musste! Doch in diesem glücklichen Augenblick schien es keine Bedeutung zu haben. Jetzt gerade war nur wichtig, diesen Moment zu genießen, einander auszukosten. Diese eine Nacht mit ihrem Mann gab Jacqueline das Gefühl zurück, eine Frau zu sein.

„Das habe ich mir nicht träumen lassen", flüsterte er ganz nahe an ihrem Ohr. „Ich hatte die Hoffnung aufgegeben, jemals wieder mit dir das Bett zu teilen. Ich liebe dich. Ich habe dich immer geliebt. Aber ich wusste nicht, wie ich die Dinge ändern sollte."

Sie seufzte und küsste seine Brust. „Ich werde dich niemals aufgeben."

„Es gibt keine andere Frau."

Jacqueline erstarrte. „Was meinst du?"

Er atmete tief durch. „Wir werden darüber nur ein einziges Mal sprechen und dann nie wieder. Okay?"

„Okay, wie wieder."

„Es ist wahr – vor zehn Jahren hatte ich eine Affäre. Darüber weißt du Bescheid. Diese Affäre endete schnell und nicht besonders schön. Ich fühlte mich furchtbar, und ich kann noch immer nicht glauben, dass ich so dumm war."

„Aber jeden Dienstag ..."

Er unterbrach sie. „Ich weiß. Ich wollte, dass du glaubst, ich wäre noch immer mit dieser Frau zusammen. Es war unklug und albern. Und es ist mir peinlich, es zuzugeben. Doch ich wollte sehen, wie du damit umgehst. Ich wollte nur eine Reaktion, irgendeine Regung. Ich wollte wissen, ob du mich noch liebst."

„An dem Abend, als ich für dich gekocht habe und das Telefon klingelte ..."

„Ich weiß, was du geglaubt hast, aber du hast dich getäuscht. Es war tatsächlich ein geschäftlicher Termin. Ich schwöre, dass es weder in jener Nacht noch in irgendeiner Nacht seit vielen Jahren eine andere Frau für mich gegeben hat."

„All die Jahre ..." Sie konnte es nicht glauben.

„Als ich einmal damit angefangen hatte, wusste ich nicht mehr, wie ich es beenden sollte."

„Wir sind so dumm gewesen." Sie schlang die Arme um seinen Nacken und fragte sich, wie sie jemals ohne seine Umarmung hatte leben können. Die ganze Zeit hatte nichts zwischen ihnen gestanden als falsch verstandener Stolz.

„Ich weiß nicht, was heute Nacht über dich gekommen ist, doch ich danke Gott dafür", sagte er.

„Du kannst Tammie Lees Tante Frieda danken."

„Wem?"

„Ist nicht so wichtig", erwiderte sie, legte ihren Kopf an

seine Schulter und lächelte. Jeder Tag machte ihr deutlicher, dass sie dankbar sein musste, eine solche Schwiegertochter bekommen zu haben. Sie musste Reese recht geben. Endlich hatte sie die Tochter, die sie sich immer gewünscht hatte. Und auch wenn Tammie Lee mit diesem schrecklichen Südstaatenakzent sprach, war sie für Jacqueline wie eine eigene Tochter – kostbar und liebenswert.

46. KAPITEL

Alix Townsend

Alix fuhr aus dem Schlaf hoch. Was waren das für Geräusche? Es klang wie ein unterdrücktes Stöhnen. Sie stützte den Kopf auf, starrte angestrengt in die Dunkelheit und horchte. Seltsamerweise schienen die gedämpften Schmerzensschreie aus dem Wohnzimmer zu kommen. Als ihre Augen sich endlich an die Dunkelheit gewöhnt hatten, fiel ihr noch etwas auf. Laurels Bett, das in der anderen Ecke des Zimmers stand, war leer.

Ihre Mitbewohnerin verhielt sich in letzter Zeit wirklich komisch. Nachdem sie vor Kurzem recht freundlich gewesen war, hatte sie sich jetzt wieder zurückgezogen. Sie sprachen kaum noch miteinander, was allerdings zum größten Teil an Laurel lag. Alix versuchte ihr Bestes, einen halbwegs normalen Umgang miteinander aufrechtzuerhalten. Doch wenn Laurel mit ihr sprach, waren ihre Worte meist schnippisch und bitter.

Zwar wusste Alix noch immer nicht, was mit ihrem Apartmentgebäude geschehen würde; aber sie vermutete, dass es nicht mehr lange dauern würde, bis sie ihre Wohnung verlassen mussten. Doch sie hatte einen Plan. Wenn sich die Möglichkeit ergab, würde sie ihrer sogenannten Freundin den Laufpass geben und sich eine neue Mitbewohnerin suchen. Die Drogen, die im letzten Frühling bei ihr gefunden worden waren, hatten Laurel gehört, nicht ihr. Trotzdem bezahlte Alix den Preis dafür. Aber genug war genug.

Zuerst hatte Laurel die Sache noch leidgetan, und sie bemühte sich, es wiedergutzumachen. Doch das war mittlerweile anders. Die meiste Zeit ignorierte sie Alix, und selbst wenn sie zusammen in der Wohnung waren, saß Laurel nur vor dem Fernseher und stopfte Essen in sich hinein. Sie arbeitete nicht einmal mehr als Putzkraft.

Alix legte sich wieder hin, zog die Decke bis zu den Ohren und versuchte einzuschlafen. Wenn Laurel krank war, dann kam das durch die Unmengen an Eiscreme, die sie verschlang. Sie hatte in den letzten sechs Monaten bestimmt fünfzig Pfund zugelegt. Keine ihrer Jeans passte ihr mehr, und sie sah unglaublich unförmig und fett aus. Und dass sie offenbar Jordan anmachte, war für die angespannte Beziehung zwischen ihr und Alix nicht besonders hilfreich. Alix vertraute Jordan, doch ob sie auch Laurel trauen konnte, stand auf einem anderen Blatt. Offensichtlich hatte sich Laurel auf der Suche nach Mitgefühl an Jordan gewandt. Wer weiß, was sie bei ihm noch suchte …

Sie wusste immer noch nicht, was zwischen Laurel und ihm geschehen war. Weder erklärte Jordan von sich aus, was Laurel von ihm wollte, noch fragte Alix ihn danach. Als sie ihre Mitbewohnerin darauf ansprach, knurrte die nur, Alix solle sich um ihre eigenen Angelegenheiten kümmern.

Sie war schon fast wieder eingeschlafen, als ein unterdrückter Schrei sie aufschrecken ließ. Es klang, als litt Laurel Höllenqualen. Missmutig und entgegen ihrer ursprünglichen Entscheidung schlug Alix die Decke zur Seite und kletterte aus ihrem Bett.

Das Wohnzimmer war dunkel, und es dauerte einen Augenblick, bis sie Laurel entdeckt hatte. Ihre Mitbewohnerin lag auf dem Sofa und lehnte mit dem Kopf auf der Seitenlehne. Ihre Knie waren angewinkelt, und sie hatte ein Bettlaken über ihre Beine gelegt.

„Was ist los?", fragte Alix schroff. Sie wollte klarstellen, dass es ihr ganz und gar nicht gefiel, dass Laurel ihr den Schlaf raubte.

„Nichts. Geh wieder ins Bett."

Alix zögerte, entschied sich dann aber, Laurels Aufforderung Folge zu leisten. Sie brauchte offenbar keine Hilfe. Gut – es war schließlich ihre Entscheidung.

„Wie du willst", murmelte Alix und wandte sich zum Gehen. Doch plötzlich hielt sie inne. Ganz leise hörte sie Laurel wimmern: „Oh Gott, oh Gott, oh Gott."

Kurz entschlossen kehrte Alix um, ging ins Wohnzimmer und schaltete das Licht an. Die Hände in die Hüften gestemmt, stand sie vor ihr und sagte: „Bei dir stimmt doch etwas nicht. Also, was ist los?"

Laurel warf den Kopf in den Nacken und antwortete nicht. Sie hatte die Augen geschlossen und biss sich so stark auf die Unterlippe, dass Blut zum Vorschein kam. Alix starrte sie erschrocken an.

„Laurel", flüsterte sie.

Ihre Mitbewohnerin streckte den Arm aus. Als Alix ihre Hand ergriff, hielt Laurel sie so fest, dass ihre Knöchel weiß hervortraten. „Hilf mir", weinte sie. „Ich kann das nicht … ich dachte … oh Gott, es tut so weh."

Alix sank neben dem Sofa auf die Knie. Plötzlich ergab alles einen Sinn. Was so offensichtlich hätte sein müssen, wurde ihr erst jetzt klar. „Laurel, hast du Wehen?"

Sie nickte. „Ich konnte es dir nicht sagen … ich konnte es niemandem sagen."

„Weiß John Bescheid?“

Tränen schimmerten in Laurels Augen. „Warum, glaubst du, hat er mich verlassen? Er hat gesagt, er will kein Baby. Und mich auch nicht. Er versprach mir, für die Abtreibung zu zahlen, aber er hat sich nie wieder blicken lassen – und ich konnte mir die Abtreibung doch nicht leisten.“

„Warum hast du nichts gesagt?“

„Wie hätte ich das machen sollen?“

„Aber wir sind doch Freundinnen.“ Irgendwie. Immerhin war es Laurel egal gewesen, als Alix wegen ihrer Drogen verurteilt wurde. Und sie hatte nicht einmal erzählt, dass sie schwanger war. Trotzdem …

Laurel schloss die Augen und bäumte sich stöhnend auf.

Alix würde später über ihre Beziehung zueinander nachdenken. Jetzt musste sie Laurel erst einmal in ein Krankenhaus bringen. „Ich gehe runter, um zu telefonieren, damit Hilfe kommt.“

„Nein!“, schrie Laurel. Sie drückte Alix' Hand. „Lass mich nicht allein. Es dauert nicht mehr lange … es kann nicht mehr lange dauern. Ich kann den Schmerz allein nicht aushalten. Ich *kann* das nicht allein durchstehen.“

„Was soll ich tun?“ Alix hatte noch nie eine Frau erlebt, die in den Wehen lag, und wusste nicht, wie sie helfen konnte.

„Ich weiß nicht“, keuchte Laurel, die sich vor Schmerz krümmte und verzweifelt nach Luft rang. „Ich denke, das Kind kommt gleich“, rief sie, und ihre Stimme überschlug sich beinahe vor Panik. „Was soll ich nur machen? Oh Gott, was soll ich nur machen?“

„Bleib ganz ruhig“, sagte Alix und zwang sich, zuversichtlich zu klingen, obwohl ihr Herz raste. Sie schob das Laken zurück und sah, dass Laurel einen Stapel Handtücher unter ihre Hüften geschoben hatte. „Ich gehe mir eben die Hände waschen."

„Nein … verlass mich nicht."

„Ich bin sofort wieder da."

„Okay, okay." Laurel drehte den Kopf zur Seite. Ihr Gesicht glänzte schweißnass.

Alix ärgerte sich über sich selbst, weil sie die Wahrheit nicht früher erkannt hatte. Doch Laurel war so übergewichtig, dass die Schwangerschaft nicht von Beginn an eindeutig zu sehen war. Und sie trug auch weiterhin jeden Tag ihre Jeans, die beinahe aus den Nähten geplatzt war. Alix hatte wirklich die ganze Zeit gedacht, dass Laurel wegen ihrer Depression und ihren Fressattacken zugenommen hatte.

Alix war nur einen Moment lang fort, doch als sie zurückkam, ergriff Laurel ihre Hand und drückte sie. Ihr Gesicht zeigte deutlich, welche Qualen sie durchlitt.

„Sieh nach", flehte Laurel. „Kommt es schon raus?"

Alix fühlte sich vollkommen überfordert. Sie sollte helfen, ein Kind auf die Welt zu bringen? „Hast du schon irgendwas für das Baby?"

Laurel schüttelte den Kopf. „Ich will es nicht."

„Laurel", erwiderte sie behutsam. „Was wolltest du denn mit dem Baby machen?" Unfassbar! Laurel musste doch wissen, dass Kinder Kleidung und ein Bettchen und Fläschchen brauchten.

Ihre Freundin schluchzte verzweifelt. „Zuerst wollte ich es umbringen."

Alix rang nach Luft. „Das kannst du doch nicht machen."

„Ich will dieses Kind nicht.“ Laurel schrie und wölbte den Rücken, als der Schmerz sie abermals überwältigte. Ihre Finger umklammerten den Sofabezug, als sie ihre Augen schloss und aufkeuchte. Sie versuchte tief einzuatmen, und ihre Schultern hoben und senkten sich zitternd.

Alix setzte sich ans Ende des Sofas. Der Kopf des Babys war bereits zu erkennen – es hatte blondes Haar. Bei der nächsten Wehe legte Alix vorsichtig ihre Hand unter den Kopf des Kindes. Laurel atmete tief ein und versuchte das Baby zu sehen, aber sie schaffte es nicht.

„Es dauert nicht mehr lange“, versprach Alix. Sie hatte Angst und fühlte sich hilflos – und sie hoffte, sie lag mit ihrer Annahme richtig.

Keine Minute später stöhnte Laurel abermals auf und begann wieder zu hecheln. Und plötzlich war das Kind geboren. Es lag in Alix' Armen. Ganz winzig und verschmiert.

Tränen schimmerten in Alix' Augen. „Es ist ein Junge“, flüsterte sie und sah Laurel an. Das Baby schrie nicht sofort, und Alix bekam Angst. Instinktiv schob sie ganz vorsichtig einen Finger in seinen kleinen Mund und machte die Atemwege frei. Dann drehte sie den Kleinen auf den Bauch und klopfte sachte auf seinen Rücken. Und in diesem Augenblick stieß das Baby einen kräftigen, lauten Schrei aus. Ein tiefes Glücksgefühl durchflutete Alix, und sie sah ihre Freundin an. „Er ist perfekt“, sagte sie ehrfürchtig. Es war ein Wunder. Ein neues Leben hatte soeben begonnen.

Doch Laurel weigerte sich, ihren Sohn anzusehen, und wandte ihr Gesicht ab. „Durchtrenne die Nabelschnur“, sagte sie tonlos.

„Ich … ich denke nicht, ich sollte …“

„Tu es", forderte Laurel. „Oder ich mache es selbst."

„Okay, okay." In der Küche fand Alix ein Messer. Aus Angst, ihre Freundin oder das Neugeborene zu infizieren, legte sie das Messer in einen Topf mit Wasser, um es abzukochen. In der Zwischenzeit lief sie ins Wohnzimmer zurück, um nach dem Rechten zu sehen. Auch die Nachgeburt war da, und es schien alles in Ordnung zu sein.

Sobald Alix die Nabelschnur durchtrennt hatte, ging sie mit dem Baby ins Badezimmer und wusch es. Dann wickelte sie es in ein Handtuch. Sie war sich sicher, dass Laurel sich, nachdem die Strapazen der Geburt vorüber waren, für das Kind entscheiden würde. Also trug sie das Neugeborene ins Wohnzimmer hinüber und hoffte, ihre Mitbewohnerin wenigstens dazu bewegen zu können, einen Blick auf ihren Sohn zu werfen.

„Sie ihn dir an", flehte Alix. „Er ist perfekt, Laurel."

Laurel schüttelte den Kopf. „Werde es los."

Alix konnte nicht glauben, dass ein Mensch so kaltherzig sein konnte. „Das kann ich nicht."

„Dann gib es mir, und ich tue es."

„Wirst du … was wirst du tun?", fragte Alix und drückte das Baby schützend an sich.

„Ich werfe es in einen Müllcontainer – und fertig."

Laurel schien das Neugeborene nicht einmal als ein Lebewesen zu betrachten. Sie redete von ihrem Sohn nur als „es".

„Das ist dein Ernst, habe ich recht?", fragte Alix, und die Panik schnürte ihr beinahe die Kehle zu. „Du willst das Kind nicht."

„Wie oft soll ich es denn noch sagen?", schrie Laurel.

„Werde endlich dieses Ding los!"

Mit dem Neugeborenen im Arm versuchte Alix, ihre Gedanken zu sortieren. Wenn Laurel dieses Kind nicht wollte, dann kannte sie jemanden, der sich mit Sicherheit um das Kind kümmern würde. „Unterschreib etwas."

„Was?" Laurel starrte ihre Freundin fragend an.

„Ich brauche eine Bestätigung von dir, dass du dieses Kind aus freien Stücken weggeben willst."

Laurel runzelte die Stirn. „Und wem gebe ich es?"

„Einem Paar, das es adoptieren würde." Alix atmete tief ein. „Ich kenne jemanden, der sich sehnlichst ein Kind wünscht. Und ich möchte, dass sie und ihr Mann diesen kleinen Jungen großziehen. Du hast vielleicht keine Gefühle für ihn, aber ich weiß, dass Carol ihn lieben wird. Ich war dabei, als er auf die Welt kam, und ich fühle mich persönlich verantwortlich für ihn. Und du willst doch, dass er wegkommt."

„Mach, was du denkst. Es ist mir egal."

„Du wirst deine Meinung nicht ändern?"

„Nein." Dann, wie um ihre Worte zu unterstreichen, griff Laurel nach dem Messer und hielt es in die Luft, als wolle sie den Kleinen auf der Stelle töten. „Ich will, dass es tot ist oder einfach aus meinem Leben verschwindet, verstanden? Was muss ich noch sagen oder tun, damit du mir glaubst? Werde es los! Mir ist egal, was du damit machst, solange du es wegbringst."

Mit dem schreienden Baby im Arm holte Alix einen Stift und ein Blatt Papier und reichte beides ihrer Freundin. „Schreib es auf."

Laurel setzte sich hin und schrieb schnell ein paar Zeilen nieder, die sie unterzeichnete. Alix las das Papier und ging dann ins Schlafzimmer. Sie legte das Kind auf ihr Bett und zog sich, so schnell es ihre zitternden Hände erlaubten, etwas an. Das Baby beobachtete sie, und Alix beugte sich zu ihm hinab und küsste ganz vorsichtig seine Stirn.

„Ich wünschte, du wärest auf dieser Welt herzlicher willkommen geheißen worden, mein Kleiner", flüsterte sie. „Aber ich kenne jemanden, der dir all die Liebe schenken wird, die du verdienst."

Ohne ein weiteres Wort warf Alix ihre Tasche über die Schulter und ging an Laurel vorbei aus der Wohnung. Es war Freitagmorgen, und die Straßen waren noch dunkel und unheimlich. So schnell sie mit dem Kind im Arm konnte, hastete Alix die Straßen entlang, bis sie bei *Annies Café* ankam. Im Eingangsbereich befand sich ein öffentliches Telefon. Fahrig kramte sie in ihrer Tasche nach fünfzig Cent. Dann zog sie den Zettel mit Jordans Telefonnummer hervor.

Sie warf die Münzen ein und klemmte den Hörer zwischen Kopf und Schulter, während sie Jordans Nummer wählte. „Oh bitte, sei zu Hause!", wisperte sie. „Bitte."

Gerade wollte sie wieder auflegen, als Jordan sich nach dem fünften Klingeln doch noch meldete.

„Ich hoffe, es gibt einen guten Grund …", murmelte er schlaftrunken in den Hörer.

„Jordan, ich bin's." Sie war so erleichtert, seine Stimme zu hören, dass sie beinahe anfing zu weinen. „Weißt du noch, dass du gesagt hast, ich könnte dich jederzeit anrufen, wenn ich deine Hilfe bräuchte?"

„Bist du in Schwierigkeiten?"

Sie wusste nicht, was sie darauf antworten sollte. „Ich bin in *Annies Café* … Kannst du kommen und mich holen?"

„Was, jetzt direkt?“

„Ja, und beeile dich bitte.“

„Ich bin in zehn Minuten da.“ Er zögerte keinen Augenblick. Wenn sie jemals an seinen Gefühlen für sie gezweifelt hatte – jetzt tat sie es nicht mehr. Sie wusste mit Sicherheit, dass es einen Menschen auf dieser Welt gab, an den sie sich immer und jederzeit wenden konnte.

Sie wiegte das Baby behutsam in ihren Armen. Leise summte sie und beruhigte den Kleinen, während sie im Vorraum von *Annies Café* auf Jordan wartete. Als sie seinen Wagen um die Ecke biegen sah, trat sie aus dem Café und wartete an der Bordsteinkante.

Er hielt den Wagen an und beugte sich hinüber, um die Beifahrertür zu öffnen.

Er starrte sie an. „Ist das etwa … ein Baby?“ Er wirkte geschockt.

„Es ist das Kind von Laurel und diesem Widerling John … Ich habe gerade mitgeholfen, es auf die Welt zu bringen.“

„Also das …“ Er hielt inne. „Sie hat sich vor Kurzem mit mir unterhalten und gesagt, sie würde in Schwierigkeiten stecken – sie wollte mir aber nicht verraten, was für Schwierigkeiten.“

Alix nickte. Nun fügte sich alles zusammen.

„Brauchst du mich, um das Baby ins Krankenhaus zu bringen?“, fragte er.

„Nein.“ Sie hatte das Gefühl, ihr Herz würde überschäumen, und sie wusste, was sie zu tun hatte. Vorsichtig beugte sie sich vor und küsste ihn.

„Alix … du kannst das Kind nicht behalten.“

„Ich habe es auf die Welt geholt. Und ich bin diejenige,

die ihm ein Zuhause sucht."

Er riss die Augen auf. „Woran denkst du?"

„Ich kenne jemanden, der dieses Baby braucht."

„Wer?"

„Das ist im Augenblick nicht so wichtig. Also, entweder du fährst mich, oder ich nehme mir ein Taxi."

„Aber es ist nicht legal ..."

„Ich habe eine unterschriebene Erklärung von Laurel. Sie will das Baby nicht haben, und ich werde auf keinen Fall zulassen, dass das Kind in die Obhut des Staates kommt. Verstanden?"

Er hob die Augenbrauen und lachte leise. „Erinnere mich daran, dass ich dir niemals in die Quere komme."

„Keine Sorge. Ich denke, das wirst du in den nächsten Jahren nicht so leicht vergessen."

„In den nächsten Jahren?"

„Darüber reden wir später."

„Weiß deine Freundin, dass wir kommen?"

„Noch nicht."

„Und was ist mit Laurel?"

„Ich möchte, dass du anschließend zu ihr fährst und sie ins Krankenhaus bringst." Das bedeutete, dass die Behörden es erfahren würden, aber darum würden sich dann Carol und ihr Ehemann kümmern. „Bring sie ins *Swedish Medical Center*, ja?"

„Zu deinen Diensten, Lady Alix. Drachentöterin und Retterin unschuldiger Babys."

Das klang gut, fand sie.

47. KAPITEL

Carol Girard

Das schrille Klingeln des Telefons riss Carol aus dem Tiefschlaf. Doug rollte auf die Seite und warf einen Blick auf die Uhr. Es war gerade kurz nach vier Uhr morgens. Sie kannten niemanden, der zu dieser unchristlich frühen Stunde anrufen würde – außer es handelte sich um einen Notfall. Noch ganz benommen überlegte sie, was passiert sein mochte.

Beim dritten Klingeln nahm ihr Ehemann das Gespräch entgegen. „Hallo“, murmelte er schlaftrunken.

Sie konnte nicht hören, was der Gesprächspartner am anderen Ende sagte. Zuerst dachte sie, die Person habe sich verwählt, doch plötzlich sagte Doug: „Ja, sie ist hier. Wer spricht da?“

Einen Moment später deckte er mit einer Hand die Sprechmuschel ab und wandte sich an Carol. „Kennst du ein Mädchen namens Alix Townsend?“

Sie nickte. „Hat sie gesagt, was sie will?“

„Nein. Nur, dass sie dich unbedingt sofort sehen muss. Sie ist unten.“

Sie zögerte.

„Soll ich sie reinlassen?“, fragte er.

Wenn Alix mitten in der Nacht zu ihr kam, musste es wirklich wichtig sein. „Ja“, sagte sie zu ihrem Mann. „Lass sie rein.“

„Bist du sicher?“

„Sie braucht vielleicht jemanden zum Reden“, erklärte sie.

„Um diese Uhrzeit?“

Sie küsste ihn auf die Schläfe. „Ja, mein Liebling.“

Sie schlug die Bettdecke zurück und griff nach ihrem Morgenmantel. „Du musst nicht aufstehen.“ Sie vermutete, dass Alix als Freundin zu ihr gekommen war und möglicherweise ihren Rat brauchte. Vielleicht steckte sie in einer Krise. In ihrem momentanen Zustand zweifelte Carol zwar daran, Alix eine große Hilfe sein zu können, aber eventuell konnte sie ihr wenigstens zur Seite stehen und zuhören …

Als sie aus dem Schlafzimmer ging, kam sie am Kinderzimmer vorbei. Später würden einige Möbelpacker vom Kaufhaus kommen, um die Babyausstattung wieder mitzunehmen. Zusammen mit der Wiege, dem Wickeltisch und der Kommode würde auch ihr Traum von einer eigenen Familie verschwinden. Nach allem, was sie durchgemacht hatte, nach all der Frustration und den Enttäuschungen, hoffte Carol nun, dass es auf diese Weise einfacher sein würde, loszulassen. Der aussichtslose Kampf um ein Kind hätte beinahe ihre Ehe zerstört, und Doug hatte recht: Es musste ein Schlussstrich gezogen werden. Trotzdem tat es weh, und der Schmerz würde bleiben.

Es klopfte an der Tür. Barfuß huschte sie über den Fliesenboden zur Eingangstür, um das Sicherheitsschloss zu öffnen. Sie schnappte nach Luft, als sie Alix vor sich stehen sah – mit einem Kind auf dem Arm.

„Hier“, sagte Alix und hielt ihr das Baby entgegen. „Dieser Kleine braucht eine Mutter.“

Carol starrte ungläubig auf das Neugeborene, das in ihren Armen lag. Sprachlos blickte sie Alix an. Sie wusste überhaupt nicht, was sie denken sollte. Was sie sagen sollte, war ihr ebenfalls ein Rätsel.

„Ich habe ihn auf die Welt geholt", erklärte Alix.

„Wessen ...?" Carol konnte keinen klaren Gedanken fassen, geschweige denn einen Satz herausbringen.

„Meine Mitbewohnerin wollte das Kind nicht. Ich sollte es loswerden. Sie hat mir gesagt, dass sie den Kleinen in einen Müllcontainer werfen würde, wenn ich ihn nicht nehme. Er braucht jetzt eine Mutter und einen Vater. Er braucht jemanden, der ihn liebt."

Das schien alles nicht wahr, nicht möglich zu sein. Das Einzige, was Carol in den Sinn kam, war, nach ihrem Ehemann zu rufen. Aber ihre Stimme versagte den Dienst. Obwohl sie nicht glaubte, dass er sie gehört hatte, kam Doug einen Augenblick später aus dem Schlafzimmer. Er trug nur seine Pyjamahose.

„Hi", sagte Alix und klang so anders als sonst, dass Carol sie überrascht anblickte. „Ich bin Alix. Wir haben gerade telefoniert."

„Alix hat uns ein Baby vorbeigebracht", sagte Carol tonlos, und Tränen schimmerten in ihren Augen.

Doug sah zwischen den beiden Frauen hin und her. Genau wie Carol schien er nicht zu wissen, wie er reagieren sollte. Doch zum Glück hatte er sich schnell wieder im Griff. „Ich denke, wir sollten uns alle zusammensetzen und darüber reden."

„Es ist alles ganz legal", versicherte Alix. „Laurel hat eine Verzichtserklärung unterschrieben." Sie griff in ihre Tasche, zog das Blatt Papier heraus und reichte es Doug. „Laurel muss ins Krankenhaus, und wenn sie erst einmal da ist, werden die Behörden sich der Sache annehmen. Aber ich denke, ihr könnt die Formalitäten schnell regeln. Wenn ihr das Kind bei euch habt, ist es schon so gut wie eures, stimmt's? Endlich seid ihr Eltern."

„Wir sollten eine Kanne Kaffee kochen", schlug Carol vor. Die Gedanken in ihrem Kopf überschlugen sich. Alles, was sie wusste, war, dass sie hier stand und ein Neugeborenes in den Armen hielt.

„Ich kümmere mich um den Kaffee", sagte Doug. Carol nickte dankbar. Sie betrachtete das schlafende Baby, und ihr Herz zog sich schmerzhaft zusammen. Allein der Gedanke, dass seine Mutter den Kleinen wie ein Stück Abfall in den Müllcontainer werfen wollte! Wie ein Mensch überhaupt so etwas in Erwägung ziehen konnte, würde ihr immer ein Rätsel bleiben.

„Er hat keine Kleidung", sagte Alix. „Ich habe ihn gewaschen und in das Tuch gewickelt, aber ich hatte nicht einmal eine Windel für ihn."

„Ich werde ihm etwas überziehen", sagte Carol. Es schien alles ein Traum zu sein. Sie trug das Baby in das Kinderzimmer und legte es auf die Wickelkommode.

An diesem Morgen hätte sie die Schubladen in diesem Zimmer ausräumen müssen, damit die Möbelpacker die Babyausstattung wieder mitnehmen konnten. Zum Glück war noch alles da. Carol säuberte behutsam den Babypopo und legte die Windel an. Dann zog sie dem Kleinen ein winziges T-Shirt über. Als sie fertig war, wickelte sie ihn in eine dicke weiche Babydecke aus Flanell.

Er stieß einen leisen quäkenden Ton aus, und Carol holte eine Babyflasche hervor, die bereits sterilisiert und bereit für die Milch war. Sie wagte nicht zu hoffen, dass dieser kleine

Mensch vielleicht bald ihr Sohn, ihr Kind sein würde. Alix brauchte Hilfe, und sie war die Person, die helfen konnte.

„Wie alt ist er genau?", fragte Carol, als sie ins Wohnzimmer zurückkehrte.

Alix warf einen Blick auf ihr Handgelenk, hatte aber in der Hektik offensichtlich vergessen, ihre Uhr anzulegen. „Ungefähr eine Stunde."

„Wie bist du hierhergekommen?"

„Jordan hat mich vorbeigebracht und ist im Moment mit Laurel auf dem Weg ins Krankenhaus."

Mit Alix zusammen ging Carol in die Küche zu Doug. Gemeinsam warteten sie darauf, dass der Kaffee durchlief. „Er muss gefüttert werden", erklärte Carol, als sei sie Fachfrau auf dem Gebiet der Säuglingspflege. Ohne zu fragen, legte sie ihrem Mann das Kind in die Arme und holte eine Dose mit Milchpulver aus einem der Schränke.

Sie füllte die Babyflasche und stellte sie in die Mikrowelle, um die Milch zu erhitzen. Nachdem sie die Flasche geschüttelt hatte, prüfte sie an ihrem Handgelenk, ob der Inhalt nicht zu heiß war. Schließlich nahm sie das Kind auf den Arm und gab ihm die Flasche. Er fand den Nuckel sofort und lag zufrieden in ihren Armen. Das alles wirkte so … als sei *sie* seine Mutter.

„Okay. Zeit zum Reden", sagte Doug. Er bedeutete den beiden Frauen, ihm ins Wohnzimmer zu folgen. Mit einem Tablett in der Hand, auf dem sich der frisch aufgebrühte Kaffee und drei Becher befanden, ging er zur Sitzgruppe. Carol setzte sich in den Lehnstuhl und strich dem Baby vorsichtig über das zarte Haar. Sie musste gegen die Tränen kämpfen, als das Kind ihren kleinen Finger umklammerte. *Es gehört zu mir*, wollte sie ausrufen. Doch neben diesem Gefühl tief empfundenen Glücks wuchs auch Angst in ihr – eine Angst, die sie nie zuvor in solchen Dimensionen erlebt hatte.

„Ich habe geholfen, ihn auf die Welt zu bringen", sagte Alix noch einmal stolz. „Laurel will ihn nicht, und ich habe ihr gesagt, dass ich jemanden kenne, bei dem er es gut haben wird." Sie hielt inne und wartete offenbar auf eine Antwort von Carol.

„Das *kann* nicht legal sein", wandte Doug ein und klang unsicher und verwirrt. „Ich habe so etwas noch nie gehört."

„Ihr habt ein Kind, habe ich recht?", sagte Alix. „Er gehört zu euch."

„Ich weiß, aber ..."

„Sie hat es aufgeschrieben – sie hat damit bestätigt, dass sie das Kind nicht will." Zum ersten Mal wirkte auch Alix verunsichert. Hatte sie das Richtige getan? „Ich dachte, ihr würdet euch freuen, ihn aufzunehmen."

„Das tue ich", rief Carol. Doug hatte – genauso wie sie – Zweifel, doch dieses Kind war da. Es war lebendig. Es lag in ihren Armen und füllte die Leere in ihrem Leben. Bei Gott, sie würde dieses Baby nicht wieder hergeben! Sie wollte sich nicht der Angst hingeben, auch dieses Kind verlieren zu können. „Doug?" Sie wandte sich ihrem Mann zu, sah ihn flehentlich an – bereit, zu tun, was nötig war.

Seufzend lehnte er sich vor, legte die Ellbogen auf die Knie und stützte seinen Kopf mit den Händen.

„Willst du dieses Baby oder nicht?", fragte sie. „Denn *ich* möchte es. Ich würde ihn ohne zu zögern aufnehmen. Ich bin bereit, ihn zu lieben und ihn großzuziehen, aber ich muss wissen, ob es auch das ist, was *du* willst."

Ihr Ehemann blickte sie an, und in seinen Augen spiegelte sich seine Besorgnis wider. „Ich weiß nicht, ob wir ihn behalten dürfen, Carol. Wie gesagt, ich glaube nicht, dass das alles legal ist. Eine Frau kann doch ihr Kind nicht einfach an komplett fremde Menschen abgeben."

Carol war es egal, wie hoch der Preis war oder welche Opfer sie bringen musste – sie wollte, dass dieses Kind bei ihnen blieb. Gerade als sie alle Hoffnung begraben hatte, war ein Wunder geschehen. Und sie wollte dieses Wunder annehmen, egal was passieren würde.

„Zuerst einmal müssen wir mit unserem Anwalt sprechen." Er hatte offensichtlich eine Entscheidung getroffen. „Wie Alix gesagt hat, wenn Laurel im Krankenhaus behandelt wird, kümmert sich die Polizei um die Angelegenheit. Wir müssen ihr und den Behörden weismachen, dass Laurel uns von Anfang an das Kind zur Adoption überlassen wollte."

Sie bemerkte an ihrem Ehemann eine Entschlossenheit, die sie tief berührte. „Wir haben einen Sohn", wisperte sie und weinte vor Glück.

„Noch nicht", erwiderte er, „aber schon bald werden wir ihn vielleicht wirklich haben." Er nahm jetzt die Zügel in die Hand und stand auf. „Gebt mir ein paar Minuten, um mich anzuziehen und ein paar Telefonate zu führen. Dann kommst du mit mir, Alix."

Er verschwand im Schlafzimmer.

Carol stellte die Babyflasche zur Seite und nahm das Kind hoch. „Wie kann ich dir jemals danken?", fragte sie, während sie sanft den Rücken des Babys streichelte.

Alix deutete auf das Tablett, auf dem die Kaffeekanne und

drei Becher standen. „Ich könnte wirklich einen Kaffee gebrauchen. Ist es dir recht, wenn ich mich selbst bediene?“

„Natürlich … entschuldige.“

„Möchtest du auch einen?“

Carol schüttelte den Kopf. Alix schenkte sich eine Tasse Kaffee ein und fügte Milch hinzu. „Ich kann immer noch nicht glauben, dass ich nichts gemerkt habe“, murmelte sie. Sie nahm einen Schluck von ihrem Getränk. „Laurel“, fügte sie gedankenverloren hinzu. „Es ist mir einfach nicht in den Sinn gekommen, dass sie schwanger sein könnte.“

Carol strich mit der Hand immer wieder über den Rücken des Babys. Bei ihr würde der Kleine sicher sein und geliebt werden. Hier war er gewollt.

„Laurel hatte schon immer Übergewicht, und ich dachte, sie hätte zugenommen.“

„Was ist mit dem Vater des Kindes?“

„Ein Gebrauchtwagenhändler. Er hat bei uns im Laden immer die perversesten Filme ausgeliehen. Mir war er egal, aber ich denke, er sah nicht schlecht aus.“

„Und Laurel?“

Alix zuckte die Schultern. „Sie ist in Ordnung, denke ich. Nur durcheinander und wütend auf die ganze Welt. Ich dachte, wenn das Kind erst einmal da wäre und sie es ansehen würde, dann würde sie mit Sicherheit ihre Meinung ändern – aber das war nicht der Fall.“

Doug kam zurück. „In welches Hospital hat dein Freund die Mutter gebracht?“

„Ins *Swedish Medical Center*“, erwiderte Alix. „Soll ich immer noch mitkommen?“

Doug nickte. „Ich habe Larry angerufen“, sagte er. Larry

war ein guter Freund der Familie und arbeitete als Anwalt für die Versicherungsgesellschaft, in der Doug tätig war. „Er sagte, ich solle Kontakt zu der Mutter aufnehmen und ihn dann aus dem Krankenhaus anrufen."

„Was soll ich tun?", wollte Carol wissen.

„Im Augenblick kannst du nicht viel tun. Bleib einfach hier und kümmere dich um das Baby. Ich komme so schnell wie möglich zurück."

„Okay." Carol wusste nicht, wie viel Zeit ihr mit dem Kleinen bleiben würde. Aber sie schwor sich, jeden Augenblick davon zu genießen.

Kurz darauf verließen Doug und Alix die Wohnung. Carol ging ins Kinderzimmer. Sie hatte diesen Raum mit so viel Vorfreude und Sorgfalt gestaltet. Jedes einzelne Möbelstück, jedes Kuscheltier bedeutete noch vor wenigen Wochen ein Ja zur Hoffnung und zur Freude ... und war mittlerweile zu einem Symbol für ihren unsagbaren Schmerz geworden.

Sie sank in den gepolsterten Schaukelstuhl, wiegte vorsichtig das schlafende Baby und sang ihm ein Schlaflied. Sein Empfang in dieser Welt war alles andere als friedlich und freundlich, aber nun befand es sich in Sicherheit. Und wenn es nach ihr und Doug ging, würde dieser kleine Mensch auch immer sicher und geborgen sein.

Sie verlor jegliches Zeitgefühl, als sie das Kind in ihren Armen hielt und vorsichtig vor und zurück schaukelte. Sie saß vielleicht schon seit einer oder zwei Stunden im Kinderzimmer. Doch die Zeit war nicht wichtig. Die Freude und das Glück, die sie erfüllten, waren überwältigend.

Um kurz nach acht kehrte Doug zurück. Alix war nicht bei ihm. Als er Carol im Kinderzimmer gefunden hatte, stellte er sich neben sie und beobachtete das schlafende Baby. Unvermittelt schloss er sie fest in seine Arme und zog sie so dicht an sich, dass sie beinahe fürchtete, keine Luft mehr zu bekommen.

„Was ist passiert?“, fragte sie.

Tränen standen in seinen Augen, und seine Stimme zitterte. „Wir müssen ihn ins Krankenhaus bringen, um ihn untersuchen zu lassen. Aber es sieht so aus, als hätten wir einen Sohn. Laurel war mehr als einverstanden, dass wir den Kleinen adoptieren. Sie hat den Behörden gegenüber versichert, dass es von Anfang an ihr Plan war, uns das Baby zu geben.“

Auch Carol stiegen Tränen in die Augen, als sie einander festhielten. Ein Baby. Ein Wunder des Lebens, ein Geschenk, das ihnen ganz plötzlich und unerwartet gemacht worden war.

Sie hatte es gewusst, seit sie das erste Mal auf den Strickkurs aufmerksam geworden war. Dass im Strickkurs Babydecken angefertigt wurden, war ein Zeichen Gottes – und Er hatte Sein Versprechen gehalten.

48. KAPITEL

Jacqueline Donovan

Ein Jahr später

Jacqueline konnte ihre Aufregung kaum verbergen, als sie zu Paul und Tammie Lee fuhr. In den vergangenen drei Wochen hatte sie mit Reese eine Kreuzfahrt gemacht und musste nun unbedingt ihr Enkelkind wiedersehen. Die kleine Amelia konnte mittlerweile schon fast laufen, und Jacqueline war fest davon überzeugt, dass ihre kleine Enkeltochter mit Abstand das süßeste und klügste Kind im ganzen Universum war. Nicht dass sie voreingenommen wäre ...

Zuerst wollte sie Amelia gebührend knuddeln und küssen und anschließend noch in Lydias Wollladen vorbeischauen. Während ihrer Mittelmeerkreuzfahrt hatte Jacqueline in einem winzigen Geschäft auf einer der griechischen Inseln ganz wundervolle Wolle entdeckt und konnte es kaum erwarten, Lydia das zauberhafte Garn zu zeigen.

Tammie Lee war damit beschäftigt, ihre Blumenbeete zu wässern. Sie trug ihre Tochter auf dem Arm, die gerade ihre kleinen Hände nach einem Schmetterling ausstreckte. Der Rücksitz von Jaquelines Wagen war beladen mit zahllosen Geschenken, die Reese und sie auf ihrer Reise erstanden hatten – doch das war im Moment nebensächlich. Je eher sie ihre Enkelin in den Armen halten konnte, desto besser.

„Amelia, Amelia, deine Großmutter ist wieder da!“, rief sie und sprang aus dem Auto. Mit ausgebreiteten Armen lief sie auf ihre Enkeltochter zu.

Amelia quietschte vor Vergnügen und reckte ihre Ärmchen. Es war egal, dass die Kleine im Moment zahnte und die Spucke ihr das Kinn hinuntertropfte. Alles, was für Jacqueline zählte, war, dass sie dieses wundervolle Kind halten durfte.

„Willkommen zu Hause", sagte Tammie Lee und lächelte. Sie stellte das Wasser ab und zerrte den Schlauch an die Seite des Hauses. „Wann seid ihr beide gestern angekommen?"

„Spät." Wenn es nach ihr gegangen wäre, hätte Jacqueline sich sofort in ihren Wagen gesetzt und wäre rübergekommen, um ihrer kleinen Enkeltochter einen Gutenachtkuss zu geben. Doch Reese konnte sie davon überzeugen, dass bereits alle schliefen.

„Ich kämpfe noch immer ein bisschen mit der Zeitumstellung", erklärte sie und umarmte ihre Schwiegertochter. Die Zuneigung, die sie mittlerweile für Tammie Lee empfand, war ehrlich. Jacqueline war ihr Stück für Stück nähergekommen. Tammie Lees natürliche ungezwungene Freundlichkeit, ihre Großzügigkeit und ihre Bereitwilligkeit, in anderen immer nur das Beste zu vermuten, hatten Jacquelines starre Weltanschauung verändert – und in der Folge die gesamte Familie wieder näher zueinandergeführt. Tammie Lees Klugheit verdankte Jacqueline es, dass sie eingesehen hatte, was sie Reese und sich selbst antat. Ohne ihre Schwiegertochter wäre Jacqueline wahrscheinlich nicht mehr mit Reese zusammen.

„Wir haben euch beide schrecklich vermisst", sagte Tammie Lee und nahm ihrer Schwiegermutter die Kleine wieder ab. Sie gab Jacqueline ein Zeichen, ihr ins Haus zu folgen. Offensichtlich befand sich Amelia gerade auf Entdeckungsreise durch sämtliche Schubladen des Hauses.

Tammie Lee ging in die Küche, wo sie ihre Tochter in ihren Hochstuhl setzte und einen Krug Eistee mit zwei Gläsern holte.

Amelia klopfte mit ihren kleinen Fäusten auf die Ablage ihres Stuhls und gurgelte vergnügt vor sich hin. Von Anfang an war sie ein fröhliches und glückliches Kind, genau wie ihre Mutter. Jacqueline bediente sich aus der Keksdose und nahm einen Vollkornbutterkeks, den sie in mundgerechte Stückchen brach. Ihre Enkelin griff sofort nach einem Stück, schob es sich in den Mund und kaute und lutschte mit einer Freude darauf herum, als sei dieser Keks das Köstlichste, was es auf der Welt gab.

„Es ist so schön, wieder zu Hause zu sein", sagte Jacqueline und seufzte leise, als sie von Tammie Lee ein Glas Eistee bekam – natürlich mit frischer Minze.

„Setz dich und erzähl mir alles über die griechischen Inseln", bat ihre Schwiegertochter. „Das muss die wohl romantischste Reise gewesen sein, von der ich je gehört habe. Ich kann nur hoffen, dass Paul und ich in dreiunddreißig Jahren auch noch immer so verliebt sind wie du und Dad. Es hört sich an, als wäret ihr zum zweiten Mal in die Flitterwochen gefahren."

Ihre Schwiegertochter lag mit ihrer Aussage näher an der Wahrheit, als sie ahnte. Jacquelines Ehe hatte sich seit der Nacht, in der sie Reese zur Rede stellte, vollkommen geändert. Von dem Moment an wendete sich alles zum Guten. Schon am nächsten Tag war er zu ihr ins gemeinsame Schlafzimmer zurückgekehrt. Zusammen hatten sie die Freuden der ehelichen Liebe erkundet und Stück für Stück – über einige Monate – all das wieder aufgebaut, was sie beinahe zerstört hätten.

„Ich hoffe nur, dass Paul genauso romantisch ist wie sein Vater", murmelte Jacqueline, während sie mit Amelia spielte. „Oh, wie sehr sie in den letzten drei Wochen doch gewachsen ist!"

Amelia Jacqueline Donovan genoss es, im Mittelpunkt der Aufmerksamkeit zu stehen. Die Kleine lächelte strahlend, die Bäckchen über und über mit aufgeweichten Kekskrümeln beschmiert.

„Du bist so eine Süße", gurrte Jacqueline. Die Liebe, die sie für dieses bezaubernde Wesen empfand, war mit nichts zu vergleichen. Amelia und ihre Mutter hatten Jacquelines Leben von Grund auf verändert.

Dreißig Minuten später hatte Jacqueline sämtliche Geschenke vom Rücksitz des Wagens verteilt. Sie umarmte Tammie Lee zum Abschied und bedeckte Amelias Gesicht, das mittlerweile wieder sauber war, mit unzähligen Großmutterküsschen, bevor sie – ein bisschen widerstrebend – wieder davonfuhr.

Als Nächstes fuhr sie zum *A Good Yarn*. Das Glück war auf ihrer Seite, und sie lenkte den Wagen in eine Parklücke direkt vor dem Laden. Das Sanierungsvorhaben in der Blossom Street war inzwischen abgeschlossen. In dem alten Backsteingebäude, in dem Alix früher gewohnt hatte, waren schicke, hochwertige Eigentumswohnungen entstanden. Sie waren zu einem Preis verkauft worden, bei dem selbst Jacqueline schlucken musste.

Alix trauerte ihrem alten Apartment nicht hinterher, denn sie *liebte* ihr neues Zuhause. Mittlerweile wohnte sie im Gästehaus der Donovans, in dem zuvor Martha gelebt hatte. Sie war jetzt jedoch in Rente gegangen. Wer hätte nach dem ersten Treffen von Jacqueline und Alix jemals geglaubt, dass Alix eines Tages zur Familie gehören würde?

„Jacqueline“, rief Lydia erfreut, als das Glöckchen über der Ladentür erklang. „Willkommen zurück! Wie war die Kreuzfahrt?“

„Fabelhaft! Reese und ich haben jeden Moment voll ausgekostet.“ Sie öffnete ihre Umhängetasche und fischte einen Strang der griechischen Wolle heraus, die sie mitgebracht hatte. Es war ein Wolle-Kaschmir-Gemisch in einem zarten Mauveton, der von weißen Flecken durchbrochen war. „Schau, was ich gefunden habe.“

Lydia betrachtete das Garn, berührte es vorsichtig und ließ es durch die Finger gleiten. Sie reichte es Margaret, die auch im Laden war. „Sieh dir das an – und spüre es“, sagte sie. „Es ist unglaublich.“

„Ich habe genug Wolle gekauft, um einen Pullover daraus zu stricken. Ich wusste allerdings nicht, wie viel ich tatsächlich brauchen würde, also habe ich einfach alles gekauft, was sie von diesem Garn vorrätig hatten. Du kannst dann anschließend die restlichen Knäuel bekommen.“

Nachdem auch Margaret die Wolle gebührend bewundert hatte, nahm Lydia das Garn wieder an sich. „Wo hast du diese Wolle gefunden?“

„Auf einer griechischen Insel. Mir fällt nur im Augenblick der Name nicht mehr ein. Aber Reese ist mit mir von Geschäft zu Geschäft gegangen, um nach der geeigneten Wolle zu suchen. Sein Gedächtnis ist besser als meines – ich werde ihn noch mal fragen.“

„Reese hat dir geholfen, das Garn auszusuchen?", fragte Lydia und schüttelte lachend den Kopf. „Die meisten Ehemänner würden das nicht unbedingt zu ihrem Aufgabengebiet zählen."

„Wir machen jetzt alles zusammen", erzählte Jacqueline. Und obwohl sie es sicherlich bestritten hätte, wenn jemand sie darauf ansprach, errötete sie. Diese Tage mit Reese waren wie die zweiten Flitterwochen, die jedes Paar während der Ehe einmal machen sollte.

„Ich weiß gar nicht, ob ich dich jemals …"

„… glücklicher gesehen habe?", vollendete Jacqueline den Satz. Sie hörte diese Worte wieder und wieder von Familie und Freunden. Und sie hatte nicht die Absicht, es abzustreiten – sie *war* glücklich.

„Eigentlich wollte ich sagen, wie schön braun du aussiehst", sagte Lydia mit einem verschmitzten Lächeln.

Jacqueline breitete die Arme aus. „Oh, das. Reese hat mich auf jeden Golfplatz im gesamten Mittelmeerraum geschleppt." Sie schmunzelte und warf einen Blick auf die Uhr. „Jetzt muss ich mich beeilen. Ich treffe mich in einer Stunde mit Reese im Countryclub – wir wollen mit ein paar alten Freunden etwas trinken. Und ich muss zuerst noch zu Hause vorbei."

„Es ist so schön, dass du wieder da bist", sagte Lydia und umarmte Jacqueline. „Kommst du am Freitag her?"

„Natürlich!", erwiderte Jacqueline im Brustton der Überzeugung – so als sei die Antwort längst klar. „Die Strickstunde würde ich um nichts auf der Welt verpassen wollen."

Damit verschwand sie, begierig, sich mit ihrem Ehemann zu treffen – dem Mann, den sie liebte.

49. KAPITEL

Carol Girard

„Cameron Douglas Girard, was *machst* du da?" Cameron, der auf dem Teppich saß und die Sockenschublade seines Vaters untersuchte, blickte unschuldig auf. Arglos sah der kleine Junge seine Mutter an, die die Hände in die Hüften gestemmt hatte und sich nach Kräften bemühte, ernst zu bleiben. „Komm zu mir", sagte sie und nahm den Kleinen auf den Arm. Sie hielt ihn hoch und gab ihm einen geräuschvollen Schmatzer auf den nackten Bauch. Er juchzte vor Vergnügen. Als sie ihn an sich drückte, legte er seinen Kopf an ihre Schulter, griff ihr ins Haar und gab ein paar gurgelnde Laute von sich.

In dem vergangenen Jahr hatte Carol ganz neue Facetten der Liebe kennengelernt – sie erfuhr, wie sehr ein Mensch einen anderen Menschen lieben konnte, und sie erlebte, wie sehr eine Mutter ihr Kind lieben konnte. Cameron war vielleicht nicht in ihr gewachsen, aber dennoch war er in jeder erdenklichen Hinsicht ihr Sohn.

„Es ist Zeit für einen Spaziergang", sagte Carol.

Behutsam setzte sie ihren Sohn ab und räumte schnell Dougs Socken wieder in die unterste Schublade ihrer Kommode. Dann nahm sie Cam wieder hoch, trug ihn in sein Zimmer und zog ihm Jeans und einen handgestrickten Pullover an. Die Hosen waren ein Geschenk von ihrem Bruder, der die Jeans zusammen mit einer passenden Jacke geschickt hatte, kurz nachdem der Adoptionsvorgang erfolgreich beendet worden war. Fertig angezogen krabbelte Cameron schnell zum Kinderwagen. Als er ihn erreichte, zog er sich daran hoch, bis er stand. Er warf einen Blick über die Schulter, um sicherzugehen, dass seine Mutter auch bemerkte, was er schon konnte, und seine Geschicklichkeit auch gebührend würdigte. Der Kleine liebte ihre gemeinsamen Spaziergänge!

„Heute gehen wir beim Wollladen vorbei", erklärte sie, während sie ihn in den Kinderwagen setzte. „Wir treffen uns mit Miss Lydia."

Nachdem sie ihre Tasche über die Schulter gehängt hatte, verließ Carol die Wohnung. Sie schob den Kinderwagen den Flur entlang und in den Lift, der bereits wartete. Beinahe jeden Nachmittag nahmen die beiden denselben Weg. Zwei Blocks entfernt hielten sie beim Spielplatz, wo Cameron spielen und Carol sich mit anderen jungen Müttern austauschen konnte.

Seit sie nicht mehr arbeitete und der Junge in ihr Leben gekommen war, hatte sich Carols Freundeskreis um viele andere Frauen, die auch Mütter waren, erweitert. Sie hatten eine lockere Gruppe gegründet und trafen sich einmal in der Woche zum gemeinsamen Kaffeetrinken. Sie tauschten Ratschläge und Erfahrungen aus, gaben Elternratgeber und Magazine weiter und verschenkten Spielzeug und Kleidung, die ihre Kinder nicht mehr brauchten. Carol war die Älteste in der Gruppe, aber das machte ihr nichts aus.

Nachdem sie im Park gewesen waren, schob sie ihren Sohn zum Wollladen. „Carol", rief Lydia erfreut. „Hallo." Sie ging in die Hocke, um mit dem Kleinen auf Augenhöhe zu sein. „Hallo, Cameron."

Das Kind griff nach einem Knäuel leuchtend lilafarbener

Wolle, doch Carol war zu schnell und zog den Kinderwagen ein Stück zurück – fort von dem verführerischen Garn.

„Ich brauche noch einen Strang von der Paton-Kammwolle."

„Von der olivgrünen, stimmt's?" Lydia hatte die unheimliche Gabe, sich zu merken, welche Kundin welches Garn für welches Projekt gekauft hatte. Carol arbeitete mittlerweile an so vielen verschiedenen Projekten, dass sie selbst langsam Schwierigkeiten bekam, die Übersicht zu behalten. Lydia dagegen schien solche Probleme nicht zu kennen.

„Jacqueline war heute Mittag auch hier", erzählte Lydia.

„Sie ist wieder zurück?"

„Ja, und sie ist unglaublich braun gebrannt und erholt. Sie wirkt so glücklich", entgegnete Lydia mit einem zufriedenen Lächeln.

„Das ist großartig."

„Sie wird Freitag auch kommen."

„Und was ist mit Alix?" Das vierte Mitglied ihrer Strickgruppe hatte nicht jeden Freitag Zeit. Wegen ihrer Verpflichtungen in der Kochschule waren die freitäglichen Treffen mit ihr selten geworden.

Lydia schüttelte den Kopf. „Ich weiß nicht, ob sie es schaffen wird."

Carol seufzte. „Ich vermisse sie jedes Mal, wenn sie nicht bei uns sein kann."

„Ich auch", gab Lydia zu. „Erinnerst du dich an unser erstes Treffen mit dem Strickkurs?"

„Ich war überzeugt davon, dass sich Jacqueline und Alix innerhalb der ersten fünf Minuten an die Gurgel gehen würden." Carol lachte. „Sie haben sich unmöglich benommen und sich immerzu gezankt."

„Ja, es war, als säße man wieder in der dritten Klasse."

„Du sagst es." Carol staunte einmal mehr darüber, wie sich das Verhältnis zwischen den beiden so unterschiedlichen Frauen geändert hatte.

„Jacqueline stand mehr als einmal kurz davor, den Kurs hinzuschmeißen", erinnerte sich Lydia.

Carol nickte. „Ich habe verstanden, warum sie gehen wollte – aber ich bin wirklich glücklich, dass sie es nicht gemacht hat."

„Ich auch. Und wenn Alix nicht geblieben wäre ..."

Sie hatten nicht ahnen können, wie diese aufsässige, zornige junge Frau ihr aller Leben beeinflussen würde.

„Hast du etwas von Laurel gehört?", fragte Lydia.

„Nein, nichts. Nicht seit dem Tag, an dem Cameron auf die Welt gekommen ist. Sie ist anschließend allein zum Gericht gegangen, hat die nötigen Papiere unterschrieben und ist ohne ein Wort wieder verschwunden."

„Was ist mit Alix? Immerhin haben die beiden mal zusammengewohnt."

„Wenn sie etwas von Laurel gehört haben sollte, hat sie es uns gegenüber jedenfalls nicht erwähnt."

„Und Jordan?"

Carol seufzte. „Soweit ich weiß, hat er Laurel zu einem Berater begleitet und ihr eine Unterkunft gesucht, als das Haus verkauft wurde." Der Wunsch, Cameron auf den Arm zu nehmen und ihn an sich zu drücken, war beinahe überwältigend. Doch sie riss sich zusammen. „Laurel war eine traurige, verwirrte junge Frau, die eine Menge Probleme hatte."

„Ja, aber etwas hat sie in ihrem Leben doch richtig gemacht – nämlich als sie dir und Doug ihren Sohn gab."

„Ich wünsche ihr alles Gute", murmelte Carol und meinte es auch so.

Irgendwann, in einigen Jahren, würde Cameron wahrscheinlich wissen wollen, wer seine leiblichen Eltern waren. Vielleicht würde er sie sogar suchen. Das wäre dann seine Entscheidung. Doch bis dahin war er *ihr* Sohn. Ihre Liebe und ihre Werte würden ihn formen.

Lydia trug die Wolle zum Tresen und rechnete sie ab. Nachdem Carol bezahlt hatte, stopfte sie die Einkaufstüte in den Korb am Kinderwagen und ging in Richtung Tür. „Ich sehe dich dann am Freitagnachmittag."

Lydia winkte ihr noch einmal zu, und Carol schob den Kinderwagen den Gehweg entlang, am Blumenladen und dem Café vorbei zum Hügel am Meer, wo auch ihre Wohnung war.

Sie war erst einige Minuten zu Hause, als Doug kam. Er küsste sie und nahm dann den Kleinen auf den Arm, um ihn zu drücken. Sie war immer tief bewegt, wenn sie Doug mit seinem Sohn sah. Camerons Miene hellte sich jedes Mal auf, wenn er seinen Daddy erblickte, und er quiekte und klatschte vor Vergnügen in die Hände.

Solche Augenblicke waren rührend – und real. Sie hatten so lange davon geträumt, vieles erlitten und so viel geopfert, aber nichts davon war mehr wichtig.

Endlich hatten sie ihren Sohn. Endlich hatten sie ihre Familie. Carol schloss die Augen, wollte diesen Moment auskosten und in sich aufnehmen.

Doug saß mit Cameron auf dem Boden. Die beiden spielten mit Bauklötzen, und während sie die beiden betrachtete, liefen ihr Tränen über die Wangen. Sie wusste, dass es in Zukunft wahrscheinlich nicht immer so perfekt sein würde wie an diesem Tag, doch das war egal. Sie fühlte sich zufrieden und glücklich. Die Leere, die sie beinahe zerstört hätte, war verschwunden.

Sie fühlte sich endlich komplett.

50. KAPITEL

Alix Townsend

Alix vollendete ihre Crème brûlée und machte einen Schritt nach hinten, um ihrem Ausbilder die Chance zu bieten, ihre Arbeit zu begutachten. Mr. Diamont trat vor, betrachtete das Dessert mit kritischem Blick und klopfte schließlich behutsam auf die flambierte Zuckerkruste. Dann kostete er von der zarten, schaumigen Karamellcreme darunter und nickte zufrieden. Er wandte sich ihr zu. „Wirklich gute Arbeit, Alix. Du kannst gehen."

Sie starrte ihren Ausbilder an, nicht sicher, ob sie ihn richtig verstanden hatte. Dennoch zögerte sie nicht länger, nahm Kochmütze und Schürze ab und eilte aus der Küche. Lob von Mr. Diamont war so selten wie zu viel Geld im Portemonnaie zu haben.

Ihr Budget war knapp bemessen – und daran würde sich auch im nächsten Jahr der zweijährigen Ausbildung nichts ändern. Sie war schon mit weit weniger über die Runden gekommen. Wenig Geld zu haben störte sie nicht, denn sie machte endlich etwas, das sie liebte. Kochen! Jahrelang hatte sie davon geträumt, eine Kochschule zu besuchen, aber die Unterrichtsgebühren waren fast so hoch wie Studiengebühren. Allein und ohne die Hilfe ihrer Freunde Jacqueline und Reese Donovan hätte sie sich diesen Traum niemals erfüllen können.

Kurz nachdem Carol und Doug das Baby von Laurel adoptiert hatten, lernte Alix den Ehemann von Jacqueline kennen.

Reese hatte unzählige prominente und einflussreiche Freunde. Durch seine guten Beziehungen war es ihm gelungen, ihr ein Stipendium in einer lokalen Kochschule zu beschaffen. Und als wäre das nicht schon genug gewesen, bestand Jacqueline darauf, dass Alix in ihrem Gästehaus wohnte, während sie die Ausbildung machte. Weil Martha mittlerweile im Ruhestand war, übernahm Alix einige der Aufgaben im Haushalt der Donovans, um sich ein bisschen Geld für den Lebensunterhalt zu verdienen.

Das alles schien zu schön, um wahr zu sein. Manchmal musste sie sich kneifen, um sich davon zu überzeugen, dass das alles tatsächlich passierte. Um sich davon zu überzeugen, dass es *ihr* passierte, Alix Townsend.

Als sie sich umgezogen hatte, rief sie vom Telefon im Umkleideraum aus Jordans Handy an.

„Hi", sagte sie, als er sich meldete.

„Bist du fertig für heute?" Er schien auf ihren Anruf gewartet zu haben.

„Mr. Diamont hat gesagt, ich könne gehen."

„Schon? Du musst alles richtig gemacht haben."

„Ja, muss ich wohl", erwiderte sie. Sie biss sich auf die Unterlippe, um nicht herauszuplatzen, wie leicht und gut sie alles geschafft hatte – dazu blieb auch noch genügend Zeit, wenn sie sich nicht mehr in Hörweite der anderen Kochschüler befand.

„Ich frage mich, was es mich kosten würde, dich dazu zu überreden, *mir* mal eine Crème brûlée zu machen", sagte er. „Das ist nämlich mein Lieblingsdessert."

„Oh, ich weiß nicht, aber mir fällt bestimmt etwas ein."

„Darauf wette ich. Soll ich dich abholen?"

„Wenn du magst." Er hatte nie viel Zeit, und deshalb hätte sie es nie von ihm verlangt. Normalerweise würde sie ihn auch nicht während der Arbeit anrufen, aber sie hatte sich wegen des heutigen Tests einige Sorgen gemacht. Deshalb wollte er gern, dass sie ihm direkt Bescheid sagte, wie es gelaufen war. „Ich kann auch den Bus nehmen", sagte sie.

„Ich bin schon unterwegs."

Sie wartete etwa zehn Minuten lang vor der *Seattle Cooking Academy*, bevor Jordans Auto auftauchte. Sie waren inzwischen seit einem Jahr zusammen, und Alix hatte sich daran gewöhnt, dass er ein Teil ihres Lebens geworden war – und noch an einige andere Dinge. Er konnte sie zum Beispiel davon überzeugen, jeden Sonntag den Gottesdienst zu besuchen. Und zum ersten Mal in ihrem Leben fühlte sie sich wie ein normaler Mensch mit einem ganz normalen Leben. Mit Leuten um sich herum, die sich um sie sorgten und wollten, dass es ihr gut ging. Sie glaubte mittlerweile, dass es stimmte, was Jordan sagte. Gott hatte sie noch nicht aufgegeben.

Jordan hielt an der Bordsteinkante und beugte sich rüber, um die Beifahrertür zu öffnen. Alix stieg ein, und sie küssten sich. Er warf einen Blick in den Rückspiegel und fädelte sich dann in den fließenden Verkehr ein.

„Ich denke, du weißt nicht, was für ein Tag heute ist", sagte er lässig.

Sie zermarterte sich das Gehirn, doch ihr fiel nichts ein. „Ist der sechste Mai denn ein besonderer Tag?"

„Für dich etwa nicht?", fragte er und schob schmollend die Unterlippe vor.

„Offenbar nicht."

Er grinste und versuchte sich auf den Verkehr zu konzentrieren. „Das war der erste Tag, an dem du mich mit deinen babyblauen Augen im Videoladen angeschaut hast."

„Meine Augen sind braun!"

„Egal", sagte er im selben lockeren Tonfall, den sie ihm gegenüber so oft benutzte. „Du erinnerst dich also ehrlich nicht mehr? Es war der sechste Mai, als ich dich draußen vor dem Videoladen stehen sah. Du hast geraucht. Eigentlich wollte ich mir nur ein Video ausleihen, als du mich unter irgendeinem fadenscheinigen Vorwand angesprochen hast."

„Ich hatte dir ein Video zurückgelegt."

„Du warst scharf auf mich."

„Ich? Scharf auf dich?", brummelte sie. „Du träumst wohl." Sie blickte ihn gespielt wütend an – obwohl es ihr insgeheim ausgesprochen gut gefiel, dass er sich offenbar an jede Minute ihrer Beziehung noch so genau erinnern konnte.

„Also ist heute so etwas wie ein Jahrestag für uns."

„Für uns?", fragte sie und genoss die Neckereien zwischen ihnen.

„Du bist doch meine Freundin, oder?"

„Und dein Chef."

„Das auch."

Sie zuckte die Schultern, als sei seine Frage etwas Nebensächliches. „Ja, ich denke schon, dass ich deine Freundin bin."

„In dem Fall solltest du einen Blick auf die kleine Schachtel in meinem Handschuhfach werfen."

Plötzlich glaubte Alix, zu fliegen, statt zu fahren. „Eine Schachtel im Handschuhfach? Für mich?"

„Sieh nach."

Ihre Hände zitterten, als sie das Fach öffnete. Da war sie.

Eine kleine schwarze Schatulle mit einer leuchtend roten Schleife lag zwischen der Betriebsanleitung des Wagens und den Fahrzeugpapieren. Sie zog die Schachtel vorsichtig heraus und stellte sie auf ihre Handfläche.

„Was ist da drin?“, fragte sie. Sie konnte nichts daran ändern: Sie klang atemlos.

„Mach sie auf und sieh nach“, erwiderte Jordan.

Das lockere Geplänkel war vorbei, und Alix bekam das Gefühl, dass es in dem Auto plötzlich sehr warm und stickig wurde.

Als sie seiner Aufforderung nicht nachkam, ermutigte er sie: „Was ist? Warum zögerst du? Öffne die Schachtel.“

„Es ist eine wunderschöne Schachtel.“

„Danke, aber der Inhalt ist noch schöner.“

Sie löste die Schleife und öffnete schließlich ganz sacht den Deckel der Schatulle. In einem Samtkissen steckte ein wundervoller Ring, der mit einem Rubin und zwei kleinen Diamanten verziert war.

„Jordan“, flüsterte sie überwältigt. „Das ist so schön.“

„Das habe ich mir auch gedacht.“

„Aber … warum?“

„Habe ich dir nicht eben erklärt, dass wir uns jetzt seit einem Jahr kennen?“

„Ja, ich weiß, aber …“ Wenn er sie nun zum Weinen brachte, würde Alix ihm das nie verzeihen.

„Stecke ihn dir an.“

Vorsichtig zog sie den Ring aus der Schatulle und steckte ihn an den Finger. Er passte perfekt.

„Jetzt ist es offiziell“, sagte er.

„Wie bitte?“

„Du und ich.“

Sie wollte ihm sagen, dass sie keinen Ring brauchte – wie wundervoll er auch sein mochte –, um das zu beweisen. Doch sie lächelte nur.

„An unserem nächsten Jahrestag“, fuhr er fort, „wenn du mit der Ausbildung fertig bist, möchte ich diesen Ring gern durch einen Verlobungsring ersetzen. Was meinst du?“

Und plötzlich liefen Alix doch Tränen über die Wangen. „Ich denke, das wäre toll“, flüsterte sie. „Würdest du jetzt bitte den Wagen anhalten, damit ich dir beweisen kann, wie sehr ich dich liebe?“

„Das“, erwiderte Jordan, „lässt sich einrichten.“

51. KAPITEL

„Um Stricken zu lernen, braucht man die Hände und die Bereitwilligkeit eines Anfängers. Stricken ist ein Hobby. Man muss nur atmen, sich entspannen und Spaß haben."

(Donna Druchunas, SheeptoShawl.com)

Lydia Hoffman

Es ist schwer zu glauben, dass es das *A Good Yarn* mittlerweile seit einem Jahr gibt. Ich plante gerade, meinen ersten – und hoffentlich jährlichen – Strickwettbewerb zu starten. Margaret, die inzwischen ein paar Stunden die Woche für mich arbeitete, entwarf die Flyer und die Schilder. Meine Schwester hat ein kreatives Händchen, auch wenn sie es vehement abstreitet.

Es war ohne Frage ein ereignisreiches Jahr. Mein Geschäft lief gut, und ich hatte meine Ziele erreicht und teilweise sogar übertroffen. Die Teilnehmerlisten für meine Kurse wurden immer länger. Die drei ersten Kursteilnehmerinnen kamen immer noch zu mir. Uns verband etwas Besonderes. Wir waren Freundinnen. Unsere freitagnachmittäglichen Strickstunden gab es immer noch. Inzwischen hielt ich auch andere Kurse. Mein Warenbestand hatte sich in den letzten zwölf Monaten verdoppelt und wuchs stetig weiter, obwohl der Platz langsam zum Problem wurde. Brad war so nett und hatte mit Matt, meinem Schwager, neue Regale gebaut, in denen ich meinen Kunden noch mehr neue Wolle anbieten konnte.

Eines Morgens saß ich an meinem Schreibtisch und schlug mich mit längst überfälligem Papierkram herum. Ich warf einen Blick in den Laden, wo meine Schwester gerade damit beschäftigt war, einen Kunden zu beraten. Sie nur zu beobachten machte alles, was ich erreicht hatte, noch viel kostbarer.

Ich bin so dankbar dafür, dass ich die Kraft gefunden habe, dieses Risiko einzugehen. Für mich ist es keine Arbeit, die ich erledigen muss. Es ist vielmehr eine Freude, dass tun zu dürfen, was mir Spaß macht, nämlich meine Leidenschaft für das Stricken mit anderen Menschen zu teilen.

Meinem Vater bin ich dankbar, dass er mir den Mut geschenkt hat, mein Leben in die Hand zu nehmen.

Sein Tod brachte mir so viele wertvolle Erkenntnisse. Die Ironie an der Sache ist, dass sein Tod mich etwas über das Leben lehrte. Ich hatte mich immer auf ihn verlassen. Doch in diesem letzten Jahr lernte ich, auf die innere Kraft zu bauen, die tief in mir schlummert.

Es mag verrückt sein zu glauben, dass er mir vom Himmel aus zulächelt – doch ich tue es trotzdem.

Und mein Vater lächelt auch Margaret zu. Meine Schwester und ich haben unsere Beziehung zueinander vollkommen neu aufgebaut. Stück für Stück sind wir einander nähergekommen – zuerst als Schwestern, später als Freundinnen.

Wenn mir vor einem Jahr jemand prophezeit hätte, dass meine Schwester und ich eines Tages Seite an Seite in meinem Wollladen arbeiten würden, wäre ich mit Sicherheit in Ohnmacht gefallen. Margaret und ich? Wohl kaum. Doch nun machen wir genau das.

Margaret hatte begonnen, mich im Laden zu vertreten, als ich das letzte Mal im Krankenhaus war. Dr. Wilson wollte dem Krebs keine Chance bieten, doch noch zurückzukehren. Und obwohl die jetzige Behandlung längst nicht so aggressiv war wie die Chemotherapie oder die Bestrahlung, die ich hinter mir hatte, strengte sie mich doch an. Ab und zu musste ich einen Tag freinehmen, und Margaret half, so gut es ging, im Laden aus.

Wie dankbar ich ihr bin.

Sie beherrschte eher das Häkeln als das Stricken, doch in den vergangenen Monaten hatte sie alles gelernt, was sie wissen musste. Nun war sie genauso Teil des Geschäftes wie ich, und die Kunden hatten sich an sie gewöhnt. Margaret war nie ein überschwänglicher, spontaner Mensch und würde es wohl auch nicht werden. Aber sie war ein Verkaufstalent, und ich war froh, dass sie für mich arbeitete.

Die wohl größte Veränderung in meinem Leben waren Brad und Cody. Wir verbrachten so viel Zeit miteinander, wie es unsere Jobs erlaubten. Ich war sehr verliebt in diesen besonderen Mann und seinen Sohn.

„Die Flyer sind fertig“, sagte Margaret, die in mein Büro gekommen war und mich so aus meinen Gedanken riss. „Wann soll ich sie zur Post bringen?“

Ich sah von meinen Unterlagen auf. „Heute, wenn es geht.“

Sie nickte. „Kann ich machen.“

„Vielen Dank.“ Ich wollte, dass sie wusste, wie dankbar ich für alles war, was sie für mich tat. „Ich schulde dir so viel, Margaret.“

Sie schob meine Worte mit einer abwehrenden Handbewegung beiseite. Meine Dankbarkeit schien sie in Verlegenheit zu bringen. „Denkst du, du fühlst dich gut genug, um heute Abend zu dem Spiel der Mariners zu gehen?“ Von Zeit zu Zeit verfiel Margaret noch manchmal in die Rolle der großen Schwester – doch auch das wurde seltener.

„Mir geht es sehr gut“, sagte ich und machte klar, dass ich durchaus dazu in der Lage war, meine Grenzen selbst einzuschätzen. Ich wusste, was und wie viel ich mir zumuten konnte. Und niemals hätte ich es gewagt, Brad und Cody heute Abend zu enttäuschen, denn immerhin hatten wir die Karten für das Spiel bereits vor Wochen besorgt.

„Gut.“

„Was ist mit dir, Matt, Mom und den Mädchen? Ihr seid doch auch da, oder?“

„Sicher!“ Margaret riss die Augen auf. „Das würden wir um nichts in der Welt verpassen wollen.“

„Wenn du dich gut genug fühlst“, spöttelte ich.

Sie ignorierte meine Worte und reckte den Nacken, um einen Blick aus dem Fenster werfen zu können. „Dein Lieblings-UPS-Mann ist gerade gekommen.“

Fünf Minuten später kam Brad in meinen Laden und schob fröhlich pfeifend eine Karre mit Kartons voller Wolle zum Tresen.

„Guten Morgen, Margaret“, sagte er und reichte ihr das Clipboard zum Unterschreiben.

Meine Schwester zeichnete die Lieferung ab, und er kam in den hinteren Teil des Ladens, wo mein Büro lag.

„Hallo, meine Schöne.“

Wenn er so mit mir sprach, wurde ich immer ganz rot. Vermutlich würde ich mich wohl nie daran gewöhnen, dass er mich tatsächlich liebte. Ich fühlte mich wie die glücklichste Frau auf der ganzen Welt. Brad und ich hatten schon über eine Heirat gesprochen, aber ich war diejenige, die kalte Füße bekam. Zuerst musste ich mir sicher sein – nicht, was die Liebe betraf, denn ich liebte ihn mit Sicherheit. Nein, ich musste wegen des Krebses sicher sein. Zurzeit war ich krebsfrei, doch was die Zukunft brachte, wusste niemand. Sie war ein weißes Blatt Papier, das darauf wartete, beschrieben zu werden. Oder ein Wollknäuel, das verstrickt werden wollte ...

Ich liebte Brad und seinen Sohn. Und ich hatte mir viel Mühe gegeben, ein gutes Verhältnis zu Cody aufzubauen. Seine Mutter und ich unterhielten uns sogar ein paarmal miteinander. Sie liebte ihr Kind, aber sie wollte sich auch auf ihre eigenen Bedürfnisse konzentrieren. Deshalb lebte der Kleine bei Brad. Codys Mutter war offensichtlich glücklich darüber, dass ich ihre Rolle übernommen hatte. Lustig, nicht?

Trotzdem gab es im Leben keine Garantien. Brad und ich hatten oft darüber gesprochen. Mittlerweile war ich mir sicher, dass ich seinen Antrag annehmen würde. Denn das war es, was ich wollte.

Brad schlang die Arme um meine Taille. „Du siehst heute Morgen zum Anbeißen aus."

Ich lächelte und küsste ihn sanft. Es wurde ein langer, zärtlicher Kuss. Normalerweise vermied ich es, während der Arbeitszeit meinen Gefühlen für Brad so freien Lauf zu lassen. Dennoch gab es Augenblicke, in denen es ganz leicht war, zu vergessen, wo wir waren.

„Womit habe ich das verdient?", flüsterte er heiser.

„Ich liebe dich einfach", erwiderte ich.

„Ich liebe dich auch."

Ich streichelte ihm liebevoll über den Rücken. „Ich sehe

dich dann heute Abend – und vergiss nicht: Du kaufst die Hotdogs und die Erdnüsse."

„Alles klar, Süße."

Er verließ den Laden. Ich stand neben meiner Schwester, während ich ihm hinterhersah. „Er ist ein toller Kerl", sagte Margaret.

„Ja, ich weiß."

„Wirst du ihn heiraten?"

Ich beobachtete sie und war gespannt darauf, wie sie auf meine Entscheidung reagieren würde. „Ja."

Sie lächelte mich an. „Wird auch langsam Zeit."

„Ja, ich denke auch. Ich liebe ihn. Und weißt du, was das Tollste ist? Brad und ich können zusammen lachen."

Meine Schwester lächelte noch immer. „Ja, das Leben kann schon manchmal komisch sein."

Da konnte ich ihr nur zustimmen.

– ENDE –